ullstein

AMELIA MARTIN ist das Pseudonym einer Bestsellerautorin. Nach Jahren in England und im europäischen Ausland unternimmt die Autorin heute ausgedehnte Rechercherereisen an die Schauplätze ihrer Romane. Sie isst für ihr Leben gern Schokolade.

Von Amelia Martin sind in unserem Haus bereits erschienen:
Das Auktionshaus: Der Glanz Londons
Das Auktionshaus: Die Träume Wiens

AMELIA MARTIN

Salz und Schokolade

Der Geschmack von Freiheit

Roman

Ullstein

Besuchen Sie uns im Internet:
www.ullstein.de

Wir verpflichten uns zu Nachhaltigkeit

- Klimaneutrales Produkt
- Papiere aus nachhaltiger Waldwirtschaft und anderen kontrollierten Quellen
- ullstein.de/nachhaltigkeit

MIX
Papier aus verantwortungsvollen Quellen
FSC® C104608
FSC
www.fsc.org

Originalausgabe im Ullstein Taschenbuch
1. Auflage November 2022

Umschlaggestaltung: bürosüd° GmbH, München
Titelabbildung: © Ildiko Neer / Trevillion Images (Frau mit Fahrrad); www.buerosued.de (Landschaft)
Gesetzt aus der Albertina powered by *pepyrus*
Druck und Bindearbeiten: Nørhaven, Viborg-Dänemark
ISBN 978-3-548-06633-2

VORBEMERKUNG

Die nachfolgende Geschichte ist frei erfunden. Obwohl angelehnt an Ereignisse in der halleschen Saline, an die Halloren und die Halloren Schokoladenfabrik, sind Lebenswege der Protagonisten und Handlungsstränge der Geschichte Erfindungen der Autorin. Insbesondere gilt dies für Verstrickungen der Protagonisten in der Nazizeit und der Nachkriegszeit. Jedwede Ähnlichkeiten mit realen Personen sind rein zufällig.

»Ein ganz klein wenig Süßes
kann viel Bitteres verschwinden machen.«
Francesco Petrarca (1304–1374)

»Wie der Herbstwind weht!
Doch wir beide leben noch,
beide, du und ich.«
Masaoka Shiki (1867–1902)

I

Mignon-Schokoladen-Werke, Halle, 1939

Die Maschinen ratterten, Frauen mit weißen Schürzen und Kopfbedeckungen standen an den Fließbändern, und es duftete nach Kakao. Die Walzen rollten die zähflüssige braune Masse aus, aus der später Schokoladentafeln, Pralinen und anderes Naschwerk wurde. Fleißige Hände sortierten, packten um, warfen fort, und manches Mal verschwand ein Stück in den Mündern der Arbeiter.

Irene Mendel stand neben ihrem Vater hinter der großen Glasscheibe und beobachtete das geschäftige Treiben in der Schokoladenfabrik. Es war der zweite Tag des neuen Jahres. Unsichere Zeiten stehen uns bevor, hatte ihr Vater gesagt. Sie war vierzehn Jahre alt und verstand noch nicht alles, doch sie spürte, dass sich etwas verändert hatte.

»Ich freue mich immer, wenn du vorbeischaust, Sonnenschein. Du bist viel zu hübsch, bald werden uns deine Verehrer die Tür einlaufen.« Friedrich Mendel strich über ihr weizenblondes Haar und lachte sein tiefes herzliches Lachen, das seinen stattlichen Bauch in Bewegung versetzte und seine warmen haselnussbraunen Augen zum Blinzeln brachte.

Sie lehnte sich an ihren Vater und spürte den Wollstoff seines Anzugs an ihrer Wange, der ein wenig nach Tabak, Schokolade und Schmieröl roch, denn Friedrich Mendel ließ es sich nicht nehmen, selbst Hand an die Maschinen zu legen, wenn es Probleme gab. Ihr Vater hatte das Geschäft von der Pike auf gelernt, wie er zu betonen pflegte, und erwartete von seinen Mitarbeitern denselben Einsatz, den er zu bringen bereit war. Die meisten Arbeiter schätzten ihn für seine Fairness und dafür, dass er anständige Löhne zahlte. Nur wer zu spät kam, nachlässig arbeitete oder allzu oft fehlte, hatte es nicht leicht mit dem Direktor.

Mendel nahm seine Tochter mit zu seinem Schreibtisch, auf dem sich Bestellungen, Rechnungen, Lieferscheine mit exotischen Anschriften von der afrikanischen Goldküste, Amsterdam und Ecuador neben Pralinenschachteln, Entwürfen für Verpackungen und Postkarten stapelten, und griff nach einer Schachtel.

»Diese hier musst du probieren! Die Ganache lässt selbst unsere belgischen Freunde erblassen.«

Irene nahm eine dunkle Praline samt dem raschelnden Papier heraus und schnupperte zuerst. Der Duft sagte alles über die Qualität des Kakaos. Dann biss sie unter dem aufmerksamen Blick ihres Vaters in die Kugel, genoss das Knacken beim Brechen der zartbitteren Hülle und schloss die Augen, während die cremige Füllung auf der Zunge zerging. Verträumt öffnete Irene die Augen, leckte sich die Lippen und murmelte: »Orangenlikör und Vanille.«

»Das ist meine Tochter!«, sagte Friedrich Mendel stolz.

»Ich würde sie mit einem winzigen Stück kandierter Orange dekorieren«, schlug sie vor und entdeckte einen offiziell aussehenden Briefumschlag. Ein Stempel mit Hakenkreuz und Reichsadler verhieß meist nichts Gutes, wie sie hatten erfahren müssen. »Gibt es wieder Ärger?«

Ihr Vater runzelte die Stirn. Nachdem die NSDAP an die Macht gekommen war, hatte die Schokoladenfabrik unter Boykottaufrufen zu leiden gehabt, weil man die Mendels für Juden hielt. Beteuerungen, dass man seit Generationen protestantischen Glaubens sei, hatten nicht geholfen. Um das Unternehmen vor dem Bankrott zu retten, änderte Friedrich den angestammten Namen »Chocolatiers Mendel & Söhne« kurzerhand in Mignon-Schokoladen-Werke um. Seitdem gingen wieder Bestellungen ein, und die Produktion konnte hochgefahren werden.

»Mach dir keine Sorgen, Renilein. Es geht um Bestellungen für die Armee. Das bedeutet mehr Schokoladentafeln und weniger Pralinen«, erklärte ihr Vater.

Unten in der Fabrik wurde es kurz hektisch, denn ein junger Mann rannte zwischen den Maschinen hindurch, was während des laufenden Betriebes untersagt war. Zu groß war die Verletzungsgefahr.

Irene beobachtete, wie Friedrich Mendel ans Fenster trat und dagegenklopfte. Sofort sahen die Frauen und auch der Mann zu ihm hoch. Ihr Vater winkte den Mann zu sich herauf.

»Gibt es Probleme?«, fragte Irene.

»Dieser Kerl macht nur Ärger! Dauernd ist er zu spät und

wiegelt mir auch noch die Belegschaft auf mit seinen kommunistischen Ideen!«, murmelte Friedrich Mendel, besann sich und sagte sanfter: »Nichts, worum du dir Gedanken machen müsstest, Renilein.«

Irene schluckte und nickte. »Ja, Vati.«

Friedrich nahm eine Pralinenschachtel und drückte sie seiner Tochter in die Hand. »Setz dich da in den Sessel, mein Herz.«

Gehorsam hockte sich Irene mit der hübsch bedruckten Schachtel in den Ledersessel vor dem Bücherregal. Hier hatte sie schon als kleines Mädchen mit Bilderbüchern und Schokolade versorgt auf ihren Vater gewartet. Heute jedoch trug sie ein dunkles Kostüm mit weißem Kragen und fühlte sich beinahe erwachsen.

Kurz darauf klopfte es an der Tür.

»Herein!«, rief ihr Vater, der sich hinter seinem Schreibtisch niedergelassen hatte.

Fräulein Luegers, die Sekretärin, schaute herein. »Herr Direktor, der Herr Päp meinte, Sie wollten ihn sprechen?«

Mendel nickte. »Ja, schicken Sie ihn bitte durch.«

Ein junger Mann in grauer Arbeitskleidung trat mit einem gewissen forschen Auftreten ein. Irene biss in eine Praline und dachte bei sich, dass er damit bei ihrem Vater keinen guten Eindruck machen würde.

»Warum sind Sie eben durch die Halle gelaufen, Herr Päp?«, fragte ihr Vater. »Sie wissen doch, dass das verboten ist.«

»Das tut mir sehr leid, Herr Direktor. Ich wollte nicht

noch später zur Schicht kommen.« Päp drehte seine Mütze in den Händen und warf Irene einen kurzen Blick zu.

Sie fühlte sich ein wenig unwohl, dabei zusehen zu müssen, wie ihr Vater den Arbeiter maßregelte.

»Es war nicht das erste Mal, dass Sie zu spät gekommen sind. Ich habe das durchgehen lassen, weil Ihr Vater ein geschätzter Mitarbeiter ist. Er hat Sie mir empfohlen, aber Sie machen es mir nicht leicht.« Friedrich hatte sich vorgebeugt und schob Papiere hin und her.

»Ich werde mich bessern, Herr Direktor«, versicherte Päp.

Plötzlich hob ihr Vater den Blick und sah den jungen Arbeiter direkt an. »Man hat mir zugetragen, dass Sie ein Kommunist sind. Stimmt das?«

Angestrengt hörte Irene zu. Es war oft verwirrend, wenn die Erwachsenen über Politik sprachen.

Ein Ruck ging durch Päp. »Ja, ich bin Mitglied der KPD.«

»Mensch, Päp, das bringt Ihnen doch nur Ärger. Sie sehen doch, woher der Wind weht. Ich will nicht, dass Sie meine Belegschaft aufwiegeln. Sie bringen die Firma mit Ihrer roten Gesinnung in Gefahr.«

»Das sehe ich anders. Mit Verlaub, im Gegenteil. Wenn wir erst eine Volksfront gebildet haben …«, begann der Mann, wurde jedoch mit einer Handbewegung von Friedrich zum Schweigen gebracht.

»Kein Wort mehr! Sie bekommen den Lohn für diese Woche und verlassen sofort das Fabrikgelände«, entschied Mendel.

»Sie werfen mich also raus?« Gero Päp setzte seine Mütze auf und trat an den Schreibtisch ihres Vaters.

Irene fürchtete schon, der Arbeiter wollte ihrem Vater etwas zuleide tun, denn Päps Miene war voller Hass. »Sie kommen auch noch mal von Ihrem hohen Ross runter, und wenn wir uns dann wiedersehen, das verspreche ich Ihnen …«

»Was erfrechen Sie sich? Raus! Sofort!«, brüllte ihr Vater.

Doch Päp tippte sich an die Mütze und schlenderte lässig zur Tür. »Auf Wiedersehen, Prinzessin.«

Instinktiv drückte sich Irene in ihren Sessel.

Wutentbrannt lief ihr Vater hinter Päp zur Tür und erteilte seiner Sekretärin lautstark Anweisung, wie sie die sofortige Entlassung durchzusetzen hatte. Als er die Tür ins Schloss geworfen hatte und vor seiner Tochter stand, fuhr er sich über die Stirn.

»Renilein, das alles nimmt kein gutes Ende.«

Ängstlich sprang Irene auf und drückte sich an ihren Vater. »Was meinst du damit, Vati?«

»Ach, nichts weiter. Kommt Edgar nicht dieses Wochenende nach Hause? Dein Bruder mag die Nougatpralinen am liebsten. Und für Mama? Welche sollen wir ihr mitnehmen?«

»Die mit den Mandeln, aber sag, Vati, warum ist es denn so schlimm, dass dieser Päp in der KPD ist?«

Ihr Vater seufzte. »Ach, Renilein, jetzt weht nun einmal ein anderer Wind, und ich will nicht noch mehr Ärger mit der NSDAP haben. Aber das ist nichts, worüber du dir Sorgen machen musst.«

Als er ihr über die Haare strich, spürte sie, dass seine Gedanken in eine ungewisse Zukunft schweiften.

Irene verdrängte den unangenehmen Vorfall, doch vergessen würde sie ihn nie.

2

August 1949

Paul Thulke ließ den schweren Eisenhammer sinken, mit dem er seit zwei Stunden den Pfannenstein klopfte. Sein Oberkörper war schweißüberströmt, genau wie sein Gesicht, das er sich mit einem Taschentuch abwischte. Er stopfte das feuchte Tuch zurück in die Hosentasche und stützte sich auf den Hammer. Überall schmeckte man das Salz. Es hing in der Luft, klebte am Körper und auf den Lippen. Das Salz, auf das sie alle angewiesen waren, das ihnen seit Jahrhunderten Brot und Arbeit gab.

Genau wie sein Vater, seine Brüder, sein Großvater und alle Thulkes vor ihnen arbeitete er in der Saline unterhalb des Hallmarktes. Man fragte nicht, sondern wuchs in die Arbeit hinein, genau wie man schon als Kind verstand, dass es Ehre und Privileg war, der Brüderschaft der Salzwirker anzugehören. Paul starrte in das Halbdunkel des Siedehauses, vor sich die große Pfanne, aus der er einen Berg Pfannenstein und Bordsalz geschlagen hatte. Sein Rücken schmerzte, wie es öfters vorkam, seit er bei der Reparatur eines morschen Balkens im Gebälk des Siedehauses abgestürzt war. Er fuhr sich durch das dunkle Haar und rieb sich den Nacken dort, wo die Muskeln verspannt waren.

»Na, Paule, alles in Ordnung?«, rief Werner vom anderen Ende der Siedepfanne.

Werner war kleiner und muskulöser als er. Mit seinen fünfunddreißig Jahren hatte er mehr Erfahrung und schien die schwere Arbeit besser wegzustecken.

»Ja, geht schon. Der Rücken zwickt«, meinte Paul mit schiefem Grinsen.

»Wenn's weiter nichts ist«, sagte Werner und stützte sich ebenfalls auf seinen Hammer. »Du bist doch jung und voll im Saft. Was soll ich denn sagen. Verdammtes Bein«, fluchte Werner und schaute kurz nach unten.

Genau wie Paul war er im vorletzten Kriegsjahr in Frankreich gewesen. Als Wehrmachtssoldaten hatten sie irgendwann in derselben Kompanie gekämpft und waren gemeinsam in britische Gefangenschaft geraten, was sich als Glücksfall herausgestellt hatte. Von Kameraden, die als russische Kriegsgefangene nach Sibirien transportiert worden waren, hörte man nichts, und die Hoffnung auf deren Rückkehr sank mit jedem verstreichenden Jahr.

Ein Oberschenkeldurchschuss hatte Werner kampfuntauglich gemacht, und obwohl er noch unter Schmerzen litt, machte er kein Aufhebens von seiner Verletzung. Man machte einfach weiter. Der Krieg war vorbei. Dieser verfluchte Krieg, der die Welt und jeden Einzelnen verändert hatte. Wenn man anfing, nachzudenken, machte man sich kaputt.

»Komm, wir machen jetzt unsere Frühstückspause, Werner«, schlug Paul vor, und sein Freund ging erleichtert darauf ein.

Sie stellten ihre Hämmer in eine Ecke und gingen nach draußen. Gleißendes Sonnenlicht blendete sie, aber es war weniger heiß unter der mittäglichen Augustsonne als drinnen im Siedehaus. Ein Pferdefuhrwerk holperte mit einem Tankwagen Sole über den steinigen Untergrund zu einer Brauerei. Die Solezapfanlage befand sich vor dem Uhrenhaus. Das alte Fachwerkgebäude verdankte seinen Namen dem hohen Turm mit der Uhr, die weithin sichtbar war.

Paul und Werner liefen einen schmalen Weg um das Siedehaus herum zu den ehemaligen Salzmagazinen, in denen seit vielen Generationen Hallorenfamilien wohnten. Auch Werner und seine Familie wohnten dort, weshalb sie von seiner Frau zum Frühstück erwartet wurden.

»Was für eine Hitze!«, stöhnte Paul und wischte sich den Schweiß von der Stirn. Sein nackter Oberkörper glänzte und war gebräunt, denn jede freie Minute verbrachten die Salzwirker draußen. Am liebsten erholten sie sich im Gras am Saaleufer, denn die Pfännerschaftliche Saline befand sich auf einer Insel inmitten des Flusses.

Werner zog an seinem Unterhemd, das ihm am Körper klebte. »Wir könnten kurz ins Wasser springen.«

Paul grinste. »Gute Idee, aber ich fürchte, daraus wird nichts. Sieh mal, wer sich die Ehre gibt.«

Die beiden Männer blieben stehen und sahen zwischen den Bäumen hindurch zum Verwaltungsgebäude hinüber, wo sich eine Gruppe von Herren in Anzügen versammelt hatte und im Begriff schien, die Saline zu besichtigen.

Werner spuckte aus. »Die Genossen. Na los, komm schon, bevor sie uns erwischen. Agnes hat Eier und Brot versprochen.«

Seit die Sozialisten die Regierung übernommen hatten, wehte ein neuer Wind durch die Sowjetische Besatzungszone. Einen Tag nach Gründung der Bundesrepublik, am 23. Mai, hatte die SED-Führung den Entwurf einer Verfassung für die Deutsche Demokratische Republik verkündet. Die Russen waren noch immer die Herren, darüber machte sich niemand Illusionen, und die Umstrukturierung der Gesellschaft durch die SED geschah ganz im Einvernehmen mit Moskau. Viele begrüßten die neuen Ideen, doch Paul hatte seine eigene Meinung zur sogenannten Neugeburt des Volkes durch die antifaschistischen Bestrebungen der Genossen.

»Mensch, halt dich zurück, Werner. Sonst geht es dir wie dem Helmut«, sagte Paul mit gesenkter Stimme, obwohl sie allein auf dem Weg standen.

Zügig gingen sie weiter. Helmut war ein gemeinsamer Freund, der auf der anderen Seite der Brücke auf dem Holzplatz der Pfännerschaft gearbeitet hatte. Helmut hatte sich öffentlich kritisch über Stalin und die Enteignungen geäußert und war mitten beim Essen im »Goldenen Herz« verhaftet und in den Roten Ochsen gebracht worden. Das berüchtigte Gefängnis war ein roter Backsteinbau und setzte seine Schreckenstradition aus der Zeit des Nationalsozialismus fort. Wer dorthin gebracht wurde, kam gebrochen wieder heraus oder verschwand für immer.

Werner brummte: »Führen sich hier auf! Gar nichts haben die uns vorzuschreiben. Mir muss niemand sagen, wie ich meine Arbeit zu machen habe.«

»Nein, Werner, bei Gott nicht. Aber jetzt lass uns einfach essen gehen. Und morgen wird gefeiert!« Paul klopfte seinem Freund auf die Schulter.

»Unser Pfingstbier! Weißt du, Paule, da kommt wenigstens mal Freude auf in all dem Elend. Bringst du ein Mädchen mit? Wird langsam Zeit, dass du eine Braut findest«, meinte Werner.

Paul lachte. »Kann ja nicht jeder so viel Glück haben wie du mit deiner Agnes! Morgen wird gefeiert und getanzt, aber nicht auf Brautschau gegangen.«

Werner und Agnes waren seit elf Jahren ein Paar. Sie war eine geborene Kullick mit Wurzeln in Masuren. Noch immer war ein Teil ihrer Familie vermisst, und Agnes sprach wöchentlich bei den Ämtern vor und hängte Zettel mit den Namen ihrer Angehörigen an die Litfaßsäulen. Es ging ihr wie vielen, doch niemand wollte die Hoffnung aufgeben. Je näher sie der Wohnung kamen, desto deutlicher vernahmen sie Kindergeschrei, das sich mit einer energischen Frauenstimme mischte und verstummte.

»Braves Weib, hat die Bande im Griff«, meinte Werner stolz und nahm die Stufen zur Haustür mit einem Satz. Kaum hatte er die Tür aufgestoßen, wurden sie von fünf Kindern im Alter von eins bis zehn Jahren umringt.

»Paul, guck mal, was wir genäht haben!«, rief Werners älteste Tochter, Grete, nahm Pauls Hand, und zog ihn in die

Ecke der kleinen Stube, wo eine Nähmaschine auf einem Tisch stand.

Agnes kam aus der Küche, wischte sich die Hände in der Schürze ab und begrüßte ihren Mann mit einem Kuss. »Wasser und Seife stehen hinten. Wenn ihr fertig seid, kommt in die Küche. Und ihr Kinder macht nicht solchen Lärm. Was soll denn der Paul von euch denken. Grete, nun lass den armen Mann doch mal in Ruh!«

Doch Paul lobte das bunte Kleid, das Agnes für ihre Tochter aus Stoffresten genäht hatte. »Darin wirst du morgen beim Fest sehr hübsch aussehen, Grete.«

Das Mädchen strahlte. Es hatte dünnes braunrotes Haar, Sommersprossen und dunkle Ringe unter den Augen, denn Grete war lange krank gewesen. »Nicht wahr? Und du tanzt mit mir, ja? Versprichst du's mir?«

Paul nickte. »Ehrenwort.«

»Gretchen, jetzt wollen wir uns waschen«, sagte ihr Vater und nahm Paul mit nach hinten, wo sie durch die Hintertür in einen kleinen Garten traten. Hier stand eine Regentonne, auf einem Stuhl lagen ein Leinentuch und ein Stück Seife.

»Wie geht es deiner Tochter?«, fragte Paul, während sich Werner Wasser ins Gesicht und über den Oberkörper spritzte.

»Der Husten wird besser. Aber wir brauchen Medizin, die es hier nicht gibt. Vielleicht im Westen, aber ich habe keine Zeit, nach drüben zu fahren.« Werner trat zur Seite, sodass Paul sich waschen konnte.

»Meine Schwester ist vielleicht bald wieder in Berlin.

Schreib mir auf, was ihr braucht, und sie wird versuchen, es zu bekommen«, schlug Paul vor.

Petra, Pauls jüngere Schwester, war die einzige Thulke, die nicht in der Saline arbeitete. Sie hatte sich schon als kleines Mädchen in den Kopf gesetzt, Schauspielerin zu werden. Und dieses Ziel verfolgte sie mit großer Hartnäckigkeit. Weder die Eltern noch die schwierigen Umstände konnten sie von ihrem Traum abbringen. Zurzeit spielte sie in »Ein Sommernachtstraum«, einer Produktion des Halleschen Stadttheaters, mit.

Werner strich sich die nassen Haare nach hinten. »Ich dachte, sie spielt hier Theater? Will sie doch fort aus Halle?«

Paul trocknete seinen Nacken und legte das Handtuch über die Stuhllehne. Er hatte ein offenes Gesicht mit ebenmäßigen Zügen, und wenn er lachte, bildeten sich Grübchen auf seinen Wangen. Die Frauen schwärmten für den gut aussehenden Salzwirker, doch der hatte nur Augen für eine, aber das war eine komplizierte Geschichte.

»Wollte sie immer. Deshalb fährt sie nach Berlin, hat dort Freunde, die sie zum Film bringen wollen. Und Berlin hat ja nun auch mehr zu bieten als unser kleines Halle.«

»Na ja, wenn sie die Stadt wieder aufbauen. Noch liegt Berlin ja wohl in Trümmern. Komm, mir knurrt der Magen.«

Die Kinder saßen bereits am Tisch und aßen Grütze mit Apfelkompott. Sie löffelten ihre Teller leer und leckten die Reste mit den Zungen ab.

»Wenn ihr fertig seid, geht raus zum Spielen. Ihr bekommt heute Abend ein Ei«, sagte Agnes und stellte den

Männern je einen Teller mit Spiegeleiern auf gebuttertem Brot hin.

Paul sah, wie die Kinder auf die Eier starrten, doch Agnes ermunterte ihn, zu essen.

»Wer körperlich arbeitet, muss auch essen. Nun los!«

Nahrungsmittel waren noch immer rationiert, und Lebensmittelkarten teilten das wenige, was vorhanden war, unter der Bevölkerung auf. Man baute Gemüse an, wo immer eine freie Rasenfläche zu finden war, doch eine Kuh oder Hühner hatten nur die wenigsten. Die Salzwirker verfügten über Grünland und Wiesen bis an das Saaleufer, und hinter den Wohnblöcken gab es Hühnerställe, und es wurden auch Ziegen gehalten.

Paul wischte mit seinem Brot die Eireste auf. »Danke, das war das beste Frühstück!«

Werners Frau lächelte und räumte die Teller ab. »Sollst du morgen auch die Fahne schwingen, Paul?«

Während des Pfingstbieres traten die Halloren in ihrer Festtracht auf und zeigten das traditionelle Fahnenschwingen, das großes Geschick erforderte.

»Dieter hat die große Ehre mit der Brüderschaftsfahne, aber Werner und ich sind beim kleinen Fahnenschwingen dabei«, erklärte Paul.

Lautes Klopfen an der Haustür ließ die Männer aufschrecken. Unwillkürlich sprangen sie beide auf. Zwei Männer in Anzügen waren an der Haustür mit undurchdringlichen Mienen. Neben ihnen stand Dieter in Hemd und Hose.

»Was gibt es?«, fragte Werner.

Dieter war Ende fünfzig und Hallore in der fünften Generation. »Man hat nach dir gefragt, und ich dachte, dass wir euch hier finden würden.«

»Wir haben gegessen und gehen jetzt zurück ins Siedehaus.« Werner und Paul traten aus der Haustür, sodass die Männer rückwärts ausweichen mussten, während Werner die Tür hinter sich zuzog.

»Die Genossen suchen neue Parteimitglieder«, sagte Dieter und hob die Augenbrauen, was die Parteigenossen hinter ihm nicht sehen konnten.

»Bist du denn schon beigetreten?«, fragte Werner und schlug den Weg zum Siedehaus ein.

»Äh, ja, ich gehe zur nächsten Sitzung, und dann werde ich den Aufnahmeantrag unterzeichnen.« Dieter war von mittlerer Statur und hatte eine tiefe Delle mitten auf seiner Stirn. Ein Granatsplitter saß noch immer in seinem Kopf, doch damit hatte er sich arrangiert.

Paul hatte die Genossen noch nie zuvor gesehen. Der eine war untersetzt, mit Kinnbart und Brille, der andere hatte etwas Überhebliches an sich, und sein Anzug war von guter Qualität.

»Wir erwarten, Sie ebenfalls auf der nächsten Parteiversammlung zu sehen«, sagte der Untersetzte.

»Ach ja?«, meinte Paul und war froh, als die Turmuhr zehn Mal zu schlagen begann. »Unsere Pause ist vorbei. So leid es uns tut.«

Zusammen mit Werner lief er im Eiltempo zum Siedehaus, packte seinen Hammer und sagte leise zu seinem Freund: »Kanntest du die?«

»Nein, und ich wäre froh, wenn das so bliebe.«

3

Bevor sie zum Bezirksamt ging, wollte sie rasch noch eine Tasse Kaffee trinken. Irene war ganz in der Nähe des Café David in der Geiststraße, das Erich David gehörte. Die Davids hatten die Schokoladenfabrik vor über fünfzig Jahren erbaut, und das Café hatte zur Kaiserzeit zu den beliebtesten und mondänsten Lokalen der Stadt gehört. Sie stand vor dem Eckhaus, das nur noch ein verblasster Schatten einstigen Glanzes war. Zu Erich David hatte ihre Familie nie eine besonders enge Beziehung gehabt, anders war es mit seinem Onkel Ernst gewesen. Aber das gehörte in längst vergangene Zeiten.

Der Kaffee sollte das einzig Gute an diesem Morgen sein. Wütend lief Irene vom Bezirksamt hinunter zur Fabrik. Sie war noch genauso wütend wie vor einer Stunde, als der Vorsitzende der Entnazifizierungskommission ihre Bitte ohne Begründung abgeschmettert hatte.

»Guten Tag, Fräulein Mendel!«, wurde sie von einem Mitarbeiter begrüßt, der im Hof einen Handwagen mit Kisten belud.

»Guten Tag, Herr Kühn. Sind wir zufrieden mit der Lieferung? Es war nicht einfach und hat uns eine Menge Geld gekostet!«, sagte Irene und verdrängte die düsteren Gedanken.

Eduard Kühn war ein langjähriger Mitarbeiter, über dessen Rückkehr aus einem amerikanischen Lager sie alle glücklich waren. Er gehörte zu den wenigen, die alle Produktionsschritte kannten und dort anpackten, wo Hilfe gebraucht wurde. Der Mann in den Sechzigern klopfte auf eine der Holzkisten, die mit belgischen Aufklebern versehen waren. Die Kisten waren direkt aus Brüssel geliefert worden und stammten aus den Beständen der Familie de Smet. Nicolas de Smet, der derzeitige Seniorchef der berühmten Brüsseler Schokoladendynastie, war freundschaftlich mit Friedrich Mendel verbunden. Doch in schwierigen Zeiten hatte auch Freundschaft Grenzen, und Irene hatte mit Maurice, Nicolas' Sohn gesprochen, um die Lieferung des Rohkakaos möglich zu machen.

»Daraus machen wir die allerfeinsten Pralinen, Fräulein Mendel!«, sagte Eduard Kühn, hielt inne und fügte hinzu: »Wenn die Russen uns nur lassen.«

Seufzend betrachtete Irene den Lieferwagen mit den Kisten. »Ja, hoffen wir das Beste. Ich sehe zu, dass wir den Großauftrag von Wojentorg erfüllen und unsere exklusiven Pralinen dann selbst verkaufen.«

»Sie sind eine patente Person, Fräulein Mendel, wenn ich das so sagen darf. Sie werden das Ding schon deichseln.« Kühn schob seine Mütze aus der Stirn und fügte hinzu: »Jetzt sind wir so weit gekommen. Nach allem …«

Irene lächelte. »Ohne Ihre Hilfe und die der Belegschaft

wäre das nicht möglich gewesen. Der Großauftrag von Wojentorg hat uns erst mal gerettet.«

Im vergangenen Jahr hatten sie von der sowjetischen Militärhandelsorganisation einen Großauftrag zur Versorgung russischer Soldaten mit Süßigkeiten und Schokolade erhalten. Den Auftrag hatten sie aufgrund mangelnder Rohstoffe noch nicht ganz erfüllen können, doch das würde sich nun ändern. Und mit den hochwertigen Pralinen, die sie unabhängig davon produzieren und verkaufen konnten, würden sie einen guten Profit erzielen. Das war auch bitter nötig.

Nachdem die Mignon-Schokoladen-Werke während des Krieges gezwungen worden waren, für die Siebel-Flugzeugwerke zu produzieren, waren Maschinen von Mignon in eine Scheune bei Gutsbesitzer Bardenwerper in Büschdorf ausgelagert worden. Bomben hatten die Scheune getroffen und die Maschinen vollständig vernichtet. Doch die nach Bad Düben ausgelagerten Maschinen konnten wieder aufgestellt werden.

»Verdammte Sache ist das mit den Sowjets. Erst diese Geschichte vor drei Jahren, und jetzt weiß doch bald kein Mensch mehr, wo er steht!«, schimpfte Kühn.

Irene nickte. Der Mann hatte recht. Die Lage des Unternehmens war noch immer unübersichtlich. Vor drei Jahren hatte die Mignon-Schokoladenfabrik AG das Sequestrationsverfahren angemeldet und war dann auf SMAD-Befehl enteignet worden. Doch schon am nächsten Tag war die Enteignung rückgängig gemacht worden.

»Mit der Umwandlung des Unternehmens in eine GmbH haben wir uns noch einmal retten können, aber wie lange das Bestand haben wird, ist schwer zu sagen«, sagte Irene.

Am 15. Juni 1948 hatte die damalige Aktiengesellschaft im Zuge der letzten Hauptversammlung die Umwandlung in eine Gesellschaft mit beschränkter Haftung beschlossen. Neben ihrem Vater waren auch der Bankdirektor und ein Parteisekretär dabei gewesen. Das Grundkapital wurde zum Stammkapital, das in Geschäftsanteile zerlegt wurde. Friedrich Mendel war nun der Geschäftsführer und Fabrikbesitzer mit dem Hauptanteil, gefolgt von Irene, seiner Frau, Erich David und weiteren Gesellschaftern.

»Doch, Sie haben schon einiges auf den Weg gebracht«, meinte Kühn. »Wir haben jetzt einen Betriebsrat, es gibt Pensionszuschüsse, einen Betriebsarzt, nee, das ist schon was!«

»Ich bin froh, dass Sie das so sehen, Herr Kühn. Dass wir wieder eine Weihnachtsgratifikation auszahlen können, kann ich nicht versprechen. Aber die Maifeier wird es geben.«

Kühn nickte und bückte sich nach einem Sack. »Wird schon werden.«

»Ja, das hoffen wir alle!« Irene ging weiter und betrat kurz darauf die Fabrikhalle von der Hofseite aus. Wie so oft seit Kriegsende, zuckte sie kurz zusammen, wenn sie heute die Halle betrat. Früher hatte es nach edlem Kakao geduftet, heute roch es nach Marmelade, Zuckerrübensirup, Haferflocken und Trockenkartoffeln. Und das Schlimmste war, dass man ihnen ihren besten Mitarbeiter vorenthielt! Irene nickte hierhin und dorthin, sah die Frauen an den Fließbändern Gläser sortieren und mit Schildern bekleben, und ging weiter bis zu einer Stahltreppe, die in den ersten Stock zu ihrem Büro führte.

Ihr Vater hatte ihr ein Büro gleich neben seinem gegeben,

und Frau Luegers arbeitete nun für sie beide. Die Sekretärin teilte als Kriegswitwe das Schicksal vieler Frauen und war dankbar in ihre alte Stellung zurückgekehrt. Irene grüßte die Sekretärin durch die Glasscheibe, klopfte kurz an die Tür ihres Vaters und trat ein.

Friedrich Mendel sah von seinem Schreibtisch auf, und der sorgenvolle Ausdruck wich einem Lächeln. »Renilein! Du bist schon zurück? Hast du gute Nachrichten?«

Wenn sie allein waren, benutzte er ihren Kosenamen aus Kindertagen. Irene trat zu ihrem Vater, gab ihm einen Kuss auf die Wange und strich ihm über das schüttere weiße Haar. Wer ihn heute sah, hätte in ihm nicht den energiegeladenen Unternehmer vermutet, der im Frack, mit Zigarre und Spazierstock vor dem Eingang seiner Fabrik für den Fotografen posierte. Fahrig suchte ihr Vater nach seinem Zigarettenetui, sah hinein und schob es zur Seite. Tabak wurde rationiert und musste in der Bezirksverteilungsstelle unter Vorlage einer Lebensmittelkarte abgeholt werden.

»Ja und nein. Dass Nicolas uns den Rohkakao geschickt hat, hast du sicher schon gesehen?« Irene betrachtete die Rezeptentwürfe, die auf dem Schreibtisch lagen, und nahm einen in die Hand. »Persipan, Staubzucker, Fondant, Arrak-Essenz, hm …«

»Aber was wir ihm dafür zahlen, ist ausverschämt!«, beschwerte sich ihr Vater.

»Es gibt keinen Rohkakao in dieser Qualität zu kaufen. Bis neue Lieferungen von der Goldküste nach Amsterdam gehen, wird es noch dauern, und wir werden nicht die Ersten sein, deren Bestellungen bearbeitet werden. Arrak? Haben wir nicht. Aber ich werde schauen, welchen Ersatz wir finden.«

Müde blickte Friedrich Mendel auf. »Ich wüsste nicht, was ich ohne dich täte, Renilein. Es hat mir nie etwas ausgemacht, zu kämpfen. Wir haben so viele Engpässe und Rückschläge ertragen, aber die vergangenen Jahre, der Krieg und Edgar. Ich bin zu alt …« Er schüttelte den Kopf. »Haben sie dir Nachricht von Edgar geben können?«

Irene legte das Rezept zurück und setzte sich auf die Ecke des Schreibtisches. Die Sorge um den vermissten Bruder hatte lange wie ein drückender Schatten auf der Familie gelegen. Bevor sie zur Bezirkskommission gegangen war, hatte sie einmal mehr auf der russischen Kommandantur vorgesprochen, um nach ihrem Bruder zu fragen. Es gab einen Offizier, der sie mit Respekt behandelte, Semjon Bogdanow. »Nein. Vielleicht mit der nächsten Postladung. Immerhin wissen wir jetzt, dass er in einem Lager ist. Er ist am Leben! Ich frage am Montag wieder nach. Wenn ich den Kommandanten richtig verstanden habe, wurde Edgar aus Kemerowo verlegt.«

Vor wenigen Wochen erst hatten sie erfahren, dass Edgar in einem sibirischen Kriegsgefangenenlager war. Bis dahin hatte er als vermisst oder gefallen gegolten. »Das sind gute Nachrichten, Vater. Kemerowo ist in Sibirien, dort ist es am übelsten, hat dieser Bogdanow gesagt.«

Ihr Vater wischte sich über die Augen. »Ja, das ist gut, ja.« Dann räusperte er sich und fragte: »Und wegen Scholz?«

»Nichts zu machen.« Sie zog ihr Notizbuch heraus und zitierte den Kommissionsvorsitzenden. »Hermann Scholz fällt unter die Direktive Nummer 24, Absatz soundso, weil er seit 1933 Mitglied der NSDAP und des Stahlhelms war. Es ist dem Angeschuldigten verboten, eine kontrollierende, leitende oder andere organisatorische Tätigkeit in öffentlichen oder privaten Betrieben auszuüben. Dem Angeschuldigten ist das Recht entzogen zur Bekleidung von Posten oder zur Ausübung einer Tätigkeit, die mit Anstellung oder Entlassung von Arbeitern und Angestellten und so weiter. Außerdem wird ihm das Wahlrecht entzogen. Gegen diese Entscheidung kann Berufung eingelegt werden.«

Ihr Vater rieb sich das Kinn. »Wird Scholz das tun?«

»Ich habe nicht mit ihm sprechen können, weil sie ihn gleich weggebracht haben. Wohin, wollten sie mir nicht sagen«, antwortete Irene niedergeschlagen.

»Tja, dann werden wir uns damit abfinden müssen. Was ist mit diesem jungen Flüchtling, diesem Kasulke? Der scheint mir intelligent, und er versteht was von Maschinen. Vielleicht kann Kühn ihn mal unter seine Fittiche nehmen«, schlug ihr Vater vor.

Irene zog eine Grimasse. »Du weißt aber schon, wie die Leute auf Flüchtlinge reagieren? Dass wir Flüchtlinge einstellen, ist denen zuwider. Ich kann sie tuscheln sehen.«

Für einen Moment blitzte der alte Unternehmergeist in Friedrich Mendel auf. »Na, das haben die doch gar nicht zu entscheiden. Wir sitzen alle in einem Boot. Bei uns im Betrieb wird keiner geschnitten oder abgewiesen, nur weil er nicht die richtige Herkunft hat. Das muss ein für alle Mal vorbei sein!«

Irene umarmte ihren Vater und stand auf. »Du hast recht. Ich spreche mit dem Jungen und auch mit Kühn.«

Bevor sie die Tür öffnete, drehte sie sich noch einmal um. »Wie geht es Großmutter? Ich musste heute so früh los, da konnte ich nicht nach ihr sehen.«

Ihre Großmutter, Therese von Borowski, war mit ihrer Tochter Hedda aus Ostpreußen geflohen, und ihr Treck war den Russen in die Hände gefallen. Dass die beiden Frauen überlebt hatten, war ein Wunder, was sie erlebt hatten, unaussprechlich, und Therese war verstummt und saß seit ihrer Ankunft in Halle nur teilnahmslos auf einem Stuhl und starrte vor sich hin. Irenes Tante Hedda hingegen wurde nicht müde, ihrem Hass auf ihre Peiniger Luft zu machen, was nicht ungefährlich war. Zudem war Heddas vor Stalingrad gefallener Mann ein hochrangiger SS-Offizier gewesen, was sie noch immer mit Stolz erfüllte.

»Unverändert. Aber deine Tante macht mir Sorgen. Ich wünschte, sie würde zu deinem Onkel nach Westdeutschland gehen. Mit ihrer starrsinnigen Haltung bringt sie uns eines Tages noch in Teufels Küche!«

4

Der Torturm der Oberburg warf bereits einen langen Schatten. Die Abendsonne tauchte die Burg auf dem Giebichenstein in warmes Licht und machte die Szene, die sich im Burghof abspielte, noch lebendiger. Elfen, Schlangen und Waldgeister schienen sich dort im Schutz der alten Bäume ein Stelldichein zu geben.

»Was sich zeigt an diesem Platz, Wenn du aufwachst, wird dein Schatz; Sähst du gleich die ärgste Fratz!«, rezitierte ein exotisch gekleideter Mann und hielt ein Taschentuch über das Gesicht einer scheinbar schlafenden Frau.

»Hoffentlich schaffe ich es morgen zur Aufführung«, flüsterte eine junge Frau in einem einfachen, ärmellosen Leinenkleid. Neben ihr stand ein junger Mann in Hemd und auf Wadenhöhe abgeschnittener Hose. Er griff nach ihrer Hand.

»Morgen ist Premiere! Du musst kommen! Was ist denn wichtiger als die Premiere? Und dann noch am Pfingstbier!«

Petra Thulke biss sich auf die Unterlippe. Ihre langen braunen Haare umflossen offen ihr madonnenhaftes Gesicht, das ihr den Weg in die Filmwelt öffnen könnte. Als Tochter einer alteingesessenen Hallorenfamilie ging es nicht an, dass sie das Pfingstbier verpasste. Das war ihr bewusst, doch sie hatte ein Versprechen gegeben. »Weiß ich doch, Frank. Ich will ja auch kommen.«

Ein älterer Herr in weißem Hemd und weiten Hosen sprang barfüßig auf die Bühne, denn um nichts anderes handelte es sich bei dem Holzgerüst. Er hielt ein aufgeschlagenes Notizbuch in den Händen und hob eine Hand.

»Oberon und Titania gehen jetzt ab, das war übrigens gut. Der Elf könnte noch etwas dynamischer wirken. Und wo sind die Liebenden? Lysander, Hermia! Wir warten!« Der Regisseur winkte die jungen Leute ungeduldig in die Bühnenmitte.

»Braucht ihr eine Extraeinladung, oder was?! Verdammt, morgen ist die Premiere. Ihr könnt froh sein, dass wir spielen dürfen. Und bitte!«

Der Regisseur trat zur Seite. Philip Hallberg setzte sich seit Kriegsende unermüdlich für den Wiederaufbau eines festen Ensembles ein. Von der ehemaligen Truppe waren kaum noch Mitglieder vorhanden, doch die Sehnsucht der Leute nach Zerstreuung war groß, und jede Vorstellung, die er bislang auf die Beine gestellt hatte, war ausverkauft gewesen. Petra schätzte den erfahrenen Theatermacher und hatte ein schlechtes Gewissen, dass sie ihn und die Truppe vielleicht bald verlassen würde.

Hand in Hand betrat sie neben Frank die Bühne. Ihr Bühnenpartner sagte: »Kaum tragen durch den Wald Euch noch die Füße, Und ich gesteh es, ich verlor den Pfad. Wollt Ihr, so lasst uns ruhen, meine Süße, Bis tröstend sich das Licht des Tages naht.«

»Ach ja, Lysander! Sucht für Euch ein Bette; Der Hügel hier sei meine Schlummerstätte«, sagte Petra und sank zu Boden, wo eine mit grünen Tüchern verhüllte Kiste den Hügel darstellte.

Die Generalprobe verlief bis auf Kleinigkeiten reibungslos. Am Ende klatschten alle, und es ging in die provisorische Garderobe in der Burg. Petra drehte ihre Haare zu einem Zopf. Morgen würde sie einen Blumenkranz einflechten, die Elfen sorgten sich um ihre künstlichen Ohren, und ein anderer Darsteller zog sich schnaufend den Eselskopf herunter. Bei der anhaltenden Augusthitze war es wahrlich keine Freude, in aufwendiger Verkleidung zu spielen.

Sie zog sich um, hängte ihr Gewand auf einen Bügel und gab es der Kostümbildnerin, die nach jeder Vorstellung einiges auszubessern hatte. »Danke, Evi. Bis morgen!«

Beschwingt verließ Petra die Garderobenräume und traf im Flur auf Frank, der auf sie gewartet hatte. Er war, genau wie sie selbst, zweiundzwanzig Jahre alt, arbeitete in der Bäckerei seiner Eltern, doch sein Herz gehörte dem Theater.

»So, jetzt erzähl mal, was los ist, Petra!« Frank hakte sie unter. »Die anderen treffen sich am Fluss noch auf ein Bier.«

»Ich habe heute keine Zeit, tut mir leid. Muss meiner Mutter noch bei den Vorbereitungen helfen.«

»Ja, aber was ist denn morgen? Wohin willst du denn noch? Ich versteh dich manchmal nicht, Petra. Der Hallberg gibt uns hier eine Chance. Uns allen! Die Presse wird über uns schreiben. Wenn du nicht rechtzeitig da bist, fällt das auch auf uns zurück. Hast du darüber mal nachgedacht?« Er sprach beschwörend auf sie ein.

Überhaupt mochte sie Frank Schmitt nicht besonders. Er bedrängte sie und hielt sich für unwiderstehlich. Das mochte an der Bäckerei seiner Eltern liegen, dadurch war er in der privilegierten Lage, gelegentlich Brot oder Kuchen spendieren zu können. Doch er selbst hatte eine fordernde freche Art, die ihr missfiel, da half auch der beste Kuchen nichts.

Rings um sie wurde gelacht und geplaudert. Die Stimmung vor der großen Premiere war aufgeladen. Für einige war es die erste Aufführung vor großem Publikum. Der Bürgermeister und die Honoratioren der Stadt wurden erwartet. Wichtige Leute. Aber waren es andere Leute als früher? Hatte sich überhaupt etwas geändert? In Petras Kopf schwirrten zahllose Träume und verhießen Zukunft und Freiheit. Jetzt, dachte sie. Wann, wenn nicht jetzt, wo wir jung sind.

»Sag mal, hörst du mir überhaupt zu?«, riss Franks Stimme sie aus ihren Gedanken.

»Hm, ja, die Presse wird da sein und ich auch. Ich hätte gar nichts sagen sollen. Mach dir meinetwegen keine Gedanken.« Petra sog den Duft des anbrechenden Abends ein.

Vom Fluss kam eine kühle Brise herauf, kaum spürbar, mehr zu riechen als zu fühlen. Drüben lag Cröllwitz mit dem Gestüt. Es schien ihr wie ein anderes Zeitalter, wenn sie an ihre Kindheit dachte, die unbeschwert und voller Abenteuer gewesen war. Paul hatte sie mit auf die Nachtigalleninsel genommen. Heimlich waren sie in einem alten Holzkahn von der Pfännerschaft die Saale hinaufgerudert und hatten doch keine Nachtigallen gesehen. Der Zauber lag nicht in der Realität, er lag in den Worten.

»Ich leb, ich sterb: ich brenn, und ich ertrinke, ich dulde Glut und bin doch wie im Eise«, sprach Petra die poetischen Verse leise und trat an die Mauer, um von dort auf den unten vorbeirauschenden Fluss zu schauen.

»Was redest du da? Von wem ist das?« Frank war ihr gefolgt.

»Oh, Louise Labé, eine französische Lyrikerin aus dem …«, sie legte nachdenklich den Zeigefinger gegen die Lippen, » … sechzehnten Jahrhundert. Ja, doch, das müsste hinkommen. Ist es nicht faszinierend, was Worte ausdrücken, welche Welten sie erschaffen können?« Sie stützte die Ellbogen auf die Mauer. »Sie machen uns frei, weil niemand in unseren Kopf schauen kann.«

»Du solltest etwas vorsichtiger sein mit dem, was du sagst, Petra. Wenn die falschen Worte auf die falschen Ohren im falschen Augenblick treffen, könntest du in Schwierigkeiten geraten«, mahnte ihr Schauspielkollege.

Doch Petra winkte ab. »Es wird sich alles irgendwie richten. Muss es ja, nicht wahr? Und ich muss jetzt gehen. Bis morgen, Frank!«

Er griff nach ihrem Arm. Überrascht blieb sie stehen und sah ihn an. Er war heute so merkwürdig. »Ich kann nicht mit zum Fluss!«, sagte sie schärfer als beabsichtigt.

Eine Spur von Verärgerung lag in seiner Stimme, doch er ließ sie los. »Ja, das sagtest du. Es gibt da jemanden, oder?«

Sie stemmte die Hände in die Hüften und musterte ihn

kühl. »Was geht es dich an? Wir stehen zusammen auf der Bühne, mehr nicht.«

Er fuhr sich durch die dunkelblonden Haare und holte eine Schachtel Zigaretten aus seiner Hosentasche. Zigaretten waren noch immer Mangelware, und er genoss es, ihr die Schachtel mit einer lässigen Geste hinzuhalten. »Möchtest du?«

Sie schüttelte den Kopf. »Nein. Ich möchte gar nichts von dir, außer, dass wir auf der Bühne unser Bestes geben.«

Er steckte sich eine Zigarette zwischen die Lippen und sah sie dabei unverwandt an. Andere mochten ihn attraktiv finden, doch ihre Ablehnung schien ihn zu reizen. »Warum nicht, Petra? Wir können doch etwas Spaß haben, und deine Mutter würde sich freuen, wenn sie mal ein Brot mehr und ein paar Rosinen bekommt.«

Ihr wurde übel. »Ein für alle Mal, Frank, da läuft nichts. Such dir eine andere, die du mit deinem schmierigen Charme beeindrucken kannst.«

Damit ließ sie ihn stehen und verließ beinahe fluchtartig die Burg. Wenn sie Zeit hatte, lief sie gern am Riveufer entlang, beobachtete die Schiffe und Boote auf der Saale. Doch ihre Mutter wartete, und sie wählte den kürzesten Weg, folgte der Burgstraße, vorbei an den prächtigen Villen, die in den Seitenstraßen standen. In vielen der einst herrschaftlichen Häuser hatten sich die Russen einquartiert. Die neuen Besatzer hatten nicht gefragt, sondern sich genommen. Petra schluckte, lief an der Lafontainestraße vorbei und verdrängte aufsteigende Erinnerungen an einen Abend vor vier Jahren. Genau hier auf Höhe der Diakonissen-Anstalt war es gewesen, dass sie von einer Gruppe junger russischer Soldaten abgepasst worden war. Sie hatte das Schlimmste befürchtet, doch ein russischer Offizier war dazugekommen und hatte die lüsternen Kerle fortgeschickt. Sie hatte nicht verstehen können, was die Männer ihm zuriefen, und erst später sollte sie begreifen, dass sie nur ein Übel gegen ein anderes getauscht hatte.

Mit erhobenem Kinn ging sie weiter. Sie war stark, jung, und sie hatte überlebt. Erzählt hatte sie nie jemandem von dem Abend, weder ihren Eltern noch ihrem Bruder. Paul durfte das nie erfahren, denn er brachte es fertig und suchte den Offizier in seiner Villa auf, um ihn zur Rede zu stellen. Im schlimmsten Fall würde man Paul im Roten Ochsen verschwinden lassen oder übel zusammenschlagen. Beides wollte Petra nicht verantworten müssen.

Sie hatte Pläne. Die Vergangenheit hatte darin keinen Platz.

5

Das zweigeschossige Gebäude war mit reichem Stuckdekor versehen. Die Mittelfront trat mit Säulen und einem darüberliegenden Balkon hervor. Die herrschaftliche Villa in der Senefelder Straße war von Friedrichs Großvater errichtet worden und beeindruckte damals wie heute. Irene blieb kurz am hohen schmiedeeisernen Zaun stehen. Der Garten sah ein wenig verwildert aus, und der Putz bröckelte hier und dort, doch die reich verzierten Kapitelle und Balustraden zeugten noch von vergangenem Glanz. Die Klänge einer Chopin-Etüde perlten aus einem offenen Fenster auf die Straße.

Seufzend trat Irene durch das Tor. Ihre Mutter spielte Klavier. Ada Mendel spielte sehr gut und hatte früher sogar einige Konzerte gegeben. Auf großen Feiern hatte man sie nie lange bitten müssen, und auch heute spielte sie mit Hingabe. Doch Irene war bewusst, dass ihre Mutter sich seit Kriegsende immer mehr in ihre Musik flüchtete.

Ein Ball flog von einem Ende des Gartens auf Irene zu. Sie fing ihn auf und wartete, bis ein etwa fünfjähriges Mädchen angelaufen kam.

»Na, Ele, spielst du schön?«, fragte Irene und gab dem Mädchen den Ball zurück.

Die Kleine blickte sie mit ernster Miene an, nahm den Ball und drückte ihn an sich. »Danke, Fräulein Irene.« Dann sah sie zu Boden. »Spielt ja keiner mit mir.«

»Ach, Ele-Maus. Du musst mal runter zum Fluss oder zum Sportplatz, dort sind die anderen Kinder. Und was ist mit denen von gegenüber? Die sind doch auch in deinem Alter.«

Ele, kurz für Elvira, war die Tochter von Gunda Wilms, die aus dem Samland geflüchtet und bei ihnen untergekommen war. Irene hatte sich dafür eingesetzt, die junge Mutter mit Kind in der Villa unterzubringen, denn sie mochte die beiden. Ada Mendel hatte sich gegen die Aufnahme ausgesprochen, da sie nicht kapierte, dass man sonst andere Flüchtlinge bei ihnen einquartiert hätte.

Das Mädchen hob den Blick und sah Irene mit unendlich traurigen Augen an. »Die mögen mich nicht. Bin ja Dreckzeug. Mit so was spielen die nicht.«

Irene strich Ele über die Haare. »Lass dir das bloß nicht einreden, hörst du?«

Das Klavierspiel hörte auf, und eine ältere Dame schaute aus einem Fenster im Erdgeschoss. »Irene! Wo bleibst du denn? Wir müssen doch gleich los!«

»Ja, Mutter. Bin schon auf dem Weg«, antwortete Irene. Zu Ele sagte sie: »Ihr kommt doch auch zum Pfingstbier? Auf der Wiese am Fluss gibt es allerlei Spektakel und Süßes sicher auch.«

»Wir haben doch kein Geld. Mutti will nicht gehen«, sagte die Kleine leise.

Irene griff in ihre Tasche und holte eine bunte Schachtel heraus. »Die sind für dich. Ich spreche mit deiner Mutter. Bis nachher, Ele.«

Die Augen der Kleinen strahlten, als sie nach der Schachtel griff, sie öffnete und sich eins der Bonbons in den Mund steckte. »Danke!«

Als Irene durch den geräumigen Eingangsbereich ging, hörte sie ein leises Summen aus dem kleinen Salon. Sie fand ihre Großmutter in einem Sessel sitzend, die Hände im Schoß gefaltet. Das von Linien zerfurchte Gesicht, das einmal schön gewesen war, zeugte von einem Leben, das alle Höhen und Tiefen, Leid und Freud erfahren hatte. Am Ende war es mehr gewesen, als eine alte Frau hatte ertragen können. Das Summen verstummte, als Irene die knochige Schulter der alten Dame berührte.

»Großmutter, wie geht es dir? Heute ist Pfingstbier. Ich gehe mit Mutter hin. Sie spielen Theater in der Burg. Eine Komödie von Shakespeare.«

Ihre Großmutter war einst gern ins Theater gegangen und hatte viel gelesen, zeigte jedoch keine Reaktion. Irene ging vor ihr in die Knie und nahm die Hände der alten Frau in ihre, um sie zu streicheln. Ihre Großmutter öffnete die Augen und lächelte sie an.

»Möchtest du eine Praline? Ich habe dir Schokolade mitgebracht. Das dunkle Nougat, das du so gern magst. Du glaubst es nicht, aber wir haben tatsächlich Kakaobohnen aus Belgien erhalten. Unser Freund, der Nicolas, hat es möglich gemacht. Erinnerst du dich an ihn? Vater hat ihn vor Jahren einmal mit auf den Lilienhof gebracht.«

Der Lilienhof war das Gut von Oskar und Therese von Borowski gewesen. Irene erinnerte sich gern an viele Sommer ihrer Kindheit, die sie dort mit ihrem Bruder verbracht hatte. Nördlich von Königsberg gelegen, war es nicht weit bis zur Küste mit den schönen Badeorten gewesen.

Sie nahm eine in Stanniolpapier gewickelte Praline aus der Handtasche und legte sie auf ein Tischchen neben dem Sessel. Bei der Erwähnung des Lilienhofes flackerte es in Thereses Augen auf, und ihre Hände zitterten. Die Lippen versuchten, Worte zu formen, doch dann sank die alte Dame wieder in sich zusammen.

»Ich sehe später noch nach dir.« Sie gab der Großmutter einen Kuss auf die Stirn und ging in das Musikzimmer, den großen Salon, in dem sie ihre Mutter am Fenster stehend fand.

Ada Mendel war noch immer eine eindrucksvolle Erscheinung. Die Abendsonne hüllte ihre markanten Züge in ein weiches Licht, und für einen Augenblick glich sie den Fotografien, die in silbernen Rahmen auf der Anrichte standen. Dort sah man das Fabrikbesitzerpaar Mendel vor einem Automobil, zu Pferd, neben dem Bürgermeister und anderen Honoratioren bei einem Festakt, andere Fotografien stammten von den gemeinsamen Reisen nach Paris, Brüssel und London. Auf anderen Bildern waren Irene und Edgar zu sehen, die ihren Vater des Öfteren auf Geschäftsreisen begleitet hatten. Irene hatte es geliebt, mit ihrem Vater die Chocolaterien in Brüssel zu besuchen, wo sie den besten Chocolatiers beim Kreieren ihrer Köstlichkeiten zugesehen hatten. Das Foto von Edgar in Uniform, bevor er eingezogen worden war, hatten sie wie alle Bilder, auf denen die Symbole des Nationalsozialismus zu sehen waren, vernichtet.

Adas Schneiderin hatte wieder einmal bewiesen, dass man mit Einfallsreichtum und Geschick aus alten Kleidern viel machen konnte. Aus einer blauen Kostümjacke hatte sie ein kurzes Sommerjäckchen genäht, das zu Adas weißem ärmellosem Kleid passte.

»Du bist noch nicht umgezogen, Kind. So kannst du unmöglich gehen!«, begrüßte Ada ihre Tochter.

»Was stimmt nicht mit diesem Aufzug?« Grinsend posierte Irene in ihrem schlichten hellblauen Hemdblusenkleid, in dem sie gern in die Fabrik ging.

»Wir werden wichtige Leute treffen, und du musst gut aussehen. Du bist ein so hübsches Mädchen und könntest viel mehr aus dir machen.« Ada legte prüfend eine Hand an ihre sorgfältig frisierten Haare.

»Der Kakao aus Belgien ist heute eingetroffen. Ist das nicht großartig?«, sagte Irene, ließ sich in ein Sofa fallen und streifte die Schuhe von den Füßen. Es war noch immer sehr warm.

»Warum sollte es auch keinen Kakao geben? Ich verstehe nicht, wie es zu diesen Verzögerungen kommt. Es muss doch weitergehen.« Leicht echauffiert presste sich Ada die Finger gegen die Schläfen. »Diese Hitze ist unerträglich. Normalerweise wären wir jetzt an der See oder auf dem Gut.«

»Wir sind am Leben, und Halle wurde nicht zerbombt. Denk mal an Dresden oder Berlin. Uns geht es gut!«

Unbeeindruckt erwiderte Ada: »Der Felix, dieser fesche Mensch, hach, was haben wir getanzt in der Oper zu Neujahr. Wann war das noch mal gewesen?« Sie legte einen Finger an die Lippen und fuhr fort: »Allein dem Felix Graf Luckner haben wir es doch zu verdanken, dass Halle nicht von den Amerikanern zerbombt worden ist. Das kann man gar nicht oft genug betonen!«

Irene verdrehte die Augen. Ihre Mutter, selbst adliger Abstammung, hatte nun einmal eine Schwäche für diese heldenhafte Geschichte, in der sich der Graf mit seiner besonderen Verbindung zur Saalestadt im April des letzten Kriegsjahres durch die Frontlinie nach Halle durchgeschlagen hatte.

»Und dann vermittelte der Felix zwischen den Deutschen in Halle und der 104. Infanteriedivision Timberwolf!«, fuhr ihre Mutter ungerührt fort. »Halle mit dem großen Güterbahnhof wäre doch todsicher den Bombardierungen zum Opfer gefallen! Aber der Graf hat sich auf die Lazarette, die Frauen und Kinder berufen. Das war sehr geschickt von ihm. Ohne ihn wäre Halle nicht so friedlich übergeben worden. So, jetzt kannst du aufhören, die Augen zu verdrehen, Irene. Und wann habe ich nun mit ihm getanzt?«

»Vor dem Krieg, Mutter. Und bitte sprich nicht in der Öffentlichkeit über Luckner. Das wird nicht gern gesehen.« Die neue Parteiführung hatte nichts für Helden vom Schlage Luckners übrig, was ihre Mutter jedoch gern ignorierte, wie sie überhaupt nicht bereit war, sich den neuen Gegebenheiten anzupassen. Ada Mendel spielte Klavier, plante Abendessen, obwohl nie genügend Lebensmittel zur Verfügung standen, und wenn sie durch die Stadt spazierte, beschwerte sie sich über die nach wie vor sichtbare Präsenz der Besatzer. Manchmal fragte sich Irene, ob ihre Mutter die Tragweite des verlorenen Krieges nicht einordnen konnte oder es nicht wollte.

»Du warst doch auf dem Amt, Irene? Wann erhalten wir unsere Güter in Ostpreußen zurück? Das kann doch nicht ewig dauern.«

Innerlich bis zehn zählend, erwiderte Irene: »Es gibt kein Ostpreußen mehr. Damit müssen wir uns abfinden. Ich ziehe mich jetzt um.« Ihre Absätze klapperten über das Parkett.

»Dem stimme ich nicht zu, Irene. Ich jedenfalls werde niemals aufgeben, auch wenn du alles verloren glaubst.«

Tante Hedda kam mit dem ihr eigenen energischen Schritt herein, wobei sie am Gürtel ihres schlichten dunkelgrünen Kleides zupfte, bis er richtig saß. Das Kleid hatte ihrer Schwester Ada gehört, denn auf der Flucht hatte sie ihren gesamten Besitz verloren. Hedda von Klawitz hatte die Haltung einer Landjunkergattin nicht abgelegt und wirkte noch immer Respekt einflößend mit ihrem energischen Kinn, den kurzen grauen Haaren und den eisblauen Augen, die unerbittlich blicken konnten. Irene hatte Verständnis für die Tante, die sich nach außen hart und abgeklärt gab. Nach allem, was sie erlebt hatte, musste man ihr dafür Bewunderung zollen. Wofür sie kein Verständnis hatte, war die Starrköpfigkeit von Hedda und deren ungebrochene nationalsozialistische Gesinnung.

»Ich glaube gar nichts, Tante Hedda, ich stelle mich den Gegebenheiten. Und wie es nun einmal ist, können wir dankbar sein, dass sie uns die Fabrik noch nicht weggenommen haben. So sieht es aus. Kommst du mit zum Pfingstbier?«

Hedda hob eine Augenbraue, und ihre Mundwinkel zuckten nach unten. »Sicher nicht. Da muss ich womöglich Russen sehen. Nein, das tue ich mir nicht an. Ich habe ein Telefongespräch nach Gießen angemeldet. Kurt hat einen Lehrstuhl an der Universität erhalten.«

Dr. Kurt von Borowski war Heddas und Adas Bruder und ein Jurist, der vor und während des Krieges als Staatsanwalt tätig gewesen war. Durch die richtigen Kontakte war es ihm gelungen, trotz seiner belasteten Vergangenheit den begehrten Persilschein zu erhalten. Nun hatte man ihn also sogar an die Universität berufen.

Irene verließ den Salon und ging nach oben, wo sie sich ein buntes Sommerkleid anzog. Als sie in den Spiegel schaute und sich die blonden Haare hinter die Ohren kämmte, dachte sie, wie unterschiedlich doch die Mitglieder einer Familie sein konnten.

6

In den Bäumen hatte man Lampions aufgehängt, und Lichterketten säumten die Stuhlreihen und Bänke. Auf der Bühne befanden sich Säulen, die einen Palast andeuteten, und seitlich waren künstliche Büsche und Bäume zu sehen. Paul geleitete seine Eltern in die erste Reihe, wo Petra Plätze für sie reserviert hatte. Genau wie sein Vater trug auch Paul heute die Festtracht der Halloren, die aus dem Pelz, dem blauen Dreiviertelmantel, dem Latz, einer Weste mit achtzehn Silberknöpfen, Kniebundhose und einem Dreispitz bestand. Seine Mutter trug das dunkle Festkleid mit weißer Bluse und Schürze.

Die Honoratioren hatten bereits Platz genommen, grüßten sie jedoch höflich, als sie an ihnen vorübergingen. Die Stühle waren in einer Art Halbkreis zur Bühne hin ausgerichtet. Nachdem sie sich gesetzt und die Männer die Hüte auf die Knie gelegt hatten, ließ Paul den Blick schweifen. Schließlich entdeckte er sie. Das blonde Haar war unverkennbar. Sie war so schön, dass es ihm jedes Mal, wenn er sie sah, den Atem raubte. Irene Mendel, die Tochter des Schokoladenkönigs. Unerreichbar für einen Arbeitersohn. Paul nahm die

Schultern zurück. Er war stolz auf seine Zunft, aber er wollte mehr vom Leben. Seine Träume waren größer als das, was seine Eltern sich für ihn vorstellten.

»Paulchen, was spielt die Petra noch? Ich vergesse den Namen immer«, fragte seine Mutter leise und griff nach seiner Hand.

»Hermia, Mutter. Sie spielt die Tochter von Theseus und ist in Lysander verliebt, soll aber Demetrius heiraten, der wiederum Helena liebt. Dann gibt es den Elfenkönig Oberon, der sich mit seiner Frau streitet und die Verwirrungen auslöst.« Er versuchte, das Stück möglichst knapp zusammenzufassen, und seine Mutter tätschelte seine Hand.

»Danke, jaja, ich verstehe schon«, murmelte sie und schaute gebannt auf die Bühne, wo der erste Akt seinen Lauf nahm.

Die Vorstellung war restlos ausverkauft und das Publikum begeistert. Es wurde gelacht und geklatscht, und die Hallenser waren so unbeschwert wie schon lange nicht mehr. Während Paul seiner Schwester zuschaute, die ihre Sache ausgesprochen gut machte, glitt sein Blick immer wieder zu Irene. Sie war schmal, aber nicht zerbrechlich, und bewegte sich mit einer natürlichen Anmut, die nur jemand ausstrahlte, der über genügend Selbstbewusstsein verfügte. Dabei wirkte sie nicht überheblich, und er wusste von den Mitarbeitern der Fabrik, dass man sie schätzte und sich gern an sie wandte, wenn es Probleme gab. Aber das Faszinierendste an ihr waren ihre meergrünen Augen.

Vielleicht hatte sie gespürt, dass er sie ansah, denn sie hob den Kopf, und ihre Blicke trafen sich. Paul deutete ein Lächeln an, und wenn er sich nicht täuschte, schmunzelte sie. Doch sofort wandte sie ihre Aufmerksamkeit wieder dem Geschehen auf der Bühne zu. Sie kannten einander seit der Kindheit. In der Kirche, auf Festlichkeiten und seltener am Fluss beim Schwimmen hatten sie sich gesehen. Das erste Mal angesprochen hatte Paul die Fabrikantentochter beim Wasserstechen im vergangenen Sommer. Er war als Sieger aus dem sportlichen Schauturnier der Halloren auf der Saale hervorgegangen, und Irene hatte ihm die von der Schokoladenfabrik gesponserten Pralinen überreicht. Im Verlauf des Festes hatten sie miteinander getanzt, und seither hatte er nicht aufgehört, an sie zu denken.

Der Schlussapplaus riss ihn aus seinen Gedanken, und er erhob sich mit den anderen. Die Schauspieler verneigten sich und wurden fünf Mal auf die Bühne geklatscht. Schließlich trat seine Schwester vor und rief: »Danke, liebe Leute! Empfehlt uns weiter, und nun wünschen wir euch ein fröhliches Pfingstbier!«

Paul warf seiner Schwester eine Kusshand zu, die diese erwiderte.

»Wir sehen uns beim Fahnenschwenken!«, rief sie und verließ die Bühne.

»Ja, Paul, wir sollten runter zur Saline«, schlug sein Vater vor.

»Ohne mich fangen sie nicht an«, meinte Paul und grinste, denn er war einer der Fahnenschwenker.

Das Fest fand auf der großen Wiese hinter den Siedehäusern statt. Heute früh war der neue Vorstand der Salzwirker-Brüderschaft gewählt worden, anschließend hatte das

Festessen stattgefunden, bei dem auch der traditionelle Hallorenkuchen gereicht worden war, den in diesem Jahr seine Mutter gebacken hatte. Das Pfingstbier hatte eine lange Tradition und war der Höhepunkt des Jahres. Es hieß, dass den Halloren in vergangenen Zeiten vom Gutshof Giebichenstein alljährlich zu Pfingsten eine bestimmte Menge an Bier zu spenden gewesen sei. Nachdem die Gutsbrauerei eingegangen war, hatte man diese Spende in eine Geldsumme umgewandelt, doch der schöne Brauch war geblieben.

Nun war also ganz Halle auf den Beinen, um zu feiern, wobei nicht alles so ablief wie in der Vorkriegszeit. Die Rationierungen waren eine Sache, die Besatzer eine andere. Normalerweise wurde der Schatz der Halloren, kostbare Silberbecher aus über dreihundert Jahren Brüderschaft, auf dem Festplatz ausgestellt, und die Platzknechte sorgten für Sicherheit und Ordnung. Noch während des Krieges hatte man beschlossen, den Schatz zu behüten und zu verstecken. Seither wurde er abwechselnd auf dem Dachboden eines der Halloren aufbewahrt.

»Warten wir nicht auf Petra?«, fragte Pauls Mutter, doch er hakte sie unter und ging langsam über den Burghof.

»Sie zieht sich um und stößt später zu uns.« Eine Gestalt in der Menge erregte seine Aufmerksamkeit.

Es war der beleibte Parteigenosse mit Kinnbart und Brille, den er kürzlich in der Saline gesehen hatte. Der Mann erkannte ihn ebenfalls und steuerte auf ihn zu. Anspannung ergriff Paul. Der Mann im grauen Anzug hatte sie beinahe erreicht, als Irene an ihnen vorbeigehen wollte. Sie verlangsamte ihren Schritt ein klein wenig, so als wartete sie darauf, dass er sie ansprechen würde. In diesem Moment sagte der Genosse:

»Thulke, so heißen Sie doch, ja?«

Paul sah Irene entschuldigend an und hob die Schultern. »Ja, und wer will das wissen?«

»Na, na, nu mal nicht so schnippisch. Wir sind doch alle auf derselben Seite, was?« Obwohl als Frage formuliert, war es eher eine Feststellung, dachte Paul.

»Auf der Seite von was, und mit wem habe ich das Vergnügen?« Paul blieb stur.

Seine Mutter zupfte unruhig an seinem Arm. Er sagte leise zu ihr: »Geh doch schon mit Vater voraus. Ich kläre das hier noch eben.«

Mit ängstlicher Miene ging Irma zu ihrem Mann, der sich mit Bekannten unterhielt.

»Klaus Tremmel. Wir haben uns doch in der Saline vor dem Haus von Herrn Kullick gesehen.« Der Mann stellte sich vor ihn, eine Hand in der Hosentasche, mit der anderen holte er einen bedruckten Zettel aus seiner Jackentasche. »Hier, da sollten Sie mal erscheinen.«

Paul nahm den Handzettel entgegen, auf dem Versammlungsort und Datum für die nächste Sitzung der SED standen.

»Oder sind Sie woanders Mitglied?«

Paul verstaute den Zettel in seiner Hosentasche. »Ich bin überhaupt nirgendwo Mitglied, außer in unserer Brüderschaft. Ist das nicht genug?«

Die Augen hinter den Brillengläsern blinzelten. »Nein, das ist nicht genug. Der neue Staat braucht engagierte Bürger.

Die Zukunft gehört allein dem Sozialismus. Alle Werktätigen müssen zusammenstehen und sich aktiv am Klassenkampf beteiligen!«

»Ich werde darüber nachdenken. Bitte entschuldigen Sie mich, ich werde in der Saline gebraucht«, sagte Paul und ließ den Mann stehen.

»Überlegen Sie nicht zu lange, Thulke!«, hörte er Tremmel leise hinter sich sagen.

Was sollte diese Drohung? Er hatte sich doch nichts zuschulden kommen lassen. Verärgert eilte Paul durch die Menge und holte seine Eltern am Burgtor ein.

Als sie das Salinengelände auf der Saaleinsel erreichten, waren die Vorbereitungen in vollem Gange, die Musik spielte, und umringt von Halloren mit Trommeln und Zuschauern formierten sich die Fahnenträger bereits auf der Wiese. Es wurde still, und die Trommeln verkündeten den festlichen Akt. Während der Fähndrich die große Brüderschaftsfahne aus schwerem Seidentuch in rhythmischen Schwüngen um den Fahnenschaft wickelte und nach einem kurzen Moment des Innehaltens wieder auswickelte, hatte Paul seine Fahne aus der Hand eines Bruders entgegengenommen und stellte sich in Werners Nähe auf. Die Zuschauer klatschten, der Fähndrich stellte das große Banner ab, und die jüngeren Halloren begannen mit dem Fahnenschwingen der kleineren Banner. Paul und Werner achteten darauf, möglichst dieselben Bewegungen zu vollführen, was nicht ganz leicht war, denn das Schwingen der Fahnen erforderte Kraft. Da es noch immer warm war, traten Paul und den anderen in ihren Jacken und Westen die Schweißperlen auf die Stirn.

Aus dem Augenwinkel sah Paul die blonden Haare von Irene, kam ein wenig aus dem Takt der einstudierten Bewegung, fing sich wieder und stellte die Fahne unter dem Applaus der Zuschauer ab.

»Was war denn mit dir los, Paul?« Werner klopfte ihm auf die Schulter und wischte sich über die Stirn.

»Ach, der Genosse Tremmel hat mich vorhin im Burghof abgepasst und mir sehr nachdrücklich nahegelegt, mich auf der nächsten Parteiversammlung sehen zu lassen.«

Werner schnaufte. »Als ob wir sonst nichts zu tun hätten. Sollen sich doch andere zum Herumpalavern treffen. Heute wird gefeiert!«

Sie übergaben die Fahnen einem Halloren, der sie ins Brüderschaftshaus trug, und mischten sich unter die Feiernden. Der offizielle Teil war nun beendet, und es durfte endlich getanzt werden. Paul legte Mantel und Dreispitz auf einen Stuhl und erfrischte sich unter einem Wasserhahn. Energisch strich er die feuchten Haare zurück, krempelte die Ärmel seines Hemdes auf und suchte auf dem Festgelände nach Irene. Die Musiker spielten Volkslieder und Schlager. Kinder mit Blumenkränzen fassten sich an den Händen und liefen fröhlich zwischen den Erwachsenen hindurch. Die Stimmung war ausgelassen, und für einen Abend schienen die Menschen ihre Sorgen zu vergessen. Am Bierausschank drängten sich die Herren, und die Platzknechte drückten ein Auge zu, wenn ein Gast unsicher auf den Beinen, aber guter Stimmung war.

Paul zog seine Weste glatt, grüßte hier und nickte dort Bekannten und Freunden zu. Dann entdeckte er Irene mit seiner Schwester an einem Tisch, auf dem Kuchen und Limonade aufgebaut waren.

»Hallo, Paul! Hier steckst du. Ich habe dich schon gesucht. Du hast mir doch einen Tanz versprochen.« Rita Schlegel, Tochter eines Halloren, berührte ihn am Arm und stellte sich so, dass er ihre Vorzüge in Augenschein nehmen konnte. Die weiße Bluse unter dem geschnürten ärmellosen Oberteil war weit genug ausgeschnitten, um die Aufmerksamkeit der Herren zu erregen.

Die kleine Kapelle spielte einen Schlager von Bully Buhlan, und Rita nahm seine Hand und zog ihn zur Tanzfläche.

»Rita, nicht jetzt«, wehrte sich Paul, doch als er die aufmunternden Blicke seiner Mutter sah, die mit Ritas Eltern sprach, fügte er sich.

Die Brünette legte ihre Wange an seine und flüsterte: »Magst mich nicht ein bisschen, Paul?«

Sie fühlte sich an den richtigen Stellen rund und weich an und hatte ein hübsches Gesicht, nur war sie eben nicht sein Typ. Und vor allem ließ er sich nicht von seinen Eltern in eine Ehe drängen, auch wenn sie die Tochter eines hochrangigen Halloren war.

Er rückte von ihr ab. »Mir ist noch warm vom Fahnenschwingen.«

»Ich mag es heiß.«

»Rita, jetzt lass mal. Ich glaub, der Frank will mit dir tanzen«, sagte Paul, der den jungen Salzwirker mit sehnsüchtigem Blick am Rand des hölzernen Tanzbodens stehen sah.

Mit schwungvoller Drehung bugsierte er Rita dorthin, neigte den Kopf und sagte: »Danke sehr!«

Rita zischte: »Wir sprechen uns noch.«

Doch Paul lächelte und ging zu seiner Schwester und zu Irene, die ihn mit einem amüsierten Lächeln erwartete. »Eine Limonade, der Hallore? Du siehst abgekämpft aus, Paul.«

Paul nickte. »Gern.«

Er umarmte seine Schwester und küsste sie auf die Wange. »Du warst wunderbar. Ich bin richtig stolz auf meine begabte Schwester!«

»Oh, du bist so lieb, danke, Paul. Die Truppe war wirklich ordentlich, daraus kann was werden.« Sie sah auf ihre Uhr. »Ich muss kurz weg, kann etwas später werden. Aber ich lasse dich ja mit Irene in bester Gesellschaft. Macht's gut!«

Leichtfüßig eilte Petra davon und ließ ihn überrascht stehen. Irene reichte ihm ein Glas, das er durstig in einem Zug leerte.

»Weißt du, wohin sie will?«, fragte er Irene und nahm den Hauch eines blumigen Duftes wahr, der ihren Haaren entströmte.

»Einen Freund treffen. Mehr wollte sie mir nicht sagen.« Irenes Haut war leicht gebräunt und schimmerte golden im Licht der Lampions, die in den Bäumen aufgehängt waren.

»Ihr Frauen habt immer Geheimnisse«, sagte er und berührte in Gedanken ihren Hals mit seinen Fingerspitzen.

»Habe ich ein Geheimnis?« Verschmitzt sah sie ihn an.

»Ich weiß nicht, aber ich würde es gern herausfinden«, erwiderte er. »Darf ich um diesen Tanz bitten?«

7

Die Sängerin der Tanzkapelle war gut, dachte Irene, während sie sich von Paul über das improvisierte Parkett führen ließ.

»Drei kleine Liebesworte bedeuten …«, war der Refrain eines Schlagers von Mimi Thomas, und Irene konnte nicht genau sagen, ob es an Pauls Tanzkünsten oder seinen dunklen Augen lag, dass sie sich plötzlich sehr beschwingt fühlte.

Sie tanzte sonst nicht besonders gern, doch mit Paul war es leicht, und sie vertraute ihm. Als ihr dieser Gedanke kam, verspürte sie einen winzigen Stich in der Magengrube, nicht unangenehm, aber es war eine Warnung, dass sie auf dem besten Wege war, eine Dummheit zu begehen. Und unüberlegte Torheiten konnte sie sich nun wirklich nicht leisten. Dabei fühlte sich Pauls Hand auf ihrem Rücken warm und genau richtig an.

»Ist alles in Ordnung? Bin ich dir auf den Fuß getreten?«, fragte er sie unvermittelt, während sie dem gemächlicheren Rhythmus des nächsten Liedes folgten.

Sie waren kaum mehr als flüchtige Bekannte, und dennoch verspürte sie eine Vertrautheit mit ihm, die sie nur bei einem guten Freund erwartet hätte. Mit Petra hatte sie mehr

Kontakt, mochte sie sehr, weil diese sich manchmal um die Kinder in einem der Heime kümmerte, wo auch Irene ehrenamtlich tätig war. Petras Begeisterung für das Theater war ansteckend, und sie konnte großartig mit den Kindern umgehen. Über die vergangenen Monate hatte sich eine freundschaftliche Beziehung entwickelt, die Irene viel bedeutete. Sie hatte zwar einen großen Bekanntenkreis, aber Herzensmenschen wie Petra gab es darin kaum.

»Ich, nein, alles bestens«, antwortete sie und drehte sich mit ihm, dicht an einem anderen Paar vorbei. »Mir geht nur sehr viel durch den Kopf. Die Fabrik, meine Eltern, mein Bruder …« Sie seufzte.

»Was ist mit Edgar? Wollen wir eine Pause machen?« Als sie nickte, dirigierte Paul sie geschickt zwischen den Tanzenden hindurch und führte sie vorbei an einer Gruppe Halloren, die unschwer an ihren Trachten zu erkennen waren.

»Na, Paul, wenn du die Rita nicht willst, ich nehm sie!«, meinte ein muskulöser Salzwirker, der sich gern beim Säckeschleppen mit anderen maß, und hob sein volles Bierglas.

»He, Horst, was geht mich die Rita an, kümmere dich um deine Sachen!«, rief Paul und ging mit Irene unter den Bäumen hindurch zum Flussufer.

Hier war es etwas ruhiger, und man blickte auf die Boote und die spärlichen Lichter der Stadt.

»Mein Gott, es ist noch immer so dunkel nachts«, meinte Irene. »Wann sie wohl aufhören, uns den Strom abzustellen?«

Irene streifte die Schuhe ab und genoss das Gefühl von kühlem Gras unter den Fußsohlen und zwischen den Zehen.

»Das wird wohl noch dauern. Alles wird noch viel Zeit

brauchen, fürchte ich. Was ist mit deinem Bruder? Ich erinnere mich an ihn. Es ist viele Jahre her, da waren wir alle noch Kinder und haben nach dem Wasserstechen die Stangen genommen und uns auch darin versucht. Edgar war zwar ein Jahr älter als ich, aber ich habe ihn einmal ins Wasser gestoßen. Das hat ihm gar nicht gefallen.«

Irene lachte leise. »Ja, das stimmt. Meine Güte, das ist so lange her. Und das weißt du noch?«

Paul steckte die Hände in die Hosentaschen. Er überragte sie um einen Kopf. »Ich erinnere mich an vieles, vor allem, wenn du dabei warst. Aber damals lagen Welten zwischen uns. Du hast mich wahrscheinlich nicht einmal bemerkt.«

Wie er sich da täuschte … aber natürlich würde sie ihm das nicht eingestehen.

»Edgar war immer sehr ehrgeizig, vor allem, nachdem er aufs Internat gehen musste. Dabei hat er es gehasst. Ich war heute auf der Kommandantur. Mit etwas Glück wird er aus Sibirien verlegt. Das wäre ein großer Fortschritt.«

»Leider habe ich keine Kontakte, die dir weiterhelfen könnten. Joachim, mein Bruder, kam gleich nach Kriegsende aus Italien zurück. Er hat lange im Lazarett gelegen, aber viel Glück gehabt.«

Irene bückte sich, um sich die Schuhe wieder anzuziehen. »Ihr arbeitet alle in der Saline?«

»Ist Tradition.«

Er schaute auf das glitzernde dunkle Wasser, und sie konnte sein ebenmäßiges Profil ausmachen. Die silbernen Knöpfe seiner Tracht glänzten im spärlichen Licht der Lampions. Sie wusste um den engen Zusammenhalt der Halloren. Die Brüderschaft kümmerte sich um Witwen und Waisen und sorgte für alle Mitglieder. Man heiratete untereinander und blieb überhaupt gern unter sich.

»Die Tradition meiner Familie ist die Fabrik. Eigentlich hätte Edgar unserem Vater nachfolgen sollen. Tja, jetzt bin ich da irgendwie reingewachsen.«

»Hättest du lieber etwas anderes getan?«, fragte er unvermittelt.

Sie musste überlegen. Das hatte sie noch nie jemand gefragt. »Darüber habe ich mir noch keine Gedanken gemacht. Ich sehe es als meine Pflicht an, Vater zur Seite zu stehen. Und ich mag das Geschäft. Vor allem die Schokoladenherstellung, die Pralinen. Na ja, wenn wir wieder richtig produzieren können.«

Vom Festplatz hörte sie ihren Namen rufen. Irene wandte sich um. »Ich muss gehen.«

Er sah sie an, und wieder spürte sie dieses leise Gefühl in ihrer Magengegend. »Danke für den Tanz, Irene.«

»Du wolltest nur Rita entfliehen!« Sie lachte und ging in Richtung des belebten Festplatzes.

Paul fiel in ihr Lachen ein. »Das war auch notwendig. Sie hat so was unerhört Plötzliches.«

»Und ich nicht?«

Er hielt sie sanft am Arm und blieb stehen. »Nein, ganz und gar nicht.« Einen kurzen Moment zögerte er, bevor er fragte: »Muss ich bis zum nächsten Pfingstbier warten, um noch einmal mit dir zu tanzen?«

»Irene! Kind, wir warten!« Ihre Mutter kam mit Hannelore, einer Freundin, auf sie zu, und sie machte sich lächelnd von ihm los.

»Lassen wir uns überraschen«, meinte sie im Gehen zu Paul.

Hannelore war die Frau von Doktor Felten, dem Leiter des Diakonissenkrankenhauses, das von den Russen in Beschlag genommen worden war. Aufgrund des eklatanten Mangels an Fachkräften hatte man den ehemaligen Stabsarzt wieder eingesetzt. Irene kannte Hannelore seit Jahren, denn die Feltens waren auf Empfängen gern gesehene Gäste im Hause Mendel gewesen. Ihr Vater hatte seinerseits oft im Namen der Schokoladenfabrik großzügige Spenden an das Krankenhaus geleistet, was ihn nun wurmte, war es doch jetzt den Russen vorbehalten.

»Irene, wie schön, dich zu sehen!«, begrüßte Hannelore sie und küsste sie auf beide Wangen. Die Arztfrau trug eine Perlenkette zu ihrem taubenblauen Kleid, das ergraute Haar war in Wellen gelegt und umrahmte ein ovales Gesicht mit kritisch blickenden Augen hinter einer Brille.

»Deine Tochter ist eine Schönheit, meine Liebe. Wenn doch nur unser Arno wieder hier wäre. Ihr wärt so ein schönes Paar.«

»Hallo, Hannelore«, sagte Irene. »Wie geht es dir?«

»Ach, was soll ich sagen …« Sie sah sich kurz um und bemerkte mit gesenkter Stimme: »Na, wenigstens auf unseren Festivitäten lassen sie uns zufrieden. Die wollen sich nicht mit uns gemein machen, sagt mein Mann immer, und der muss es wissen, er sieht die Russen ja jeden Tag im Hospital.«

Ihrer Mutter war das Thema unangenehm. »Hannelore,

wo ist denn nun euer Arno? Edgar wird wohl verlegt und kommt aus Sibirien fort. Dann stehen die Chancen gut, dass er bald nach Hause kommt.«

»Arno ist im Speziallager Nr. 2. Ich verstehe nicht, warum sie ihn so lange festhalten!« Hannelore presste ihre Handtasche an sich, und ihre Freundin nickte ihr beruhigend zu.

»Immerhin wisst ihr, wo er ist«, meinte Ada. »Das wird sich schon alles klären. Er ist doch ein intelligenter Junge, euer Arno.«

Bei dem Speziallager handelte es sich um das ehemalige KZ Buchenwald, dachte Irene, und die sowjetischen Sicherheitskräfte unterzogen die Inhaftierten strengen Verhören. Psychische und physische Repressalien gehörten genauso zum Lageralltag wie mangelhafte Versorgung.

Die Arztgattin räusperte sich und sagte mit schmalen Lippen: »Wenn das nur endlich alles ein Ende hätte. Man muss doch auch wieder nach vorn blicken können.«

Irene lag einiges auf der Zunge, was sie dazu hätte sagen können, doch sie sparte sich ihre Bemerkung. Arno hatte sein Medizinstudium im ersten Kriegsjahr beendet und war in Frontlazaretten tätig gewesen. Warum er allerdings so lange in dem Speziallager festgehalten wurde, musste einen anderen Grund haben.

»Wollte Vater nicht auch kommen?«, wandte Irene sich an ihre Mutter.

»Er wurde noch in der Fabrik aufgehalten. Irgendwelche Kontrolleure, ach, was wollen die überhaupt kontrollieren? Den Schokoladenersatz oder die Trockenkartoffeln?« Der wütende Unterton in den Worten ihrer Mutter war unverkennbar.

Doch Irene war alarmiert. Das konnte nichts Gutes bedeuten. »Das hättest du mir sagen müssen. Vielleicht braucht er mich in der Fabrik!«

»Um diese Zeit? So ein Unsinn. Du machst dir sowieso zu viele Gedanken um den Betrieb. Wenn Edgar wieder da ist, brauchst du das nicht mehr. Ich will endlich Enkelkinder!«, meinte ihre Mutter und erntete ein zustimmendes Nicken von Hannelore.

»Wer war denn der junge Mann, mit dem du getanzt hast? Gut ausgesehen hat er ja«, sagte die Arztgattin.

»Das war doch einer dieser Salzwirker. In der Saline haben sie auch Schwierigkeiten, habe ich gehört.« Ada Mendel musterte ihre Tochter eingehend.

»Wer hat denn heutzutage keine Schwierigkeiten, wo es doch an allem fehlt.« Irene sah Paul auf der anderen Seite des Platzes mit seinen Freunden plaudern und spürte seine Hand noch auf ihrem Rücken. Sofort wandte sie sich wieder den beiden Damen zu. »Wir können überhaupt von Glück sagen, dass wir noch nicht enteignet worden sind.«

Entsetzt hob ihre Mutter die Augenbrauen. »Das darf einfach nicht passieren! Wo gibt es denn so was, dass man ein Familienunternehmen, seit Generationen ein fester Bestandteil dieser Stadt, enteignet?!«

»Nicht so laut, Ada, man weiß doch nie, wer zuhört«, meinte Hannelore. »Gestern hat mir unsere Nachbarin erzählt, dass drei Studenten verhaftet wurden, die eine Stalinbüste mit Farbe beschmiert haben.«

Sie hatte die Arztgattin nie als ängstlich empfunden, dachte Irene, im Gegenteil. Doch der Druck durch die SED-Führung, deren verlängerte Arme die Volkspolizei und die Mitarbeiter des Ministeriums des Innern waren, wurde immer spürbarer und machte vor niemandem halt.

»Mutter, ich glaube, ich gehe doch noch mal in die Fabrik«, sagte Irene schließlich, die sich Sorgen um ihren Vater machte.

»Hallo, Fräulein Irene!«, rief plötzlich eine Kinderstimme, und jemand zupfte an ihrem Kleid.

Irene drehte sich um und stand der kleinen Elvira gegenüber. Das Mädchen strahlte, und sein verschmierter Mund deutete auf zu viele Süßigkeiten hin.

»Oh, Ele, na, du hast aber schon ordentlich genascht, was? Und gespielt hast du hoffentlich auch schon?« Es gab verschiedene Angebote für die Kinder, von Sackhüpfen bis Eierlaufen, und ein altes Karussell hatte man auch wieder aufgebaut.

Auch Elviras Mutter kam nun zu ihnen. Gunda Wilms hatte ihr dunkles Haar zu Zöpfen geflochten, die sie über den Ohren gerollt und hochgesteckt hatte. Sie hatte dunkle, tief liegende Augen, denen jedes Leuchten abhanden gekommen war. Irene dachte, dass diese Frau nur noch für ihre Tochter lebte.

»Frau Wilms, wie schön, dass Sie auch hier sind. Ist doch mal was anderes, raus aus dem Haus zu sein, nicht wahr?«, meinte Irene freundlich.

Die Frau, die kaum älter war als sie, antwortete verhalten und mit dem für Samländer typischen Dialekt: »Danke, aber ich fühle mich sehr wohl bei Ihnen. Komm, Ele, wir wollen die Herrschaften nicht stören.«

Ihre Mutter und deren Freundin unterhielten sich plötzlich angeregt und nahmen keine Notiz von den Flüchtlingen.

Irene strich dem Mädchen über die Haare. »Du musst noch Karussell fahren, Ele, das habe ich früher auch gern gemacht.«

»Oh ja, Mutti, das machen wir noch, ja?«, rief Elvira und nahm die Hand ihrer Mutter.

Gunda nickte und ging mit ihrer Tochter weiter.

»So was Freches, dich hier zu belästigen«, meinte ihre Mutter. »In aller Öffentlichkeit, als hätten wir was mit denen gemein.«

Irene holte tief Luft und sagte: »Sie hat alles verloren. Wir nicht. Ich gehe jetzt nachsehen, warum Vater nicht kommt.«

8

Es war bereits dunkel, als Irene die Saline über die Schieferbrücke verließ und in Richtung Hallmarkt lief. Wenn ihr Vater von der Fabrik heraufkam, würde er am ehesten über die Leipziger Straße und dann am Roten Turm und der Marienkirche vorbeigehen. Das tat er gern, denn er liebte seine Stadt und war ihr verbunden, wie sein Vater vor ihm. Irene hatte ihren Großvater, Leopold Mendel, nie kennengelernt, da er im Ersten Weltkrieg gefallen war. Die Klänge eines neuen Schlagers beschwingten ihre Schritte, und die Leute, die ihr entgegenkamen, lachten und winkten.

Irene sah hinüber zur Saaleinsel, auf der sich die Stadt-Kommandantur befand, in der Dunkelheit nur zu erahnen. Ein offenes Automobil, voll besetzt mit bierseligen Herren, fuhr an ihr vorbei und hielt plötzlich an.

»Hey, Mädel, steig ein. Wir nehmen dich ein Stück mit!«, rief einer der Männer, die alle Anzüge trugen.

Genossen, schätzte Irene. Sie konnte die übereifrigen Parteifreunde nicht leiden, die sich als die neuen Bestimmer aufschwangen.

»Nein, danke«, erwiderte sie und wollte ihren Weg fortsetzen, doch einer der Männer sprang auf die Straße und wollte ihren Arm ergreifen.

»Na, jetzt zier dich doch nicht so. Heute ist Pfingstbier, da wollen wir feiern, und das mit unseren deutschen Mädels!«

Der Mann war nicht so betrunken, dass er nicht wusste, was er tat. In seinem Blick lag etwas, das ihr sagte, er meinte es ernst. Sie hielt nach anderen Leuten Ausschau, doch die andere Gruppe war schon zum Festplatz hinuntergegangen. Sie waren allein, nur an der Ecke zur Herrenstraße glaubte sie, das Aufglimmen einer Zigarette wahrzunehmen.

»Eh, Fritz, jetzt nimm sie schon mit, wir wollen weiter!«, riefen seine Kumpane, und bevor Irene ausweichen konnte, hatte der Mann sie gepackt und wollte sie zum Wagen zerren, doch plötzlich erstarrte er mitten in der Bewegung und nahm Haltung an. Irene stieß ihn von sich und strich ihr Kleid glatt. Dann bemerkte auch sie den russischen Offizier, der mit energischen Schritten, die Zigarette im Mundwinkel, auf sie zukam.

Noch wusste Irene nicht, ob sie jetzt vom Regen in die Traufe kam, doch dann erkannte sie ihn. Es war Semjon Bogdanow, der Offizier, den sie schon mehrmals in der Militäradministration wegen ihres Bruders aufgesucht hatte. Mit undurchdringlicher Miene stellte er sich vor den Wagen, zog ein letztes Mal an seiner Zigarette, bevor er sie zu Boden warf und mit starkem Akzent auf Deutsch fragte: »Gibt es ein Problem?«

Der Genosse zuckte förmlich zusammen und stotterte: »Nein, nein, überhaupt nicht. Wir wollten der jungen Dame hier nur eine Mitfahrgelegenheit anbieten. Nicht wahr? Es ist alles in Ordnung?«

Sein Blick war beinahe flehentlich, denn die Russen ahndeten jedes noch so kleine Vergehen mit unnachgiebiger Härte.

»Ja, es handelte sich um ein Missverständnis«, sagte Irene.

Bogdanow musterte die Männer und ging um das Automobil herum. »Wem gehört der Wagen, und woher haben Sie Benzin?«

Der Fahrer, ein Rothaariger, erklärte: »Der Wagen gehört meinem Vater, Genosse Tremmel, SED-Kreisleitung.«

Der Russe klopfte gegen einen Kotflügel. »Melden Sie sich morgen früh bei der Administration.«

Der Fahrer sackte in sich zusammen, denn das konnte bedeuten, dass der Wagen konfisziert würde. Irene hörte den Mann, der sie bedrängt hatte, flüstern: »Scheiße, das war's, Falk.«

»Weiterfahren!«, befahl Bogdanow.

Das ließen sich die Männer nicht zweimal sagen und fuhren an, während ihr Kumpel in den Wagen sprang.

Oberst Bogdanow nahm ein silbernes Zigarettenetui aus seiner Tasche, klappte es auf und bot es Irene an.

»Danke.« Mit leicht zittrigen Fingern nahm sie sich eine Zigarette.

Der Oberst, dessen Schulterstücke seinen Rang verrieten, nahm sich auch eine Zigarette, steckte das Etui ein und streckte Irene sein ebenfalls silbernes Feuerzeug hin. Eigentlich rauchte Irene nicht oft, doch wenn sie es tat, beruhigte es ihre Nerven. Sie blies den Rauch in die Dunkelheit und beobachtete den Oberst, der sich Zeit ließ, einen tiefen Zug nahm und sie ansah.

Irene vermutete, dass er an die vierzig Jahre alt sein mochte. Er hatte ein schmales Gesicht und schlanke Hände, die wohl nie harte Arbeit getan hatten. Seine Deutschkenntnisse waren gut, genau wie seine Umgangsformen.

»Sie sollten so spät nicht allein durch die Stadt gehen«, sagte er.

Irene deutete ein Lächeln an. »Ich hatte Glück, dass Sie da waren, Oberst.«

»Wohin wollen Sie?« Hellgraue Augen musterten sie.

»Ich mache mir Sorgen um meinen Vater. Er war länger in der Fabrik als sonst. Normalerweise kommt er mit zum Pfingstbier.« Was erzählte sie ihm. Wahrscheinlich interessierte es den Oberst sowieso nicht.

»Sie machen sich viele Sorgen. Erst waren Sie bei mir, um nach Ihrem Bruder zu fragen, und jetzt Ihr Vater. Familie bedeutet Ihnen viel.« Er zog an seiner Zigarette.

»Natürlich. Familie ist das Wichtigste im Leben.« Sie schwieg. Angst breitete sich in ihr aus. Was wusste sie schon von seiner Familie. Vielleicht hatten deutsche Soldaten sie ausgelöscht.

Doch der Oberst erwiderte ruhig: »Familie, ja. Kommen Sie, ich begleite Sie ein Stück – oder haben Sie Angst vor mir?«

»Nein«, erwiderte sie fest, obwohl sie sich konzentrieren musste, um ihre Knie davon abzuhalten, gegeneinanderzuschlagen. Sie fühlte sich wie das Kaninchen im Angesicht der Schlange.

»Wohin wollten Sie gehen?«

»Zur Marienkirche. Das ist gleich …«

»Ich weiß, wo die Kirche ist.« Er ging langsam neben ihr her, und Irene war sich der Blicke eines älteren Paares bewusst, das an ihnen vorbeiging.

»Standen Sie Ihrem Bruder sehr nah?«, fragte er.

»Wir stehen uns nah, immer noch. Er ist kein schlechter Mensch.« Sie zog an der Zigarette und sah eine russische Patrouille aus der Stadt kommen. Die Soldaten grüßten den Oberst militärisch und maßen sie mit anzüglichen Blicken.

Bogdanow ging ungerührt weiter. »Woher wissen Sie, dass Ihr Bruder nicht genau wie all die anderen deutschen Soldaten ist?«

Tränen traten ihr in die Augen. »Weil er mein Bruder ist, deshalb. Ich werde Edgar jetzt nicht verteidigen. Ich weiß, dass er ein guter Mensch ist.«

Der Oberst schnippte den Zigarettenstummel zur Seite und bog in die Talamtstraße. Hinter einem Haufen aus Schutt und Müll küsste sich ein Paar, das sich an den Händen nahm und davonlief, als es den Oberst sah. Massig ragte die Marienkirche vor ihnen auf, die wie durch ein Wunder von den Bomben verschont worden war, die das Alte Rathaus und den Roten Turm getroffen hatten. In der Glauchaer Straße, nicht weit von ihnen, waren einige Wohnhäuser zerstört worden, doch all das war nichts im Vergleich zu den verheerenden Schäden in anderen Städten, wie sie aus Berichten von Flüchtlingen wussten.

Nur noch leise wehten von hier und dort Musikfetzen herüber. Die meisten Häuser lagen im Dunkeln, denn Strom war genauso Mangelware wie vieles andere. Die Beleuchtungen zum Pfingstbier waren eine Ausnahme.

Semjon Bogdanow wandte sich ihr zu, und sie meinte ein zynisches Lächeln um seinen Mund zu sehen. »Und was würden Sie tun, um diesem guten Menschen zu helfen?«

Sie straffte die Schultern und sah ihm direkt in die Augen. »Ich würde viel tun, aber nicht das, was Sie sich vielleicht vorstellen. Mein Bruder würde nicht wollen, dass ich mich für ihn erniedrige.«

Seine Mundwinkel zuckten, und er legte einen Finger unter ihr Kinn. »Wissen Sie das so genau? Sie haben ja keine Ahnung, wie es in unseren Lagern in Sibirien zugeht.«

Als eine Träne über ihre Wange lief, strich er sie sanft weg und trat zur Seite. »Dort oben fährt die Straßenbahn. Kommen Sie nächste Woche wieder. Vielleicht habe ich dann Neuigkeiten für Sie, Fräulein Mendel.«

Ohne ein Wort lief sie über den Hallmarkt, rannte die Stufen zur Kirche hinauf und hörte erst auf zu rennen, als sie außer Atem und verschwitzt an der Haltestelle angekommen war. Die Wartenden waren in Feierstimmung, und eine Frau sagte: »Mädel, was rennst du denn so, als wären sie hinter dir her?«

In diesem Moment rollte die Straßenbahn lärmend heran, und Irene war noch nie so froh gewesen, ihren Vater zu sehen, der ausstieg und sie erstaunt begrüßte.

»Ja, Renilein, was machst du denn hier?« Friedrich Mendel trug seinen dunklen Anzug, Krawatte und ein weißes Hemd.

Irene warf sich ihrem Vater in die Arme und drückte ihn fest an sich. Nicht weinen, reiß dich zusammen, sagte sie sich, doch die Begegnung mit dem Oberst hatte sie aus der Fassung gebracht, und das passierte nicht sehr oft.

»Es ist so schön, dass du hier bist, Vater. Wir haben uns schon Sorgen gemacht, wo du so lange bleibst. Mutter erzählte etwas von Kontrolleuren?«

Sie hatte sich von ihm losgemacht, fuhr sich durch die Haare und wischte sich die Augen mit einem Taschentuch trocken.

»Hast du geweint, Renilein?« Ihr Vater legte den Arm um ihre Schultern und führte sie von den Menschen fort zu einem ruhigeren Platz.

»Nein, das war nur etwas Staub. Ich habe getanzt, und dann bin ich gelaufen. Es ist alles in Ordnung. Aber sag, was war denn nun los?« Sie hakte sich bei ihm unter.

»Kontrolleure waren das nicht, sondern zwei Genossen vom Ministerium des Innern. Die wollten genau wissen, welche Betriebsstätten zu den Mignon-Schokoladen-Werken gehören. Das hat ein wenig gedauert, weil ich alle Unterlagen zusammensuchen musste. Wann wir eine Aktiengesellschaft geworden sind, wie viele Anteile wir besitzen, was genau wir während des Krieges produziert haben.« Ihr Vater tätschelte ihren Arm. »Als ob sie das nicht wüssten. Mach dir keine Sorgen, Renilein. Das gehört jetzt dazu. Neue Besen kehren gut, aber die alten kennen die Ecken.«

Ihr Vater lachte, und ihr wurde ein wenig leichter ums Herz.

9

Sie schaute auf die Uhr und beschleunigte ihre Schritte. Ihre Freundin würde nicht warten. Vorn am Fischerplan, hatte sie gesagt. Ausgerechnet am Pfingstbier! Aber das war typisch Karoline, wenn die sich etwas vorgenommen hatte, war ihr alles andere egal. Sie hatten sich auf der Schauspielschule kennengelernt. Petra mochte die quirlige Karoline, die mangelndes Schauspieltalent mit einem ausgeprägten Selbstbewusstsein und ihrem guten Aussehen wettmachte. Der Wagen war nicht zu übersehen. Ein zweitüriges Cabrio wartete vor einem der abbruchreifen Häuser. Hier waren noch nicht alle Schäden der Bombardierungen beseitigt worden. Karoline war in ihrem blassrosa Kleid sofort zu erkennen.

»Hallo, Karo!«, rief Petra und ging so schnell es ihr in den Tanzschuhen möglich war.

Die Freundin, die am Heck des beigefarbenen Wagens gelehnt hatte, breitete die Arme aus. »Na, endlich! Wir müssen uns beeilen, wenn wir es bis Mitternacht nach Potsdam schaffen wollen.«

Sie umarmten sich, und Petra fragte: »Wo hast du denn diesen Fummel her? Der ist ja todschick!«

Karoline drehte sich, damit Petra das raffiniert geschnittene Kleid bewundern konnte, das ihre üppigen Rundungen sehr vorteilhaft betonte. »Der Michi hier hat Beziehungen. Michael Weißbach. Ach ja, ihr kennt euch noch nicht.«

Karoline öffnete ihr die Tür und ließ sie hinter den Vordersitzen auf der Notbank Platz nehmen.

Der Fahrer, ein junger Mann in dunklem Anzug, drehte sich zu ihr um. »Freut mich, Petra, ich hab schon viel von dir gehört.«

Sie schüttelten sich die Hand, und Michael startete den Motor. Er hatte eine hohe Stirn, weich fallendes Haar und einen sinnlichen Mund. Petra fand die Ähnlichkeit mit einem bekannten gleichnamigen Schauspieler frappierend. »Weißbach. Bist du mit …«

Er grinste. »Ja, ich bekenne mich schuldig, mein Vater ist Rudolf Weißbach. Ihm verdanken wir das Vehikel hier, das andernfalls auch beschlagnahmt worden wäre.«

Karoline schwang sich auf den Beifahrersitz, gab Michael einen Kuss und klopfte auf das Armaturenbrett. »Zwölf Jahre, und er läuft immer noch.«

Michael fuhr den Moritzzwinger entlang und sagte: »Mein Vater hat sich einen neuen Mercedes gekauft. Sein aktueller Film läuft gerade an und sprengt die Kinokassen. Gut für ihn und gut für mich!« Er lachte.

»Dabei ist der Michi selbst ein toller Schauspieler. Man hat ihm eine Rolle an der Seite vom Rühmann angeboten!«, lobte Karoline ihren Freund.

»Lass mal, Karo. Allerdings habe ich nichts dagegen, dass

mir mein Name Türen öffnet. Ohne den Herrn Papa könnten wir heute nicht auf diese Party gehen.«

Petra hoffte, dass Michael es wirklich so meinte und nicht unter dem übergroßen väterlichen Vorbild litt, wie es oft genug der Fall war. Das konnte ihr zumindest nicht passieren. Sie war hungrig nach jeder neuen Rolle, die sie weiterbringen konnte, und vor allem wollte sie unbedingt zum Film. Das Theater war wundervoll und die Basis ihres Könnens, aber der Film war so reizvoll, weil ihr die Kamera wieder neue Möglichkeiten gab, ihr Können unter Beweis zu stellen. Und natürlich hoffte sie insgeheim darauf, ein Teil dieser schillernden Welt zu werden, die ihr so verlockend erschien.

Sie verließen Halle Richtung Norden, und Petra ließ sich den Fahrtwind um die Nase wehen. Sie fühlte sich so frei und voller Energie wie lange nicht mehr. »Sag mal, müssten wir hier nicht abbiegen?«

Petra sah das Schild nach Zörbig, wohin sie eigentlich hatten fahren wollen.

Karo drehte sich zu ihr um. »Ich habe mich schon gewundert, dass du keine Tasche dabeihast. Also Klamotten zum Übernachten. Nein, wir fahren nach Potsdam. Direkt in die Studios! Ist das nicht fantastisch? Da lernst du all die wichtigen Leute kennen.«

Ein ungutes Gefühl stieg in Petra auf. »Karo, nein, du hast gesagt, wir treffen uns mit ein paar Leuten in einer Villa bei Zörbig. Meine Eltern wissen nicht, dass ich über Nacht fortbleibe.«

Michi sah in den Rückspiegel. »Jetzt mach dir mal keine Sorgen. Im Haus meines Vaters gibt es Kleider und was man sonst so braucht. Wir haben ständig Gäste, die nichts dabeihaben!« Er grinste breit. »Oder hast du Angst?«

Petra nahm ihren Mut zusammen und erwiderte: »Nein, warum denn? Oder hätte ich Grund dazu?«

Ihre Freundin zwinkerte ihr zu. »Sei mal locker, Petra. Das sind alles nette Leute, ein bisschen überdreht vielleicht, aber du wirst schon sehen. Wir werden viel Spaß haben. Und schließlich willst du ja weiterkommen, oder?«

»Der Tillmann ist da, die Windeck und mein Vater natürlich auch«, meinte Michael und umfuhr eines von vielen Schlaglöchern.

Fritz Tillmann war ein gut aussehender Schauspieler, für den viele Frauen schwärmten, und Agnes Windeck war vor allem vom Theater bekannt. Petra lächelte, nicht sicher, ob ihre Ambitionen ihren Mut vielleicht nicht doch überstiegen.

Die nächtliche Fahrt über zum Teil zerstörte Straßen und durch Kontrollen, die sie dank Michaels Passierschein ohne Schwierigkeiten durchliefen, war eine neue Erfahrung für Petra. Zuvor war sie nur einige Male mit dem Zug in Berlin gewesen, allerdings bei Tag. Ihre Selbstsicherheit und die Überzeugung, eine gute Schauspielerin zu sein, waren plötzlich wie weggeblasen, und sie knetete ihre Hände ineinander. Nur nicht kneifen, sagte sie sich immer wieder, jetzt nicht kneifen, und schon gar nicht vor Karoline und dem jungen Weißbach.

Die Dunkelheit verhüllte gnädig das Ausmaß der Zerstörung durch den Krieg, und erst als sie nach Potsdam hineinfuhren, wurden die erschreckenden Folgen der verheerenden Luftangriffe deutlich. Hier und dort brannte eine Straßenlaterne, leuchtete ein Werbeschild, und Gestalten huschten zwischen Trümmern und Häusern herum.

»Der Schwarzmarkt blüht«, meinte Michael. »Was soll's, anders kommst du nicht an Sachen. Tja, von unserem schönen Potsdam haben sie nicht viel übrig gelassen. Die Brandbomben haben ganze Arbeit geleistet. Das Stadtschloss und die Garnisonskirche sind ausgebrannt, und ehrlich gesagt wäre es einfacher, zu erzählen, was noch steht. Aber unser Babelsberg hat es nicht so arg erwischt.« Er bog in die Wilhelmstraße ein und hielt auf zwei große Hallen zu, die sich inmitten von zerborstenen Trümmern beinahe unwirklich in ihrer Unversehrtheit erhoben.

Ein Wachmann kam aus einem Torhaus. »Guten Abend, die Herrschaften. Heute findet kein Dreh statt.«

Der Mann mit Schiebermütze und Pfeife trat zu ihnen und leuchtete sie mit einer Taschenlampe an. »Ach, der junge Weißbach.«

»Ja, schönen Abend auch, Kalle, wir wollten zur Feier. Die sollte doch in der kleinen Halle steigen, aber ich sehe keine Wagen, und vor allem höre ich nichts.« Michael lachte, und der Wachmann grinste.

»Nee, da gibt's auch nischt zu hören, weil die Herrschaften in die Villa vom Herrn Vater gezogen sind. Fragen Sie mich nicht, warum.« Der Mann betrachtete seine Pfeife. »Schon wieder ausgegangen.«

»Ich kehre nur um, und dann sind wir auch wieder weg.« Michael fuhr über den gepflasterten Weg auf die Hallen zu und sagte mit Blick in den Rückspiegel: »Hier haben sie mit der Knef den Streifen ›Die Mörder sind unter uns‹ gedreht.

Fast hätte ich eine Rolle bekommen, aber dann fanden sie mich zu jung. Dabei bringe ich doch diese gewisse reife Ausstrahlung mit!« Er zog eine Grimasse und hob das Kinn.

»Ganz gewiss«, neckte Karoline ihn und tätschelte seine Wange.

Beeindruckt sah Petra die Gebäude an, in denen Filme entstanden, die in deutschen Kinos gezeigt wurden. Sie verfolgte in den Zeitungen, welche Regisseure und Schauspieler gerade gefragt waren, und manchmal träumte sie davon, ihren eigenen Namen in einem Artikel wiederzufinden.

»Ich fand die Regie von Wolfgang Staudte großartig. Woran arbeitet er jetzt? Weißt du das?«, wollte Petra wissen.

»Glaub mal nicht, dass du eine Chance hast, bei ihm vorzusprechen, wenn du das meinst. Er dreht gerade mit Marianne Hoppe, Erich Ponto und Wolfgang Borchert in Hamburg.« Michael Weißbach verließ das Filmgelände und fuhr am Park entlang Richtung Wasser.

Karoline, die hier offensichtlich schon öfter gewesen war, sagte: »Dahinten im Park liegt Schloss Babelsberg. Es wurde nicht zerbombt, und die Sowjets haben ihre Justizabteilung darin untergebracht. Und überhaupt haben die Russen sich hier einiges angeeignet. Drüben, südlich von Schloss Cecilienhof, haben sie die ganze Nauener Vorstadt besetzt und alle Bewohner vertrieben. Einen ganzen Stadtteil haben die abgesperrt, und da sitzt jetzt der Geheimdienst der Sowjets.«

»Ja, das ist kein Witz. Das Gefängnis in der Leistikowstraße hat keinen guten Ruf, man sollte sich also nichts zuschulden kommen lassen«, warnte Michael sie.

»Damit können wir in Halle auch dienen«, antwortete Petra. »Wer im Roten Ochsen landet, verschwindet oft für immer. Ich hoffe nur, dass die Besatzer irgendwann wieder abziehen.«

»Ha!«, schnaufte Michael. »Die nicht. Davon kannst du mal ausgehen. Die geben keinen Hektar Land mehr her. So, wir sind gleich da. Im Haus meines Vaters ist Politik tabu. Da wird gelebt und gefeiert. Bitte, halte dich daran. Er will nur fröhliche Gesichter um sich sehen.«

Die Villa Weißbach lag hinter einem hohen Tor kaum sichtbar inmitten des alten Baumbestands. Kastanien und Buchen säumten die Auffahrt, und Buchshecken fassten den Parkplatz vor der Villa ein. Auch hier wurde mit Strom sparsam umgegangen, und nur eine Laterne brannte an der Freitreppe, die zum Haupteingang der Gründerzeitvilla hinaufführte.

Fröstelnd stieg Petra aus dem Wagen und war froh, als Karoline ihre Hand nahm. »Du siehst hübsch aus, du hast Köpfchen und Talent. Was soll schon schiefgehen? Amüsier dich einfach, dann ergibt sich alles andere von allein!«

Ein Angestellter in Frack und Fliege empfing sie und führte sie in den großen Salon. Petra war überwältigt von dem Luxus, der sich ihr hier darbot. Noch nie zuvor war sie in einem solchen Haus zu Gast gewesen. Wie auch?! Als Tochter eines Salzwirkers verkehrte man nicht in derart illustren Kreisen.

Ein Grammofon spielte Swing, schöne Frauen in glitzernden Kleidern tanzten mit Herren im Frack, während andere an der Bar standen und zuschauten. Weitere Gäste saßen in bequemen Sesseln und Sofas und unterhielten sich angeregt.

Gold und Weiß waren die vorherrschenden Farben. Durch die bodentiefen Sprossenfenster schaute man auf eine Terrasse, auf der ebenfalls getanzt wurde, und im von Fackeln erleuchteten Garten schlenderten vereinzelte Paare umher. Auf einem Buffet waren belegte Brote angerichtet, und Petras Magen knurrte. Seit Stunden hatte sie nichts gegessen.

In ihrem schlichten Sommerkleid kam sie sich hier sehr schäbig vor. »Meinst du, ich könnte etwas essen?«, fragte sie leise ihre Freundin.

»Sicher, nimm dir, wir gehen Michis Vater begrüßen, und dann hole ich dich und stelle dir die Leute vor, in Ordnung?«

Bevor sie antworten konnte, waren Karoline und Michael zwischen den Tanzenden verschwunden, und Petra ging zögerlich zu dem üppig beladenen Buffet. Hier gab es alles so reichlich – und anderswo kaum das Nötigste. Doch ihr Magen knurrte erneut, und sie griff beherzt nach einem hart gekochten Ei, das geteilt und mit schwarzen Körnern gefüllt war. Vorsichtig roch sie daran.

»Das ist Kaviar. Salzig, aber gut«, sagte eine freundliche Stimme neben ihr, und sie schaute ertappt auf.

Ein junger Mann mit Brille und sanften braunen Augen hatte sich zu ihr gesellt und sich ebenfalls ein halbes Ei genommen, das er sich ganz in den Mund schob.

Sie tat es ihm nach und war überrascht, als die Fischeier in ihrem Mund zerplatzten und ein herbes, leicht salziges Aroma entfalteten. Erstaunt hob sie die Augenbrauen, ihr Gegenüber nickte und spülte mit einem Glas Sekt nach.

»Max Lehmann, Kameraassistent.«

Sie ergriff seine ausgestreckte Hand und sagte: »Petra Thulke, Schauspielerin.«

10

Max Lehmann wartete auf ihre Reaktion. »Und? Wie schmeckt es Ihnen?«

Petra fuhr sich mit der Zunge über die Lippen, wo noch eine der schwarzen Perlen klebte. »Hm, ja, etwas salzig, aber ganz lecker.«

Der Kameraassistent lachte. »So ging es mir beim ersten Mal auch. Versuchen Sie gleich noch eins.«

»Nein, danke, wirklich nicht. Eine Stulle reicht mir völlig.« Sie griff nach etwas, das aussah wie ein mehrstöckiges belegtes Brot, nur dass es zu einem Dreieck geschnitten war. Mutig biss sie hinein und schloss die Augen, als sie Leberwurst und Mayonnaise schmeckte.

Sie blickte in den prachtvoll ausgestatteten Raum, wo in der Mitte, direkt unter einem Kronleuchter, zwei hübsche junge Frauen miteinander tanzten.

»Ob ich noch eins nehmen darf? Ich habe solchen Hunger!«, fragte Petra leise ihren neuen Bekannten.

»Greifen Sie zu. Die sind alle satt. Und wenn's nicht reicht, lässt der Weißbach mehr auftischen.« Die braunen

Augen musterten sie ein wenig mitleidig. »Sie waren wohl noch nie hier?«

Petra schüttelte den Kopf und entschied sich für ein kleines Fruchttörtchen und zwei Pralinen, damit ihr Magen endlich aufhörte, zu rumoren. »Verzeihung, ich bin sonst nicht so unhöflich, aber meine Freundin hat mich überrumpelt, mich quasi heute Nacht entführt.«

»Wer ist denn Ihre Freundin?« Max Lehmann lehnte sich an das Buffet und betrachtete die Gesellschaft.

»Karoline Poschmann«, erwiderte sie, und als er sie ratlos anschaute, fügte sie hinzu: »Die hübsche Brünette, die gerade mit Michael Weißbach tanzt.«

Max legte den Kopf schief, schien kurz zu überlegen und wandte sich wieder ganz ihr zu. »Die ist mir noch nicht aufgefallen, wobei Michi seine Begleiterinnen schneller wechselt, als man das Wetter voraussagen kann. Aber Sie sind mir sofort aufgefallen. Sie sind anders.«

Irritiert runzelte sie die Stirn. »Ist das eine Beleidigung oder ein Kompliment?«

»Wenn Sie die Leute hier so gut kennen würden wie ich, würden Sie das nicht fragen«, meinte er mit einem hintergründigen Lächeln.

Zumindest schien er sie nicht für ein langweiliges Provinz-Ei zu halten – oder doch, und er machte sich über sie lustig.

»Ich würde gern etwas trinken«, sagte sie und schielte in Richtung der Bar.

»Was darf ich Ihnen holen? Ein Glas Sekt, einen Cognac oder einen Tom Collins?«, schlug Max Lehmann vor.

Sie war kaum Alkohol gewohnt und wollte sich nicht gleich die nächste Blöße geben.

»Tom Collins, bitte!«, antwortete sie mutig und hoffte, dass es so klang, als tränke sie das, was immer es auch war, öfters.

Die Augen hinter den Brillengläsern blitzten verschmitzt auf. »Ihr Wunsch ist mir Befehl, laufen Sie nicht weg!«

Petra stieß angespannt die Luft aus und aß in rascher Folge saure Gurken, Schnittchen und noch ein gefülltes Ei. Letzteres schmeckte ihr jetzt tatsächlich besser, und sie überlegte, ob sie noch eins essen sollte, als ihr jemand auf die Schulter tippte.

»Was stehst du denn hier herum? Willst du nicht tanzen? Wir sind doch nicht hergefahren, um uns den Bauch vollzuschlagen«, empörte sich Karoline, die mit erhitzten Wangen vor ihr stand.

Sehnsüchtig streifte Petras Blick das Buffet. »Warum eigentlich nicht? Irgendjemand sollte das hier schließlich essen. Wäre doch eine Verschwendung!«

Die Musik hatte gewechselt, und nun kam auch Michael in Begleitung seines Vaters zu ihnen. Nervös sah Petra dem berühmten Schauspieler entgegen, der aus der Nähe betrachtet noch attraktiver war als auf der Leinwand. Rudolf Weißbach hatte ein einnehmendes Lächeln, graue Schläfen bei vollem Haar, und er wusste genau, wie er auf Frauen wirkte. Mit einer fließenden Bewegung hatte er ihre Hand ergriffen und streifte sie mit seinen Lippen.

»Mein Sohn sagte, dass er Freunde aus Halle mitgebracht hat. Dass es sich um so schöne Freundinnen handelt, hat er mir sicher absichtlich verschwiegen.« Seine blauen Augen musterten sie so ungeniert, dass sie sich beinahe nackt fühlte.

»Du verschreckst sie mir noch«, meinte Michael und legte besitzergreifend seinen Arm um Karolines Hüfte.

»Äh, freut mich sehr, Herr Weißbach. Ich meine, es ist mir eine große Ehre, dass ich hier sein darf«, stammelte Petra.

»Die Ehre ist ganz meinerseits. Darf ich Sie um diesen Tanz bitten, Fräulein?« Weißbach hielt ihr seinen Arm entgegen, und Petra legte ihre Hand darauf.

Auf dem Weg zur Tanzfläche begegneten sie Max, der mit zwei Gläsern zurückkam. Er zwinkerte ihr zu. »Der nächste Tanz ist aber meiner!«

Petra lächelte. Seltsamerweise beruhigte es sie, dass Max Lehmann hier war. Er schien ihr weniger gefährlich als die anderen Herren, die sie mit neugierigen Blicken bedachten. Sie hatte sich für ziemlich selbstbewusst und weltgewandt gehalten und war doch nur eine junge Schauspielerin aus der Provinz Sachsen-Anhalts.

Als spürte er ihre Unsicherheit, führte Rudolf Weißbach sie mit leichter Hand über die Tanzfläche, suchte nicht ihre Nähe, sondern sah sie an und sagte leise: »Sie gewöhnen sich schon noch an uns Verrückte. Und wenn Sie uns kennen, dann werden Sie feststellen, dass wir nicht beißen.«

Als sie seine blendend weißen Zähne sah, war sie sich dessen nicht so sicher. »Sie sind sehr liebenswürdig, Herr Weißbach.«

Er roch nach Tabak und einem Duftwasser, das sie nicht mochte. »Bitte, nennen Sie mich Rudolf. Und welchen Namen hat man Ihnen gegeben?«

»Petra«, antwortete sie ein wenig verlegen. »Klingt nicht nach der großen weiten Welt, oder?«

Er schwang sie mit sich herum, dass ihr ganz schwindelig wurde. »Das würde ich nicht sagen. Es kommt ganz darauf an, wie abenteuerlustig Petra ist. Ist sie das?«

»Ja!« Und das sagte sie mit all ihrer Überzeugung. »Ich bin doch so eine große Bewunderin des Films. Auch wenn ich gern auf der Bühne stehe. Gerade habe ich noch die Hermia gespielt!«, sagte sie nicht ohne Stolz.

Rudolf Weißbach verstärkte den Griff um ihre Hüfte, und sie spürte die Wärme seines Körpers. Er war schlank und beweglich, und er tanzte gut. Das musste er auch, wenn er mit all den schönen Frauen übers Parkett wirbelte, mit denen er vor der Kamera stand.

»Vielleicht haben Sie Zeit, mit mir mein neues Drehbuch zu studieren? Ein frischer Impuls ist immer sehr hilfreich. Und wenn Sie schon da wären, Petra, vielleicht finden wir auch eine Rolle für Sie. Wäre das etwas?«

Er drehte sie ein letztes Mal, bevor sie vor ihm zum Stehen kam. »Also, ich weiß nicht, das ist …«, begann sie.

»Na, Sie bleiben doch sicher über Nacht? Dann haben wir morgen Zeit, miteinander zu sprechen.« Damit schien die Sache für ihn erledigt, und er wandte sich einer Dunkelhaarigen in einem grünen Chiffonkleid zu.

Petra staunte über all die schönen Kleider und den Schmuck, den die Damen trugen. Bei ihr zu Hause brachte man alles, was von Wert war, auf den Schwarzmarkt, um es gegen Dinge zu tauschen, die man dringend zum Überleben benötigte. Ihre Mutter hatte ihre Goldkette mit dem Konfirmationskreuz gegen Mehl und Butter eingetauscht, um einen Kuchen für Petras Geburtstag backen zu können. Als sie dann auch noch an einer Lungenentzündung erkrankt war, hatten die Eltern ihre Eheringe für Medikamente hergegeben und sich nie beklagt.

Die Hoffnung, mehr Geld zu verdienen, war einer der Gründe, warum sie hergekommen war. Wenn sie in Halle blieb, konnte sie kaum auf mehr als das Stadttheater hoffen, und selbst das war unsicher. Und dann blieb nur die Saline, und sie hatte sich geschworen, nicht zu den Frauen zu gehören, die täglich zehn Stunden Salz in Tüten füllten. Ihre Jugend und ihr Talent musste sie jetzt nutzen! Sie hob den Blick und sah Max Lehmann neben einer Säule stehen.

»Haben Sie mich beobachtet?«, fragte sie, als sie ihn erreichte.

Er griff nach einem Glas, das auf einem Tisch hinter ihm stand, und reichte es ihr. »Tom Collins wünscht Wohlsein!«

Er selbst hob ebenfalls sein Glas und stieß mit ihr an.

Ein paar Strähnen hatten sich aus ihrer Frisur gelöst. Sie war hier die einzige Frau mit langem Haar. Kurz, halblang und sorgfältig in Wellen gelegt schien hier der letzte Schrei zu sein. Petra spielte mit einer ihrer glatten Strähnen und probierte den Drink. Er schmeckte erstaunlich gut.

»Ich glaube, ich sollte Sie warnen, mit dem Gin meint man es hier etwas zu gut.« Max Lehmann grinste. »Haben Sie etwas dagegen, wenn ich Sie Petra nenne? Fräulein Thulke klingt so förmlich.«

Sie nippte erneut an dem süffigen Cocktail und winkte

großzügig ab. »Bitte, Max. Was wird denn gerade gedreht, dass die Herrschaften hier sind? Ist das der Paul Bildt?«

Ein älterer Herr mit markanten Zügen sprach mit einer aparten Dunkelhaarigen, die in Petras Alter sein mochte.

»Ja, das ist er, und er spricht mit Brigitte Krause. Sie spielen beide im ›Rat der Götter‹, der gerade abgedreht wird. Im nächsten Jahr kommt er in die Kinos. Da hätten Sie auch gut hineingepasst. Tja, nun ist es zu spät«, meinte Max.

»Ich werde schon noch eine Rolle ergattern. Worum geht es im ›Rat der Götter‹? Um die alten Griechen?«

»Nein, nein, das ist ein politischer Film. Die Handlung basiert auf den Nürnberger Prozessen, und es geht um Verantwortung und Mitschuld. Der Bildt spielt den Geheimrat Mauch, der ein Manager der I.G. Farben ist und verantwortlich für die Giftgasherstellung.«

Petra hob interessiert die Augenbrauen und ließ zu, dass Max ihr Glas auffüllte. »Mauch, wie der Krauch, den man verurteilt hat?«

»So ist es gedacht. Die Grundidee ist gut, finde ich, Gewinnstreben ist genauso schuld am Krieg und den ermordeten Juden wie der Antisemitismus und die nationalsozialistische Ideologie. Und dann gibt es noch einen Chemiker, den spielt der Tillmann. Auf den wollen die Manager die Schuld abwälzen. Der wiederum behauptet, er habe nur wissenschaftlich geforscht und so weiter. Ein Vertreter amerikanischer Interessen tritt ebenfalls auf. Als wieder Sprengstoff produziert werden soll, kommt es zum Interessenkonflikt. Also sehr nahe an der Wirklichkeit, sage ich mal. Ach, da fällt mir ein, ein paar Außenaufnahmen werden in den Leunawerken in Halle gedreht. Kommen Sie da nicht her?«

Der Drink schmeckte so gut, und sie war Cocktails nicht gewohnt, sodass sie die Wirkung des Alkohols nun mit voller Wucht traf. Petra räusperte sich. »Hm, ja, ich komme aus Halle.«

»Ist Ihnen nicht gut, Petra?«

Max nahm ihr das Glas ab, hakte sie unter und führte sie nach draußen. Die kühle Nachtluft erfrischte sie. Dankbar ließ sie sich in einen Korbsessel sinken. Er setzte sich ihr gegenüber.

»Besser?«

Sie nickte. »Danke. Sie müssen mich für eine dumme Gans halten.«

»Ganz und gar nicht«, sagte er sanft. »Aber passen Sie besser auf sich auf, Petra. Der Weißbach hat Sie schon auf seiner Liste, da bin ich mir sicher, so, wie er Sie angesehen hat.«

»Auf welcher Liste?« Sie fühlte sich plötzlich sehr müde und erschöpft.

»Beute, Eroberungen. Hat er Ihnen angeboten, seinen Text mit ihm zu proben?«

Sie riss die Augen auf. »Ja!«

»Mensch, Petra, wollen Sie das denn?«

»Den Text mit ihm proben?«

Max zog eine Grimasse. »Die Schlafzimmerszene.«

»Oh, mir wird schlecht!« Ihr Magen rebellierte, und sie beugte sich zur Seite, um sich zu übergeben.

Eine Dame mittleren Alters kam aus dem Garten herauf

und rief einen Angestellten herbei, der Petra ein Glas Wasser und ein feuchtes Handtuch brachte.

Zu Max sagte die Frau: »Sagen Sie Ihrer Freundin, dass Sie besser aufpassen soll. Man muss seine Grenzen kennen.«

»Entschuldigung, Frau Weißbach.«

Doch ihre Gastgeberin drehte sich um und ging davon.

»Das ist seine Frau?« Petra tupfte sich den Mund ab und trank etwas Wasser. »Gott, ist mir das peinlich. Und ich soll hier übernachten?«

Max runzelte die Stirn. »Vertrauen Sie mir?«

Überrascht sah sie ihn an. »Ich weiß ehrlich gesagt nicht, wem ich hier überhaupt noch vertrauen kann, aber Ihnen am ehesten.«

Max lachte. »Hervorragend. Dann bringe ich Sie jetzt von hier weg, und morgen früh kommen Sie mit mir zum Filmset. Ich habe da nämlich eine Idee, wie wir Sie in Halle unterbringen könnten.«

Er half ihr auf. »Können Sie laufen?«

»Natürlich!«, entrüstete sie sich, musste jedoch einsehen, dass sie etwas wackelig auf den Beinen war.

Er legte den Arm um sie. »Ich teile mir eine Wohnung mit meiner Mutter. Da sind Sie sicher. Ich schlafe auf dem Sofa, und Sie bekommen mein Zimmer. Wollen Sie sich von Ihrer Freundin verabschieden?«

Petra nickte. Was für ein Abend!

II

Mit einem letzten kläglichen Schnaufen blieb die Lokomotive direkt vor dem Großsiedehaus stehen. Nicht zum ersten Mal, und wenn sich nicht endlich etwas änderte, auch nicht zum letzten Mal. Paul wischte sich die Stirn und stellte seine Schubkarre ab. Heute war er zur Entaschung der Treppenrostfeuerung eingeteilt, eine Arbeit, um die sich niemand riss.

Er streckte sich, dehnte die angestrengten Muskeln und freute sich über die Wolken am Himmel. Regen würde dem Boden und den trockenen Pflanzen guttun. Paul ließ die Karre stehen und ging zur Pumpe, um sich Wasser über den Kopf laufen zu lassen. Die Asche klebte überall. Als er sich schüttelte und die Haare aus dem Gesicht strich, sah er Werner mit zwei Flaschen Bier über den Hof kommen.

»Ah, du bist der beste Freund!«, rief Paul. Er griff dankbar nach der Flasche, setzte sie an und leerte sie in einem Zug. Das leichte, kühle Bier war genau das, was er jetzt brauchte.

Sein Freund grinste. »Morgen bin ich mit der Entaschung dran. Mist, hast du gesehen? Schon wieder ist keine Kohle geliefert worden. Wie sollen wir produzieren, wenn wir keine

Kohle bekommen? Die sind doch vollkommen bescheuert da oben!«

»Na, na, wen meinst du denn mit ›denen da oben‹?« Detlev Schlegel, Ritas Vater, war vom Salzmagazin herübergekommen. In seiner Hosentasche steckten zusammengerollte Papiere, was öfter der Fall war, seit er der SED beigetreten war. Überhaupt hatte sich Detlev verändert, und es ärgerte Paul, dass man nicht einmal innerhalb der Brüderschaft sicher vor den neuen Parteigenossen war.

»Na, wenn schon, Detlev«, meinte Paul und sah den Älteren herausfordernd an. »Wer ist denn für die Verteilung der Kohle zuständig? Wer hält sich denn jetzt für so oberschlau und meint, alles neu ordnen zu müssen? Wir sicher nicht!«

»Paule, nu lass mal«, meinte Werner beschwichtigend, doch Paul hatte genug von der ständigen Gängelei und den neuen Herren, die nicht besser waren als die alten.

»Lass ihn nur reden, Werner. Es interessiert mich, was er zu sagen hat«, sagte Detlev lauernd.

»Es reicht mir!«, rief Paul. »Es ist alles schwer genug, und jetzt wird uns auch noch der Mund verboten. Wir kennen unseren Betrieb besser als sonst wer, und dann kommen diese Genossen daher und meinen, sie könnten uns erklären, wie wir die Produktion steigern! Denkt ihr eigentlich noch mit, Detlev? Ich bin wirklich enttäuscht von dir. Du bist doch einer von uns. Du weißt doch auch, wie es um die Saline steht.«

Detlev hob die Schultern. »Wir sind bombardiert worden. Die Maschinen laufen noch. Also können wir auch produzieren.«

»Sag mal, haben sie dir was ins Hirn geträufelt? Hast du dir die Maschinen mal angesehen? Ich habe heute die Entaschung der Treppenrostfeuerung gemacht. Die ganze Anlage muss dringend erneuert werden. Das kracht uns sonst zusammen. Wir sprechen hier von Maschinen und Material, älter als zwanzig Jahre, und einiges stammt noch aus der Kaiserzeit! Wach doch mal auf!«

Detlev schob die Papierrolle tiefer in die Hosentasche. »Einiges muss erneuert werden, aber doch nicht jetzt. Und ich kann auch nichts dafür, dass die Russen die Kohle zuerst für ihre eigenen Zwecke fordern. Wir bekommen, was übrig bleibt.«

Paul beugte sich vor und tippte Detlev gegen die Brust. »Du bist doch jetzt ein Genosse, dann sprich doch mal für deine Brüder. Tu doch was für die Saline, oder was erhoffst du dir davon, wenn du mit den Genossen zusammenhockst und deren Parolen wiederholst?«

Detlev Schlegels Lippen wurden schmal. »Sieh dich vor, Paul. Die Zeiten haben sich geändert. Du hast ja keine Ahnung, wie sehr.«

»Mensch, Detlev, wir sind doch Brüder! Was soll denn das?«, sagte Werner bittend. »Wir wollen doch alle nur das Beste für die Saline, oder nicht?«

Paul nickte und verschränkte die Arme vor der Brust. »Ich schon!«

Man sah dem älteren Salzwirker das innere Ringen an, doch schließlich streckte er Paul seine Hand hin. »Ich doch auch. Paul, schlag ein.«

Paul schüttelte die dargebotene Hand. »Dann red nicht

wieder so daher, als wären wir jetzt der Partei unterstellt und nicht unter Brüdern.«

»Ich wünschte, es wäre so, Paul, aber ich sag dir das jetzt mal unter uns. Wer nicht für die Partei ist, ist gegen sie.« Detlev Schlegel hatte seine Stimme gesenkt und sah sich um, doch niemand stand in Hörweite. »Habt ihr schon was von Helmut gehört?«

Werner und Paul schüttelten die Köpfe und sahen ihr Gegenüber erwartungsvoll an.

»Niemand wird jemals wieder von ihm hören«, sagte Detlev düster.

Paul ergriff Detlevs Arm. »Ja, was haben sie denn mit ihm gemacht? Woher weißt du das?«

Von der Lokomotive kamen zwei Männer herüber, und Detlev holte rasch die Rolle aus seiner Tasche und drückte ihnen ein Blatt in die Hand. »Ich weiß es. Das muss genügen. Donnerstagabend im Goldenen Herz.«

Damit ging er davon.

Werner drehte das Blatt um und las: »Für Aufbau, Frieden, Arbeit und Brot, vorwärts zu neuem Aufbau, für die einheitliche demokratische deutsche Republik. Informationsveranstaltung und so weiter.«

Paul schnaufte. »Reicht doch, wenn Detlev so eifrig ist. Mich sehen die da nicht.«

Doch Werner faltete das Blatt und steckte es ein. »Mal sehen. Ich meine, denk doch mal nach. Helmut kommt nicht zurück. Das kann doch nur bedeuten, dass die ihn umgebracht haben. Nee, Paul, ich habe Familie.«

Paul klopfte dem Freund auf die Schulter. »Ich trag's dir

nicht nach, Werner, kann dich verstehen. Aber weißt du, mir steckt der verdammte Krieg noch in den Knochen. Von einer Diktatur in die nächste? Ich will mir nichts mehr vorschreiben lassen.«

»Die Frage ist nur, ob wir eine Wahl haben.« Werner hob den Arm und winkte einer Gruppe von Frauen, die über den Platz kamen.

Rita war unter ihnen und zog die anderen Frauen mit sich direkt auf die Männer zu.

»Nicht jetzt. Werner, ich geh wieder rein.« Paul eilte im Laufschritt davon und hörte Werner hinter sich lachen.

Als Paul nach der Schicht die Saline verließ, um die Wohnung der Thulkes in der Gütchenstraße aufzusuchen, fing es tatsächlich an zu regnen. Dankbar hielt Paul sein Gesicht den dicken Tropfen entgegen und scherte sich nicht darum, dass sein Hemd durchnässt wurde. Vielleicht wuschen sich Staub und Asche ja von allein heraus, doch er wusste, dass seine Mutter wieder jammern würde, weil er so nachlässig mit seiner Kleidung umging. Sie stopfte und flickte, wo es möglich war, und bei zwei Männern hatte sie alle Hände voll zu tun. Seine Schwester lebte zwar noch zu Hause, war aber meist am Theater oder mit ihren Freunden und Kollegen unterwegs.

Paul kickte einen Stein vom Weg und machte einer Frau mit einem Handkarren Platz. Hastig zog die Frau weiter, wohl darauf bedacht, nicht von russischen Soldaten kontrolliert zu werden. Der Schwarzmarkt war notwendig, um das Überleben zu sichern, daran führte kein Weg vorbei. Petra war nun schon zwei Nächte nicht nach Hause gekommen, und langsam gingen ihm die Ausreden aus, die er seinen Eltern auftischte, damit diese sich nicht unnötig sorgten.

Sein Onkel und drei Neffen waren im Krieg gefallen, seine Großeltern waren bei der Bombardierung Dresdens gestorben, und sein Bruder Joachim war zwar zurückgekehrt, litt jedoch noch immer unter den Folgen seiner Verletzungen. Nein, wenn es keinen Grund gab, wollte er seine Eltern nicht belasten. Dass er selbst es verantwortungslos von Petra fand, sich nicht zu melden oder zumindest Bescheid zu geben, dass sie übers Wochenende wegbleiben wollte, war eine andere Sache. Paul sprang auf die Straßenbahn und fuhr zwei Stationen mit. Am Stadttheater stieg er aus. Die Wege waren nass, doch es hatte aufgehört zu regnen. Wenn das Gebäude nur erst wiederhergestellt wäre, dann könnte Petra hier spielen. Doch er konnte auch verstehen, dass seine Schwester sich mehr erträumte, etwas anderes sehen und erleben wollte. Rechts von ihm lag die Sowjetische Militäradministration. Ringsherum war alles abgesperrt worden.

Blonde Haare und ein energischer Gang! Paul blieb stehen. Er täuschte sich nicht, das war Irene, die allem Anschein nach von der Administration herunterkam. Sie hatte den Blick starr auf den Boden geheftet und wirkte bedrückt. Paul ging ihr entgegen.

»Hallo, Irene!«, sagte er, denn sie wäre glatt an ihm vorbeigelaufen, ohne ihn zu bemerken.

Erschrocken hob sie den Kopf, ihre Augen waren gerötet, und er musste den Impuls, sie in die Arme zu nehmen, unterdrücken. Verschämt wischte sie sich über die Augen.

»Paul, was machst du denn hier?« Auf ihrem Kleid waren nur wenige Regentropfen zu sehen. Sie musste also gerade erst aus dem Gebäude gekommen sein.

Er grinste. »Ich wohne gleich da vorn, zwei Straßen weiter. Bin auf dem Heimweg. Und du?«

»Ich auch, eigentlich. Ach, gerade weiß ich gar nicht, wo mir der Kopf steht …« Ihre Augen füllten sich erneut mit Tränen. »Tut mir leid. Es ist sonst nicht meine Art, aber dieser Kerl …«

Paul reichte ihr sein Taschentuch, das sie sich verlegen gegen Nase und Augen drückte.

»Danke«, murmelte sie.

»Wie wäre es mit einem Bier? Beim Theater gibt es eine Kneipe, in der man ungestört reden kann.« Er sah an seinem schmutzigen Hemd herunter. »Das heißt, wenn es dich nicht stört, dass ich mich noch nicht umgezogen habe.«

Sie schaute ihn an und lächelte. »Das hätte ich nicht mal bemerkt. Gern, Paul.«

Seite an Seite gingen sie auf das zerstörte Stadttheater zu, an dem ein Baugerüst stand.

»Es geht voran, wenigstens dort«, meinte Irene und steckte das Taschentuch ein. »Du bekommst es gewaschen zurück.«

Paul winkte ab. »Wen meintest du eben mit dem Kerl, und was ist passiert?«

Ein tiefer Seufzer entfuhr Irene. »Erst das Bier, ja?«

Nur wenige Meter trennten sie noch vom »Ibykus«, einer Kneipe, die es schon seit über hundert Jahren gab. Die Gaststätte war bei Theaterleuten, Studenten und Anwohnern gleichermaßen beliebt.

Paul öffnete die Tür. »›Zum Kampf der Wagen und Gesänge, Der auf Corinthus Landesenge Der Griechen Stämme froh vereint‹«, zitierte er die Ballade von Friedrich Schiller, der die Kneipe ihren Namen verdankte.

»Die Kraniche des Ibykus. Ich bin beeindruckt!«, meinte Irene.

»Nicht, wenn du wüsstest, dass meine Schwester mich mit ihren Texten gequält hat. Irgendwas musste hängen bleiben.«

Paul führte sie durch die schummrige Kneipe, an deren Wänden Fotografien von Schauspielern und Plakate von Aufführungen aus aller Welt hingen. An einigen Tischen saßen Studenten und diskutierten. Lateinische Worte fielen, und Bücher lagen zwischen den Gläsern auf dem Tisch. Einer der jungen Männer schien Irene zu kennen, denn er nickte ihr zu. An der Theke standen Bürger, die ihr Feierabendbier tranken. Paul grüßte einen Mann, den er aus der Nachbarschaft kannte, und führte Irene zu einem Tisch am Fenster.

Nachdem er ihr den Stuhl hingerückt hatte, setzte er sich ihr gegenüber. »Möchtest du tatsächlich ein Bier oder lieber etwas anderes?«

»Nein, ein Bier ist schon in Ordnung, danke.« Sie fuhr sich durch die blonden Locken und sah sich um. »Ich war lange nicht mehr hier. Eine nette Kneipe.«

»Petra hat mich oft mitgeschleppt. Ist mal was anderes als das Goldene Herz oder die Grüne Tanne. Da sind wir fast unter uns. Und dauernd unter Halloren kann auch zu viel werden.« Er lachte und winkte der Bedienung, die ihre Bestellung aufnahm.

»Ihr seid eine große Gemeinschaft, das ist doch auch schön. Ihr unterstützt euch und seid durch die Traditionen verbunden.« Sie biss sich auf die Unterlippe. »Unterstützung ist das, was ich gerade vermisse. Ich fühle mich … ach, was soll's. Paul, wir kennen uns schon so lange, nicht gut, aber ich habe das Gefühl, dass ich dir mehr vertrauen kann als den Geschäftsfreunden meines Vaters.«

Ihre blauen Augen sahen ihn ernst und ein wenig zweifelnd an.

»Irene, du musst mir nichts erzählen, aber wenn du es tust, bleibt es unter uns. Darauf gebe ich dir mein Ehrenwort.«

12

Irene trank von ihrem Bier und sagte: »Einen der Studenten kenne ich. Bruno ist der Bruder meiner Freundin, Anna Lilienthal. Arme Anna. Sie hat im letzten Kriegsjahr geheiratet, ihren Mann verloren und ist jetzt mit einem Kind allein. Aber sie hat eine Stellung im Archiv der Stadtverwaltung bekommen, immerhin.«

»Leben ihre Eltern noch?«

»Beide, da hat sie Glück. Ihr Vater hat ein Kinderheim geleitet. Er arbeitet auch noch dort, aber die Leitung hat man ihm entzogen.«

»Und wie läuft es in eurer Fabrik? Hat man euch da auch schon jemanden vor die Nase gesetzt?«

»Noch nicht. Für meinen Vater wäre das furchtbar. Er leitet das Unternehmen in vierter Generation und fühlt sich seinen Mitarbeitern verpflichtet. Wir haben es geschafft, Kakao aus Belgien zu erhalten, und hoffen, durch unseren Einsatz beweisen zu können, dass man uns weitermachen lässt.«

Paul betrachtete ihre feinen Züge, die schlanken Hände, die sich um das Glas legten, und ihre Augen, aus denen die Traurigkeit nicht weichen wollte.

»Aber deswegen warst du nicht bei den Sowjets?«

Ein bitteres Lächeln umspielte ihre Lippen. »Nein. Ich habe wieder einmal nach meinem Bruder gefragt. Es gibt da einen Oberst, Bogdanow, von dem ich dachte, dass er wirklich freundlicher wäre als die anderen.«

Ihre Finger schienen das Glas zerbrechen zu wollen. »Er ist nur noch perfider als die anderen. Es macht ihm Freude, einem erst Hoffnung zu machen und sie dann wieder zu zerstören. Ich war mir so sicher, dass Edgar verlegt wird. Und jetzt das! Bogdanow hat mir mitgeteilt, dass für den Kohleabbau mehr Arbeiter benötigt werden und Edgar deshalb noch bleiben muss.«

»Vielleicht weiß dieser Oberst ja auch nicht alles, und Edgar ist schon auf dem Weg nach Hause!«

Aber Irene schüttelte den Kopf. »Nein, Paul. Bogdanow weiß ganz genau, was er sagt. Er hat mir nämlich eine Möglichkeit vorgeschlagen, wie ich Edgar helfen könnte.« Sie sah Paul an, und Tränen liefen ihr über die Wangen. »Aber ich kann das nicht. Und ich fühle mich so schlecht deswegen! Vielleicht liegt es an mir, wenn Edgar nicht zurückkommt. Wie soll ich das meinen Eltern sagen?«

Sie barg ihr Gesicht in den Händen und schluchzte. Paul stand auf, setzte sich neben sie, legte den Arm um sie und zog sie an seine Schulter. Beruhigend strich er über ihr Haar. »Verflucht, das tut mir leid, Irene. Aber er hat dich nicht angerührt?«

»Nein, er will, dass ich aus freien Stücken zu ihm komme!« Sie hörte auf zu weinen. »Und dabei hat er gelächelt, so als ob er wüsste, dass er bekommen wird, was er will. Ich hätte ihm am liebsten ins Gesicht gespuckt, aber das hätte ihn nur gefreut.« Irene hatte aufgehört zu weinen und setzte sich aufrecht hin.

Paul ließ sie los, doch sie berührte seinen Arm. »Danke, Paul. Es tut gut, darüber zu sprechen. Es gibt sonst niemanden, mit dem ich darüber reden könnte.«

»Ich leih dir meine Schulter jederzeit. Aber du musst mir versprechen, dass du nicht wieder allein zu diesem Oberst gehst. Ich könnte dich begleiten oder für dich nachfragen.«

Sie holte tief Luft und schien sich wieder gefangen zu haben. »Das ist sehr lieb von dir, aber was würde das helfen? Vielleicht verfügt er dann, dass Edgar überhaupt nicht mehr zurückkommt.«

»Musst du denn wieder zu ihm hin? Es gibt doch auch noch andere Administrationen, bei denen man nachfragen könnte. Vielleicht hat dieser Bogdanow gar nicht so viel Macht, wie er vorgibt.« Paul überlegte angestrengt, wen er noch kannte, der Kontakte zu höheren Stellen hatte.

Irene schniefte, benutzte erneut sein Taschentuch und sah ihn hoffnungsvoll an. »Meinst du? Heute kam ich mir zum ersten Mal so richtig ausgeliefert vor. Wir haben das verdient. So denken sie sicher.«

Paul nahm ihre Hand. »Nicht. Sprich nicht so, Irene. Wir müssen nach vorn sehen. Lass mich darüber nachdenken, und vielleicht habt ihr ja noch bessere Verbindungen. Dein Vater kennt doch sicher …«

Als er ihren gequälten Blick sah, hielt er inne. »Natürlich, verstehe schon. Aber gib der Sache Zeit, ja?«

Ehemalige hochrangige Nationalsozialisten hatten in der

SBZ die schlechtesten Aussichten, und viele waren noch in Speziallagern oder bereits in den Westen geflohen.

»Ja, das mache ich. Die Fabrik beansprucht mich jetzt sowieso. Wir spezialisieren uns gerade auf Zucker- und Geleeprodukte. Nährpaste haben wir auch im Angebot.«

»Aus allem das Beste machen. Ist in der Saline nicht viel anders«, meinte Paul. »Wir arbeiten mit alten Maschinen, die Feuerungsanlagen müssten dringend überholt werden, und dann kam heute mal wieder keine Kohle.«

Irene sah ihn an, und Paul hatte das Gefühl, dass sie ihn heute zum ersten Mal richtig wahrnahm.

»Du hast recht, und ich danke dir für dein Verständnis.« Sie sah auf ihre Uhr. »Ich muss gehen, Paul. Danke. Danke für alles.«

Er bezahlte das Bier, brachte sie bis zur Straßenbahnhaltestelle und machte sich zu Fuß auf den Weg nach Hause. Er war gerade auf die Sophienstraße gebogen, als er schnelle Schritte hinter sich hörte.

»Petra!« Die Erleichterung, seine Schwester endlich wiederzusehen, überwog den Ärger über die Sorge um sie.

Die Geschwister fielen sich in die Arme. Erst danach betrachtete er sie eingehender. Sie trug ein neues Kleid und eine Strickjacke, die er ebenfalls noch nie an ihr gesehen hatte.

»Ja, sag mal, du bist ja völlig neu eingekleidet. Wo hast du denn das Geld dafür her? Und wo warst du?«

Petra hatte ihr langes dunkles Haar zu einem losen Zopf gebunden und strahlte ihren Bruder an. »Ach, du glaubst es ja nicht! Was ich erlebt habe!«

Sie hakte sich bei ihm unter.

»Jetzt erzähl schon!«, meinte Paul. »Du weißt ja, mir die ganze Wahrheit und für die Eltern die moderate Version.«

Seine Schwester drückte sich kurz an ihn. »Du bist der Beste, ich hatte schon befürchtet, dass du mir den Kopf abreißt. Und dabei konnte ich ja gar nichts dafür! Karoline hat mich doch abgeholt, und ich dachte, es geht hier in die Nähe auf eine Party. Aber sie kam im Wagen von dem jungen Weißbach, dem Sohn vom Rudolf Weißbach!«

Sie machte eine Pause.

»Äh, ja, Weißbach. Muss ich den kennen?«

»Paul, du bist unmöglich. Na, der Schauspieler, der mit der Garbo gedreht hat. Der ist schrecklich berühmt und furchtbar reich!«

»Sein Sohn auch?«, warf Paul lakonisch ein.

»Nein, ja, ist doch egal. Jedenfalls sind wir mit Michael, dem Sohn, nach Potsdam gefahren. Erst ins Filmstudio. Das ist jetzt in den Althoff-Ateliers in Babelsberg. Die anderen Hallen sind ja zerbombt worden. Das Studio habe ich dann erst am nächsten Tag gesehen, weil ich bei Max übernachtet habe.«

»Halt, stopp! Bei wem hast du übernachtet?«

»Reg dich nicht auf. Max ist ein sehr netter Mensch. Viel netter als der alte Weißbach, der wollte mir nämlich an die Wäsche. Drehbuch lesen, ha! Das ist seine Masche. Aber so dumm bin ich auch wieder nicht. Und dann wurde mir von den Drinks so schlecht, dass ich mich auf der Terrasse übergeben habe. Gott, war mir das peinlich! Die Weißbach hat es gesehen und war schon sehr pikiert. Wäre ich ja auch, wenn mir jemand auf die feine Terrasse kotzt. Obwohl die ja reichlich Personal haben. Sollen sich also nicht so anstellen.« Petra redete in einem Schwall fort, ohne Paul zu Wort kommen zu lassen, was vielleicht auch besser war.

Er beschloss, einfach zuzuhören.

»Und da kam Max und hat mir angeboten, bei ihm zu übernachten. In der Villa wäre ich nicht geblieben, nicht, nachdem der Weißbach so …« Sie schüttelte sich angeekelt. »Was denkt der sich denn? Na, vielleicht wird er von vielen jungen Schauspielerinnen angehimmelt. Aber so nicht! Ich weiß, dass ich Talent habe, und wenn ich eine Rolle bekomme, dann durch mein Vorsprechen!«

Paul war erleichtert. Das war seine Schwester.

»Max hat mich mit in seine Wohnung genommen. Er lebt dort mit seiner Mutter, die übrigens eine ganz reizende Frau ist. Sehr krank, die Arme. Rheuma. Im Sommer geht es ihr besser, aber wenn es feucht und kalt ist, hat sie solche Schmerzen, dass sie sich kaum bewegen kann. Die Wohnung ist zugig, und Kohlen gibt es auch nicht immer. Max hat schon überlegt, mit ihr in den Westen zu gehen, weil es da ja besser sein soll. Aber sie will nicht. Ist in Potsdam geboren, und dort will sie auch sterben.«

Petra machte eine Pause. »Du sagst ja gar nichts, Paul?«

»Wie heißt dieser Max mit Nachnamen, und was macht er beruflich?«

»Lehmann, und er ist Kameramann. Noch ist er Assistent, aber er ist sehr gut. Sein Name wird im Vorspann des Films stehen, den er gerade dreht – ›Der Rat der Götter‹. Und jetzt kommt das Beste! Die werden auch hier in den Leunawerken drehen, und da bekomme ich eine kleine Rolle!«

Sie wurde ganz zappelig.

»Und wie hast du diese Rolle bekommen?«

»Durch Max, aber nicht so, wie du jetzt sicher denkst. Ich habe in seinem Zimmer geschlafen und er auf dem Sofa und seine Mutter gleich nebenan. So! Am nächsten Morgen hat er mich dem Regisseur vorgestellt, dem Kurt Maetzig! Meine Güte, stell dir das doch mal vor! Die kleine Petra aus Halle durfte dem Maetzig vorsprechen, und er meinte, ja, die passt rein.«

Paul blieb stehen, denn es trennte sie nur noch eine Kreuzung von der Straße, in der das Mietshaus mit der Wohnung der Thulkes stand. »Kurzfassung für die Eltern.«

Sie hatten dieses Spiel oft genug gespielt, sodass Petra grinsend herunterleierte: »Mit Karoline in Potsdam, bei ihrer Tante übernachtet, Schauspieler getroffen, Rolle bekommen.«

»Warum warst du zwei Nächte fort?«

»Es gab kein Benzin. Darf ich Max erwähnen?«

»Warum nicht, ist ja nichts passiert, was dich kompromittieren könnte, oder?« Er sah seine Schwester an. »Die Kleider?«

»Sind von seiner Mutter. Ist ja gut jetzt, bin doch kein Kind mehr. Du machst dir immer viel zu viele Gedanken. Mutti und Vati waren doch auch mal jung!«, meinte Petra.

»Das ist lange her, und die Zeiten haben sich gewandelt.«

Petra verdrehte die Augen, musste aber lachen. »Und was ist mit dir und Irene? Habt ihr noch lange getanzt?«

Paul steckte die Hände in die Hosentaschen. »Wir waren gerade eben ein Bier im Ibykus trinken.«

Er wollte weitergehen, doch Petra hielt ihn zurück. »Du warst mit Irene Mendel ein Bier in der Theaterkneipe trinken? Einfach so?«

»Ja, warum nicht? Denkst du, sie ist nicht gut genug für mich?« Er grinste und wurde von seiner Schwester geknufft.

»Idiot! Ich mag sie, aber dass sie überhaupt mal mit uns weggeht, ist eine Seltenheit. Mein Bruder, der Herzensbrecher …«

»Unsinn, wir sind nur Freunde, und sie brauchte jemanden zum Reden. Wir haben uns nur zufällig getroffen«, sagte Paul und sah nach oben, als er einen Regentropfen auf seiner Stirn spürte.

Gemeinsam liefen sie zu einem zweistöckigen Mietshaus mit stuckierter Fassade. Das Haus benötigte einen Anstrich, doch die Wohnungen waren großzügig geschnitten. In die Erdgeschosswohnung der alten Frau Kranich hatte man eine Flüchtlingsfamilie einquartiert. In zwei anderen Wohnungen waren ebenfalls Flüchtlinge zwangseingewiesen worden. Die Thulkes hatten bis zum Sommer ein Zimmer an eine Mutter mit zwei Kindern abgegeben, die nun in den Westen zu Verwandten gezogen war.

Als sie den Hausflur betraten, kam ihnen Frau Kranich mit einem Eimer Kartoffelschalen entgegen, den sie anklagend hochhielt.

»Sehen Sie sich das mal an! Dieses Pack wollte die wegwerfen! Dabei kann ich davon noch eine Suppe kochen. Die bekommen mehr Lebensmittelkarten als ich!«

Die alte Frau war verwitwet und ihre Söhne im Krieg gefallen. Ihre Verbitterung war groß, doch Petra sagte: »Die Familie hat doch kleine Kinder, die brauchen doch auch mehr.«

Die Alte humpelte in ihren Pantoffeln über die Fliesen. Das verblichene Kleid schlotterte um ihren knochigen Körper. »Dafür wohnen die bei mir. Machen mir alles kaputt, nehmen keine Rücksicht, nein, nein, ich will nicht mehr …«

Die Wohnungstür ging auf, und eine junge Frau schaute heraus, verschwand jedoch sofort wieder nach drinnen, als sie Petra und Paul sah.

»Da sehen Sie, nicht einmal grüßen können die. Ach, was ist das für ein Elend!«, beschwerte sich die Alte.

Petra sah ihren Bruder an, der das Lamentieren der Alten bereits zur Genüge kannte. »Meine Mutter hat vielleicht noch etwas Suppe übrig, dann bringen wir Ihnen einen Teller runter.«

»Sie sind ein Goldjunge, Paul. Ja, sagen Sie der lieben Frau Mutter meinen Dank! Sie sind immer so nett zu einer alten Witwe.«

Die Geschwister gingen in den zweiten Stock hinauf. Dass die alte Frau weniger Essensmarken erhielt, lag auch daran, dass ihr Mann und beide Söhne bei der Gestapo gewesen und schon vor 1933 der NSDAP beigetreten waren.

Vor der Wohnungstür fragte Paul leise seine Schwester: »Bereit?«

Petra zupfte an ihrer Strickjacke und nickte.

13

Wenn sie nicht gewusst hätte, wo sie sich befand, hätte das Klavierspiel ihrer Mutter es ihr verraten. Eine Bachvariation perlte durch die Abenddämmerung, und die kleine Elvira hockte auf den Treppenstufen und lauschte verträumt.

»Guten Abend, Fräulein Irene!«, begrüßte die Kleine sie höflich. »Ihre Mutter spielt so schön. Ich wünschte, ich könnte das auch.«

»Guten Abend, kleine Maus. Warum sitzt du denn allein hier draußen?« Irene war zwar erschöpft, doch das Mädchen tat ihr leid. Es wirkte so einsam und verloren. »Ist deine Mutter nicht hier?«

Elvira schüttelte den Kopf. »Nein, die Mutti ist noch mal fort, was tauschen.« Das letzte Wort flüsterte sie.

»Na, dann gehen wir jetzt hinein. Hast du schon gegessen?«

»Heute Mittag gab es gebratene Grütze, und dann wollte Mutti mir etwas machen, wenn sie wieder da ist.« Das kleine Mädchen ergriff ihre Hand, und Irenes Herz zog sich zusammen.

»Wenn du Hunger hast, brauchst du doch nur bei uns in

die Küche zu gehen. Du kannst dir immer ein Brot schmieren, hörst du, Ele?«

»Wenn Sie da sind, würde ich das machen, Fräulein Irene, aber die gnädige Frau und Ihr Herr Vater sehen es nicht gern, wenn ich durch die Wohnung laufe. Also bleibe ich in unserem Zimmer oder draußen, da bin ich nicht im Weg.«

Irene schob das Mädchen vor sich durch den Flur und in die Eingangshalle. In diesem riesigen Haus sollte nicht genug Platz für alle sein? Aber sie konnte sich sehr gut vorstellen, wie Tante Hedda die Kleine mit hartem Blick vertrieb.

»Renilein, bist du das?« Das Klavierspiel war unterbrochen worden.

»Ja, Mutter. Ich gehe nur rasch in die Küche, dann komme ich in den Salon.«

Im Brotkasten lag noch ein Stück Roggenbrot, von dem sie zwei dicke Scheiben abschnitt und mit Butter bestrich. Zusammen mit einem Stück Käse legte sie alles auf einen Teller und drückte ihn Ele in die Hände.

»Das bleibt unter uns, lauf schnell in dein Zimmer!«

»Danke!« Die Kleine strahlte und verschwand.

Nachdem Irene sich die Hände gewaschen hatte, drückte sie sich ein in kaltes Wasser getauchtes Tuch an die Augen, die noch immer gerötet waren. Etwas erfrischt ging sie schließlich in den Salon.

Tante Hedda saß in einem Sessel und blätterte desinteressiert in einer Zeitung. »Wie siehst du denn aus? Und wo kommst du her? Eine junge Dame von Stand sollte nicht so ungepflegt herumstromern.«

»Guten Abend, Tante. Ich arbeite. Und wo ich gewesen

bin, geht dich nichts an.« Ihre Tante schaffte es immer wieder, sie mit ihrer herrischen Art zu verärgern.

Sie ging zu ihrer Mutter, die noch auf der Klavierbank saß, und gab ihr einen Kuss. »Wie geht es dir?«

Ihre Mutter war blass, und ihre Hände glitten abwesend über die Tasten, ohne sie herunterzudrücken. »Dein Vater ist in seinem Arbeitszimmer. Er hat kaum etwas gegessen und sich sofort zurückgezogen. Gibt es Probleme im Betrieb? Mir sagt er ja nichts.«

»Nein, nein, mach dir keine Sorgen.«

»Überall gibt es Probleme! Erzähl mir doch nichts, Irene!«, regte sich ihre Tante auf. »Die enteignen alle, alle, sage ich! Ihr kommt auch noch dran, verlass dich drauf. Ich habe mit Kurt telefoniert. Der hält gar nichts von den Sowjets – und jetzt auch noch die Einheitspartei! Ha! Was soll denn daraus werden? Eine rote Diktatur, so einfach ist das!«

»Ist das so, Renilein?« Nervös griff Ada Mendel nach der Hand ihrer Tochter.

Schon heute Morgen war Ada in keiner guten Verfassung gewesen und hatte dauernd nach Edgar gefragt. Irene versuchte, sie mit der Hoffnung auf Edgars Verlegung zu beruhigen, und wusste nicht, ob sie ihrer Mutter überhaupt die Neuigkeiten überbringen sollte. Im Grunde gab es ja keine gesicherten Nachrichten. Vielleicht hatte Bogdanow sie angelogen. Bis sie Gewissheit hatte, würde sie nichts sagen.

»Ganz genau weiß das niemand. Auch Onkel Kurt nicht!«, sagte Irene mit strafendem Blick in Richtung ihrer Tante.

Obwohl Irene ihre Tante nicht besonders gern mochte,

zollte sie ihr doch Respekt. Hedda von Klawitz hatte alles verloren, war misshandelt worden, hatte ihre alte Mutter von Ostpreußen nach Halle gebracht und dennoch nicht resigniert. Im Gegenteil, ihre Tante Hedda wollte sich nicht mit den Gegebenheiten abfinden, und sie war auch nicht bereit, eine Arbeit anzunehmen, die ihr widerstrebte.

»Kurt hat einen größeren Weitblick als wir alle. Und ich werde zu ihm gehen. Hier gibt es keine Zukunft für mich. Wenn dieses rote Gesindel alle Posten besetzt, wirst du auch anders denken. Warum gehen wir nicht alle in den Westen?«, schlug Hedda vor.

Ada schlug einen dissonanten Akkord an. »Niemals! Ich verlasse Halle nicht. Hier steht unsere Fabrik, unser Haus, und wenn Edgar zurückkommt, wird er uns suchen. Dann müssen wir doch hier sein!«

Hedda zog die Augenbrauen hoch und schien etwas sagen zu wollen, doch Irenes Blick hielt sie zurück.

»Nein, Mutter, wir bleiben hier, und Edgar ist vielleicht schon auf dem Weg«, sagte Irene.

»Ach, euch ist ja nicht zu helfen. Glaubt doch, was ihr wollt! Ich gehe jetzt zu Bett!« Damit verließ Hedda den Salon.

»Wie geht es Großmutter?«, wollte Irene wissen.

Ihre Mutter hob die Schultern. »Unverändert. Sie spricht nicht. Ich glaube, sie schläft. Gegessen hat sie auch nichts. Was hast du eben von Edgar erzählt? Er ist schon auf dem Weg?«

In den Augen ihrer Mutter lag so viel Hoffnung, dass es Irene das Herz zerriss. »Vielleicht. Ich war heute wieder auf der Kommandantur. Genaues konnten sie mir nicht sagen, aber es klang zumindest ermutigend.«

»Gut, das ist besser als nichts. Ach, mein Junge, mein armer Junge …«, seufzte Ada.

»Ich schaue nach Vater. Möchtest du noch etwas? Einen Tee?«

»Nein, nein, geh nur«, murmelte ihre Mutter und griff nach einem Foto von Edgar, das auf dem Flügel stand.

Friedrich Mendel saß in seinem Arbeitszimmer und schrieb einen Brief. Der Raum hatte große Fenster zur Straße hinaus, war mit Bücherregalen und einer Vitrine aus dunklem Holz ausgestattet, und der große Schreibtisch mit Messingbeschlägen und seinen unzähligen Schubladen und Fächern hatte Irene schon als Kind fasziniert. Über dem Schreibtisch hing eine Reihe Familienfotografien. Darunter war das Bildnis eines jungen Mannes in gestärktem Hemd und einer Konditorschürze, der lächelnd ein Silbertablett mit einer Pralinenpyramide hielt. »Café David« stand in goldenen Lettern auf seiner Schürze. Irene hatte es aufgegeben, ihren Vater nach seinem früh verstorbenen Halbbruder Julius zu fragen. Es schien, als säße der Schmerz über den Verlust noch immer tief.

Irene ging zu ihrem Vater und küsste ihn auf die Stirn.

»Meine Kleine, auch wenn ich das nicht mehr sagen sollte, aber du wirst immer meine Kleine sein, Renilein«, sagte ihr Vater und nahm seine Brille ab.

Irene sah ihm über die Schulter. »An wen musst du noch schreiben? Hat das nicht bis morgen Zeit? Du siehst müde aus. Wir könnten uns in den Salon setzen, und ich bitte Frau Wilms, dass sie uns Tee bringt.«

»Dieser Brief muss gleich morgen früh raus. Ich kann dem Riebe nicht schon wieder Aufschub geben. Wir brauchen das Geld! Unsere Reserven sind aufgebraucht, die Zutaten kosten jetzt das Dreifache oder noch mehr, und was wir produzieren, bringt kaum die Kosten rein. So können wir nicht weitermachen. Ich setze so große Hoffnungen auf die Pralinen und die guten Schokoladentafeln, die wir mit dem Kakao von Nicolas herstellen. Sonst müssen wir entlassen, und das möchte ich vermeiden.«

Sie wusste, dass ihr Vater recht hatte. »Der Riebe aus Wernigerode, ja, ich weiß. Ich habe doch vor zwei Wochen erst eine Mahnung rausgehen lassen, aber keine Antwort erhalten.«

Friedrich Mendel lehnte sich zurück. »Deshalb schreibe ich ihm privat. Wir kennen uns doch seit vielen Jahren, und er hat immer bezahlt. Da muss was vorgefallen sein. Aber bevor ich den Anwalt einschalte, versuche ich es noch einmal so.«

Dafür liebte Irene ihren Vater. Er blieb immer menschlich und verhandelte fair. Nie hätte er einen Geschäftspartner übervorteilt, selbst in diesen harten Zeiten dachte er zuerst an seine Mitarbeiter.

»Lass uns morgen die Außenstände durchgehen, Vater. Vor allem die im Westen sollten doch besser aufgestellt sein. Was mich auf Tante Hedda bringt. Sie schlägt vor, dass wir alle nach drüben gehen.«

Ihr Vater runzelte die Stirn und rückte seine Krawatte gerade. »Hedda geht mir auf die Nerven mit ihrem Gerede. Soll sie doch gehen. Meinen Segen hat sie! Was sagt denn deine Mutter dazu?«

»Na, entsetzt ist sie. Schon wegen Edgar will sie nicht fort. Was sollten wir auch drüben anfangen? Wir könnten nichts mitnehmen. Alles wäre verloren, das Haus, die Fabrik, einfach alles.«

Sie ging um den Schreibtisch herum und nahm eine Mappe mit Entwürfen von Verpackungen in die Hand. »Weißt du noch? Diese Osterschokolade haben wir so gut verkauft, dass die Kunden gleich fürs nächste Jahr geordert haben. Oh, und dieser Entwurf für die Vollmilchschokolade war auch unglaublich beliebt. Die Kuh war eine wundervolle Idee.«

»Mignon-Schokoladen-Werke« stand auf der goldenen Umrandung des Bergidylls mit Kühen und einem Senner, der verträumt im Gras hockte. Die Schokoladentafeln waren seit den dreißiger Jahren ein fester Bestandteil des Sortiments. Seit Kriegsbeginn hatten sie keine neuen feinen Schokoladen mehr auf den Markt gebracht, bis es zur Stilllegung der Fabrik gekommen war. Ab April 1944 waren in den Fabrikhallen Flugzeugteile für den halleschen Flugzeughersteller Siebel produziert worden, der ihnen noch große Summen schuldete, doch an eine Zahlung von dieser Seite war nicht zu denken.

Wehmütig nickte ihr Vater und nahm seinen Füllhalter wieder zur Hand.

»Lass mich das noch zu Ende bringen, dann komme ich zu euch.«

Eine Woche später stand Irene im Allerheiligsten der Fabrik, der großen Küche mit dem Mélangeur und der Conche. Im Mélangeur wurden Kakaobutter und -pulver, Zucker und Milchpulver gemischt, um anschließend in der Conchiermaschine bei 76 Grad Celsius zu einer glatten cremigen Masse verrührt zu werden. Dieser Prozess dauerte viele Stunden und entschied über die Qualität der Schokolade. Je nach Dauer des Conchierens ließ sich das Aroma der Schokolade beeinflussen.

Irene schnupperte und ließ sich eine Probe geben. Die Mitarbeiterin trug ein weißes Kopftuch wie alle, die in der Herstellung arbeiteten.

»Danke«, sagte Irene und ließ die Schokolade auf der Zunge schmelzen. »Noch eine Stunde, auf keinen Fall länger, wir wollen die kräftige Note beibehalten.«

»Ja, Fräulein Mendel.« Die Mitarbeiterin kontrollierte die Conche und sagte etwas zu ihrer Kollegin, die jedoch von etwas abgelenkt schien und zur großen Glasscheibe deutete.

Irene drehte sich um und erstarrte. Unten in der großen Halle mit dem Fließband standen drei Herren in Anzügen und ein russischer Offizier – Oberst Bogdanow.

14

Der Oberst ging mit auf dem Rücken verschränkten Händen am Fließband entlang, sagte etwas zu seinen Begleitern, die daraufhin alle lachten. Die Mitarbeiterinnen schauten verschreckt auf das Band, eine ließ etwas zu Boden fallen, und eine andere wurde so langsam, dass die Pralinen am Ende des Bandes in den metallenen Auffangbehälter fielen. Die guten Pralinen aus dem teuren Kakao gingen so zu Bruch, dachte Irene und fürchtete, dass das nicht das Schlimmste war, was heute passieren würde.

Rasch wusch sie sich die Hände und lief ins Büro, wo ihr Vater über dem Kassenbuch grübelte. »Vater, da sind drei Genossen und ein Russe!«

Irritiert hob Friedrich Mendel den Blick. »Was? Warum?«

»Ich weiß es nicht. Den Oberst kenne ich aus der Kommandantur. Es ist dieser Bogdanow.«

»Wirklich? Na, dann gehen wir doch runter und begrüßen sie.« Energisch erhob sich ihr Vater, rückte seine Krawatte gerade, zog seine Weste über den Gürtel und öffnete seiner Tochter die Tür. »Nach dir, Renilein.«

Als sie an ihm vorbeiging, sagte sie: »Ob sie uns enteignen kommen?«

Ihr Vater zog die Tür ins Schloss und meinte: »Vielleicht geht es ja um etwas anderes. Meine Kleine, noch haben wir jede Schwierigkeit gemeistert.«

In diesem Moment liebte sie ihren Vater noch mehr. Er gab ihr Zuversicht und verzweifelte nie. Seine Souveränität in Geschäftsdingen beruhte auf Erfahrung und Menschenkenntnis, etwas, das sie noch lernen musste. In diesem Fall jedoch befürchtete sie, dass der Oberst von persönlichen Motiven geleitet wurde.

Fräulein Luegers stand schon auf dem Gang und wirkte aufgeregt. »Herr Direktor, haben Sie die Delegation schon gesehen? Die sind aber nicht angemeldet!«

»Bleiben Sie nur im Büro, wir kümmern uns darum«, sagte Irenes Vater.

Sie trafen die ungebetenen Gäste an den Kakaomühlen, neben denen sich das Lager mit den Kisten der frisch gelieferten Kakaobohnen befand. Irene ahnte, was die Herren hergeführt hatte. Wenn nicht ein Mitarbeiter sie angeschwärzt hatte, war es vielleicht einer der Lieferanten gewesen. Um sich bei der Partei beliebt zu machen, war vielen Menschen nichts zu billig. In dieser Hinsicht hatte sich wohl nichts geändert, dachte Irene bitter.

»Guten Tag, meine Herren!«, begrüßte ihr Vater die Besucher. »Sie wurden mir nicht angekündigt. Womit verdienen wir die Ehre Ihres Besuchs?«

»Lothar Böker, Referent des Ministeriums des Innern, Abteilung zum Schutze des Volkseigentums, die Herren Zachau und Kohn«, stellte der größte der drei Anzugträger sich und seine Begleiter vor. Böker war um die fünfzig, sehr dünn, und sein Haarkranz stand von einem eiförmigen Schädel ab. Mit geübtem Blick schien er alles, was er hier sah, zu taxieren.

Der Oberst hielt sich beobachtend im Hintergrund.

»Zum Schutze des Volkseigentums, aha«, bemerkte Friedrich. »Wir produzieren hier zum Wohle des Volkes. Schokolade ist ein großer Trostspender. Man sollte die Wirkung von Kakao auf das Gemüt nicht unterschätzen.«

»Wollen Sie uns einen Vortrag über die Heilwirkung von Kakao halten, Herr Mendel? Von Kakao, den Sie widerrechtlich aus der Westzone bezogen haben?«, fragte Böker scharf.

»Was heißt denn widerrechtlich? Ich habe mein Privatvermögen dafür geopfert!«

»Ihr Privatvermögen? Die Mignon-Schokoladen-Werke sind eine Gesellschaft mit beschränkter Haftung«, stellte Böker fest, während seine Begleiter sich an den Kisten zu schaffen machten.

»Die kommen ja aus Belgien!«, sagte derjenige, der als Zachau vorgestellt worden war.

»Aus Brüssel, um genau zu sein. Ich habe diesen hochwertigen Kakao nur durch die persönliche Beziehung zu meinem Freund, dem Chocolatier de Smet, bekommen. Wie Sie ja gesehen haben, sind wir dabei, Pralinen zu produzieren. Das ist nicht verboten.«

»Die Menschen hungern, und Sie produzieren Luxuspralinen. Das können wir nicht zulassen. Dieser Kakao ist beschlagnahmt«, entschied Böker.

»Und was wollen Sie damit anfangen? Wir sind die einzige noch intakte Schokoladenfabrik, die den Kakao verarbeiten kann.«

Kohn kam kauend vom Fließband zurück. »Die Pralinen sind wirklich hervorragend, das muss man Ihnen lassen, Mendel. Die wollten Sie wohl zu einem guten Preis verkaufen?«

Irene zählte bereits zum zweiten Mal stumm bis zehn, um nichts Unbedachtes zu sagen, und beobachtete aus den Augenwinkeln den Oberst, der umherspazierte und sich umsah.

»Zu einem angemessenen Preis, natürlich. Aber wir produzieren auch Schokoladentafeln, die sich jeder leisten kann. Außerdem arbeiten wir mit Ersatzstoffen, wie Sie wissen, und diese Produkte sind so günstig, dass niemand auf Süßes verzichten muss.« Irenes Vater hob die Stimme, um das Rattern der Maschinen zu übertönen.

Böker zog einen Notizblock aus der Tasche und kritzelte einige Zahlen darauf, die er Friedrich zeigte. »Für den verarbeiteten Kakao erhalten Sie diese Summe. Sie liefern die Waren verpackt an die Sowjetische Militär-Administration.«

Irenes Vater sah kurz zu Oberst Bogdanow. »Das deckt nicht einmal den Einkaufspreis, geschweige denn die Verarbeitungs- und Verpackungskosten. Wenn ich Ihr Angebot annehme, mache ich einen großen Verlust.«

Böker steckte den Block ein und lächelte schmal. »Sie missverstehen Ihre Lage, Herr Mendel. Wir verhandeln nicht.«

Bogdanow schien das Gespräch zu lange zu dauern, denn er machte Böker ein Zeichen, zu ihm zu kommen. Nach einem kurzen Wortwechsel notierte Böker erneut eine Zahl auf seinem Block und zeigte sie Mendel. Irene sah, wie ihr Vater erbleichte. Sie reckte sich und schaute ebenfalls auf den Block. Der Preis war so lächerlich gering, dass es eine Beleidigung war. Wütend schaute sie auf und fing Bogdanows Blick auf. Seine Miene war undurchdringlich.

»Wir akzeptieren«, sagte Irene und legte ihrem Vater die Hand auf den Arm.

Friedrich Mendel sah seine Tochter überrascht an, kannte sie aber gut genug, um zu wissen, dass sie einen Grund für ihr Verhalten haben musste. »Wir akzeptieren.«

»Dachte ich mir doch, dass Sie vernünftig sind. Wir sitzen doch alle in einem Boot, nicht wahr? Extrawürste soll es nicht mehr geben. Für den Neuaufbau eines sozialistischen Deutschlands müssen wir Opfer bringen. Gut, dann hätten wir das geklärt. Kohn, holen Sie den Zachau. Ach ja, und nicht, dass Sie heimlich was abzweigen. Wir werden das prüfen.« Böker zwinkerte ihnen zu. »Nur ein Scherz.«

Die ganze Zeit über hatte Bogdanow sich nicht an sie gewandt, und auch jetzt, als sie die Halle verließen, drehte er sich wortlos um und ging mit den anderen hinaus.

Irene spürte, dass sie neugierig beobachtet wurden, und wandte sich an die Mitarbeiter. »Es ist alles in Ordnung! Machen Sie sich keine Sorgen. Wir produzieren weiter. Vater?«

Leise sagte er zu ihr: »Oben.« Dann ging er zum Fließband und hob eine Praline auf. »Sehr schön. Wir werden diese Pralinen genauso hochwertig herstellen wie geplant. Nachsagen lassen wir uns nichts. Mignon steht für Qualität.«

Die Arbeiterinnen sortierten und dekorierten weiter,

ohne etwas zu sagen. Nur die Vorarbeiterin, Gertrud Maklewitz, kam zu ihnen. Sie war seit zwanzig Jahren im Betrieb, genau wie ihre Mutter vor ihr.

»Herr Direktor, wir arbeiten gern für Sie. Das wollten wir nur sagen. Aber viele von uns sind nun auch in die Partei eingetreten. Das verstehen Sie, ja?« Die etwa Vierzigjährige hatte ein breites Gesicht, braune Haare schauten unter dem Kopftuch hervor, und in ihrer Kittelschürze steckten Bleistift und Papier.

»Frau Maklewitz, solange ihre politische Aktivität mit Ihrer Arbeit in meinem Betrieb vereinbar ist, habe ich keine Einwände.«

Irene hörte leises Getuschel hinter sich und konnte den Wortfetzen verstehen: »… als ob der noch was zu sagen hat …«

Sie drehte sich nach den Frauen um, erkannte eine junge Arbeiterin, die sofort den Blick senkte, und nahm sich vor, Frau Luegers nach dem Namen der Arbeiterin zu fragen.

Als sie wenig später mit ihrem Vater in seinem Büro stand, goss dieser für sie beide je einen Cognac ein. »Auf unsere Mignon-Werke. Und jetzt sag mir, was da unten los war.«

Irene nippte an ihrem Cognac und wartete, bis die Wärme des starken Getränks sie durchflutete. »Ich weiß nicht, wer uns das eingebrockt hat, aber ich weiß, warum Bogdanow dabei war. Er wollte mir zeigen, welche Macht er hat. Das war eine Warnung.«

Ihre Hände zitterten, und sie umklammerte den bauchigen Cognacschwenker fester.

»Du verschweigst mir etwas, Irene.« Wenn ihr Vater sie nicht mit ihrem Kosenamen ansprach, meinte er es ernst.

Sie holte tief Luft, nahm einen weiteren Schluck Cognac und erzählte leise, wie sich Bogdanow ihr gegenüber verhalten hatte. »Er hat es nicht offen ausgesprochen, aber das musste er auch nicht. So, jetzt weißt du es. Ich fühle mich schrecklich deswegen. Was soll ich denn nur tun?«

Ihr Vater stellte sein Glas ab, ging zu ihr und drückte sie fest an sich. »Gar nichts wirst du tun. Du wirst dich nicht prostituieren. Nur über meine Leiche, hast du das verstanden? Eher bitte ich Onkel Kurt um Hilfe.«

Sich die feuchten Augen wischend, lachte Irene. »Oje, und du hast immer gesagt, dass es im Sommer schneien muss, bevor du Kurt um irgendetwas bittest.«

Friedrich Mendel sah seine Tochter liebevoll an. »Es schneit, Renilein, siehst du es nicht?«

15

»Danke, meine Herrschaften! Das war's für heute!«, rief Maetzig durch sein Megafon und gab es seinem Assistenten, der ihm einen Becher Kaffee reichte.

Es war kalt auf dem Gelände der Leunawerke. Das ehemals größte Chemiewerk im Süden von Halle war während des Krieges schwer beschädigt worden und hatte anschließend über die Hälfte seiner Anlagen durch Demontagen eingebüßt. Petra fand die riesigen Schlote und Fabrikhallen mit den Aufbauten aus einem Labyrinth an Rohren, Kesseln und Tanks auf dem sieben Kilometer langen Werksgelände, zu dem auch zwei Bahnhöfe gehörten, noch immer beeindruckend. Man hatte ihr keine Sprechrolle gegeben, aber sie war dabei, und nur das zählte.

Sie hatte mit bekannten Schauspielern unter Maetzigs Regie gedreht, was für ihre Karriere von großem Vorteil sein würde. Maetzig war im September mit seinem Film »Die Buntkarierten« sogar auf dem Filmfestival von Cannes dabei gewesen. Cannes, die Côte d'Azur, wenn sie doch nur auch irgendwann dorthin reisen könnte!

»Petra, ist dir gar nicht kalt? Komm lieber da runter!«, rief Max von unten.

Sie hatte an einem Geländer stehen und einem verletzten Fabrikarbeiter zu Hilfe eilen müssen. Wie viel von ihrer Aktion letztlich im Film zu sehen sein würde, war noch nicht sicher. Doch sie hatte sich alle Mühe gegeben, möglichst natürlich zu spielen. Der kalte Wind biss tatsächlich in Gesicht und Hände, und sie trug nur ein Kleid und darüber einen weißen Kittel.

Als sie die Treppe hinunterlief, hielt ihr Max unten ihren Mantel hin. Er war fürsorglich, nie aufdringlich, und sie mochte es, in seiner Nähe zu sein. Außerdem küsste er gut. Er musste sie beobachtet haben, denn er fragte: »Du lächelst. An was denkst du?«

»Verrate ich dir vielleicht später. Was passiert jetzt? Wohin gehen alle?« Petra schlüpfte in den Mantel und schlang sich den Schal, der um den Kragen lag, enger um Hals und Schultern.

Der Dezember war kalt, der Boden bereits gefroren, und es fehlte an Feuerholz und Kohle. Die Menschen wurden ungeduldig, sie erwarteten einen wirtschaftlichen Aufschwung, der sich nicht einstellen wollte. Auch die Neugründung der Deutschen Demokratischen Republik, die mit vielen Werbebannern und Parolen von Einigkeit und einem zukunftsorientierten Sozialismus gefeiert worden war, konnte nicht von der vorherrschenden Not in allen Lebensbereichen ablenken. Filme jedoch bescherten den Menschen Ablenkung von ihren Sorgen.

Max steckte die Hände in seine Manteltaschen. »Verdammt, ist das kalt heute. Wir bauen hier alles ab, und dann geht es wieder nach Potsdam. Ein oder zwei Szenen müssen nachgedreht werden, und danach kommt das Schneiden.«

»Fährst du heute schon zurück?«, fragte sie und hoffte, dass er noch einen Tag in Halle bleiben würde. Sie wollte ihn Paul vorstellen.

Der Kameraassistent sah sie an und lächelte. »Maetzig und ein paar andere bleiben auch noch eine Nacht. Wir reisen erst morgen Mittag ab. Überhaupt muss die ganze Ausrüstung abgebaut und verpackt werden. Das kann dauern.«

Petra sah in seine sanften braunen Augen. »Ich würde dir gern meinen Bruder vorstellen, wenn du nichts dagegen hast.«

Er griff nach ihrer Hand und zog sie mit sich hinter die Stahltreppe. Dort nahm er sie in den Arm und küsste sie zärtlich. »Ich freue mich, dass du mich deinem Bruder vorstellen willst, denn ich weiß, was er dir bedeutet.«

Sie lehnte sich an ihn und spürte seinen Herzschlag, stark und ruhig. Wann hatte sie sich in ihn verliebt? Als er ihr in der Villa Weißbach geholfen hatte, als sie sich übergeben musste? Nicht viele Männer hätten sie dann noch mit zu sich genommen und der Mutter vorgestellt. Aber Max war anders, eigen, selbstbewusst, aber nicht überheblich. Er kannte die wichtigsten Leute der Filmbranche im Osten, und auch zum Westen hatte er Verbindungen, fuhr oft nach Westberlin. Er sprach davon, sie irgendwann einmal in den Westteil der Stadt mitzunehmen und sie mit seinen dortigen Freunden bekannt zu machen. Er eröffnete ihr eine neue Welt, und er hatte sie vor Weißbach bewahrt. Petra schüttelte sich noch immer innerlich, wenn sie daran dachte, was ihr bevorgestanden hätte. Sie gab sich zwar selbstsicher, doch wenn es um Körperliches ging, wurde sie verschlossen wie eine Auster. Max hatte sie einmal zärtlich am Busen berührt, und sie hatte beinahe panisch reagiert. Daraufhin hatte er sie lange angesehen und sie gefragt, was ihr zugestoßen war. Erst hatte sie ihm nicht von der Vergewaltigung erzählen wollen, doch schließlich hatte sie in wenigen Worten erklärt, was geschehen war. Daraufhin hatte Max sie in den Arm genommen und gesagt, dass sie alle Zeit der Welt hätten.

Von der Fotografie war Max zum Film gekommen, hatte den Beruf des Kameramannes durch zahlreiche Assistentenjobs erlernt und sich nebenher weitergebildet.

»Ich rede immer nur von Paul, was musst du nur denken. Joachim ist der Älteste, aber wir waren uns nie nahe, und seit er aus dem Krieg zurück ist, sind wir uns noch fremder geworden. Er tut mir leid, aber er lässt keinen an sich heran.« Petra strich Max den Mantelkragen glatt und berührte sein Kinn. »Du bist nicht rasiert.«

Er grinste. »Stört es dich?«

»Nein.« Sie gab ihm einen flinken Kuss.

Max nahm ihre Hand. »Komm mit. Heute will ich dich ganz für mich haben.«

Sie gingen durch die Fabrikhalle, in der Techniker und Kabelträger mit dem Abbau des Filmsets beschäftigt waren. Die Schauspieler waren bereits abgeholt worden. Rudolf Weißbach hatte sich über die Kälte, die Zugluft, falsches Licht und schlechtes Essen beschwert. Maetzig hatte seine liebe Mühe mit dem verwöhnten Schauspieler gehabt, doch irgendwann war die Szene zur Zufriedenheit des Regisseurs eingespielt worden, und Weißbach war abgerauscht.

Ein Kleinbus brachte sie und einige andere Filmleute von den Leunawerken in die Stadtmitte zum Hotel der Filmcrew.

»Wir haben noch eine Besprechung, und du willst dich sicher noch umziehen. Soll ich dich bei dir zu Hause abholen?«, fragte Max.

Sie zögerte. »Dann wirst du gleich mit der ganzen Thulke-Sippe konfrontiert. Nein, wir treffen uns im Ibykus am Theater.«

Dort hatten sie schon einmal mit Freunden gefeiert. Er neigte sich vor und küsste sie. »In Ordnung. Bis später, Petra.«

Beschwingt machte sie sich auf den Heimweg. Eine eisige Böe fegte über den Markt am Roten Turm, dessen abgebrochene Spitze anklagend in den Himmel ragte. An der Ecke hinter der Straßenbahnhaltestelle gab es einen Bäcker. Sie wollte eine große Tüte Schmalzgebäck für ihre Familie mitnehmen. In der Weihnachtszeit war das mit Puderzucker bestäubte Gebäck eine beliebte Leckerei. Petra spazierte über den Markt, lauschte einem Leierkastenmann, der Weihnachtslieder spielte, und sah dabei zur Marienkirche, der Marktkirche Unser Lieben Frauen, hinüber. Eine junge Frau eilte auf den Haupteingang zu, und Petra beschleunigte ihre Schritte, denn es handelte sich um ihre Freundin Karoline, die sie seit Wochen nur selten gesehen hatte.

»Karo!«, rief Petra und winkte.

Doch ihre Freundin lief weiter auf das Kirchenportal zu. Kurz entschlossen folgte Petra ihr, denn das passte so gar nicht zu Karoline, die nur zu Festtagen in die Kirche ging und sich eigentlich immer freute, sie zu sehen. Kurz vor dem Tor erreichte sie ihre Freundin.

»Hallo, Karo!«

Karoline zuckte zusammen und drehte sich um. Ihre Augen waren gerötet, und sie wirkte gehetzt. »Petra, ich kann jetzt nicht.«

»Na, hör mal. Was ist denn los? Wir sind doch Freundinnen. Du gehst in die Kirche? Ist jemand gestorben?«

Ihre Freundin seufzte. »Lass uns reingehen, mir ist kalt.«

Sie betraten die dreischiffige gotische Kirche, deren vier Türme weithin sichtbar waren. Heller Sandstein prägte die filigrane Architektur, das hohe Gewölbe und die prachtvolle Reichel-Orgel. In einigen Bänken saßen vereinzelt in ihr Gebet versunkene Menschen. Karoline zog Petra mit sich hinter einen Pfeiler.

»Ich glaube, ich bin schwanger!«, flüsterte sie, und ihre Augen füllten sich mit Tränen.

Petra hielt sich die Hand vor den Mund. »Von Michael?«

»Natürlich von Michael! Aber er will davon nichts wissen. Ich bin so dumm, Petra, so dumm …« Verzweifelt legte sie eine Hand auf ihren Leib, der noch nichts verriet.

»Wieso will er davon nichts wissen? Wenn er der Vater ist, muss er dich heiraten.«

»Wirklich, Petra? Er muss gar nichts. Er ist der Sohn vom großen Rudolf Weißbach und heiratet sicher keine unbekannte Schauspielerin. Als ich ihm gesagt habe, dass etwas schiefgegangen sein könnte, hat er sich von mir getrennt, mir etwas Geld in die Hand gedrückt und gesagt, ich soll mich drum kümmern.«

»Verdammt. Das tut mir leid. Was willst du jetzt machen?« Unglücklich sah Petra die Freundin an.

Karoline war hübsch, jung und würde sicher einen Mann finden, der sie heiratete, wenn sie es darauf anlegte.

»Meine Eltern bringen mich um, wenn sie das erfahren. Verflucht, dass mir das auch passieren musste. Ich bin so enttäuscht von Michael. Ich dachte, er ist anders als sein Vater. Der soll ja einige uneheliche Kinder haben.« Karoline lehnte sich an den Pfeiler, schloss die Augen, holte tief Luft und schaute Petra an. »Ich werde das Kind nicht bekommen.«

»Wie, ich meine, du willst es wegmachen lassen? Das ist doch gefährlich?«

»Ach, du Schäfchen, du hast wirklich keine Ahnung, oder? Es gibt da eine ehemalige Krankenschwester, die macht das. Die hat Erfahrung, und dann ist die Sache vergessen«, sagte Karoline leise.

»Wenn alles gut geht! Da kann so viel passieren! Mensch, Karo, überleg es dir doch noch mal«, bat Petra sie.

Doch ihre Freundin starrte sie düster an. »Was gibt es da zu überlegen. Ich will das Kind nicht! Es würde mein ganzes Leben zerstören.«

»Würde es das? Vielleicht wärest du auch sehr glücklich, und deine Eltern würden sich über ein Enkelkind freuen.«

»Du hast keine Ahnung, keine Ahnung. Das ist meine Entscheidung, und ich habe entschieden. Wenn du mir beistehen willst, komm mit. Ich habe heute Abend den Termin.« Bittend sah Karoline sie an. »Ich dachte, ich schaffe es allein, habe mir eingeredet, dass es schon nicht so schlimm sein wird. Aber dann bekam ich Angst und bin zur Kirche.« Ein bitteres Lächeln umspielte Karolines Lippen. »Keine gute Idee. Ich fühle mich als böse Sünderin.«

»Wenn du Zweifel hast, tu es nicht!«

Doch ihre Freundin schüttelte entschlossen den Kopf. »Ich will das Kind nicht.«

»Würdest du es wollen, wenn Michael zu dir stünde?«, gab Petra zu bedenken.

Karolines Augen füllten sich mit Tränen. »Natürlich würde ich es dann haben wollen. Aber allein kann ich es nicht großziehen!«

»Ruhe!«, rief jemand aus dem Kirchenschiff, und Petra zog ihre Freundin mit nach draußen. Eisige Kälte schlug ihnen entgegen, und Petra legte den Arm um Karoline.

»Tu es nicht, nicht heute, Karo. Du bist dir doch gar nicht sicher, und so eine schwerwiegende Entscheidung sollte man nicht übereilen. Ich treffe mich heute Abend mit Max und Paul, und du kommst mit. Das wird dich auf andere Gedanken bringen, und wir können reden. Was sagst du?«

Karo presste sich ein Taschentuch gegen Nase und Augen und sagte: »Gut, ich komme mit.«

16

Erleichtert hakte Petra ihre Freundin unter und nahm sie mit in die Bäckerei. Sie kauften Fettgebackenes, fuhren einen Teil der Strecke mit der Straßenbahn und kamen schließlich vor dem Haus an, in dem Familie Thulke wohnte. Aus einem Fenster im Erdgeschoss drang Kindergeschrei, und als sie den Hausflur betraten, roch es nach Kartoffeln und Sauerkraut. Die beiden jungen Frauen wollten die Stufen hinaufsteigen, als die Haustür aufschwang und einen kalten Luftzug hereinließ.

»Petra!«, rief ihr ältester Bruder, und die beiden Frauen blieben stehen.

Joachim Thulke nahm die Mütze vom Kopf und streckte Karoline die Hand entgegen. »Hallo, Karo. Dich habe ich lange nicht gesehen.«

»Ja, die Zeit vergeht. Ich war viel unterwegs, in Berlin, Potsdam und Hamburg«, meinte Karoline nicht ohne Stolz.

Petras Bruder kam von seiner Schicht aus der Saline und trug einen einfachen grauen Anzug und ein weißes Hemd. Sein kantiges Kinn und die hellgrauen Augen waren durchaus anziehend, wären nicht die Narben auf einer Seite seines

Gesichts gewesen. Gerötete Wulste zogen sich vom Ohr über die Wange und den Hals hinunter. Doch wenn er im Halbdunkel stand, so wie jetzt, konnte man denken, er wäre ganz der Alte.

»Seid ihr zum Essen hier?«, erkundigte sich Joachim.

Gemeinsam gingen sie nach oben.

»Ich will mich nur umziehen. Wir wollen noch ins Ibykus. Paul kommt auch. Willst du uns nicht begleiten, Joachim? Du musst doch auch mal unter Leute.« Petra und Karo betraten die Wohnung, in der es wie im Treppenhaus nach Kartoffeln und Sauerkraut roch. Sie hängten ihre Mäntel an die Garderobe.

Joachim murmelte: »Bin ja unter Leuten, brauche meine Ruhe.« Dann ging er in sein Zimmer, das er sich mit Paul teilte.

»Da muss ja wohl eine Ladung Kraut günstig gewesen sein. Mutti, Vati, schaut mal, wer da ist!«, rief Petra und nahm Karoline mit in die Stube.

Ihre Mutter stand mit geblümter Schürze am Herd und summte ein Weihnachtslied. Petra ging zu ihr und drückte ihr einen Kuss auf die erhitzte Wange. Es dampfte aus zwei Töpfen, in denen Irma Thulke mit einem Holzlöffel rührte.

»Ach, meine Maus ist da. Willst du die Teller schon rausstellen? Es gibt Kraut und Kartoffeln und gebratene Eier«, erklärte ihre Mutter strahlend.

Petra wollte ablehnen, doch Karoline sagte: »Danke, Frau Thulke, das ist furchtbar nett. Ich habe auch noch nichts gegessen.«

»Das wusste ich nicht«, sagte Petra entschuldigend, und

als sie Karo jetzt anschaute, bemerkte sie die dunklen Augenringe und die knochigen Wangen.

Irma wischte sich die Hände an der Schürze ab und umarmte Karo. »Dich habe ich ja lange nicht gesehen.« Prüfend musterte sie die junge Frau, sah ihre Tochter an und meinte: »Gib Karo ein Glas Milch. Es ist noch ein Rest im Schrank. Und dann leg ihr ein Stück Butter mit auf den Teller.«

Petra biss sich auf die Lippen. Ihre Mutter hatte anscheinend sofort erkannt, dass Karo schwanger war. Konnte man das sehen? Sie fand nicht, aber ihre Mutter hatte selbst vier Kinder zur Welt gebracht. Ein Mädchen war gleich nach der Geburt gestorben.

Dankbar trank Karo ihre Milch und setzte sich auf einen der Küchenstühle. »Das ist sehr lieb. Mir war gar nicht bewusst, wie ausgehungert ich bin.«

Irma lachte. »Mädchen, das wird noch schlimmer. Stell dich drauf ein. In der wievielten Woche bist du?«

»Mutti, nicht so laut. Es soll doch keiner wissen, dass sie schwanger ist.« Petra nahm die Teller und Bestecke aus dem Schrank.

»Ach, so ist das. Na, wer ist denn der Vater? Will er sich drücken? Immer dasselbe.« Kopfschüttelnd rückte Irma einen Topf zur Seite.

»Wie haben Sie das nur gleich gesehen, Frau Thulke? Meine Mutter hat nichts gesagt. Und das hätte sie, wenn sie es wüsste. Gott, was würde sie mir die Hölle heißmachen. Mein Vater würde mich als Hure hinauswerfen.« Karo leerte das Milchglas. »Danke.«

»Bist du dir da so sicher, Karoline?«, sagte Irma. »Immerhin ist deine Mutter einmal schwanger mit dir gewesen. Sie weiß doch, wie schwer das ist.«

»Meine Eltern haben ihre Prinzipien, und wer dagegen verstößt, wird bestraft. Aber ich will mich ja gar nicht beschweren. Bin ja selbst schuld, und deshalb werde ich auch eine Lösung finden«, erwiderte Karo.

Irma wollte etwas sagen, wurde jedoch von Petra mit einem Kopfschütteln davon abgehalten. »Wir gehen heute Abend zusammen aus. Das wird Karo ablenken. Ich wünschte nur, Joachim könnte sich mal überwinden und uns begleiten.«

Ihre Mutter seufzte. »Das braucht Zeit. Die Wunden sitzen tief, Petra.«

Es war dunkel und kalt, als sie später das Stadttheater erreichten, durch die Tür des Ibykus traten und von einer Mischung aus blauem Dunst, Gelächter, Stimmengewirr und Musik empfangen wurden. Paul nahm den Mädchen die Mäntel ab und dirigierte sie durch das Gedränge zu einem Tisch, an dem bereits Max auf sie wartete. Dieser erhob sich, und Petra nahm an seiner Seite Platz. Paul und Karo setzten sich ihnen gegenüber.

»Bier?«, fragte Max, der schon ein Glas vor sich stehen hatte.

»Der Karo ist kalt, die trinkt einen Tee, oder?«, schlug Petra vor, und ihre Freundin nickte.

Aus einer Musikbox tönten Schlager, und in einer Ecke wurde getanzt. »Max, das ist mein Bruder, Paul.«

Paul lächelte. »Freut mich, Max. Ich habe ja schon viel von dir gehört. Und du bist Kameramann?«

»Noch Assistent, aber beim nächsten Film darf ich auch die Hauptkamera führen. Ich liebe meinen Beruf, es passiert immer irgendetwas, das macht es so spannend.« Unter dem Tisch griff Max nach Petras Hand.

»Er ist richtig gut. Und seine Fotografien sind noch beeindruckender!«, lobte Petra ihren Freund.

»Was fotografierst du denn gern?« Paul winkte der Bedienung und bestellte Bier und Tee.

»Alles«, antwortete Max. »Die Trümmer und die Menschen. Glamourfotos sind nicht so mein Fall. Eher echte Porträts.«

»Das ist natürlich aufregender, als jeden Tag in die Saline zu gehen«, meinte Paul, und ein bitterer Unterton schwang mit.

»Sag das nicht, Paul«, meinte Petra. »Ohne euch gäb's kein Salz.«

Ihr Bruder spielte schon lange Gitarre, textete und komponierte eigene Lieder, nur aufgetreten war er noch nicht vor großem Publikum. »Du solltest dir eine Band suchen, Paul. Wisst ihr, Paul spielt nämlich ganz hervorragend Gitarre.«

Paul fuhr sich durchs Haar, sichtlich verlegen. »Lass mal, ist nur für den Hausgebrauch.«

Karo und Max sahen ihn neugierig an. »Irgendwann wollen wir was von dir hören«, meinte Karo.

Ein flotter Schlager erklang, und Petra trommelte mit den Fingern auf den Tisch. »Na, komm, Max!«

Als sie in seinen Armen über die volle Tanzfläche glitt, flüsterte sie in sein Ohr: »Darauf habe ich gewartet.«

Max zog sie noch enger an sich und sagte: »Dein Bruder ist ein netter Kerl, aber nicht glücklich.«

Sie stießen mit einem Paar zusammen, lachten und bewegten sich weiter. »Das ist nicht leicht für ihn. Er steht in der Tradition der Halloren. Das gibt man nicht so einfach auf.«

»Die Welt hat sich verändert. Der Krieg hat die Karten neu gemischt. Es wird bald andere Möglichkeiten geben. Was hält er von der Partei?«

»Nichts.« Vorsichtig sah sich Petra um, doch es war zu laut, als dass ihnen jemand in dem Gewühl zuhören könnte. »Sie haben ihn schon mehrfach eingeladen, aber er weigert sich. Er sagt, eine Diktatur hat ihm gereicht.«

Sie spürte Max' Hand auf ihrem Rücken, und die Wärme seines Körpers durchflutete sie. Sehnsucht nach mehr erfasste sie und hätte beinahe die Erinnerung an Karos Schicksal verdrängt. Aber vielleicht konnte sie ja auch gar keine Kinder bekommen? Immerhin war die Vergewaltigung folgenlos geblieben.

»Wenn ich ihm raten darf, er sollte zumindest einmal hingehen, sonst wird er auffällig, und sie setzen ihn auf ihre Listen.«

Max' Worte rissen sie aus ihren Träumereien. »Warum? Wie kommst du darauf?«

»Glaub es mir einfach, Petra. Ich habe Kontakte in Kreise, die ziemlich genau wissen, was die da oben planen.«

Angst erfasste sie, aber nur für einen Augenblick. »Was für Kreise?«

»Freunde, Petra, die sich mit der Zukunft Deutschlands befassen. Ist nicht weiter wichtig.« Er schwenkte sie im Kreis und wirbelte sie herum, bis ihr schwindelig war.

17

Paul schlug den Mantelkragen hoch und steckte die Hände tief in die Taschen. Der Frost biss in Nase und Wangen, doch die klare Luft ließ das Feuerwerk noch heller strahlen. Er hatte seine Eltern nach Hause begleitet, denn seine Mutter fühlte sich nicht wohl. Eine Erkältung saß ihr in den Knochen, aber immerhin hatten sie gemeinsam ins neue Jahr hineingefeiert. Jetzt wollte er seine Schwester und ein paar Freunde in der Stadt treffen, um noch ein wenig zu tanzen.

Zuerst wollte er es bei den »Eichhörnern« versuchen. Das Lokal hatte einen besonderen Charme als hallische Künstlerklause und wurde von Trude und Erich Eichhorn geführt. Überall traf er auf fröhliche Menschen, die lachten und sangen. Das neue Jahrzehnt weckte die Hoffnung auf bessere Zeiten, obwohl Paul sich da nicht so sicher war. Er wollte zwar auch nicht schwarzsehen, aber die Zustände in der Saline waren besorgniserregend.

»Paul!«, rief jemand aus einer Gruppe und winkte.

»Werner!« Paul ging auf seinen Freund und Arbeitskollegen zu und umarmte ihn. »Frohes Neues, mein Freund!«

»Ich wünsche dir und deiner Familie alles Gute, mein Lieber! Wo sind deine Leute überhaupt?«, fragte Werner, der mit seiner Frau und drei bekannten Paaren unterwegs war.

»Meine Eltern sind jetzt zu Hause, und ich bin auf dem Weg zu den Eichhörnern. Und ihr?«

»Nee, da kriegen wir keinen Tisch, wir ziehen noch weiter!«, sagte Werner, und die anderen traten ungeduldig von einem Fuß auf den anderen.

»Lass uns gehen, mir wird kalt!«, beschwerte sich eine der jungen Frauen, und Werner hob entschuldigend die Schultern und meinte lachend: »Du siehst, ich habe keine Wahl! Wir sehen uns, Paul!«

Paul sah den Freunden nach und setzte seinen Weg fort. Auf der anderen Straßenseite befand sich die Sowjetische Militär-Administration, aus der ebenfalls Musik ertönte. Solange die Russen unter sich blieben … Paul dachte an Vorfälle in der Vergangenheit, bei denen betrunkene Soldaten über Hallenserinnen hergefallen waren. Seit Gründung der DDR hatte die Volkspolizei viele Aufgaben übernommen, für die zuvor ausschließlich die sowjetischen Besatzer zuständig gewesen waren, was zumindest optisch für Entspannung sorgte.

Auf seiner Straßenseite passierte Paul das hell erleuchtete Steintor-Varieté, das gerade einen Schwung Besucher entließ. In dem prächtigen Bau, einstmals bekannt als Walhalla-Varieté, hatten sich schon Ende des vergangenen Jahrhunderts die Menschen amüsiert. Der Name hatte sich im Volksmund gehalten, und heute traten dort wieder namhafte Künstler auf. Wer sich das wohl leisten konnte, dachte Paul und betrachtete die vornehme Gesellschaft: Damen in pelzbesetzten Mänteln und glitzernden Abendkleidern und Herren in maßgeschneiderten Fracks.

Paul trug zwar seinen besten dunklen Anzug, doch im Vergleich zu den feinen Herren kam er sich schäbig vor und wäre zügig weitergegangen, hätte ihn nicht eine bekannte Gestalt mit blonden Haaren zurückgehalten. Sie war atemberaubend schön in ihrem dunkelblauen Kleid und dem hellen Mantel, der ihr gerade von einem eleganten Herrn um die Schultern gelegt wurde. Plötzliche Eifersucht versetzte ihm einen heftigen Stich. Was hatte er dagegenzusetzen? Er könnte Irene nie bieten, was sie jetzt gewohnt war. Was ihm blieb, waren die Pfingstfeste und zufällige Begegnungen.

Er erkannte ihre Eltern, ein paar Parteifunktionäre, den Bürgermeister und weitere gut gekleidete Herren, die sich wichtig gaben. Große Limousinen mit Chauffeuren waren vorgefahren, und Paul beschleunigte seine Schritte. Er kam jedoch nicht weit, weil ihn jemand am Ärmel zupfte.

»Willst du mich nicht mehr kennen, Paul?« Irene stand leicht außer Atem vor ihm. Ihre Haare waren hochgesteckt, sie trug glitzernden Schmuck, der teuer aussah, und sie duftete nach einem ausgefallenen Parfum.

»Frohes neues Jahr, Irene. Aber du solltest wieder zu deinen Leuten gehen«, sagte er frostiger als beabsichtigt.

Sie berührte sein Revers. »Ich wünsche dir auch ein frohes neues Jahr, Paul!«

Diese kleine Geste reichte aus. Er streckte die Hand nach ihr aus, weil er sie berühren musste, weil sie ihn verrückt machte, wenn er nur an sie dachte. Einem Impuls folgend, zog er sie an sich und sah ihr in die Augen. Alles um sie herum schien zu verblassen. Es gab nur sie beide. Ihre Lippen öffneten sich leicht, und er küsste sie. Es war falsch und würde ihn vielleicht in Schwierigkeiten bringen, doch er konnte sich einfach nicht zurückhalten. Und sie wehrte sich nicht, im Gegenteil, sie schmiegte sich an ihn und erwiderte den Kuss mit einer unerwarteten Leidenschaft, die sie beide überraschte. Seine Hände glitten über ihren Rücken, ihren perfekten Körper. Er ließ sie los und räusperte sich.

»Verzeihung.«

Ein katzenhaftes Lächeln glitt über ihr Gesicht. »Wenn dir dieser Kuss jetzt leidtut, habe ich dich unterschätzt, Paul.«

Er sah in ihre blauen Augen und fragte sich, was in ihr vorging. Spielte sie nur mit ihm, oder hegte sie wirklich ernsthafte Gefühle? Für einen langen Augenblick sahen sie sich an. »Du musst gehen, Irene. Dein Galan wartet.«

Er nickte in Richtung der Gruppe, die bereits in die Wagen gestiegen war. Nur Irenes Begleiter stand noch dort und sah zu ihnen hinüber.

»Irene!«, rief dieser prompt.

Sie winkte und rief: »Jaja, bin gleich da.« Zu Paul sagte sie: »Wo gehst du jetzt hin?«

»Zu den Eichhörnern.«

»Dann sehen wir uns später.« Sie raffte ihr Kleid, lief zurück, und Paul ging verdutzt weiter.

Erst als er in das von Zigarettenrauch und Pfeifenknaster geschwängerte Lokal trat, wurde ihm bewusst, was sie da eben gesagt hatte. Sie wollte sich mit ihm treffen. Heute Nacht. Und plötzlich waren alle Probleme, die er den ganzen Tag mit sich herumgetragen hatte, vergessen. Das Ecklokal war so voll, dass er sich erst einmal an eine Wand stellte und die Gäste nach bekannten Gesichtern absuchte. Neben dem Tabak hing auch noch der Geruch von gekochtem Huhn in den Räumen. Erich Eichhorn betrieb im Keller ein Restaurant, während seine Frau für die Unterhaltung zuständig war. Trude Eichhorn war heute ganz in ihrem Element.

Paul hegte große Bewunderung für die begabte Musikerin, die als Halbjüdin Schreckliches durchlitten hatte. Nie ließ sich die stets elegant gekleidete Frau etwas anmerken, sondern trat auf wie eine Operndiva. Mit ihrer Stimme hätte sie auf eine große Bühne gehört. Heute saß sie am Flügel und spielte ein Lied aus einer Operette von Carl Millöcker.

»Ja, so ist sie, die Dubarry …«, sang Trude Eichhorn, und die Gäste fielen als Chor in den Refrain ein.

Paul entdeckte seine Schwester mit ihrer Freundin in der Nähe des Flügels. Petra balancierte ein Tablett mit Biergläsern äußerst gewandt durch die Menge und grinste, als sie ihren Bruder sah. Als Trude eine Pause machte, zwängte sich Paul bis zum Tresen hindurch und umarmte seine Schwester, nachdem die ihr Tablett abgestellt hatte.

»Ich wusste nicht, dass du heute aushilfst. Wolltest du nicht mit Max feiern?«

Petra zog kurz einen Schmollmund. »Wollte ich, ja, aber er musste plötzlich in den Westen. Irgendwas wegen einem neuen Filmprojekt. Tja, seine Mutter ist auch allein. Dafür wollte er sich ein paar Tage freinehmen, wenn er zurück ist.«

»Ist alles in Ordnung zwischen euch?« Paul fand Max sympathisch, konnte den Kameraassistenten aber nicht ganz einordnen. Vielleicht lag es auch daran, dass Paul die Filmwelt fremd war und sie ihm unsicher und voller Fallstricke für junge Frauen erschien. Das Theater erschien ihm solider.

»Ich glaube, ja.« Petra verdrehte die Augen. »Im Film ist das mit der Liebe einfacher. Jedenfalls in den Heimatschinken, die sie jetzt wie am Fließband drehen. Ob ich da mitspielen will, weiß ich nicht.«

»Hat man dir denn eine Rolle angeboten? Ich hätte gern ein Bier – wenn du schon dabei bist«, meinte er mit breitem Grinsen.

Seine Schwester zapfte ihm ein Meisterbräu. »Ich könnte zum Vorsprechen fahren. Müsste aber nach München. Wie soll ich das denn machen? Ich verdien ja grad genug, um den Eltern meinen Mietanteil zu zahlen. Deshalb war ich ganz froh, als Trude mich kurzfristig angefragt hat, heute Nacht auszuhelfen.«

»Ich dachte, es läuft so gut. Die Rolle, die du in den Leunawerken hattest?«

Seine Schwester winkte ab. »War ja kaum mehr als eine Statistin. Bin wohl zu kompliziert.« Sie streckte ihm die Zunge heraus.

Paul griff nach seinem Bierglas und nahm durstig einen tiefen Zug. »Bleib, wie du bist, Petra. Sich zu verbiegen, bringt nichts. Dann wirst du nur unglücklich.«

Trude und Erich spielten zu einer Polka auf, und die Leute begannen noch ausgelassener zu tanzen.

»Wo bleibt unser Sekt?«, brüllte jemand aus dem Lokal herüber.

Petra winkte und hielt den Daumen hoch. »Ich muss weitermachen, sonst stürmen die den Tresen.«

Paul hob sein Glas. »Bin versorgt, lass dich nicht aufhalten, Schwesterlein.«

Gedankenverloren beobachtete er das bunte Treiben, sprach dann und wann mit Bekannten, lehnte es ab, zu tanzen und ließ den Blick immer wieder zur Tür schweifen. Es ging auf zwei Uhr zu, und er hatte die Hoffnung schon aufgegeben, dass Irene noch kommen würde. Doch da entdeckte er sie plötzlich am anderen Ende des Lokals. Als ihre Blicke sich trafen, bahnte sich Paul durch die Menge einen Weg zu ihr.

Ein junger Mann hatte die blonde Schönheit erspäht und deutete eine Verbeugung an. »Hallo, wo kommen Sie denn her, hübsche Frau?«

Paul schob den leicht Angetrunkenen zur Seite, nahm Irenes Hand und zog sie mit sich in die Garderobe, in der sie ungestört waren. »Darf ich?«

Er half ihr aus dem Mantel. Sie hatte den teuren Schmuck abgelegt, trug aber noch immer das elegante dunkelblaue Kleid, das ihre Augen strahlen ließ. »Du bist wunderschön, Irene.«

»Danke, Paul.« Sie lächelte ein wenig verlegen.

Nachdem er den Mantel abgegeben hatte, nahm er erneut ihre Hand. »Warum bist du gekommen?«

»Ich wollte dich sehen«, flüsterte sie.

»Warum?«

»Mach es mir doch nicht so schwer, Paul.«

Er strich über ihre Wange, und sie lehnte sich in seine Berührung. »Deswegen?«

Sie legte die Hand auf seine Brust. »Ich musste oft an dich denken.«

Er strich über ihren Rücken und trat seitlich zwischen die Kleiderständer. »Wirklich? Du warst doch in Begleitung. Was willst du von einem einfachen Salzwirker?«

Sie fuhr sich mit der Zungenspitze über die Lippen und legte ihre Hand um seinen Nacken. »Bin ich denn so abstoßend, dass du mich nicht küssen willst?«

Kaum hatte sie das letzte Wort ausgesprochen, zog er sie in seine Arme und küsste sie. Doch diesmal ließ er sich Zeit, kostete die weiche Rundung ihrer Lippen, schmeckte den Champagner, den sie getrunken hatte, und wurde von ihrem Duft eingehüllt, der ihm den Verstand raubte. Sein Körper wollte mehr, und ihr schien es nicht anders zu ergehen, denn sie seufzte und schmiegte sich an ihn. Er hatte mit einigen Frauen geschlafen, denn sie machten es ihm leicht, aber nie hatte er eine von ihnen so sehr begehrt wie Irene. Und es war mehr als das. Sie war ihm unter die Haut gekrochen, hatte sich in seinem Herzen eingenistet, obwohl er nie darauf gehofft hatte, ihr jemals so nah zu sein.

Als sie sich atemlos voneinander lösten, sah sie ihn erstaunt an. »Was ist das mit uns, Paul?«

»Ich weiß es nicht.« Seine Finger glitten über den seidigen Stoff ihres Kleides, der ihn jede Rippe fühlen ließ. »Sie spielen mit dem Feuer, Fräulein Mendel, und ich frage mich, was in Sie gefahren ist.«

Irene schlang die Arme um ihn und murmelte an seiner Brust: »Der Mann heute Abend, mein Begleiter, das war Arno

Felten, der Sohn von Dr. Felten. Er ist zu Weihnachten aus dem Speziallager entlassen worden.«

Er horchte in den Gang hinaus, doch die Leute blieben der Garderobe fern.

»Unsere Familien haben beschlossen, dass wir heiraten sollen. Das wäre von Vorteil für die Fabrik, und Arno braucht eine vorzeigbare Gattin.«

Paul hob den Kopf und hielt sie ein wenig von sich ab. »Das ist nicht dein Ernst, oder? Wir sind doch nicht mehr im Mittelalter, wo die Braut meistbietend verschachert wird. Und adlig seid ihr auch nicht.«

»Du kannst das nicht verstehen. Die Fabrik ist am Ende. Man hat den teuren Kakao, den wir mit unserem Privatvermögen eingekauft hatten, praktisch beschlagnahmt und uns mit einer lächerlichen Summe abgefunden. Wenn wir die Fabrik verlieren, bricht es meinem Vater das Herz. Von meiner Mutter ganz zu schweigen.«

Paul hielt sie an den Schultern fest und sah ihr in die Augen. »Der Krieg hat Tausende Existenzen zerstört. Ihr könntet doch neu anfangen. Du …«

»Nein, Paul. Mein Urgroßvater hat die Schokoladenfabrik gegründet. Mein Vater hat sie durch den Krieg gebracht, sie ist sein Leben!«

»Und du willst dein Glück für eine Familientradition opfern? Vielleicht enteignen sie euch auch noch. Hast du daran gedacht?«

Die Eichhorns hatten die Musikbox eingeschaltet, sodass nun Schlager durch die Räume tönten.

»Solange wir die Fabrik leiten, werde ich meinen Vater nicht im Stich lassen. Bitte, Paul!« Sie ergriff sein Revers.

»Worum bittest du mich, Irene?«, fragte er mit rauer Stimme und sah in Augen, die unergründlich schienen wie ein Bergsee.

»Ich möchte, dass du mich liebst, Paul. Nur einmal möchte ich wissen, wie das ist«, flüsterte sie.

Er drückte sie an sich, damit sie seine Tränen nicht sah. »Gott, Irene.«

»Du willst nicht?«

»Doch, natürlich will ich dich, aber ich kann dir nicht versprechen, dass ich dich dann gehen lasse.«

18

Nach außen gab sie sich mutig und selbstsicher, und dass sie aus Angst über ihren Mut und vor Scham über ihre Unverblümtheit am liebsten im Boden versunken wäre, ließ sie sich nicht anmerken. Als sie ihn vor dem Varieté gesehen hatte, war ihr mit einem Mal bewusst geworden, auf was sie sich einließ, wenn sie Arno Felten heiraten würde. Verzicht. Eine Ehe ohne Liebe. Ihre Eltern waren eine Vernunftehe eingegangen. Geld zu Geld. Wenn es einmal so etwas wie Liebe zwischen ihren Eltern gegeben hatte, war es ihnen gelungen, dies vor ihren Kindern zu verbergen.

Seine dunklen Augen beobachteten sie, und er hob eine Augenbraue. »Und was nun, Fräulein Mendel?«

»Lass uns gehen.« Auf dem Weg zum Lokal hatte sie in einem kleinen Hotel ein Zimmer gemietet und dem Portier vom überraschenden Besuch ihres Mannes erzählt.

Paul holte die Mäntel, und kurz darauf standen sie in der kalten Neujahrsnacht auf der Straße. Fröstelnd zog sie den Kragen höher und war dankbar, als er den Arm um sie legte.

»Wir müssen hier entlang. Die Straße hinter dem Theater.«

Einige Schritte gingen sie schweigend nebeneinanderher, bis Paul sagte: »Verzeih, aber ich fühle mich ein wenig überrumpelt. Geschmeichelt, aber auch … äh, nun ja. Ist dieser Arno kriegsversehrt? Willst du ein Kind von mir?«

Daran hatte sie nicht gedacht, natürlich musste er alle Möglichkeiten in Betracht ziehen. Zwei Sowjetsoldaten gingen mit geschulterten Gewehren an ihnen vorbei.

»Wann das wohl mal ein Ende hat?«, murmelte Irene. »Sie bestimmen über uns, drangsalieren uns. Ich habe es so satt. Und ich möchte einmal etwas tun, das nur ich für mich entscheide.«

»Genau genommen würden wir beide eine Entscheidung treffen«, gab er zu bedenken.

Als sie zu ihm aufsah, funkelten seine Augen humorvoll.

»Ja, natürlich. Was musst du nur von mir denken?« Sie hatte zu viel Champagner getrunken, das spürte sie jetzt, als ihr Schritt unsicher wurde. Paul packte ihren Arm etwas fester, sodass sie nicht fiel. Sie erreichten das unscheinbare Hotel, das sich in einer Seitenstraße versteckte.

»Wir sind ein Ehepaar«, flüsterte sie ihm zu und ließ ihn die Tür öffnen.

»Und unter welchem Namen logieren wir hier?«, fragte er ebenso leise.

»Schmidt.«

Er grinste. »Was auch sonst. Na, bitte, Frau Schmidt, nach Ihnen.«

Kichernd ging sie durch den dunklen Flur in ein spärlich erleuchtetes Foyer. Der Portier saß mit ausgestreckten Beinen und auf dem Bauch gefalteten Händen in einem Stuhl und schnarchte. Paul räusperte sich, und der ältere Herr rekelte sich und öffnete langsam die Augen. Mühsam erhob er sich und schlurfte zum Tresen.

»Guten Abend, welches Zimmer?« Hinter ihm hingen an einem Brett die Schlüssel.

»Schmidt, meine Frau war vorhin hier«, sagte Paul. »Wir entschuldigen uns vielmals für die Umstände, aber ich bin gerade erst entlassen worden. Sechs Jahre haben wir uns nicht gesehen.«

Er zog Irene an sich. »Sie können sich nicht vorstellen, wie ich diese wunderschöne Frau vermisst habe.«

Der bärtige Portier musterte die beiden. »Hm, Papiere?«

Irene zog ihre Börse aus der Tasche und legte ein paar Scheine auf den Tresen. »Die reichen wir nach. Mein Mann ist ja gerade erst zurück. Wenn Sie uns nur den Schlüssel geben.«

Der Alte zählte nach, verstaute die Scheine in seiner Tasche und sagte: »Geben Sie mir das Doppelte, und wir vergessen die Papiere. Aber Sie müssen morgen früh vor acht Uhr aus dem Haus sein.«

Zum ersten Mal hat er das nicht gemacht, dachte Irene und blätterte die geforderte Summe auf den Tresen. Darauf nahm der Alte einen Schlüssel vom Haken und gab ihn Paul.

»Wünsche eine gute Nachtruhe, die Herrschaften. Die Treppe rauf und dann rechts.«

Paul nahm Irene an der Hand und ging mit ihr durch den schäbig wirkenden Flur zu einer ausgetretenen Holztreppe, die bei jedem Schritt knarrte. Vergilbte grüne Tapeten zierten das Treppenhaus und den Flur der ersten Etage. Das Dekor beschränkte sich auf billige Drucke von einem Dürerhasen, den Goldhelm von Rembrandt und einige flämische Stillleben. Aus einem Zimmer klang leises Stöhnen, und Irene beschlich plötzlich ein mulmiges Gefühl. Welcher Teufel hatte sie nur geritten, sich hier mit Paul zu treffen?

Er ließ ihre Hand los und blieb vor einer Tür mit der Nummer sechs stehen. Der Schlüssel drehte sich, und Paul drückte die Tür auf. »Bitte, nach Ihnen, Frau Schmidt.«

Paul schaltete die Deckenleuchte an, einen mit dunklem Stoff und Fransen geschmückten Schirm, und blieb vor dem großen Bett stehen, das sie in rustikaler Eichenoptik erwartete. Ein Kleiderschrank, ein Waschtisch und ein Sessel vervollständigten das Mobiliar. Die Glühbirne flackerte und erlosch. Es konnte gut sein, dass der Strom abgeschaltet worden war.

Irene ging zum Fenster und sah in einen Hinterhof, in dem jemand ein Gemüsebeet angelegt hatte. Der Mond stand voll und silbern am Nachthimmel und warf genug Licht in das kleine Hotelzimmer, sodass sie die Umrisse der Möbel erkennen konnten. Paul half ihr aus dem Mantel, zog auch seinen aus und legte beide auf den Sessel. Im Mondlicht wirkte sein Profil wie gemeißelt. Er war ein gut aussehender Mann, und er sah sie abwartend an.

»Paul, ich glaube, ich muss dir erklären, dass ich noch nie …« Sie biss sich auf die Lippen und fuhr sich mit zitternden Händen über die Haare, löste die Klemmen und ließ sie auf den Waschtisch fallen.

Es bedurfte nur dieser kleinen Geste, und Paul streifte sein Sakko ab und trat auf sie zu, um sie in die Arme zu nehmen. »Du bist so schön, Irene. Weißt du denn nicht, welche Wirkung du auf Männer hast? Wie kann es sein, dass du noch nie geliebt hast, dass du noch nicht verheiratet bist? Die Männer müssen dir doch in Scharen zu Füßen liegen.« Er küsste ihre Stirn, dann ihre Wange und schließlich ihren Hals, den sie seufzend zurückbog.

»Ich wollte immer auf den Richtigen warten«, murmelte sie und drängte sich gegen ihn, zog sein Hemd aus der Hose und streifte die Hosenträger von seinen Schultern.

Er schob die Träger ihres Kleides über ihre Schultern und umfasste ihre runden Brüste. Sanft umkreiste seine Zunge die empfindlichen Brustwarzen und löste nie gekannte Schauer in ihr aus.

Dann hob er den Kopf und nahm ihr Gesicht in seine Hände. »Du hast mir vorhin keine Antwort gegeben. Willst du ein Kind von mir?«

»Nein, nein, das ist es nicht, Paul.« Sie schloss die Augen und lehnte ihren Kopf gegen seine Brust, schlang die Arme um seine Hüften. Es fühlte sich richtig an, hier mit ihm zu sein. Wie war das möglich? Sie kannten sich doch kaum.

»Was ist das mit uns, Paul?« Sie schaute zu ihm auf.

Er sah sie auf eine Weise an, dass ihre Knie weich wurden und ihr Herz schneller schlug. »Das werden wir jetzt herausfinden. Aber sag nicht, dass ich dich nicht gewarnt hätte, Frau Schmidt.«

Sie lachte. Er machte es ihr leicht, nahm ihr die Befangenheit und fachte ihren Mut an. »Zieh das aus«, bat sie ihn und begann, die Knöpfe seines Hemds zu öffnen.

Als er sie zum Bett trug und sie mit Küssen und zärtlichen Berührungen zu verwöhnen begann, vergaß sie irgendwann, wo sie waren. Alles, was wichtig war, befand sich in diesem schäbigen kleinen Hotelzimmer.

Die Morgensonne hatte den Mond verdrängt und warf erste vorwitzige Strahlen in ihr Zimmer. Irene blinzelte und wollte sich strecken, musste jedoch feststellen, dass zwischen ihren Beinen ein behaartes männliches lag. Paul schmiegte sich an ihren Rücken und hatte seinen Arm um sie geschlungen. Ob sie jemals wieder so glücklich aufwachen würde? Ihre Augen füllten sich mit Tränen. Nicht weinen, dachte Irene, du hast bekommen, was du wolltest. Gib dich damit zufrieden. Doch tief in ihrem Inneren wusste sie, dass die Sehnsucht nach diesem Mann sie niemals loslassen würde.

Paul bewegte sich ebenfalls, ließ sie jedoch nicht los, sondern zog sie noch ein wenig enger an sich. Er küsste ihren Nacken. »Guten Morgen, hast du gut geschlafen?«

»Hm«, seufzte sie und fühlte, dass er sehr wach war. »Du hast mir kaum Gelegenheit dazu gegeben.«

»Was werden deine Eltern sagen, wenn du im Abendkleid morgens nach Hause kommst?« Seine Hand strich über ihre Hüfte.

Ihr Körper erwachte unter seinen Liebkosungen, und sie stöhnte auf, als sie ihn in sich spürte. Sehr langsam und sehr zärtlich liebte er sie, bis sie ihren Schrei in einem Kissen erstickte. Danach drehte sich Irene auf die Seite, stützte sich auf einen Ellenbogen und betrachtete den Mann, dem sie ihre Jungfräulichkeit geschenkt hatte.

»Danke, Paul. Das war …«

Er beugte sich vor und küsste sie. »Du musst mir nicht danken, niemals, hörst du? Du hast mir ein Geschenk gemacht, für das ich dir danken muss. Ich …« Er zögerte plötzlich, ließ seine warme Hand über die Konturen ihres Körpers gleiten und sagte: »Und wann sollst du diesen Arno heiraten?«

Ein Kübel eiskaltes Wasser hätte dieselbe Wirkung gehabt. »Im Herbst.« Sie drehte sich auf den Rücken, denn sie konnte ihm nicht in die Augen sehen.

19

Kurz vor der Villa Mendel blieben sie stehen. Ihr Atem bildete Nebelwölkchen in der frostigen Morgenluft, doch Irene fror nicht. Sie fühlte sich so lebendig wie noch nie zuvor und schlang die Arme um Paul.

»Küss mich noch einmal.«

Er drückte sie an sich, hielt sie so fest, als wollte er sie nicht gehen lassen, und küsste sie zärtlich. Als er sie losließ, sagte er: »Ich weiß nicht, wie es Ihnen geht, Frau Schmidt, aber ich vermisse Sie schon jetzt.«

Sie lächelte, sog die kalte Luft ein und flüsterte: »Denkst du denn, mir geht es anders? Aber ich muss dich jetzt verlassen.«

»Irene, überleg dir das mit der Ehe. Es ist dein Leben, und ein Leben kann verdammt bitter sein, wenn man nicht glücklich ist.« Er strich ihr eine Haarsträhne aus dem Gesicht.

»Noch ist es ja nicht so weit. Mach's gut, Paul.«

»Ich liebe dich, Irene«, sagte er leise.

»Mach es mir doch nicht so schwer.« Sie drückte sich an ihn und murmelte: »Ich liebe dich doch auch.«

»Dann heirate diesen Arno nicht!«, sagte Paul, und als sie sich küssten, vermischten sich ihrer beider Tränen.

»Ach, Paul, es ist nicht so einfach …«, flüsterte sie, machte sich von ihm los und lief auf das Gartentor zu, das quietschte, als sie es aufschob.

Als sie kurz vor dem Haus war, drehte sie sich noch einmal um und sah ihn neben einem Baum warten. Ihre Blicke trafen sich, und ihr Magen schlug Kapriolen. Dann wischte sie sich die Tränen fort und betrat die Villa. Nur Gunda Wilms war schon auf, um den Herd anzufeuern. Irene streifte sich die Schuhe von den Füßen, damit die Absätze sie nicht verrieten, und wollte gerade durch die Halle zur Treppe gehen, als sie einen Schatten im Salon bemerkte.

Durch die offene Tür sah sie ihre Mutter im Morgenrock vom Fenster herüberkommen. Irenes Herz blieb beinahe stehen. Ihre Mutter hatte sie mit Paul gesehen! Es war zu spät, um weiterzuschleichen, also ging sie in den Salon.

»Guten Morgen, Mutter! Frohes neues Jahr!«, sagte sie und hoffte, dass sie nicht zu verheult aussah.

Ada Mendel stand mit erhobenem Kinn und in korrekter Haltung vor ihr. In diesem Moment sah sie aus wie Tante Hedda, wenn die früher auf dem Lilienhof ihre Untergebenen gemaßregelt hatte.

»Wo warst du?«, kam es scharf.

»Feiern. Es ist später geworden als gedacht. Aber die Fabrik bleibt ja heute geschlossen. Ich würde mich gern hinlegen.« Sie bot ihrer Mutter die Stirn.

»Lüg mich nicht an, Fräulein. Ich weiß genau, was du getrieben hast. Du siehst aus wie ein Flittchen, das gerade aus dem Lotterbett gestiegen ist. Halte mich bitte nicht für so weltfremd.« Ada ging auf ihre Tochter zu und packte deren Kinn mit hartem Griff. »Mit wem hast du es getrieben?«

Irene entwand sich der Hand ihrer Mutter und zischte wütend: »Das geht dich nichts an. Du wolltest, dass ich Arno Felten heirate, und ich habe zugestimmt. Dass ich jungfräulich in die Ehe gehe, war nicht Teil der Vereinbarung.«

Die Augen ihrer Mutter wurden schmal und ihre Lippen weiß. Selten hatte Irene sie so zornig gesehen.

»Du warst immer ein wenig unkonventionell, und dein Vater hat dich viel zu sehr verwöhnt, aber dass du so weit gehen würdest, hätte ich nicht gedacht. Du beschämst mich.«

Irene trug noch immer den Mantel über ihrem Abendkleid, öffnete die Knöpfe und erwiderte: »Ich beschäme dich? Warum? Weil ich mit dem Mann geschlafen habe, den ich liebe? Den ich aufgebe, damit unsere Fabrik durch das Geld meines Bräutigams saniert wird? Das ist beschämend? Ich finde nicht!«

»Du bist impertinent! So mit der eigenen Mutter zu sprechen!« Ada machte einen Schritt nach vorn und holte aus, um ihre Tochter zu ohrfeigen, doch Irene war schneller und fing den mütterlichen Arm ab.

»Wag es nicht.« Hart stieß sie die strafende Hand von sich. »Ich bin alt genug, um zu wissen, was gut für mich und die Familie ist.«

Ihre Mutter sah sie kalt an. »Ah, ich weiß jetzt, woher ich den Burschen kenne, der da unten am Zaun stand. Das war einer der Salzwirker! Ein Arbeiter.«

Ada Mendel sprach die letzten Worte abfällig und mit

hochgezogenen Augenbrauen aus. »Ein Arbeiter musste es sein.«

»Bitte. Du kennst ihn doch gar nicht. Es kann ja nicht jeder mit einem silbernen Löffel im Mund geboren werden.« Eigentlich war sie zu müde, um sich zu streiten.

Plötzlich ging ein Ruck durch ihre Mutter. »Irene, denk doch an deine Zukunft! Willst du etwa ein Dutzend Kinder zur Welt bringen, Socken stopfen, kochen und warten, dass dein Mann vom Bier mit seinen Kumpels nach Hause kommt? Arno ist gebildet, wird einmal die Klinikleitung übernehmen und kann dir bieten, was du gewöhnt bist.«

»Hör auf! Ich habe doch gesagt, dass ich Arno heirate. Ich weiß, was ich der Familie schuldig bin.« Sie sah ihre Mutter an. »Mein Glück ist dir egal, nicht wahr?«

»Was heißt schon Glück? Schau dir Tante Hedda an. Sie ist stark und hat sich nicht brechen lassen. Wir Frauen sind leidensfähig. Ende des Monats will sie übrigens zu Onkel Kurt reisen, um dort neu anzufangen.« Ada zog den Gürtel des Morgenmantels enger.

»Davon spricht sie ja schon die ganze Zeit. Vielleicht ist es das Beste, wenn sie geht. Ich habe mich nie gut mit Onkel Kurt verstanden, vor allem wegen seiner politischen Gesinnung.«

Ada Mendel, deren graue Haare zu einem Knoten aufgesteckt waren, sagte: »Ach, sei bloß nicht immer so schrecklich selbstgerecht.«

»Entschuldige, aber das hat damit überhaupt nichts zu tun. Wir müssen zwar nach vorn blicken, aber wir dürfen nicht vergessen, was geschehen ist!«

»Wie könnte ich das wohl! Dafür muss ich nur meine Mutter ansehen. Die arme Seele verabschiedet sich jeden Tag ein Stückchen mehr.« Ada Mendel verbarg das Gesicht in ihren Händen. »Vielleicht geht es ihr nicht einmal am schlechtesten von uns.«

Irene fiel es schwer, ihrer Mutter in solchen Momenten Mitgefühl entgegenzubringen, dafür war Ada zu verletzend. Doch sie ging zu ihr und berührte ihren Arm. »Mutter, nicht, es geht weiter. Wir schaffen das schon.«

Ihre Mutter ließ die Hände sinken und schluchzte. »Ich vermisse Edgar so sehr. Wie geht es ihm? Warum kommt er nicht zurück? Mein armer Sohn!«

»Er wird zurückkommen. Da bin ich mir ganz sicher!«, versuchte Irene, ihre Mutter zu beruhigen.

»Wenn er hier wäre, hätten wir nicht diese furchtbaren Probleme. Oh, mein Edgar!« Weinend wandte sie sich ab, und Irene gab es auf.

Sie ging in die Küche, wo Gunda Wilms dabei war, einen Topf mit Wasser aufzusetzen.

»Guten Morgen, Frau Wilms. Ein frohes neues Jahr wünsche ich Ihnen. Haben wir noch Kaffee?« Irene hoffte auf eine Tasse des Heißgetränks, das sie so liebte.

»Das wünsche ich Ihnen auch, Fräulein Mendel. Zwei Löffel sind noch da. Auf dem Schwarzmarkt gibt es noch welchen, aber da bräuchten wir schon einige Zigaretten zum Tauschen«, meinte die Haushälterin.

»Heben Sie den Kaffee für meine Eltern auf, und mir machen Sie eine Tasse Gerstenkaffee. Mit Zucker, bitte. Wenn wir noch welchen haben«, bat Irene, blickte an sich herunter und fügte hinzu: »Und ich sollte mich umziehen.«

Der Februar war kalt und nass und brachte auch sonst nicht viele gute Neuigkeiten. Seit der Auseinandersetzung mit ihrer Mutter verbrachte Irene noch mehr Zeit in der Fabrik. Nur wenn sie an Paul dachte, schlug ihr Herz schneller, und sehnsuchtsvoll träumte sie oft vor sich hin. Dieses Gefühl verschwand, sobald die Sprache auf Arno kam.

An diesem Morgen ging sie durch die Produktionshalle und schaute den Arbeiterinnen hier und dort über die Schulter. Gertrud Maklewitz füllte Zucker in eine Rührmaschine.

»Wie macht sich die neue Mischung? Lässt sich die Masse gut in die kleinen Formen pressen?«, fragte Irene.

Die Vorarbeiterin setzte den Zuckersack ab. »Na, geht so. Ist halt nicht dasselbe als wie, wenn wir Kakaomasse verarbeiten. Das Zeug klebt, ist süß und hat eine bunte Farbe. Mehr nicht, sage ich mal.«

Irene seufzte. »Ich weiß. Es ist zum Verzweifeln. Der teure belgische Kakao war unsere letzte Hoffnung. Und weil wir keinen Gewinn mit dem Verkauf gemacht haben, können wir nichts nachkaufen.«

»Kann sich eh keiner leisten. Mein Cousin war drüben in Westberlin. Da soll's ganz anders zugehen. Die haben mehr als wir«, murrte Frau Maklewitz.

»Aber wir können ja nun nicht alle einfach gehen. Was wird dann aus unserem Halle, hm?«, versuchte Irene, die Frau aufzumuntern.

»Sagt sich so leicht, aber wenn man bald nichts mehr

kriegt für die Mark, wofür rackern wir uns dann noch ab? Nichts für ungut, Fräulein Mendel. Ich hol dann mal den Farbstoff.«

Irene nickte ein wenig hilflos, denn was sollte sie darauf schon sagen? Noch konnten sie die Löhne zahlen, und die Arbeiter blieben. Aber sobald sie nicht mehr genug umsetzten … Sie ging weiter durch die Halle und kam ins Lager, wo die Männer Kisten schleppten, stapelten und Verpackungsmaterial zusammenstellten. Eduard Kühn stand mit einem Klemmbrett in der Hand vor einer offenen Holzkiste und zählte den Inhalt.

»Sie haben wie immer den Überblick, ja, Herr Kühn?«, fragte Irene und sah ebenfalls in die Kiste, in der sich Gläser mit eingeweckten Früchten befanden.

»Fräulein Mendel! Verzeihung, ich war ganz in Gedanken. Wir bestellen immer im Dutzend, und hier fehlt in jeder Kiste ein Glas. Das kann doch nicht mit rechten Dingen zugehen.« Er kratzte sich mit dem Bleistift unter der Mütze.

»Das ist in der Tat seltsam. Woher kommen die Kisten?« Irene suchte nach dem Etikett.

»Aus dem Brandenburgischen. Daher beziehen wir jetzt zum zweiten Mal. Was soll ich machen? Reklamieren? Dann schicken die uns nichts mehr«, meinte Kühn nachdenklich und sah die Juniorchefin an.

Irene betrachtete den Stapel an Kisten. »Haben Sie denn schon alle aus der aktuellen Lieferung kontrolliert?«

»Der Griegor hatte angefangen, und ich habe hier übernommen. Er hilft in der Werkstatt, kennt sich gut aus mit den

Maschinen, der Junge. Da kann man von den Zugewanderten halten, was man will, der Kasulke ist in Ordnung.«

»Das freut mich zu hören, Herr Kühn. Was haben wir denn hier?« Sie holte ein Glas heraus. »Erdbeeren. Daraus machen wir Geleedrops. Lassen Sie die gleich nach oben bringen, mir kommt da eine Idee. Danke, Herr Kühn. Wegen der fehlenden Gläser sagen Sie zu niemandem etwas. Ich möchte keine Verdächtigungen aufkommen lassen. Wir beobachten das.«

»Ist recht, Fräulein Mendel. Ich finde es sehr gut, dass wir jetzt mit den Kirschkernen experimentieren. Und die Früchte kochen wir ja nun auch selbst ein.«

»Nach der neuen Zuckerernte machen wir feine Brotaufstriche daraus. Unser Verfahren zur Herstellung von Trockengemüse wird auch immer besser«, sagte Irene nicht ohne Stolz.

Kühn nickte. »Ach, was ist denn mit dem Hermann Scholz? Darf der wieder arbeiten? Wir könnten ihn gut gebrauchen.«

»Bisher wollten die vom Ministerium keine Ausnahme machen. Momentan ist alles nicht so leicht.« Sie hob die Schultern.

Der ältere Mitarbeiter nickte sorgenvoll. »Man weiß ja gar nicht, was man noch von all dem halten soll.« Er sah sich um, doch niemand stand in Hörweite. »Ob ich das so begrüße mit dem neuen Ministerium für Staatssicherheit … die wollen uns noch mehr kontrollieren. Sozialismus ist ja schön und gut, aber gebessert hat sich noch nichts. Das muss man doch mal sagen dürfen.«

Irene machte eine vage Handbewegung. »Braucht seine Zeit, bis die Reformen greifen. Immerhin sind wir noch eigenständig. Zwei Konkurrenten haben sie schon verstaatlicht. Also, lassen Sie uns das Beste daraus machen. Wir werden sicher noch eine kreative Idee auf den Markt bringen!«

»Sie sind jung, Sie werden das schon deichseln, Fräulein Mendel.« Er tippte sich an die Mütze und ging davon.

20

Es war in der Woche vor Ostern, als Irene aus der Apotheke am Markt auf die Straße trat. Der Himmel war wolkenverhangen, und es begann gerade zu regnen.

»Hallo, Irene, darf ich dir meinen Schirm anbieten?«

Sie schreckte so heftig zusammen, dass sie stolperte und gegen Pauls Brust prallte. »Paul!«

Einen unendlich langen Augenblick verfingen sich ihre Blicke, Irenes Herz schlug schneller, und Paul nahm ihre Hand.

»Komm mit, ich muss dir etwas sagen«, murmelte er und zog sie, den Regenschirm schützend über sie haltend, mit sich in eine schmale Gasse.

Dort blieb er an einem Torbogen stehen, und Irene trat noch zwei Schritte weiter in den Durchgang, wo sie ihn an sich zog und die Arme um seinen Hals schlang. »Was wolltest du mir sagen?«, flüsterte sie.

Mit den Fingerspitzen fuhr er ihre Wange entlang, hob ihr Kinn leicht an und küsste sie. Die Berührung seiner Lippen löste eine so tiefe Sehnsucht nach mehr in ihr aus, dass sie seufzte und sich dichter an ihn schmiegte. Sie hätte ewig hier mit ihm stehen können, doch eine vorbeiziehende Lumpensammlerin schreckte sie auf.

»Wann können wir uns sehen, Irene?«

»Gar nicht. Paul, du weißt doch, dass es unmöglich ist. Je öfter wir uns sehen, desto schwieriger wird es«, sagte sie und legte ihre Hand auf sein Herz.

»Nichts ist unmöglich, Irene. Du musst dich nur entscheiden.«

Er hatte recht, aber so einfach war es eben nicht. »Ich bin meiner Familie verpflichtet, der Fabrik, das habe ich dir doch erklärt. Du kannst das eben nicht verstehen. Ich … es tut mir leid.«

Seine Miene war undurchdringlich. »Ich verstehe dich besser, als du denkst, aber ich glaube dir nicht, dass es dir leidtut.«

Er gab ihr einen kurzen, leidenschaftlichen Kuss und ließ sie stehen.

Sie hatte den Kuss erwidert und ihre Worte Lügen gestraft.

Am nächsten Morgen stand Irene im Büro und sah die Entwürfe für die Verpackungen durch.

»Mignon wünscht frohe Ostern!« stand dort auf hellgrünem Grund zwischen einem fein gezeichneten Hasen, der auf ein Nest voller bunter Eier schaute. Der Entwurf war ansprechend, konventionell, aber potenziellen Käufern vermittelte er Vertrautheit und Kontinuität. Das war wichtig, denn anstelle der sonst hochwertigen Pralinen enthielten die Packungen Geleedrops oder Schokoladeneier, die mit einer aromatisierten Surrogatmischung gefüllt waren.

Die wenigen Mengen an minderwertigem Kakao, die man ihnen zugeteilt hatte, reichten nicht für aufwendige Kreationen. Aber Irene war ein klein wenig stolz auf das, was sie mit ihrem Vater geschaffen hatte. Es war ihnen gelungen, die Produktion so weit hochzufahren, dass bunte österliche Schachteln voller Süßigkeiten die Fabrik hatten verlassen können. Die Absatzzahlen gaben ihnen recht, und so würden sie der Belegschaft sogar einen kleinen Bonus auszahlen können.

Es klopfte, und Frau Luegers kam herein. »Entschuldigen Sie, Fräulein Mendel. Hier möchte Sie ein Herr Felten sprechen.«

Irene ließ den Entwurf fallen und sagte: »Bitte, führen Sie den Herrn herein.«

Was wollte Arno denn bei ihr in der Schokoladenfabrik? Die Verlobungsfeier war für den Mai angesetzt worden, und Irene hatte den Gedanken an die unliebsame Verbindung erfolgreich verdrängt.

»Guten Tag, Irene«, begrüßte Arno Felten sie kurz darauf und schloss die Tür hinter sich.

Allein mit ihm in einem Raum zu sein, fühlte sich bedrückend eng an, und Irene wurde klar, dass sie ihre Einstellung grundlegend ändern musste, sollte diese Ehe auch nur ansatzweise funktionieren.

»Arno, was machst du hier? Ich meine, schön, dass du mich besuchst, aber ich bin wirklich beschäftigt.« Sie deutete auf die Entwürfe. »Wir sind schon in der Planung für den Herbst.«

Arno Felten zog einen Brief aus seinem dunkelgrauen

Sakko. Dazu trug er ein weißes Hemd, Krawatte mit goldener Nadel, und am kleinen Finger ihres Zukünftigen sah Irene einen goldenen Siegelring. Die Familie Dr. Felten verfügte über Vermögen in Form von Immobilien und Ländereien, das sie durch den Krieg gerettet hatte. Anders als bei den Mendels hatten sich die familiären Güter nicht in Ostpreußen befunden.

Der Aufenthalt im Lager war nicht spurlos an Arno vorübergegangen. Sein schmales Gesicht war von tiefen Linien gezeichnet, die Augen blickten hart, wenn er sich unbeobachtet fühlte, und er lächelte selten. In ihrer Gegenwart gab er sich Mühe, umgänglich und heiter zu sein, doch er wirkte immer ein wenig angestrengt. Nun, das würde sich mit der Zeit bessern, hoffte Irene, die Verständnis für ihn hatte.

»Ich hätte nicht hierherkommen sollen, aber ich wollte es sein, der dir diesen Brief überbringt. Bitte.« Er hielt ihr ein zerknittertes und mit vielen Stempeln versehenes Kuvert entgegen.

Sie erkannte die Handschrift ihres Bruders sofort und griff nach dem Briefmesser. »Du erlaubst? Wie bist du dazu gekommen?«

Der Brief war an die Villa Mendel adressiert.

»Das ist eine längere Geschichte, Irene. Wenn wir mehr Zeit haben, erzähle ich dir alles. Im Lager habe ich mal einen russischen Offizier behandelt. Habe seine Hand operiert und ihm zwei Finger gerettet. Bei einem meiner Besuche in der Kommandantur war dieser Offizier zugegen, und da habe ich nach Edgar gefragt.«

Irene zog den Briefbogen heraus, der dicht beschrieben

war. »Arno, das ist so … Ich danke dir, und es tut mir leid, wenn ich etwas schroff war«, sagte sie verlegen.

Er lächelte und nickte ihr ermunternd zu. »Was schreibt er denn? Ich hoffe, es gibt gute Neuigkeiten.«

»Bitte, setz dich doch.« Sie hatte ihm noch nicht einmal einen Stuhl angeboten. Dann nahm sie den Telefonhörer auf und bat Frau Luegers, ihnen Kaffee zu bringen.

Arno setzte sich in einen Sessel neben ihrem Schreibtisch und schlug die Beine übereinander, während sie las.

Liebste Reni,

habt ihr meinen letzten Brief erhalten? Da konnte ich noch nicht mit Sicherheit sagen, ob sie mich tatsächlich verlegen. Aber nun bin ich endlich aus Sibirien raus. Es war die Hölle. Wer das überlebt, den kann nichts mehr erschüttern. Ich habe so viele Kameraden sterben sehen, dass ich irgendwann aufgehört habe zu zählen. Wenn einer von uns wusste, dass er stirbt, hat er schon vorher seine Sachen verschenkt.
Ich trage die Stiefel von Johann Hofmayer. Seine Familie lebt in Weissen, einem bayerischen Dorf. Dort gibt es die Kapelle St. Maria und St. Antonius. Kannst du bitte an seine Familie schreiben, dass er friedlich gestorben ist und sie dort für ihn eine Messe halten sollen? Das war sein letzter Wunsch. Und der Hans ist gestorben, einer aus Halle, wie ich.
Seit ich hier im Lager von Saporosche bin, geht es mir besser. Ich habe Küchendienst, was eine große Erleichterung bedeutet. Die anderen arbeiten im Steinbruch oder verlegen Schienen. Ich denke oft an euch. Eigentlich immer. Grüße die Eltern von

mir und sag ihnen, dass es mir den Umständen entsprechend gut geht. Manchmal träume ich davon, wie wir als Kinder die dicken Schokoladenstücke in den Becher gelegt und mit heißer Milch übergossen haben. Letzte Nacht habe ich an unsere Sommer auf dem Lilienhof von Tante Hedda und den Großeltern gedacht. Dort bist du das erste Mal auf einem Pony geritten, und ich habe schrecklichen Ärger bekommen, weil ich es dir erlaubt hatte. Gott, was waren das für glückliche Tage. Warst du noch einmal dort? Man hört ja viel, aber Genaues weiß keiner hier.
Ich vermisse euch alle.

In Liebe, Edgar

Irene schluchzte und wischte sich die Augen. »Ach, Edgar, wenn du doch nur wieder bei uns wärst!«

»Wo ist er jetzt?«, wollte Arno wissen.

»In der Nähe von Saporosche. Weißt du, wo das ist?«

Arno überlegte kurz. »Ich meine, dass Kiew nicht weit davon entfernt ist. Nicht weit, das heißt in Russland vier- oder fünfhundert Kilometer.« Er nickte. »Das ist doch ein Fortschritt. Von dort kommt er vielleicht eher bald zurück.«

»Danke, Arno. Das bedeutet uns so viel. Aber was rede ich, dir muss ich nichts von Lagern erzählen.« Sie lächelte traurig.

»Ich war nicht in Sibirien. Aber genug von mir. Ich will das hinter mir lassen und nach vorn schauen, Irene. Mit dir.« Er erhob sich und trat an ihren Schreibtisch, lehnte sich dagegen und legte seine Hand auf ihre.

»Ich möchte dich glücklich machen, Irene. Auch wenn wir uns noch nicht lange kennen, glaube ich, dass wir zueinanderpassen. Und wenn Edgar zurück ist, musst du ja auch nicht mehr in die Fabrik. Dann kannst du dich um unsere Kinder, unser Haus und die gesellschaftlichen Aktivitäten kümmern. Du wirst meine Kollegen mit deinem Charme bezaubern. Vielleicht reisen wir sogar gemeinsam zu Kongressen.«

Bei dieser Zukunftsvision musste Irene schlucken und sich ein Lächeln abringen. »Arno, ich arbeite gern hier. Das möchte ich nicht aufgeben, nur weil ich Mutter werde.«

Er runzelte die Stirn und tätschelte ihre Hand. »Jaja, das sehen wir dann. Die Frau des Chefarztes wird mit Sicherheit nicht in einer Fabrik arbeiten, Irene, das muss dir doch klar sein.«

»Das ist nicht irgendeine Fabrik, sondern wir leiten die Mignon-Schokoladen-Werke! Und die sind seit Generationen im Familienbesitz. Wir sind stolz auf unseren Betrieb!«, sagte sie etwas vehementer als beabsichtigt.

Seine Nasenflügel vibrierten, und an seiner Schläfe war eine pochende Ader sichtbar. Er hatte eine sehr helle, beinahe durchscheinende Haut. »Seit einigen Jahren seid ihr doch eine GmbH. Was soll das also mit dem Familienbetrieb?«

»Wir sind die Hauptanteilseigner, und das wird auch so bleiben!« Fest sah sie ihm in die Augen, in denen sie kein Verständnis entdecken konnte, sondern nur einen Hauch von Überheblichkeit.

Doch Arno berührte ihr Kinn und beugte sich vor, um sie zu küssen. Irene drehte sich so, dass er nur ihre Wange erwischte. Er räusperte sich. »Schön. Sehen wir uns heute zum Abendessen? Ich würde dich gern in den Ratskeller einladen.«

Am liebsten hätte sie abgelehnt, aber das wäre nicht hilfreich, und außerdem hatte er sich für Edgar eingesetzt. »Ja, sehr gern.«

»Ich lasse dich um sieben Uhr abholen. Bis später, Irene.«

Sobald Arno gegangen war, stürzte sie sich in die Arbeit. Mit zwei neuen Rezeptideen für Geleepralinen verließ sie das Büro und kam an Frau Luegers vorbei.

»Fräulein Mendel, ich wusste ja gar nicht, dass der Herr Doktor Ihr Verlobter ist! Herzlichen Glückwunsch auch!«, sagte die Sekretärin beflissen.

»Äh, woher wissen Sie es denn? Eigentlich wollten wir es noch nicht publik machen.«

Die Sekretärin legte die Hand erschrocken an die Lippen. »Oh, mir hat der Herr Doktor es eben verraten. Aber seien Sie versichert, dass ich es für mich behalten kann.«

Irene nickte. »Ich bitte Sie sehr darum. Großes Aufhebens möchte ich vermeiden. Danke, Frau Luegers.«

»Auf mich können Sie sich verlassen.« Frau Luegers ging in ihr Büro, und Irene besuchte ihren Vater.

Friedrich brütete über Rechnungen und Lieferscheinen. »Reni, du kommst gerade recht. Ich weiß nicht, wie der Müller das immer macht. Das ergibt doch keinen Sinn!«

Walter Müller war der Prokurist der Schokoladenwerke und seit einigen Wochen durch Krankheit ausgefallen.

»Bevor wir uns die Zahlen ansehen … Was sagst du zu diesen Rezepten? Das wäre mal etwas Neues. Moderner in der Form, und wenn wir dazu die passenden Kartons herstellen lassen, könnte das auch die jungen Leute ansprechen.«

»Erdbeergelee mit Schokoladenüberzug, und das andere ist eine zweifarbige Creme?« Interessiert studierte ihr Vater die Zutaten, die sich auf einfache Ingredienzien beschränkten. »Lass uns in die Experimentierwerkstatt gehen. Mir stinken die Zahlen sowieso.«

»Dann kann ich dir gleich von Arnos Besuch und Edgars Brief erzählen«, sagte Irene und folgte ihrem Vater zur Tür.

21

Das Glockengeläut erschallte weit über den Gottesacker von Halle hinaus. Dichte graue Wolken hingen über der Stadt, es regnete und war doch noch so kalt, dass der Atem der Sargträger in der Luft stand. In ihren schwarzen Hemden, Hosen, langen Mänteln und dem mit Samt bezogenen Dreispitz gaben die Halloren ein eindrucksvolles Bild ab. Der Hallorenhauptmann und drei Brüder führten den Trauerzug an, ihnen folgten sechs Brüder, die den Wagen, eine kastenartige schwarze Konstruktion, mit dem Sarg des verblichenen Bäckermeisters schoben.

Paul schritt hinter seinem Bruder Joachim her, gefolgt von Werner. Der schwarze Sarg war mit einer vergoldeten Brezel, dem Markenzeichen von Bäckermeister Stutzkes Geschäft, geschmückt. Seit Hunderten von Jahren begleiteten die Halloren nicht nur ihre Mitbrüder und Familienangehörige zu Grabe, sondern stellten auch das Grabgeleit für Bürger der Stadt Halle. Diese Tradition gehörte nun schon seit vielen Generationen zu einer besonders gepflegten Form des Leichenbegängnisses.

»Pst, Paul, hast du gesehen, dahinten stehen sie wie die Geier und beäugen uns«, zischte Werner hinter ihm.

Paul versuchte, den Kopf zu drehen, und geriet dabei ein wenig aus dem Takt, sodass sein Bruder vor ihm leicht aus dem Tritt kam. »Geht nicht, Werner, was meinst du denn?«

Der Stadtgottesacker war im sechzehnten Jahrhundert nach dem Vorbild italienischer Camposanto-Anlagen auf dem Martinsberg errichtet worden, der sich damals noch außerhalb von Halle befunden hatte. Innerhalb einer Mauer befanden sich Arkaden mit Grüften, die von Eisengittern verschlossen waren. Ein großer Torturm und zahlreiche aufwendig gestaltete Grabstellen bedeutender Bürger prägten das Bild des Friedhofs. Bei der Bombardierung Halles hatte die Anlage Schaden genommen, doch das Familiengrab der Stutzkes lag unversehrt im Schatten einer riesigen Kastanie.

Nachdem sie den Sarg in die Grube abgesenkt hatten und zur Seite getreten waren, flüsterte Werner erneut: »Gegenüber unter den Arkaden. Zwei Männer.«

Paul schaute unauffällig hinüber. Zwei Herren in schwarzen Mänteln und Hüten standen dort mit ausdruckslosen Gesichtern.

»Kennst du die?«, flüsterte Werner.

»Nein. Vielleicht entfernte Verwandte«, meinte Paul.

»Quatsch, die sind hier, um uns zu beobachten«, sagte Werner.

»Warum denn? Auch im Sozialismus wird gestorben, und irgendwie müssen die Leute ja unter die Erde gebracht werden.«

Ein vorwurfsvoller Blick seines Bruders traf ihn, und Paul schwieg.

Die schwarzen Mäntel, die der Brüderschaft gehörten und nach der Trauerfeier wieder abgegeben wurden, waren bereits durchnässt, und Paul begann zu frieren. Unter schwarzen Regenschirmen standen die Angehörigen des Bäckermeisters, dessen Laden eine Instanz am Markt war. Sein Sohn würde ihm nachfolgen, doch der gesellige Bäckermeister senior, der als Wohltäter vor allem für Waisenkinder bekannt gewesen war, hinterließ eine schmerzhafte Lücke.

Paul sah zu, wie Stutzkes Sohn mit seiner jungen Frau an das offene Grab trat und eine Handvoll Erde hineinwarf.

Seit er mit Irene zusammen gewesen war, musste er ständig an sie denken. Sie konnte doch nicht erwarten, dass er sie einfach so gehen ließ, nachdem sie sich ihre Liebe gestanden hatten! Sie waren füreinander bestimmt. Davon war er überzeugt. Ein gestohlener Kuss hier und dort, immer heimlich, nein, das wurde ihrer Liebe nicht gerecht. Der gesellschaftliche Graben zwischen ihnen war nicht unüberbrückbar. Die Zeiten änderten sich. Seine Schwester war zum Theater gegangen. Vor dem Krieg wäre das undenkbar gewesen. Zwar waren seine Eltern auch nicht in Jubel ausgebrochen, als die Tochter die Bühne gewählt hatte, doch sie waren stolz gewesen, nachdem sie Petra das erste Mal in einer großen Rolle gesehen hatten. Gedankenverloren schaute Paul auf die Kränze und Blumengestecke. Weiße Callas überwogen. Nur die Witwe warf eine rote Rose in das offene Grab.

Sollte er Irene Blumen schicken? Nein, dachte Paul. Ihre Familie würde Fragen stellen. Wohin konnte er sie einladen, ohne dass sie auffielen? Er hatte ja nicht einmal genug Geld, um sich eine eigene Wohnung zu leisten. Jemand stieß ihn in die Seite und riss ihn aus seinen Überlegungen.

»Träumst du? Es geht weiter!« Joachim drückte ihn nach rechts, um den Halloren zum Wagen zu folgen, der in die Kapelle zurückgebracht werden musste.

Bevor die Trauergemeinde das offene Grab verließ, trat der Sohn des Verstorbenen zu den Halloren und entlohnte sie, wie es der Brauch war.

»Habt Dank, liebe Brüder, dass ihr uns in dieser schweren Stunde begleitet habt. Mein Vater hatte immer großen Respekt vor eurem Handwerk, denn ohne Salz gibt es kein Brot. Nehmt deshalb zum Dank diesen Becher von uns an.«

Der Hallorenhauptmann, Gustav Wiesinger, nahm das großzügige Geschenk entgegen. »Im Angedenken an den Herrn Vater werden wir den Becher in Ehren halten und unserem Silberschatz beifügen. Gottes Dank.«

Ein Silberbecher war ein wertvolles Geschenk und drückte die große Wertschätzung des Gebenden aus. Gustav verneigte sich, wartete, bis die Trauernden vorbeigezogen waren, und ließ den Becher in seine Manteltasche gleiten. Erst als die Halloren mit dem Sargwagen allein waren, zwirbelte er seinen Schnurrbart und nickte seinen Brüdern zu.

»Ein braver Zeitgenosse war er, der Bäckermeister. Lasst uns den Wagen wegbringen, und dann treffen wir uns in der Grünen Tanne zu einem letzten Trunk auf den Verstorbenen und seine reiche Gabe.« Gustav winkte seine Brüder dichter zu sich.

»Stehen sie noch dort, die grauen Herren?«, fragte er leise.

Die zehn Männer mit ihren schwarzen Dreispitzen und langen Mänteln boten ein eindrucksvolles Bild auf dem Friedhof. Ihr Auftritt hatte immer etwas Ehrfurchtgebietendes und zeugte von gewachsenen Traditionen, die auch ein Krieg nicht zerstören konnte.

Werner sagte: »Sie stehen noch dort. Unbeweglich. Wie die Zinnsoldaten.«

»Lasst sie doch, wir wollen keinen Ärger. Gehen wir!«, schlug Joachim vor.

»Wer sagt denn, dass wir Ärger machen? Aber wenn sie schon dort stehen und gaffen, können sie uns auch sagen, warum sie das tun!«, sprach Paul, einem Impuls folgend, und marschierte schnurstracks auf die Arkaden zu, in deren Schutz die Beobachter ausharrten.

Als er näher kam, ging ein Ruck durch die Männer, und sie besprachen sich kurz. Paul hatte den Eindruck, dass sie unsicher waren, was zu tun war. Der Größere von beiden machte eine beschwichtigende Geste, woraufhin der andere die Hände in den Manteltaschen vergrub und Paul grimmig entgegensah.

»Schönen guten Tag, meine Herren. Was bringt Sie denn an einem solch trüben Tag auf den Friedhof? Waren Sie auch mit dem Bäckermeister befreundet?« Paul stellte sich breitbeinig vor ihnen auf.

Der Grimmige raunzte: »Was geht es Sie an, was wir hier tun?«

»Wir wollen uns nur ein Bild machen«, fügte der andere etwas freundlicher hinzu und zog einen Schein mit einem Stempel heraus. »Ministerium für Staatssicherheit.«

»Auf dem Friedhof, aha.« Paul schob den Dreispitz gerade. »Ich hoffe, wir haben Sie nicht enttäuscht.«

Durchdringende Blicke trafen Paul. »Gewöhnen Sie sich dran, Herr Thulke.«

»Woher kennen wir uns, Herr …?«, fragte Paul, unangenehm überrascht.

»Wir kennen Sie.« Der Grimmige neigte sich leicht vor. »Ihre Schwester pflegt Umgang mit dem Klassenfeind. Will sie womöglich in den Westen gehen?«

Erschüttert über diese unerwartete Konfrontation, erwiderte Paul: »Jetzt machen Sie mal einen Punkt! Meine Schwester ist eine echte Hallenserin und spielt Theater. Was wollen Sie eigentlich?«

Die Beamten schienen den Wechsel einstudiert zu haben, denn der Größere sagte: »Sie hat Kontakt zu Max Lehmann. Wissen Sie davon?«

Paul zögerte kurz, nicht sicher, wie er reagieren sollte.

Der Grimmige nickte. »Er weiß davon.«

»Sagen Sie Ihrer Schwester, dass sie sich von dem Individuum fernhalten soll. Schönen Tag!« Der Größere tippte sich an den Hut, und die beiden Männer gingen zielstrebig davon.

Völlig perplex blieb Paul stehen und sah ihnen nach. Was meinten sie mit Klassenfeind? Und warum Max Lehmann?

»Paul, was ist denn los?« Werner war zu ihm gelaufen und legte ihm die Hand auf die Schulter.

Paul drehte sich zu ihm um.

»Mensch, hast du einen Geist gesehen? Du bist ja bleich wie das Leichentuch!«, entfuhr es Werner.

»Der Geist des Bäckers wäre mir lieber gewesen als diese beiden Kerle …«, murmelte Paul.

»Jetzt sag schon, wer waren die?«, wollte sein Freund wissen.

»Ministerium für Staatssicherheit.«

Werner pfiff durch die Zähne. »Ich schätze, mit denen werden wir noch eine Menge Spaß bekommen.«

»Die wussten, wer ich bin, und haben mich über Petras neuen Freund befragt. Verdammt, Werner, das stinkt mir!« Gemeinsam folgten sie ihren Brüdern durch den anhaltenden Regen zum Ausgang Richtung Hagenstraße.

Der sonst so schweigsame Joachim sagte: »Wir wollen keinen Ärger wegen Petras Freund.«

»Wieso, was ist denn mit dem Freund von Petra?« Werner schüttelte sich. »Was für ein Sauwetter.«

»Gar nichts, soweit ich weiß. Ich kenne ihn kaum, er ist ein Kameramann und Fotograf aus Potsdam und scheint mir ein netter Kerl zu sein.«

»Hoffen wir das einfach mal«, murmelte Joachim.

Sie schlossen zu den anderen auf, und Gustav sah Paul fragend an. »Und?«

»Ach, von der Staatssicherheit. Die machen sich nur wichtig. Wohin gehen wir? Grüne Tanne?«, meinte Paul und vermied es, weiter über den Vorfall zu sprechen.

Es war spät, als er an diesem Abend nach Hause kam, und alle schliefen bereits. Doch er klopfte an Petras Zimmertür, und als diese sich verschlafen meldete, trat er ein und zog die Tür wieder hinter sich zu.

»Hallo, Paul, ist was passiert?« Seine Schwester war in den dicken Decken kaum zu sehen, denn es war kalt im Zimmer, wie in der ganzen Wohnung.

Geheizt wurde nur im Wohnzimmer. Paul setzte sich zu ihr auf die Bettkante. Er trug noch immer die schwarze Hose und Weste.

»Ach ja, heute war die Beerdigung vom Bäckermeister Stutzke«, sagte Petra.

»Er hat der Brüderschaft einen Silberbecher vermacht. Aber da waren zwei Männer, Petra.« Er fasste das Gespräch kurz zusammen.

Petras Miene verdunkelte sich. »Und jetzt willst du von mir wissen, was der Max für ein Mensch ist? Du hast ihn doch kennengelernt. Er ist ein hilfsbereiter, freundlicher und interessanter Mann. Was macht ihn denn verdächtig? Dass er beim Film arbeitet?«

Er hatte erwartet, dass sie sich aufregen und ihren Freund verteidigen würde. »Natürlich nicht. Ich frage dich als meine Schwester. Ist Max politisch aktiv?«

»Nein! Und jetzt lass mich schlafen. Du stinkst nach Zigarette und Bier.« Sie drehte sich um und zog sich die Decke über den Kopf.

Müde ging er in das Zimmer, das er sich mit Joachim teilte. Sein Bruder hatte sich bereits entkleidet und ins Bett gelegt.

»Petra würde nichts tun, was der Familie schaden könnte. Mach dir keinen Kopf, Paul«, sagte Joachim und zog die Decke enger um sich.

»Wirst schon recht haben. Gute Nacht, Joachim.«

22

Beflügelt lief sie die Stufen hinunter. Warme Frühlingsluft schlug ihr entgegen. Die Stadt vibrierte, weil alles zu neuem Leben erwachte und die Menschen mit Hoffnung erfüllte. Kurz hielt Petra inne und drehte sich noch einmal zu dem gewaltigen klassizistischen Bau um, dessen weiße Fassade ihr wie ein Tempel erschien. Ein Musentempel, jauchzte Petra innerlich und winkte enthusiastisch, als sie Max auf dem Vorplatz entdeckte.

Max hielt mit der Kamera auf sie, bis sie ihm in die Arme fiel. »Du bist ja gut gelaunt! Haben sie dich engagiert?«

Sie gab ihm einen flinken Kuss und hakte sich bei ihm unter. »Fast. Das war ja nur ein Vorsprechen, aber ich soll morgen wieder vorbeikommen. Dann teilen sie mir ihre Entscheidung mit. Mensch, Max, wäre das nicht ein Ding? Ich am Deutschen Theater? Und das habe ich alles nur dir zu verdanken!«

Max hängte sich die Kamera über die Schulter. »Kein bisschen. Wenn du nicht so talentiert wärst, würden sie dich nicht nehmen. Was machst du denn, wenn sie dich engagieren? Lässt du die Filmerei dann sausen?«

»Hach, das ist eine furchtbar schwierige Entscheidung.« Petra war so voller Energie, dass sie am liebsten herumspringen und die Welt umarmen wollte. Sie machte sich von ihm los und tanzte mit ausgebreiteten Armen im Kreis. »Ich weiß es nicht. Was soll ich tun? Aber stell dir vor, ich dürfte im Egmont mitspielen oder im Don Carlos! Das steht demnächst auf dem Spielplan.«

Sie stellte sich vor Max und legte ihm die Hände auf die Schultern. »Das ist Theater, das sind Stoffe! Meine Güte! Und dann dieser Film.« Sie ließ die Hände sinken und verzog das Gesicht. »›Saure Wochen – frohe Feste‹, und so ist auch die Handlung! Der reine Propagandafilm!«

Max legte ihr einen Finger auf die Lippen. »Nicht, Petra. Du weißt nie, wer zuhört.«

»Wir stehen hier mitten auf einem öffentlichen Platz. Wer soll uns schon belauschen. Max, ich will einfach nur spielen, die besten Rollen ergattern und mich entwickeln. Ich kann das! Das habe ich heute gespürt, als ich vorgesprochen habe.«

Sie stellte sich vor ihn hin und sprach mit kraftvoller Stimme: »Verlorne Liebe! Wo ist da Ersatz für? O wenn ich manchmal von Gedanken in Gedanken sinke, freundliche Träume der Vergangenheit vor meine Seele bringe, hoffnungsvolle Zukunft ahne …«

Max klatschte, und Petra neigte den Kopf. »Du bist wirklich gut, Petra. Woraus war das?«

»Mein werter Herr, natürlich aus der Stella von unserem verehrten Herrn Goethe.« Sie hakte sich wieder bei ihm ein. »Komm, lass uns zum Felix gehen. Ich habe noch nichts gegessen.«

Felix war der Name einer beliebten Eckkneipe, in der es günstigen Mittagstisch gab. Für ein paar Pfennige bekam man einen Teller Suppe und ein Stück Brot. Das Theater befand sich in der Schumannstraße, nicht weit von der Charité entfernt, und auch zum Spreeufer war es nicht weit.

»Du bist mager geworden, Petra. Das geht nicht. Du musst besser auf dich aufpassen«, tadelte Max sie sanft und strich über ihren Rücken. »Ich kann das beurteilen.«

Sie lachte. »Oh ja, wenn jemand weiß, ob ich zu wenig auf den Rippen habe, dann du. Mach dir keine Sorgen. Die letzten Wochen waren schrecklich aufreibend. Dieses Hin- und Herpendeln hat mich Kraft gekostet. Aber jetzt, wo ich das Zimmer habe, wird es besser.«

Petra hatte sich mit Karoline zusammen ein Zimmer in einer Wohnung in Potsdam gemietet. Die Wohnung gehörte einer Freundin von Karoline, und sie teilten sich drei Zimmer mit vier Frauen. So war die Miete bezahlbar. Karoline hatte das Kind nicht behalten und war, ohne Petra davon zu erzählen, nach Weihnachten zu jener Krankenschwester gegangen, von der sie erzählt hatte. Sie tat zwar so, als ob ihr das nichts ausgemacht hätte, doch ihre überschäumende Fröhlichkeit wirkte oft aufgesetzt, und sie stürzte sich so exzessiv ins Nachtleben, dass Petra sich um ihre Freundin sorgte.

Sie erreichten die Eckkneipe, und Max öffnete ihr die Tür. »Bitte sehr, jetzt füttern wir dich satt.«

Er war fürsorglich und unterstützte sie in ihrem Bestreben, in der Filmwelt Fuß zu fassen. Oft fotografierte er sie, und so hatte sie es schon zweimal in eine Illustrierte geschafft. Seit Petra in Potsdam wohnte, trafen sie sich häufiger.

Doch sie wurde das Gefühl nicht los, dass Max ihr gegenüber nicht ganz offen war. Er arbeitete als Kameramann und machte auch Aufnahmen für eine Tageszeitung, aber manchmal traf er sich mit Leuten, deren Namen er nicht preisgab, oder er telefonierte und brach das Gespräch ab, wenn sie dazukam. Petra war nicht eifersüchtig, denn sie glaubte nicht, dass eine andere Frau im Spiel war. Sie befürchtete eher, dass er etwas tat, das ihn in Gefahr bringen könnte, und das gefiel ihr ganz und gar nicht.

Es gab eine Kartoffelsuppe mit Wursteinlage, die Petra mit Heißhunger löffelte. »Hm, das war gut!« Sie nahm das letzte Stück Brot und wischte damit den Teller aus.

Max hatte seine Portion ebenfalls aufgegessen und reichte ihr sein Brot. »Hier, ich bin satt. Der Weißbach hat mal wieder gefeiert, und wir waren eingeladen. Du weißt ja, dass sie dort richtig üppig auftischen.«

Dankbar nahm sie das Brotstück. »Du warst wieder bei Weißbach? Was dreht er denn?«

»Ein Liebesdrama. Richtig schnulzig. Aber das wird ein Kassenschlager, da sind die sich schon sicher. Petra, das wäre doch auch was für dich. Du bist wunderschön, und du spielst die glatt an die Wand. Die Ziemann …« Max verdrehte die Augen. »Die ist doch nicht zum Aushalten. Ich würde dich in einem Film mit dem Bernhard Wicki sehen oder …«

»Halt, stopp! Ich weiß, du meinst es gut, aber jetzt warten wir erst mal morgen ab. Wenn ich beim Deutschen Theater anfangen kann, bleibe ich hier. Das wäre doch auch nicht schlecht.« Sie hielt inne. »Musst du denn fort?«

Dunkles Holz an den Wänden, riesige Bierfässer und alte

Reklametafeln machten die gemütliche Atmosphäre der Kneipe aus. An den Holztischen hatten schon Gäste zu Kaisers Zeiten gesessen. Max spielte mit dem Tragegurt seiner Kamera. »Kann sein, dass ich bald für ein paar Wochen unterwegs bin. Ich soll eine Fotostrecke am Rhein schießen und eventuell die Kameraassistenz bei einem Heimatfilm übernehmen. Das wäre dann in München und Umgebung. Du, Petra, da kommst du mich besuchen, und wir gehen wandern! Das wäre doch herrlich, oder nicht?!« Begeistert sah er sie an.

Daher wehte also der Wind. Er würde längere Zeit fort sein. »Und deine Mutter? Kommt die denn allein zurecht?«

Ein Schatten zog über sein Gesicht. »Ich werde alles organisieren. Die Nachbarin ist recht freundlich und kümmert sich ein wenig, macht Einkäufe und würde sie auch zum Arzt bringen.«

»Ich könnte ja auch nach ihr sehen, Max. Das weißt du doch. Warum fragst du mich nicht?« Es schmerzte sie, dass er sie nicht um Hilfe bat. »Willst du das nicht? Ich mache das gern, und ich mag deine Mutter. Vertraust du mir nicht?«

Seine dunklen Augen nahmen einen weichen und zugleich distanzierten Ausdruck an. »Petra, warum sagst du das? Ich bin dir so nahe wie keinem Menschen sonst. Aber es gibt Dinge in meinem Leben, die ich mit niemandem teilen kann. Das musst du mir einfach so abnehmen. Verlang bitte keine Erklärung.« Er beugte sich vor und ergriff ihre Hände. »Bitte, ich gebe dir alles, was ich kann, was mir möglich ist. Verlang nicht mehr von mir. Du bedeutest mir sehr viel, Petra.«

Sie biss sich auf die Lippe. Er sagte es nicht. Noch nie hatte er zu ihr gesagt, dass er sie liebte oder sie heiraten wollte. Doch sie spürte, dass seine Gefühle für sie aufrichtig waren. Wenn sie allein miteinander waren, konnte er so sanft und zärtlich sein. Sie hatte sich nicht vorstellen können, dass sie jemals wieder von einem Mann berührt werden wollte, aber zu ihm hatte sie Vertrauen und wusste, dass er sie nie enttäuschen, sie nie zu etwas drängen würde, von dem sie nicht überzeugt war. Aber vor allem redeten und lachten sie miteinander. Es gab dieses tiefe Verständnis zwischen ihnen, das nur durch diese dunkle Seite überschattet wurde. Sein Geheimnis, nannte sie es bei sich. Was wollte sie eigentlich? Sie wollte auf der Bühne stehen. Das bedeutete ihr alles. Und wenn es irgendwann möglich wäre, würde sie in einem guten Film mitspielen wollen. Eine Heirat und Kinder passten noch nicht in ihre Pläne. Wahrscheinlich sah er das genauso und wollte sie nicht in Bedrängnis bringen.

Lächelnd sagte sie: »Du mir auch, Max. Ich werde dich vermissen. Und vielleicht besuche ich dich wirklich in München. Das wäre mal was! Ha, noch nicht einmal Karoline ist schon dort gewesen.«

Er drückte ihre Hände. »Ich möchte so viele wundervolle Orte mit dir sehen, Petra.«

»Paris? London? Oh, nach Italien möchte ich unbedingt!«, sprudelte es aus ihr heraus.

»Ist notiert.« Er lachte.

»Lass uns gehen, Max. Karo kommt heute erst spät zurück.«

Er hob die Augenbrauen. »Wenn sie nicht da ist, ist mir deine Freundin am liebsten.«

Max war schon gegangen, als Karoline anklopfte und auf Petras »Herein« das Zimmer betrat. Sie hatten vereinbart, ein Tuch um den Türknauf zu hängen, wenn eine von ihnen Herrenbesuch hatte.

Petra ließ ihr Textbuch sinken. Sie lernte ständig neue Rollen, um für mögliche Vorsprechen vorbereitet zu sein. »Hallo, Karo, hattest du einen schönen Abend?«

Ihre Freundin wirkte müde, ihr Make-up war ramponiert, und seufzend schleuderte sie ihre Handtasche in eine Ecke. Das Zimmer bot genügend Platz für zwei Betten, einen Kleiderschrank, einen Waschtisch und eine Kommode. Es gab einen Tisch mit zwei Stühlen und ein Bücherregal. Die klassischen Dramen gehörten allesamt Petra, die Liebesromane und Filmskripte Karoline. An den Wänden hingen Filmplakate und über Petras Bett ein Bühnenfoto von Gustav Gründgens in der Rolle des Mephisto. Man mochte über Gründgens' Verhalten während des Krieges denken, was man mochte, aber Petra hielt den Mimen für einen genialen Schauspieler.

Karo streifte die Pumps von den Füßen und ließ sich rücklings auf ihr Bett fallen. »Du lernst schon wieder? Gott, Petra, hattest du nicht Besuch?«

Petra stand auf und holte eine Weinflasche aus dem Kleiderschrank. »Ist noch was übrig. Komm, wir teilen uns den Rest.« Sie teilte den Rotwein auf und reichte ihrer Freundin ein Glas.

»Auf das, was wir lieben!«, sagte Petra.

Karo grinste schief. »Auf deinen Optimismus!«

Petra hockte im Schneidersitz auf ihrem Bett, in dem sie sich am frühen Abend mit Max geliebt hatte. »Wo warst du heute, Karo? War es kein schöner Abend?«

»Ach, schön … es war wie immer. Viele Leute, einige wichtig, Männer, die mich anmachen und mir die Sterne vom Himmel holen wollen, und wenn ich dann mit ihnen im Bett war, vergessen sie mich!« Karo schnippte mit den Fingern und trank von ihrem Wein. »Was ist mit deinem Max, wollt ihr heiraten? Ihr seid so dicke, so verliebt, so, hach, furchtbar romantisch!« Sie lachte.

Petra drehte ihr Glas in den Händen und sagte: »Ich mag ihn sehr, Karo, aber heiraten, nein, davon haben wir noch nicht gesprochen. Ich weiß auch gar nicht, ob ich das jetzt schon will.«

Karo beugte sich vor. Sie trug ein schimmerndes silbernes Abendkleid, das ihre schmaler gewordene Figur umschmeichelte. Ihre Fingernägel hatte sie feuerrot lackiert. »Jetzt enttäusch mich bloß nicht, bei euch beiden hätte ich auf Hochzeitsglocken noch in diesem Jahr getippt.«

»Ist eben alles nicht so einfach. Aber ich hatte heute ein Vorsprechen am Deutschen Theater. Ist das nicht fantastisch? Morgen sagen sie mir, ob sie mich nehmen.«

»Das freut mich für dich, Petra, wenn es das ist, was du willst.« Sie hob ihr Glas, um mit Petra anzustoßen. »Auf dein erstes großes Engagement!«

»Danke!« Petra nippte nur an ihrem Wein.

Karo sah sie streng an. »Und dabei habe ich mir solche

Mühe gegeben, dich beim Film unterzubringen. Aber du wolltest ja nicht einmal mit dem Weißbach senior in die Kiste steigen. Das konnte nichts werden.«

»Meinst du das ernst?«

Karo lachte. »Du Lämmchen, natürlich nicht! Ich meine, sieh dir doch mal an, was du für Texte lernst? Du bist fürs Theater geboren! Und ich für die Leinwand und den Glamour. Das Leichte liegt mir einfach mehr. Und habe ich dir schon erzählt, dass ich vielleicht bald mit der Ziemann vor der Kamera stehen werde?«

»Nein! Na, das ist ja ein Ding! Erzähl!« Petra wünschte ihrer Freundin Erfolg, denn die unglückliche Liebe zu Michael Weißbach hatte Karo mehr zugesetzt, als sie zugab.

»Ein Operettenfilm. ›Die lustigen Weiber von Windsor‹. Ist eine DEFA-Produktion, und der Wildhagen führt Regie. Die Ziemann ist dabei, Paul Esser, Claus Holm und eine Menge wirklich guter Schauspieler. Wird keine große Rolle, Blumenfrau oder Fischfrau, aber wer weiß, was sich daraus ergibt.«

»Und du schimpfst über meinen Optimismus, du Operettenkönigin?«

Karo stand auf und stellte sich so, als wollte sie eine Arie schmettern. »Tralala! Es geht immer weiter, irgendwie. So, ich bin hundemüde und brauche meinen Schönheitsschlaf.«

23

Am nächsten Morgen war Petra schon zeitig wach, wusch sich und schlüpfte in Bluse und Caprihose. Auf die Hose war sie besonders stolz und fühlte sich darin modern und beinahe so chic wie die Frauen in den Hochglanzmagazinen. Ihre Haare trug sie noch immer lang, aber sie spielte mit dem Gedanken, sich eine Kurzhaarfrisur schneiden zu lassen. Eine ihrer Mitbewohnerinnen arbeitete in einem Schönheitssalon und hatte schon angeboten, das Schneiden zu übernehmen. Nur fuhr sie am Wochenende nach Halle zu ihren Eltern, und die litten schon genug darunter, dass sie die meiste Zeit in Berlin verbrachte.

Die Teilung der Stadt war spätestens seit der Blockade durch die Sowjets allgegenwärtig geworden. Petra versuchte, sich aus der Politik herauszuhalten, aber die neue Regierung machte es einem nicht leicht. Überall in der Stadt hingen Banner mit sozialistischen Parolen, und die Volkspolizei war nun so präsent wie zuvor die russischen Soldaten. Es gab unzählige Kontrollpunkte, und man musste immer darauf gefasst sein, seine Papiere vorzeigen zu müssen. Petra schnappte sich ihre Handtasche und eine Wolljacke und verließ die Wohnung, in der die anderen noch schliefen.

Noch gehörte die Stadt den Frühaufstehern. Petras Wohnung lag in der Nähe des Holländischen Viertels. Zentral genug, um nach Babelsberg oder mit der Straßenbahn nach Mitte zu fahren. In Potsdam waren die Mieten günstiger als in Berlin, und sie war näher bei Max, der weiterhin bei seiner Mutter wohnte. Petra grüßte einen Milchmann, der mit Pferd und Wagen Milchkannen ausfuhr, mied die zerlumpten Gestalten, die sich in Hausecken und Ruinen herumtrieben, und spazierte in Richtung des großen Parks von Schloss Sanssouci. Dort war es, bis auf die Schwarzmarkthändler, meist ruhig und friedlich. Das Schloss war weitestgehend von den Bombenangriffen verschont geblieben, anders als Charlottenburg, und bot mit seiner schönen Orangerie und dem Park einen ästhetischen Lichtblick inmitten all der Zerstörung. Für ein Fahrrad fehlte ihr das Geld, aber wenn sie erst eine Anstellung hätte, würde sie sich eins kaufen.

In Gedanken ging sie das gestrige Vorsprechen noch einmal durch und fragte sich, ob ihre Chancen für eine Annahme am Deutschen Theater wirklich so gut standen. Und wenn sie doch wieder beim Film anfragte? Sie kannte ja nicht nur den Weißbach, sondern auch ein paar andere Schauspieler, darunter Claus Holm, und natürlich Max. Sie war die Hegelallee hinuntergelaufen und stutzte, denn den schlanken Mann mit Brille, der dort mit einer Gruppe junger Leute stand, kannte sie. Es war niemand anderer als Max! Sie wollte den Arm heben und rufen, doch ein Volkspolizist näherte sich ihr, und sie wollte auf keinen Fall seine Aufmerksamkeit auf sich lenken.

Sie senkte den Blick und ging zügig weiter. Die Straße war beidseitig von Linden gesäumt, und als Petra wieder aufsah, waren Max und die jungen Leute verschwunden. Auf Höhe der Einstein-Oberschule blieb sie stehen und lauschte, denn sie hörte Stimmen hinter der Mauer, die an den hellen klassizistischen Bau grenzte.

»Ihr müsst aufpassen«, sagte Max – seine Stimme erkannte sie sofort. »Ihr habt doch gesehen, was Peter zugestoßen ist.«

»Wo ist er jetzt?«, fragte leise ein Mädchen.

»Soweit ich weiß, in einem Speziallager. Wenn er das überlebt, ist es ein Wunder. Hört mir zu, ihr dürft euch nicht weiter auffällig verhalten, sonst droht euch dasselbe Schicksal!«, warnte er.

»Wir lassen uns aber weder von Nazis noch von Stalins Schergen indoktrinieren!«, begehrte ein Junge auf, wenn auch mit leiser Stimme.

»Pst, da kommt der Krüger!«, zischte ein Mädchen.

»Verteilt euch. Ihr hört von mir, wie immer«, flüsterte Max.

Schritte entfernten sich schnell, und es dauerte nicht lange, und Max schwang sich über die Mauer und sprang auf den Gehweg.

Petra wartete, an einen Baumstamm gelehnt, mit vor der Brust verschränkten Armen auf ihn. »Guten Morgen!«

Erschrocken zuckte Max zusammen, packte sie am Arm und zog sie mit sich fort. »Was machst du denn hier?«

»Einen Morgenspaziergang – und du?«, erwiderte sie. »Lass mich los. Was soll diese Heimlichtuerei, und warum triffst du dich mit diesen Oberschülern?«

»Hast du schon gefrühstückt?«, fragte er. »Ich lade dich ins Eck ein.«

»Max, ich will wissen, was du da gemacht hast?«, beharrte Petra.

Ihr Freund sah sich wiederholt um, bis sie die nächste Straßenecke und besagtes Eckcafé erreicht hatten, in dem es Brötchen und Kaffee gab. Vor der Eingangstür blieb Max stehen, gab ihr einen Kuss und sagte: »Einer der Schüler ist der Sohn unserer Nachbarn. Er ist ein pfiffiger Bursche, aber etwas zu geradeheraus, wenn es um seine Einstellung der neuen Regierung gegenüber geht. Eigentlich ist die ganze Klasse sehr offen und politisch interessiert, aber eben nicht im Sinne des Sozialismus.«

Er öffnete ihr die Tür, und sie betrat das kleine Café, in dem es nach Bohnenkaffee und Brot duftete. Petras Magen begann sofort, sich lautstark bemerkbar zu machen.

»Du hast wieder nichts gegessen. Ach, Petra, was mache ich nur mit dir«, meinte er liebevoll und strich über ihre Schultern.

»Erzähl mir die Wahrheit«, antwortete sie und setzte sich auf den Stuhl, den er ihr hinschob.

Nachdem er sich gesetzt und Frühstück für zwei bestellt hatte, sah er sie einen langen Moment an. »Ich habe dich nie belogen, wenn du das meinst. Aber ich kann dir auch nicht alles sagen, weil ich dich damit in Gefahr bringen würde, und das will ich nicht. Da kannst du mir Vorwürfe machen, ich werde dir nichts sagen.«

Schmollend verzog sie den Mund. »Bist du ein Spion?«

Max schüttelte den Kopf. »Hör auf damit, Petra. Wenn du weiter so viele Fragen stellst, können wir uns nicht mehr sehen.«

Die Kellnerin brachte ein Tablett mit zwei Tassen, einem Kännchen Kaffee, Milch, Brötchen, Butter und Marmelade.

»Na schön, aber bevor ich dich verlasse, esse ich, wenn das für dich in Ordnung ist.« Sie griff nach einem Brötchen.

Lächelnd schob Max ihr die Butter hin. »Alles für dich. Dann kann ich dich wenigstens mit vollem Magen gehen lassen.«

Petra ließ das Brötchen auf den Teller fallen. »Ja, willst du das denn?«

Auch wenn sie beide ihre Beziehung spielerisch lebten, wusste sie doch, dass sie ihn liebte. Sie wollte nur nicht die Erste sein, die davon sprach.

»Dich gehen lassen? Ja, das muss ich doch. Du willst doch zum Theater, um zu erfahren, ob sie dich nehmen.«

»Du machst dich über mich lustig.«

»Ganz und gar nicht. Was du mir bedeutest, weißt du. Deshalb vertrau mir, Petra. Bitte!« Als er sie jetzt ansah, wurde ihr ganz warm im Magen, und ihr Herz schlug schneller.

»Na schön. Aber irgendwann will ich schon wissen, mit wem ich da befreundet bin. Gibst du mir bitte die gelbe Marmelade?«

Das kleine Café füllte sich mit Arbeitern und Angestellten, die auf dem Weg in ihre Betriebe oder Büros waren. Und dann tauchten zwei unscheinbare Herren in blaugrauen Anzügen mit dem Parteiabzeichen am Revers auf. Sie gingen langsam durch das Café, nahmen jeden Gast sorgsam in Augenschein, bis auch der Letzte merkte, dass sie beobachtet wurden. Schließlich traten sie an den Nebentisch, an dem ein Herr mittleren Alters seine Zeitung las.

»Papiere!«, verlangte der eine der Männer, und der überraschte Gast legte die Zeitung auf den Tisch.

»Mit wem habe ich das Vergnügen?«, wollte er wissen.

Der andere Mann neigte sich drohend vor und zischte: »Ministerium für Staatssicherheit.« Er schaute auf die Papiere des Gastes. »Herr Doktor Hölting. Stehen Sie auf und kommen Sie mit!«

»Aber, was soll denn das? Ich habe doch nichts verbrochen!«, entrüstete sich der Überraschte.

»Haben Sie sich nicht öffentlich abfällig über einen DEFA-Kulturfilm geäußert?«

»Ich verstehe nicht! Ich bin Kinderarzt, ein respektiertes Mitglied der Gesellschaft, und meine Patienten warten.«

Die beiden Stasibeamten sahen sich kurz an, und der eine holte einen Block aus der Tasche. »Hier steht, was Sie gesagt haben. Ich zitiere wörtlich: Ich bezweifle, dass diese Politschinken denkende Menschen beeinflussen können. Jeder, der bei Verstand ist, wird sich sein eigenes Bild machen. Zitat Ende. Haben Sie das gesagt?«

»Ja, das habe ich gesagt, aber …«, verteidigte sich der Arzt, wurde jedoch unterbrochen.

»Sie kommen jetzt mit, und wir setzen das Verhör an einem ruhigeren Ort fort. Oder möchten Sie, dass wir Ihre Frau dazuholen?«

Der arme Kinderarzt wurde blass und erhob sich sofort.

Nachdem die Gruppe das Café verlassen hatte, hob das Stimmengemurmel wieder an, und alle verhielten sich so, als wäre nichts gewesen.

»Ich möchte nicht, dass dir das auch passiert. Verstehst du mich jetzt?«, flüsterte Max, beugte sich vor und küsste sie.

24

Enttäuscht verließ Petra das Deutsche Theater. Man hatte sie abgelehnt. Wenn sie ehrlich mit sich war, hatte sie fest mit einer Zusage gerechnet, doch sie wollte nicht verzagen und machte sich kurz entschlossen auf den Weg zum Theater am Schiffbauerdamm. Dafür brauchte sie nur über die Schumannstraße hinunter zur Reinhardtstraße, suchte die Zufahrt zwischen Haus Nummer fünf und dem Hotel Hermes und stand vor dem grau verputzten Gebäudekomplex mit seinem markanten Turm.

Im Aushang fand sie den aktuellen Spielplan: »Donna Diana« von A. Moreto in einer Inszenierung von Fritz Wisten mit namhaften Schauspielern, wie Ursula Meißner, Rudolf Klix, Claus Holm, Klausjürgen Wussow und Franz Kutschera, und »Der Brauthandel« von A. Neumann, nach Goldoni inszeniert von Kurt Jung-Alsen mit ähnlichem Ensemble. Petra betrachtete die Bilder und erkannte Claus Holm, den sie attraktiv fand. Hatte Karo nicht erwähnt, dass Holm auch in den lustigen Weibern mitspielte? Ach, wenn sie doch auch beides tun könnte – Theater und Film!

»Wollen doch mal sehen …«, murmelte sie und machte

einen Schritt zur Seite, wobei sie mit einem hochgewachsenen Herrn zusammenstieß.

»Hoppla, junges Fräulein!«

Starke Hände hielten sie fest, und sie sah in amüsierte blaue Augen. Das war er! Claus Holm!

»Verzeihung, ich …«, stotterte Petra verlegen.

Der Schauspieler ließ sie los und lächelte. Ganz offensichtlich gefiel ihm, was er sah. »Wollen Sie zur Bühne? Dann können Sie mir direkt folgen. Wir haben jetzt Probe.«

»Ich, ja, das möchte ich tatsächlich.«

»Na, bitte sehr. Wenn Sie auch noch so gut spielen, wie Sie aussehen …« Er führte sie zum Bühneneingang und hielt ihr die Tür auf.

»Guten Morgen, Berti!«, begrüßte er den Portier.

»Guten Morgen, Herr Holm. Wie immer pünktlich. Und wen haben wir da? Sie kenne ich aber noch nicht, Fräulein.« Der Portier beäugte sie aus seiner Loge heraus.

»Petra Thulke«, sagte Petra, obwohl das sicher nicht weiterhelfen würde.

Doch ihr Fürsprecher schob sie durch den Flur. »Sie ist mit mir hier.«

»Dann ist es gut, Herr Holm.«

Als sie weiter den Flur entlanggingen, kamen sie in den Bereich der Garderoben, eine eigene Welt aus Gängen mit Stühlen, auf denen Kostüme hingen, Requisiten und Bühnendekoration. Petra liebte diesen ganz besonderen Duft von Schminke und Kostümen und das unvergleichliche Kribbeln, das jede Vorstellung verursachte.

»So, meine Liebe, nun sind Sie im Allerheiligsten.« Claus

Holm machte eine vage Handbewegung. »Haben Sie einen Termin?«

»Nicht direkt, also, eigentlich wollte ich nach einem Vorsprechen fragen«, sagte sie und bemerkte weitere Schauspieler und Tänzer, die jedoch keine Notiz von ihr nahmen.

»Haben Sie denn Bühnenerfahrung?«

»Oh ja! Ich spiele in Halle am Stadttheater, nun ja, es wird gerade wieder aufgebaut. Und ich hatte schon eine Rolle beim Film, nicht groß, aber immerhin. Ich kann alle wichtigen Rollen. Die Hermia, das Gretchen, Antigone, die Luise aus Kabale und Liebe und …«

Holm lachte herzlich und winkte ab. »Verstehe. Kommen Sie, ich stelle Sie dem Fritz vor. Wenn er was in Ihnen sieht, haben Sie durchaus eine Chance, denn unsere Zweitbesetzung für die Donna Diana ist ausgefallen.«

»Die Rolle ist mir aber nicht vertraut«, gab Petra zu bedenken, denn das Lustspiel um Donna Diana war ihr fremd.

»Machen Sie sich deswegen keinen Kopf. Sie können doch vom Blatt lesen.«

Petra nickte. Das hier war etwas anderes als das offizielle Vorsprechen im Deutschen Theater. Wenn sie hier versagte, vertat sie eine Chance, die ihr das Schicksal gesandt hatte. Mut, Petra, Mädchen, du kannst das, rief sie sich innerlich zu und folgte dem Schauspieler über eine Stahltreppe auf die Bühne.

Und was für eine Bühne sie da betrat! Man schaute ins Parkett und auf die Ränge, ganz im neobarocken Stil gehalten, und auf den riesigen Kronleuchter an der hohen Decke. Üppiges Stuckdekor, roter Samt und vergoldete Details ergaben ein prachtvolles Bild. Wer wollte nicht hier stehen und die Zuschauer in seinen Bann ziehen?

»Großartig!«, entfuhr es Petra.

Holm schien sie zu verstehen, denn er sagte: »Nicht wahr? Das ist eins der schönsten Theater, die wir haben.« Dann wandte er sich dem Zuschauerraum zu. »Fritze, bist du da?«

»Jaja, wo denn sonst? Du bist noch nicht dran. Ich plage mich gerade mit dem zweiten Akt. Und wir haben noch immer keine Zweitbesetzung. Was ein verdammtes Unglück ist, weil die Schüler auch ausfällt.«

»Vielleicht habe ich die Lösung für dich, Fritz. Diese junge Dame hier möchte für die Diana vorsprechen«, sagte Holm in den dunklen Zuschauerraum.

Durch die Scheinwerfer, die auf die Bühne gerichtet waren, konnten sie nicht sehen, wer dort unten saß.

»Wo hast du die denn so schnell her? Na, meinetwegen, wir haben nichts zu verlieren«, sagte der Regisseur.

Holm ging zu einem Tisch hinter dem Vorhang und kam mit einem Skript zurück. Er blätterte eine Seite auf und drückte Petra das Skript in die Hand. »Ich beginne, dann Sie.«

Er spielte den Don Cesar. Petra starrte auf den Text und versuchte, sich so gut es eben ging in die Gefühlslage der Donna Diana hineinzuversetzen. Gemeinsam traten sie in die Bühnenmitte, und Holm sprach: »Und wenn ein Weib, begabt mit dem, was Natur und Kunst Verführerisches hat, mich lieben könnt. Doch Unrecht allerdings, denn da ich weiß, dass ich nicht lieben kann, so würd ich Liebe mit Undank lohnen, würd ich je geliebt.«

»Ihr macht den Hof mir also ohne Liebe?«, sprach Petra.

»Und warum nicht?«, erwiderte Holm.

»Weshalb tut ihr es?«

»Euch meine edle Haltung zu beweisen.«

»Dabei ist keine Liebe im Spiel?« Petra las weiter und sagte: »Und jetzt müsste ich zu Donna Laura sagen – Wärs nicht ein art'ger Scherz, den Gecken recht verliebt zu machen?«

»Danke!«, kam es aus dem Zuschauerraum. »Wie heißen Sie?«

»Petra Thulke.«

»Geben Sie mir noch eine Probe. Irgendwas, bitte!«, verlangte der Regisseur.

Holm trat zur Seite, und Petra holte tief Luft und deklamierte einen Monolog der Prinzessin aus Schillers Don Carlos. Als sie fertig war, blieb es eine Weile still, und ihr Mut sank. Sie hatte ihre Chance vertan. Seufzend wandte sie sich um und wollte Holm das Skript geben, doch der klatschte stumm in die Hände, und plötzlich rief es von unten: »Lernen Sie Ihre Rolle und kommen Sie morgen pünktlich zur Probe. Jetzt können Sie gleich bleiben und uns zuschauen. Über den Vertrag sprechen wir morgen.«

Petra konnte ihr Glück nicht fassen. »Danke! Oh, vielen Dank!«

Sie hätte am liebsten getanzt und ging zu dem an der Seite wartenden Holm, der ihr die Hand drückte.

»Herzlich willkommen, Petra.«

Als Zweitbesetzung in eine laufende Produktion einzusteigen, war ein großer Erfolg für Petra, auch wenn man sie noch nicht als festes Ensemblemitglied aufnehmen wollte. Sie bekam eine Gage, von der sie die Miete zahlen konnte, musste zwar noch weiterhin Aufträge als Fotomodell für eine Modezeitschrift annehmen, aber das war nicht das Schlimmste. Mit dieser guten Nachricht fuhr sie nach Halle, kaufte am Bahnhof Blumen für ihre Mutter und beim Bäcker Kuchen für die Familie.

Einen Schlager summend, kam sie vor dem Mietshaus an, in dem die Thulkes wohnten, und wunderte sich, dass es so still war. Weder hörte sie die Flüchtlingskinder lachen oder schreien noch die alte Frau Kranich schimpfen. Im ersten Stock holte Petra ihren Haustürschlüssel heraus und betrat die elterliche Wohnung.

»Hallo! Ist denn niemand zu Hause?«, rief sie.

Es war früher Abend, und eigentlich stand ihre Mutter um diese Zeit in der Küche.

Petra ließ ihre Tasche fallen und ging mit Kuchen und Blumen in die Küche, wo ihre Mutter allein am Herd stand. Irma Thulke rührte in einem Topf, ließ plötzlich den Löffel fallen und schluchzte.

»Mutti! Was ist denn los?«, rief Petra erschrocken.

Ihre Mutter drehte sich um und wischte sich die Augen. »Ach, du bist schon da. Wie schön, meine Kleine. Und Blumen hast du mitgebracht? Gibt es denn etwas zu feiern?«

Petra drückte ihrer Mutter einen Kuss auf die Wange, gab ihr den Strauß und stellte das Kuchentablett auf den Tisch.

»Ich habe eine Stelle am Theater bekommen. Aber Mutti, erzähl doch, was dich bedrückt!«, bat Petra.

Ihre Mutter holte eine Vase aus einem Schrank, füllte sie mit Wasser und stellte sie auf den Küchentisch.

»Sie haben den Paul verhaftet, Petra.«

25

Am liebsten beschäftigte sich Irene mit den Entwürfen für neue Produkte und machte auch selbst immer wieder Vorschläge, wie man diese ansprechender verpacken konnte. Sie fand, dass darin das Geheimnis des Erfolgs eines Produktes lag. Die Qualität und der Preis mussten natürlich stimmen, aber wenn die Verpackung so raffiniert war, dass sie zum Hinschauen und, noch besser, zum Anfassen reizte, war der Erfolg fast gewiss.

Sie blätterte durch den Schatz an traditionellen Rezepten, der in einem dicken, ledergebundenen Buch aufbewahrt wurde. Pralinen mit Arrak und Marzipan waren nicht denkbar, genauso wenig wie die legendäre Mandarinen-Praline, die ihr Großvater kreiert hatte. Es gab kein Orangen-Destillat, keinen Likör und keine hochwertige Zartbitterkuvertüre. Sie blätterte weiter. Zitronat und Krokant ließen sich mit dem, was sie hatten, herstellen.

Als sie aufsah, fiel ihr Blick wieder auf die unwillkommenen Rosen. Sie stellte die Blumen in eine Ecke auf den Boden neben dem Aktenschrank. Ihr Anblick machte sie krank, denn je öfter sie mit Arno ausging, desto mehr verabscheute sie den Mann. Sie hatte sich Mühe gegeben, ihn zu mögen, das hatte sie wirklich. Seine seltsamen Angewohnheiten beim Essen entschuldigte sie mit seinem Aufenthalt im Lager. Aber seine Arroganz und seine Gefühlskälte ließen sich allein damit nicht entschuldigen.

An einem Sonntag waren sie mit den Familien in die Kirche gegangen und hatten anschließend in der Villa der Mendels zu Mittag gegessen. Gunda Wilms hatte serviert, und als er ihren ostpreußischen Dialekt hörte, hatte er sich in ihrer Gegenwart abfällig über Flüchtlinge geäußert. Ihre Mutter störte sich nicht daran, Tante Hedda hätte applaudiert, wenn sie nicht glücklicherweise schon abgereist wäre, und ihr Vater ignorierte Arnos Verhalten. Irene hatte schließlich die Tafel verlassen und war zu ihrer Großmutter gegangen, um ihr vorzulesen. Das wiederum hatte die Feltens verärgert und dazu geführt, dass ihr Vater sie später in sein Arbeitszimmer befohlen hatte.

Er hatte ihr keine Vorwürfe gemacht, sondern ihr die Fakten über die schwierige wirtschaftliche Lage der Fabrik vor Augen gehalten. Dabei hatte er betont, dass die Fabrik das Lebenswerk der Mendels sei und er nicht wüsste, was er tun würde, wenn alles verloren gehen sollte. Indirekt hatte er ihr die Entscheidung über den Fortbestand der Fabrik und damit der Familie übergeben. Irene fand das nicht fair. Aber Fairness war kein Kriterium, wenn es um Traditionen und Familienehre ging.

Wütend starrte sie die roten Rosen an. Viel zu teuer und aufdringlich standen sie dort in der Ecke. Irene griff zum Telefon. »Frau Luegers, kommen Sie doch mal bitte.«

Die Sekretärin kam herein und sagte: »Was sind das für schöne Blumen, Fräulein Mendel. Der Herr Doktor ist ein echter Kavalier. Was haben Sie für ein Glück.«

»Machen Sie sich über mein Glück bitte keine Gedanken. Nehmen Sie die Blumen mit. Von mir aus können Sie den Strauß mit nach Hause nehmen. Ich bin allergisch gegen Rosen.«

Die ältere Frau machte eine leicht irritierte Miene und bückte sich, um die Vase aufzunehmen. »So was habe ich ja noch nie gehört. Die jungen Frauen heutzutage …«

»Ich verbitte mir Kommentare zu meinem Privatleben, Frau Luegers«, entgegnete Irene scharf, und die Sekretärin verließ beleidigt das Büro.

Nur einen Augenblick noch gestattete sich Irene wehmütige Gedanken an Paul, den sie mehr vermisste, als sie es jemals für möglich gehalten hätte. Aber es war ja ihre eigene Schuld – was ging sie auch zu ihm und warf sich ihm an den Hals. Seufzend lehnte sie sich in ihrem Stuhl zurück, schloss die Augen und dachte an die gemeinsam verbrachte Nacht, die ihre gesamte Gefühlswelt auf den Kopf gestellt hatte. Sie hatte ihn schon als junges Mädchen bewundert, den attraktiven Burschen, wenn er braun gebrannt beim Wasserstechen die Konkurrenten aus den Booten geworfen hatte. Und wann hatte sie sich in ihn verliebt? Beim Pfingstbier, dachte Irene und lächelte.

Es klopfte, und ihr Vater kam herein. »Darf ich stören? Ich bin gerade Frau Luegers begegnet, mit einer Vase voller Rosen. Die waren doch sicher von Arno.«

Irene erhob sich, um ihn zu begrüßen. »Ich mag keine Blumen im Büro.«

Friedrich Mendel sah seine Tochter skeptisch an. »Aber deshalb bin ich nicht hier. Das Erdbeergelee läuft so gut, dass wir für den Sommer noch ein paar mehr Fruchtsorten entwickeln sollten. Nur macht mir diese verfluchte Planwirtschaft Sorgen.«

Ihr Vater holte ein Zigarettenetui hervor. Er wartete auf eine Zigarrenlieferung aus der BRD, die seit Wochen überfällig war. In manchen auf dem Schwarzmarkt angebotenen Zigaretten fand man Sägespäne.

»Du hast doch nichts dagegen?« Er steckte sich die Zigarette zwischen die Lippen.

Irene schüttelte den Kopf. »Möchtest du etwas trinken? Soll ich uns einen Bohnenkaffee machen lassen? Wir haben noch Bohnen übrig.«

Sie hatten mit dem zugeteilten Kakao Schokoespressobohnen herstellen lassen, die reißenden Absatz gefunden hatten und innerhalb kürzester Zeit ausverkauft gewesen waren. Leider konnten sie nicht nachliefern, weil es wieder nicht genügend Kakao gab.

Ihr Vater zog an der Zigarette und blies den blauen Rauch ins Zimmer. Eigentlich sah sie es nicht gern, dass er so viel rauchte, denn sein Herz war angeschlagen. Auch ihrer Mutter ging es nicht gut. Sie schien in einer ihrer depressiven Phasen zu sein, nur diesmal halfen weder die vom Arzt verordneten Tropfen noch ihr geliebtes Klavierspiel. Ada Mendel verbachte die Tage in ihrem abgedunkelten Zimmer, klagte über Kopfschmerzen und schrieb Briefe an ihre

Schwester Hedda und an ihren Sohn. Seit diesem Jahr durften die Gefangenen in den russischen Lagern auch Pakete empfangen. Ob sie den Inhalt auch wirklich erhielten, war eine andere Frage. Wenn nicht, durften sie es in ihren Briefen nicht erwähnen. Wer sich über die Zustände im Lager beschwerte, wurde hart bestraft. So viel wussten sie inzwischen von anderen Rückkehrern.

»Nein, danke. Sie haben Most enteignet.« Ihr Vater spielte nervös mit der Zigarette. »Most! Bis Kriegsende war Most der größte Schokoladenhersteller Deutschlands. Sie waren mit ihren Filialen die Vorreiter im Vertrieb. Die Dampf-Chocoladen- und Honigkuchenfabrik von Bernhard Most hat 1875 mit der Produktion begonnen, genau wie mein Großvater mit seiner Firma. Obwohl sein Vater ja schon als kleiner Konditor den Grundstein dafür gelegt hat.« Friedrich Mendel sah auf ein Schwarz-Weiß-Foto, das über seinem Schreibtisch hing und seinen Großvater vor dem ersten Ladengeschäft zeigte. »Ich erinnere mich noch an seine Werbeanzeigen: Bestellungen von allen Arten Kuchen, Torten, Baumkuchen, Desserts und Konfekte. Geschmackvoll und billig. Und dazu ein wohlsortiertes Lager an Honigkuchen, Cacao und Chocolade sowie Wachswaren.«

Mendel schüttelte kaum merklich den Kopf. »Harte Arbeit, Fleiß und Tradition haben uns und Most und Püpcke & Berner in Halle erfolgreich gemacht. Obwohl wir Konkurrenten sind, haben wir uns immer respektiert. Und jetzt kommen diese Sozialisten und machen alles kaputt!«

Die Neuigkeit traf Irene wie ein Schlag ins Gesicht. »Mein Gott! Wann?«

»Ich habe es eben von Heinrich erfahren. Er geht weg.« Ihr Vater zog hastig an seiner Zigarette.

Sie konnte sehen, wie nervös er war. Heinrich Gieseke arbeitete seit Jahren für die Most Schokoladenwerke und war ein Bekannter ihres Vaters. »Was heißt das, er geht weg?«

»Er will mit der Familie in den Westen. Aber das muss unter uns bleiben. Sie versuchen, zu retten, was zu retten ist, und werden in den nächsten Tagen die DDR verlassen.« Seine Stimme zitterte. »Warum tun sie das? Es kann doch nicht gut sein, alle Firmen zu verstaatlichen. Wer setzt sich denn ein für die Leute? Das sind doch wir Unternehmer. Wir haben soziale Absicherungen für unsere Arbeiter geschaffen, tragen das Risiko für Investitionen und das Fortbestehen der Firma und stehen mit Herzblut für unsere Firma ein.«

»Vielleicht sehen sie das ja noch ein. Wir sind alteingesessen, haben während des Krieges durchgehalten und schaffen auch jetzt die Anpassung an die knappen Zeiten. Das kann man doch nicht übersehen, das muss doch Anerkennung finden. Wir haben doch sogar einen Großauftrag von den Russen bekommen. Nein, nein, uns enteignen sie nicht, Vater!«, sagte Irene überzeugt.

»Meinst du wirklich, Reni? Na ja, wird schon gut gehen. Gott, ich weiß nicht, was ich sonst tun würde.« Der verzweifelte Unterton in seiner Stimme ließ Irene erschauern.

Sie ging zu ihm und drückte seinen Arm. »Vater, wir finden einen Weg. Egal, was passiert, wir kämpfen!«

»Du bist mir eine große Stütze, Reni. Ich weiß überhaupt nicht, was ich ohne dich täte.« Friedrich Mendel gab seiner

Tochter einen Kuss auf die Stirn. »Ich hoffe nur, Arno weiß das zu schätzen, wenn er dich zur Frau bekommt.«

»Vater, ich …«, begann Irene, doch das Telefon klingelte. »Entschuldige mich.«

Sie ging zu ihrem Schreibtisch und nahm den Hörer ab.

»Ein Fräulein Thulke für Sie, Fräulein Mendel. Soll ich durchstellen?«, fragte Frau Luegers.

Überrascht antwortete Irene: »Ja, bitte.«

Petra Thulke hatte sie noch nie in der Fabrik angerufen. Seit Petra in Berlin war, sahen sie sich kaum noch.

»Irene, bist du das?«, erklang Petras Stimme.

»Ja. Hallo, Petra, was gibt es denn?«

»Es tut mir leid, dass ich dich störe, aber es ist sehr wichtig! Ach …« Petra brach ab, und es hörte sich an, als ob sie weinte.

»Was ist denn passiert?«

»Paul ist … sie haben Paul abgeholt. Er ist im Roten Ochsen!«, brachte Petra schluchzend hervor.

»Nein!«, entfuhr es Irene, und ihr Vater sah sie alarmiert an. Sie legte die Hand auf den Hörer. »Es geht um Paul Thulke. Man hat ihn wohl verhaftet.«

Friedrich Mendel runzelte die Stirn. »Halt dich da raus, Irene. Das bringt nur Ärger.«

»Irene? Bist du noch dran?«, hörte sie Petra rufen.

»Ja. Warum, was genau ist denn geschehen?«

»Sie sind in die Saline gekommen und haben ihn einfach mitgenommen. Keine Anklage. Werner hat dann rumgefragt und erfahren, dass Paul tatsächlich im Roten Ochsen einsitzt. Das ist so furchtbar. Ach, Irene, ihr versteht euch doch gut.

Ich weiß, dass du Paul magst. Er spricht so oft von dir. Kannst du nicht helfen? Ich weiß nicht, wen ich sonst hier in Halle fragen kann. Und du warst doch wegen Edgar schon oft auf der Kommandantur.«

Die Erwähnung der russischen Kommandantur jagte Irene einen eisigen Schauer über den Rücken. Seit Oberst Bogdanow in der Fabrik gewesen war, hatte sie sich nicht mehr in die Kommandantur getraut. In der Stadt war sie dem Oberst nicht begegnet, was sie mit Erleichterung erfüllt hatte.

»Warst du denn schon im Roten Ochsen?«

»Sie lassen mich gar nicht vor! Da wirst du direkt am Tor abgewiesen und noch bedroht. Die leugnen, dass er dort ist, aber Werner weiß von einem Freund, dass sie Paul da festhalten. Das ist reine Schikane! Überall passieren solche Dinge. Sie wollen uns einschüchtern, damit wir schön brav die neuen Lieder singen. Joachim kann auch nicht helfen, der hat ja mit sich selbst genug zu tun.«

Irene überlegte fieberhaft, während ihr Vater den Kopf schüttelte und an seiner Zigarette zog.

»Bist du jetzt hier in Halle?«

»Ja, noch bis zum Wochenende. Dann muss ich zurück. Ich bin als Zweitbesetzung im Theater am Schiffbauerdamm angenommen worden. Eigentlich wollte ich mich freuen, und dann komme ich nach Hause, und Paul war fort!«

»Ich komme heute Abend ins Ibykus, Petra. Dann sprechen wir darüber, ja?«

»Danke, Irene. Bis später!«

Irene legte auf, und ihr Vater sagte: »Ich würde dir verbieten, heute Abend dorthin zu gehen, aber das kann ich nicht. Du bist erwachsen. Stattdessen bitte ich dich, an deine Familie zu denken, Irene.«

Friedrich Mendel warf seiner Tochter einen langen, eindringlichen Blick zu und ging hinaus.

»Was soll ich nur tun?«, flüsterte Irene und barg ihr Gesicht in den Händen.

26

Es fiel Irene schwer, sich auf die Arbeit zu konzentrieren. Sie notierte sich zwar, was für die Pralinen benötigt wurde, aber eigentlich wollte sie raus und sich für Paul einsetzen, als es an der Tür klopfte. »Herein!«

Frau Luegers trat ein. »Sie werden unten in der Fabrikationshalle gebraucht, Fräulein Mendel. Die Jeschkeit ist umgefallen!«

»Was? Um Himmels willen! Sie hat sich doch nicht verletzt?« Irene sprang auf und eilte hinaus. »Haben Sie einen Arzt gerufen?«

»Noch nicht. Wollen Sie nicht erst einmal nachsehen? Frau Maklewitz meinte, es wäre nicht so schlimm.«

Verärgert sagte Irene: »Ist Frau Maklewitz jetzt auch noch Ärztin?«

Seit die Vorarbeiterin in die Partei eingetreten war, war es öfters zu Unstimmigkeiten mit ihr gekommen, denn sie ließ sich regelmäßig für parteiliche Aktivitäten freistellen.

»Tut mir leid …«, meinte die Sekretärin, doch Irene winkte ab.

»Schon gut. Sie können ja nichts dafür.«

Als sie in die Halle kam, in der sich das Fließband befand, hatte man dieses angehalten, und die Arbeiterinnen in ihren Kitteln und mit Kopftüchern standen tuschelnd um eine am Boden liegende Frau herum. Die Maklewitz erwartete sie mit vor der Brust verschränkten Armen.

»Sehen Sie selbst, was passiert, wenn wir mehr arbeiten müssen, als wir schaffen können!«, begrüßte sie Irene anklagend.

Irene ignorierte die Vorarbeiterin, ging neben der jungen Frau in die Knie und tätschelte ihre Wange. »Hallo, Elli, sehen Sie mich an!«

Die Augenlider der jungen Frau, die ein hübsches, herzförmiges Gesicht hatte, flatterten und hoben sich. Grüne Augen schauten sie erstaunt an.

»Ah, da sind Sie ja wieder. Frau Maklewitz, holen Sie eine Schüssel mit kaltem Wasser und ein Tuch, und jemand gibt mir eine Decke oder ein Handtuch, was greifbar ist, aber schnell!«, befahl Irene. »Und was soll das Gegaffe!«, fuhr sie die übrigen Frauen an. »Gehen Sie alle zurück an die Arbeit! Der armen Elli können Sie durch dumm Herumstehen auch nicht helfen.«

Murrend verteilten sich die Frauen, das Fließband begann wieder zu rattern, und die übliche Geräuschkulisse erfüllte die Halle. Eine junge Arbeiterin reichte Irene ein Handtuch. »Bitte schön.«

»Danke!« Irene rollte das Handtuch zusammen und schob es Elli unter den Kopf, sodass dieser etwas höher lag. Dann kam auch schon Frau Maklewitz mit der Schüssel und dem Tuch.

»Eintauchen und auswringen.« Irene streckte die Hand nach dem kühlenden Lappen aus und legte ihn Elli auf die Stirn.

»Besser?«

»Ja«, flüsterte die junge Frau, die gerade achtzehn Jahre alt geworden war, wie Irene aus den Personalunterlagen wusste.

»Sind Sie auf den Hinterkopf gefallen, oder konnten Sie sich abstützen?«, wollte Irene wissen.

»Nein, mir war nur so schlecht, und dann bin ich in die Knie gegangen und dachte, ich leg mich lieber hin, bevor ich umfalle. Ich ...« Verschämt schloss Elli die Augen.

»Sie sind schwanger?«, mutmaßte Irene.

Elli biss sich auf die Lippe. »Ich fürchte, ja.«

Frau Maklewitz verdrehte die Augen. »Mädchen, du bist doch gar nicht verheiratet! Wer ist es denn?«

Ellis Augen füllten sich mit Tränen. »Griegor«, sagte sie so leise, dass man sie kaum verstehen konnte.

»Ausgerechnet der Flüchtling!« Die Maklewitz schlug die Hände über dem Kopf zusammen. »Deine Eltern werden sich freuen. Hat er denn wenigstens ehrliche Absichten?«

»Er weiß es ja noch nicht.« Tränen liefen Elli über die Wangen.

»So, nun stehen wir erst einmal gemeinsam auf.« Irene und Frau Maklewitz halfen der Schwangeren auf die Füße und brachten sie in den Personalraum, wo sie Elli auf einen Stuhl setzten.

»Wir fühlen Sie sich?«, wollte Irene wissen.

»Geht schon wieder. Ich kann auch weiterarbeiten, Fräulein Mendel.« Sie wollte aufstehen, wurde jedoch von Irene daran gehindert.

»Auf gar keinen Fall. Sie gehen nach Hause und lassen sich von einem Arzt untersuchen, wenn Sie das nicht schon getan haben?« Prüfend sah Irene die junge Frau an.

Die schüttelte den Kopf.

Frau Maklewitz schnaufte. »Typisch. Mit 'nem Kerl in die Kiste springen und von nichts eine Ahnung haben. Na ja, das eine kannst du ja ...«

Elli fing wieder an zu weinen. »Ich will doch meine Arbeit nicht verlieren. Ich bin gerne hier!«

»Das hättest du dir vorher überlegen müssen ...«, begann Gertrud Maklewitz, doch Irene unterbrach sie.

»Vorwürfe helfen uns jetzt nicht weiter. Das Kind ist bereits in den Brunnen gefallen, äh ... nun ja.« Der Vergleich war vielleicht etwas unpassend. »Geben Sie uns morgen Nachricht, was der Arzt sagt, Elli. Wenn er Sie für arbeitstauglich erklärt, dürfen Sie gern wiederkommen, aber wir werden Ihnen eine weniger anstrengende Arbeit zuteilen. Und vor allem sollten Sie mit Ihrem Griegor sprechen. So, wie ich Herrn Kasulke einschätze, denke ich, er wird das Richtige tun.« Irene schenkte der Unglücklichen ein zuversichtliches Lächeln.

»Danke, Fräulein Mendel, vielen Dank!«, murmelte Elli.

»Frau Maklewitz, begleiten Sie mich doch bitte ein Stück.« Irene verließ, gefolgt von der Vorarbeiterin, den Personalraum und blieb im Flur stehen.

»Nun haben es ja leider alle mitbekommen, aber ich bitte Sie, in Zukunft besser auf Ihre Kolleginnen zu schauen. Es wäre Ihre Aufgabe gewesen, dem Mädchen zu helfen. Sie sind die erste Ansprechpartnerin, und die Frauen sollten Vertrauen zu Ihnen haben. Bestenfalls wäre es dann nicht zu diesem Vorfall gekommen.«

Etwas weniger forsch als sonst antwortete Frau Maklewitz: »Das halte ich für übertrieben. Aber ich werde mich bemühen.«

Irene blieb hart. Sie mochte den harschen Ton nicht, in dem Frau Maklewitz mit ihren Kolleginnen umging, aber bisher hatte sie nichts gesagt, denn die Frau arbeitete schon lange für die Mignon-Schokoladen-Werke. »Sie erhalten mehr Lohn, weil wir Ihnen Verantwortung übertragen haben. Aber man muss auch beweisen, dass man dieser Aufgabe gerecht wird. Ich denke, wir haben uns verstanden. Danke, Sie können gehen.«

Mit einem Gesichtsausdruck, der nichts Gutes verhieß, ging Frau Maklewitz zurück in die Produktionshalle. Irene hatte jedoch andere Sorgen als die Befindlichkeiten einer verärgerten Arbeiterin, die sich in ihren Augen nicht korrekt verhalten hatte. So schnell sie konnte, erledigte Irene die wichtigsten Aufgaben und schaffte es dennoch erst um siebzehn Uhr, sich von Frau Luegers zu verabschieden. Sie hoffte, in der Kommandantur noch jemanden anzutreffen.

Ausnahmsweise hatte sie sich ein Taxi gerufen und ließ sich von der Delitzscher Straße über den Bahnhof, die Magdeburger Straße hinauf, am Gottesacker und der Universitätsklinik vorbei zur Kommandantur fahren. Sie entlohnte den Fahrer, der sie mitleidig ansah. In bestem Halleschen Dialekt sagte er:

»Na, Fräulein, ist immer ein schwerer Gang da rauf, was? Passen Sie auf sich auf!«

»Danke!« Irene warf die Wagentür zu, holte tief Luft und nahm die Schultern zurück.

Während sie auf das in den Dreißigerjahren erbaute, moderne Gebäude zuging, hoffte sie inständig, dass sie keinen Fehler machte. Wenn ihre Eltern erfuhren, dass sie hier gewesen und für Paul gesprochen hatte, und daraus ein Nachteil für die Schokoladenfabrik entstand, wäre das unverzeihlich. Sie kam an einem russischen Wachposten vorbei, der sie ignorierte, und öffnete die Tür des Haupteingangs.

Nur nicht Bogdanow begegnen, bitte, lass den Oberst irgendwo, aber nicht hier sein, betete sie und klopfte an die Tür des Sekretariats. Hier saß meist ein Unteroffizier, der Beschwerden und Anfragen aufnahm und weiterleitete.

»Voydite!«, erklang es herrisch.

Ihre Knie wurden weich, und ihre Handinnenflächen schwitzten. Sie räusperte sich und öffnete die Tür.

»Guten Tag!«

Ein junger russischer Offizier saß mit gelangweilter Miene hinter seinem Schreibtisch. Er tippte auf seine Armbanduhr.

»Ja, ich weiß, es tut mir leid, aber ich möchte Sie um etwas bitten. Können Sie mir sagen, wo sich Paul Thulke befindet? Er soll verhaftet worden sein.«

Der Offizier runzelte die Stirn und schob ihr einen Block und einen Füller zu. »Frau schreib Name auf!«

Sie schrieb Pauls Namen.

Der Russe las und sagte: »Dein Name auch.«

Sie tat wie befohlen, und der Offizier deutete auf einen Holzstuhl. Dann verließ er den schmalen Raum und schloss die Tür hinter sich.

Gehorsam setzte sich Irene und starrte auf die Wand, an der eine Karte von Halle hing. Halle, ihre Heimatstadt, ihr Zuhause, seit sie denken konnte. Hier war sie mit ihrem Bruder groß geworden. Edgar. Sie holte tief Luft. Wie es ihm gehen mochte? Der verdammte Krieg hatte alles kaputt gemacht. Dabei waren sie besser davongekommen als viele andere. Sie durfte sich nicht beklagen. Ihr Vater lebte noch. Ihr Vater, den sie liebte und verehrte. Er stand für Recht und Anstand und für die Schokoladenfabrik, die zu seinem Lebensinhalt geworden war. Sie war jung und konnte neu anfangen, wenn es sein musste. Für ihre Eltern war das nicht so einfach, und sie war sich ihrer Verantwortung der Familie gegenüber bewusst. Auch wenn ihre Mutter schwierig war, liebte Irene sie und verstand, warum sie oft launisch oder abwesend war. Ada Mendels Welt war untergegangen und ihre Mutter, Therese, ein Häuflein Elend. Ihre Großmutter bedauerte Irene am meisten. Es war ein Wunder, dass Therese noch lebte, aber vielleicht war sie innerlich tot.

Nein, sie durfte nicht selbstsüchtig sein und nur an sich denken. Liebte sie Paul? Unbewusst umspielte ein Lächeln ihre Lippen. Dieser stolze, gut aussehende, warmherzige Salzwirker. Aber alles für ihn aufgeben? Mit der Familie brechen, die Fabrik und ihren Vater im Stich lassen? Nein, das konnte sie nicht, und dennoch …

Es dauerte über eine Stunde, bis die Tür aufgestoßen wurde und der junge Offizier in Begleitung von niemand anderem als Oberst Bogdanow hereinkam. Irene erhob sich und war sich ihres schlichten, aber gut geschnittenen Kostüms bewusst, als Bogdanow sie musterte.

»Fräulein Mendel, tatsächlich. Ich war mir nicht sicher, ob Sie es wirklich sind.« Der Oberst sagte etwas auf Russisch zu seinem Untergebenen, dann zu Irene: »Folgen Sie mir.«

Als sie auf den Flur traten, in dem es sehr still war, überfiel Irene eine nie gekannte Angst.

»Herr Oberst, ich möchte Sie nicht weiter stören. Können Sie mir nur sagen, ob sich Herr Thulke im Roten Ochsen befindet?«

Sie blieb stehen, ängstlich in die langen Flure schauend, die sich vom Haupteingang aus erstreckten. Durch die Fenster fielen die letzten Strahlen der Abendsonne. Bald würde es ganz dunkel sein.

Bogdanow stand so, dass eine Hälfte seines Gesichts im Schatten lag, doch sie erkannte die Andeutung eines Lächelns. »Ich bin extra aus meinem Quartier herübergekommen, als man mir sagte, dass Sie in der Kommandantur sind. Zumindest eine Tasse Tee könnten Sie mit mir trinken.«

Nein, nein, dachte Irene. Wie hatte sie nur so töricht sein können, herzukommen?

»Ich kann Ihre Gedanken lesen. Aber Sie täuschen sich in meinen Absichten.« Er holte das silberne Zigarettenetui aus seiner Hosentasche und hielt es ihr hin. »Bitte.«

»Nein, danke.«

»Tja.« Er klopfte eine Zigarette gegen das Etui. »Entweder Sie nehmen meine Einladung an und erfahren, was Sie wissen wollen, oder Sie gehen nach Hause und fragen sich weiter, wo dieser Herr steckt. Ein Verwandter?«

»Ein Freund.«

»Ah.« Bogdanow zündete seine Zigarette an und beobachtete sie.

Irene überlegte hin und her, doch ihre Angst siegte. »Es tut mir leid, dass Sie sich meinetwegen herbemüht haben. Ich wünsche Ihnen noch einen angenehmen Abend.«

Die hellgrauen Augen blitzten auf. »Ich fahre morgen früh zurück nach Moskau. Bitte, seien Sie so freundlich und leisten Sie mir Gesellschaft. Sie haben nichts von mir zu befürchten.«

Warum sollte sie ihm glauben? Andererseits war es vielleicht die einzige Möglichkeit, Paul zu helfen. Sie nickte zögernd. Daraufhin deutete Bogdanow in den Flur, in dem sich, wie sie wusste, sein Büro befand.

Dort angekommen, bot ihr der Oberst einen Stuhl in dem spartanisch ausgestatteten Raum an, entzündete den Samowar auf einer Anrichte neben der Tür und stellte sich rauchend neben den Tisch.

»Ich habe Sie in der Fabrik mit Ihrem Vater beobachtet. Sie sind eine starke Frau und sehr schön«, sagte er plötzlich.

Irene schwieg und sah ihn wachsam an.

»Ihre Leute haben mein Land grundlos überfallen und grauenvolles Leid über uns gebracht. Meine Eltern und meine Schwester sind von Ihren Soldaten getötet worden. Meine Frau und meine beiden Kinder warten in Moskau auf mich.« Er holte ein Foto aus seiner Uniformtasche und hielt es ihr hin.

Überrascht und seltsam berührt betrachtete sie das Bild einer hübschen jungen Frau mit zwei Kleinkindern. Die drei befanden sich in einem Garten. Im Hintergrund war ein Holzhaus zu erkennen.

»Das war mein Elternhaus. Es ist verbrannt. Aber diese drei leben.«

Ihre Worte konnten angesichts des Unrechts, das deutsche Soldaten verübt hatten, nur hohl klingen.

»Es tut mir leid. Ich wünschte, wir hätten diesen Krieg nicht geführt«, flüsterte Irene und gab ihm das Bild zurück.

Das Wasser kochte, und Bogdanow goss Tee in zwei Gläser, gab Zucker dazu und reichte ihr eines.

»Ihnen glaube ich es sogar. Den meisten Ihrer Landsleute nicht.« Er blieb stehen und nippte an seinem Tee. »Wer ist dieser Thulke? War er in der SS?«

Sie schüttelte den Kopf. »Nein. Er ist ein Salzwirker, hat als Wehrmachtssoldat gekämpft und war kein Parteimitglied. Und das ist er auch jetzt nicht.«

Bogdanow trank seinen Tee und sah sie an. »Und was ist er für Sie?«

Sie schaute auf ihr Glas, bevor sie ihn direkt ansah und antwortete: »Für mich ist er das, was Ihre Frau für Sie ist.«

Er nickte langsam und ließ seinen Blick in eine Ferne schweifen, die ihr verschlossen blieb. »Vor dem Krieg habe ich russische Literatur an der Universität gelehrt. Mein Vater war Professor für Archäologie, und meine Mutter stammte aus einer aristokratischen Familie. Erst kam die Revolution, dann Stalin und dann der Krieg. So viel Blut, so viele Tote.

Was kann man aufbauen, wenn der Boden und die Seelen der Menschen mit Blut getränkt sind?«

»Ich hoffe, dass es eine Zukunft ohne Krieg gibt, dass wir daraus lernen«, sagte Irene leise.

Er stellte sein Glas ab und sagte: »Das hoffe ich auch.«

Sie erhob sich. »Ich danke Ihnen, Herr Oberst.«

Bogdanow stand nur eine Armlänge von ihr entfernt, und noch immer traute sie ihm nicht vollständig. Doch er lächelte.

»Ich bringe Sie jetzt hinaus.«

27

Zwei Tage waren vergangen. Irene dachte unentwegt an ihr Gespräch mit Bogdanow. Der Oberst hatte nichts versprochen, doch aus seinen Worten hatte sie den Eindruck gewonnen, dass er Gewalt und Krieg verabscheute und eine versöhnliche Geste als Brücke in eine friedliche Zukunft sah. Darauf baute sie.

»Irene, wo bist du mit deinen Gedanken?«, fragte ihr Vater, der neben ihr vor einer Kiste mit frisch gerösteten Kakaobohnen stand.

Sie tauchte ihre Hände in die warmen Bohnen und schnupperte. »Hm, mildes Aroma. Die sind nicht erstklassig, aber gut genug.«

Es war laut im Bereich der Röstmaschine. Ein Arbeiter kam mit einem Wagen, lud die gerösteten Bohnen auf und brachte sie zum Abkühlen. Von dort ging es weiter zum Einschüttkasten und den Brech- und Reinigungsmaschinen. Der gereinigte Kakao wurde dann in fahrbaren Kästen aufgefangen und durch Fallrohre den Kakaomühlen zugeführt. Im nächsten Schritt wurden schließlich Kakao und Zucker vermengt und in den Mélangeur gefüllt. Die einzelnen Arbeitsschritte waren fein aufeinander abgestimmt und das Temperieren und Abkühlen während des Prozesses eine heikle Kunst. Nachdem die Schokoladenmasse etliche Walzgänge durchlaufen und der Korndurchmesser bis auf 0,02 Millimeter verringert worden war, galt es, den zarten Schmelz herzustellen. Diesen erhielt die Schokolade erst durch das langwierige Conchieren.

Friedrich Mendel ging mit seiner Tochter zum Mélangeur, wo sie eine Probe entnahmen. Mit einem kleinen Löffel kosteten sie die feste dunkle Kakaomasse, die noch feinkörnig war.

»Das Sandige hat auch seinen Reiz. Mit den verschiedenen Texturen können wir bei Gelegenheit noch arbeiten, was meinst du, Vater?«

»Sicher. Aber die Leute wollen zarte, schmelzfeine Schokolade«, sagte Friedrich Mendel.

Irene dankte der Arbeiterin, die am Mélangeur stand.

Die Conche war das Allerheiligste, denn dort wurde die Schokoladenmasse bei Temperaturen von 80 Grad fließfähig gemacht, be- und entlüftet und die noch enthaltene Feuchtigkeit weiter verringert. Rodolphe Lindt hatte dieses Verfahren 1879 entwickelt und damit die Schokoladenherstellung revolutioniert. Lindt hatte herausgefunden, dass man der Schokoladenmasse mehr Feuchtigkeit entziehen musste, um zu verhindern, dass der Zucker kristallisierte. In der von ihm entwickelten Conche, was Muschel bedeutete, bewegten sich die Walzen über Granitböden, die Stirnwände der Tröge waren an den Oberkanten gekrümmt, damit das Überschlagen der Masse an den Stirnseiten eintrat.

Ihr Vater ließ sich eine Probe geben, kostete und gab den Teller an seine Tochter weiter.

»Noch etwas Vanillearoma und Zimt wären gut«, sagte Mendel und brach ab, als seine Tochter den Kopf schüttelte.

»Schwarzwälder Kirschwasser kommt wohl mit der nächsten Lieferung.« Irene hob die Schultern.

Mendel sagte zu der Mitarbeiterin an der Conche: »Geben Sie einen Tag dran.«

»Ja, Herr Mendel. Wenn nur der Strom nicht wieder ausfällt.« Die Frau war schon lange bei ihnen und kannte die Maschine. »Beim letzten Mal hatten wir Schwierigkeiten, sie wieder in Gang zu bekommen.«

»Dann holen Sie den Herrn Kühn oder den Kasulke, der hat sich inzwischen eingefuchst«, schlug Irene vor.

»Ist recht, Fräulein Mendel.« Die Frau konzentrierte sich wieder auf die Temperaturanzeige der Conche.

Irene begleitete ihren Vater durch die Halle zurück in sein Büro, wo er sich setzte und einen Stapel Briefe, die er bereits geöffnet hatte, betrachtete.

»Ich muss den ganzen Tag an Most denken. Noch liegen unsere Dokumente und das Rezeptbuch von Julius sicher unten im Tresor. Vielleicht sollten wir die Sachen fortschaffen. In den Westen schicken.«

Erschüttert hörte Irene, wie ihr Vater vom Allerheiligsten sprach, dem Vermächtnis ihres Onkels Julius Mendel, seinem Rezeptbuch, und den Familienakten.

Bevor sie antworten konnte, fuhr ihr Vater fort: »Tante Hedda hat geschrieben. Es geht ihr gut. Sehr gut! Ha, sie schwärmt vom Westen, von Onkel Kurt und seinen alten

Seilschaften und was die alles bewegen. Und natürlich will sie, dass Ada sie besucht.« Ihr Vater hob den Blick, in dem ein gepeinigter Ausdruck lag. »Ich bete darum, dass deine Mutter nicht fährt. Diese Hetzreden von Hedda gingen mir hier schon gegen den Strich. Wenn sie deine Mutter drüben beeinflusst, weiß ich schon, was ich mir dann anhören muss. Ich werde nicht in den Westen gehen!« Er schlug mit der flachen Hand auf den Tisch.

»Und wenn sie uns auch dichtmachen oder enteignen?«, gab Irene zu bedenken.

Kampfgeist loderte in seinen Augen auf. »Wir machen weiter. Egal, wie!«

»Du darfst dich aber nicht immer so furchtbar aufregen, Vater. Nimmst du deine Herztropfen?«

Sie machte sich Sorgen um ihn, denn auch wenn er sich stark gab, machte ihm die drohende Enteignung, die wie ein Damoklesschwert über allen privaten Betrieben hing, schwer zu schaffen.

»Renilein, mach dir um deinen Vater nicht so viele Gedanken. Wir haben den Krieg überstanden, da werden uns die Sozialisten auch nicht kleinkriegen.« Er strich sich über den Schnurrbart. »In diesem Jahr feiern wir meinen Geburtstag ganz groß. Und zwar hier in der Fabrik! Die gesamte Belegschaft soll mit uns feiern. Ich lade den Bürgermeister ein und die Feltens und wer sonst in Halle Rang und Namen hat.«

Ihr Vater hatte am ersten August Geburtstag. Bis dahin blieben ihnen also noch etwas über zwei Monate für die Vorbereitungen.

»Und die Herren Parteifunktionäre?«

»Die können mir gestohlen bleiben«, entschied Friedrich.

»Vater, ich weiß nicht, ob das klug ist.«

»Noch ist das meine Firma, und ich kann einladen, wen ich will. Es gibt doch viele Unternehmer vom alten Schlag, die sich freuen, wenn sie mal wieder zusammenkommen können, ganz wie in alten Zeiten.« Beflügelt von seiner Idee hob ihr Vater den Telefonhörer ab. »Ich leite jetzt einiges in die Wege. Um die Details kümmern wir uns gemeinsam.«

Kurz hielt er inne. »Gibt es noch etwas, das du mir sagen wolltest? Du hast vorhin so bedrückt ausgesehen.«

»Ach, eine Freundin hatte mich um einen Gefallen gebeten. Ihr Bruder hat Probleme mit den Genossen. Aber das klärt sich wohl bald auf.« Sie hatte nicht einmal gelogen.

»So? Na schön. Bis später, Reni.«

Irene nickte und ließ ihren Vater allein.

Nach Feierabend ging sie bei gutem Wetter gern zu Fuß nach Hause. Heute war es trocken und ein lauer Maiabend, der eigentlich in einen Biergarten einlud. Als Irene mit den Arbeitern durch das Fabriktor auf die Delitzscher Straße trat, sah sie eine vertraute Gestalt an ein Fahrrad gelehnt stehen.

»Paul«, flüsterte sie, nickte den Arbeitern zu, die ihr einen guten Abend wünschten, und ging zu ihm. Er war wieder frei!

Außer dass er ein wenig blass um die Nase war, wirkte er wie immer. Sein dichtes Haar fiel ihm in die Stirn, seine Augen waren voller Wärme, und sein Lächeln ließ ihr Herz höherschlagen.

»Darf ich dich nach Hause begleiten?«, fragte er.

Sie legte kurz ihre Hand auf seinen Arm und musste sich zurückhalten, ihm nicht um den Hals zu fallen. »Sehr gern.«

Die Angst der letzten Tage saß ihr noch in den Gliedern, und ihre Hände zitterten. Wie konnte sie nur glauben, dass sie ohne ihn leben könnte? Doch sie liefen schweigend so lange nebeneinanderher, bis sie außer Hörweite der Fabrikarbeiter waren. Dann erst fragte Irene: »Was ist passiert, Paul? Petra hatte mich angerufen und mir erzählt, dass sie dich verhaftet haben.«

»Ja, das stimmt. Eine merkwürdige Geschichte, aus der ich nicht ganz schlau werde. Da kamen zwei Männer vom Ministerium für Staatssicherheit in die Saline und haben mich ohne Erklärung mitgenommen. Vier Nächte habe ich im Roten Ochsen in einer Zelle verbracht. Zweimal haben sie mich in einen Verhörraum gezerrt, und ich musste genau erklären, mit wem ich in der Saline arbeite. Beim nächsten Mal wollten sie wissen, wer Petras Freund ist. Was ich über Max weiß. Ja, nichts weiter! Ich kenne ihn ja kaum. Und am Ende sollte ich der Partei beitreten, was ich abgelehnt habe.«

»Oh, Paul!«, entfuhr es Irene.

»Als sie mich dann wieder aus meiner Zelle geholt haben, die übrigens so winzig war, dass gerade eine Pritsche hineinpasste, hörte ich, wie in einem anderen Raum jemand schrie und weinte. Ich befürchtete schon Übles, doch ohne Kommentar haben sie mich dann auf die Straße gesetzt und gesagt, ich hätte wohl einflussreiche Freunde.« Paul blieb stehen. »Und jetzt frage ich mich, wer das wohl sein könnte.«

Bogdanow, war Irenes erster Gedanke, denn anders konnte sie es sich nicht erklären. Aber das konnte sie unmöglich Paul erzählen, er würde womöglich falsche Schlüsse ziehen. »Hat deine Schwester vielleicht jemanden …«

Paul schüttelte mit gerunzelter Stirn den Kopf. »Ich habe mit ihr gesprochen. Sie hat mir gesagt, dass sie dich um Hilfe gebeten hat.«

»Tja, also ich habe nur ein wenig herumgefragt, mehr nicht, Paul.« Sie lächelte ihn an, trat vor ihn hin und hob ihr Gesicht, sodass sie in seine goldgesprenkelten braunen Augen sehen konnte. »Ich bin so glücklich, dass sie dich haben gehen lassen.«

Das Fahrrad stand zwischen ihnen, und sie waren nicht unbeobachtet. »Ich muss dich allein sehen, Irene, bitte«, sagte er leise und strich kurz über ihre Wange.

»Als ich da drinnen eingesperrt war, habe ich nur an dich gedacht. Nach all den Schauermärchen, die sie über den Roten Ochsen erzählen, habe ich einen Abschiedsbrief geschrieben, den sie dir geben sollten, falls …«

Ihre Augen füllten sich mit Tränen. »Nicht, Paul, sprich nicht so. Lass uns zu den Eichhörnern gehen. Da können wir uns ungestört unterhalten.«

»Ich habe eine bessere Idee. Kannst du dich hinten draufsetzen? Nicht sehr komfortabel, aber so sind wir schneller.«

Sie trug zwar einen Rock, doch der hinderte sie nicht daran, sich auf den Gepäckträger von Pauls Rad zu setzen. Sie umschlang seine Hüften.

»Das ist beinahe wie früher!«

Er wandte den Kopf und schlingerte ein wenig beim Fahren, sodass sie ihn knuffte. »Sieh nach vorn!«

»Fällt mir schwer, wenn du mich umarmst.«

Irene lachte und ließ sich den Fahrtwind durch die Haare wehen. Als sie am Bahnhof vorbeikamen, glaubte sie, Arno bei einer Gruppe zu sehen, deren Koffer gerade abgeladen wurden. Rasch drehte sie den Kopf zur anderen Seite und drückte ihr Gesicht an Pauls Rücken.

28

Vor wenigen Stunden noch hatte er in einer engen Zelle gesessen und darüber nachgegrübelt, was er getan haben könnte. Ein wirklich plausibler Grund war ihm nicht eingefallen, außer dass er der Partei nicht beitreten wollte. Die Begegnung auf dem Friedhof war ein Vorgeschmack gewesen. Was hier gerade geschah, war Schikane, war das Drangsalieren von Bürgern, um sie auf die gewünschte Linie zu bringen.

Seine Schwester war an diesem Wochenende von Potsdam herübergekommen und genau wie seine Eltern und Joachim überglücklich gewesen, als er durch die Wohnungstür getreten war. Sein Bruder, der sich mit Gefühlsregungen zurückhielt, hatte ihn so fest umarmt wie schon lange nicht mehr. Petra hatte ihn nach der ersten überschwänglichen Begrüßung zur Seite genommen und ihm von ihrem Gespräch mit Irene berichtet. Und jetzt saß Irene, die Frau, die er liebte, hinter ihm auf seinem Fahrrad. Er könnte ewig so weiterfahren, nur um ihre Nähe zu spüren, ihren Duft zu riechen. Im Gefängnis hatte er sich ihr Gesicht vorgestellt, ihre Augen, die so frech und so zärtlich zugleich blicken konnten, und die

Licht- und Lärmfolter ertragen, mit der sie ihn gequält hatten.

Sie fuhren über den Thälmannplatz, unten an den Franckeschen Stiftungen vorbei und endlich über die Schieferbrücke hinüber auf die Pfännerschaftliche Saline. Das hier war sein Revier, der Boden gehörte der Brüderschaft, auch wenn die Sozialisten das anders sahen. Allen Brüdern war die erfolgte Eingliederung der Saline in die VVB Chemie, die Volkseigenen Betriebe, Gruppe Chemie, ein Dorn im Auge. Nur öffentlich äußerte man sich nicht dazu. Am Wochenende wurde nur gearbeitet, wenn Kohle geliefert wurde. Die Werksleitung war angehalten worden, bei Tag und Nacht, an Sonn- und Feiertagen eine Werksnotgemeinschaft bereitzustellen. Das galt nun auch für die Zustellung von Waggons für die Salzverladung. Nur wenige Stunden vor der Zustellung wurden sie in der Saline informiert und mussten mit harten Strafen und Standgeldern rechnen, wenn nicht sofort eingegriffen wurde. An diesem Wochenende jedoch waren die Salzwirker bei ihren Familien, oder sie feierten im Goldenen Herz oder der Grünen Tanne. Paul wollte keinen von ihnen sehen, nicht heute Abend.

Er fuhr am Tor der Saline vorbei, folgte einem Trampelpfad durch den dichten Baumbestand am Kotgraben entlang, der seinen Namen den Siedehütten der Halloren verdankte, den Koten, und weiter bis zum Saaleufer. Ein wenig versteckt gab es dort eine alte Hütte, die früher zum Hafenbereich gehört hatte, heute aber nicht mehr genutzt wurde.

Irene sprang vom Gepäckträger und sah sich um. Sie befanden sich auf einem schmalen Ausläufer der Salinenhalbinsel, der mit seinen frühlingsgrün blühenden Bäumen und dem sandigen Ufer beinahe idyllisch wirkte. Die Geräusche der Stadt klangen nur gedämpft herüber, und die Flussschiffer legten weiter oben an.

»Das ist ja richtig hübsch hier, Paul. Bringt ihr Halloren hier alle eure Mädchen her?« Sie streifte ihre Schuhe ab und tauchte einen Fuß in das noch kalte Wasser.

Paul lehnte das Rad gegen einen Baum und ging zu ihr. »Dann bist du mein Mädchen?«

Er griff nach ihrer Hand und zog sie mit einem Ruck, der etwas heftiger war als beabsichtigt, an sich. Doch sie wehrte sich nicht, sondern schlang die Arme um ihn und drückte ihn an sich.

»Ich hatte solche Angst um dich, Paul«, flüsterte sie.

Er fuhr ihren Rücken entlang, musste sie spüren, sich vergewissern, dass sie tatsächlich hier bei ihm war, und strich über ihre Wange, bevor er sie küsste. Sie schmeckte nach allem, was er sich je erträumt hatte, nach Leben und Freiheit. Sein Herz klopfte so laut, dass er glaubte, sie müsste es hören, aber vielleicht war es auch ihres, das sich seinem Herzschlag anpasste, denn ihr Kuss wurde inniger und die Hitze zwischen ihnen unerträglich.

»Komm mit!«

Willig folgte sie ihm in die Hütte, deren einziges Fenster nur einen Laden, aber keine Scheiben hatte. Die Tür ließ sich von innen verriegeln, und drinnen gab es nichts weiter als eine Werkbank, Holzreste, Säcke, alte Planen und einen Tisch. Mit einer groben Bewegung fegte Paul Werkzeuge und Pappe vom Tisch, zog seine Jacke aus und legte sie darauf.

Irene schien genauso atemlos und voller Lust wie er selbst, umarmte ihn, und gemeinsam stolperten sie zum Tisch, auf den er sie hob.

Es war ein Akt beiderseitiger Leidenschaft, ohne Finesse und Romantik, doch voller Hingabe füreinander. Er musste sich zurückhalten, um nicht sofort in ihr zu kommen, denn er wollte sie spüren, ihr schenken, um was sie ihn anflehte. Für einen Moment lag er auf ihr, küsste sie, streichelte ihren Körper, der so vollkommen war, dass er sie am liebsten ausgezogen hätte, doch dafür war hier nicht der richtige Ort. Er half ihr auf die Füße.

»Tut mir leid …«, begann er, doch sie legte ihm die Hand auf die Lippen.

»Sag das ja nicht. Wir haben das beide gewollt, und mir tut es nicht leid.« Sie knöpfte ihre Bluse zu und strich ihren Rock glatt. »Nicht im Geringsten.«

Er grinste. »Mir auch nicht. Aber ich hätte dich gern ganz für mich, nächtelang, immer. Ich kann nicht genug von dir bekommen, Irene Mendel, und es zerreißt mich, dass du diesen Fatzke heiraten willst.«

Seufzend fuhr sie sich durch die Haare. Ihre Wangen waren gerötet, ihre Haut erhitzt, und an ihrem Hals glänzte ein feiner Schweißfilm, dem er nicht widerstehen konnte und ihn küsste.

»Du bist unersättlich, Paul.« Doch sie bog ihren Hals zurück und seufzte, als er sie an sich zog und ihr einen langen, zärtlichen Kuss gab.

»Küsst dieser Arno dich so, wie ich dich küsse?«

Sie holte tief Luft. »Kann ich nicht sagen, so weit sind wir noch nicht gekommen.«

Erstaunt sah er sie an. Er hatte die Arme um ihre Taille gelegt, sodass er sie betrachten konnte. »Seid ihr nicht verlobt?«

»Die große öffentliche Verlobung soll im August stattfinden. Nach dem Geburtstag meines Vaters oder vielleicht auf seiner Feier. Ich könnte mir vorstellen, dass die Feltens das große Fest zum Anlass nehmen werden.«

»Das große Fest?« Er sah die Schatten um ihre Augen erst jetzt. Sie wirkte sorgenvoll.

»Mein Vater hat am ersten August Geburtstag, und er will an diesem Tag eine große Feier in der Fabrik veranstalten. Für alle. Die Belegschaft wird eingeladen, unsere Freunde und Bekannten. Geschäftsfreunde vor allem. Heute kam die Nachricht, dass Most enteignet wurde. Das hat ihn sehr getroffen.«

Sie legte eine Hand auf seine Brust. »Lass uns nach draußen gehen, hier drinnen ist die Luft furchtbar.«

Die Abendsonne tauchte den Fluss und die Ufer in weiches violettoranges Licht. Die Vögel zwitscherten, und von der anderen Seite war leise Musik zu hören. Paul setzte sich mit Irene unter einem Baum ins Gras. Er hielt sie in seinen Armen, diese Frau, die unerreichbar schien und doch zu ihm gehörte.

»Was haben sie mit dir gemacht, Paul?«, fragte sie plötzlich leise und reckte eine Hand, um seine Wange zu streicheln.

Er küsste ihre Fingerspitzen. »Sie haben mich aus der Saline geholt, mitten aus der laufenden Arbeit. Einfach so. Keine Begründung. Zwei Kerle, ich kenne sie nicht, und drinnen, im Ochsen, habe ich niemanden gesehen. Sie haben mich immer so geführt, dass ich ihre Gesichter nicht erkennen konnte. Wenn ich ihnen im Verhörraum gegenübersaß, haben sie mich so geblendet, dass ich nichts sehen konnte.« Er schloss die Augen in Erinnerung an die Tage der Gefangenschaft.

»Ich war noch nie eingesperrt. Ich möchte das ganz gewiss nicht noch einmal erleben. Es war schrecklich. Dieses Gefühl völligen Ausgeliefertseins. Es hätte sicher noch viel schlimmer sein können. Sie haben mich immer dasselbe gefragt, stundenlang. Das muss einen ja irre machen! Das habe ich ihnen auch gesagt, ob sie noch ganz bei Trost sind. Ich kann ja schlecht Geschichten erfinden, nur damit sie endlich zufrieden sind.«

»Ich bin so froh, dass sie dir keine Gewalt angetan haben«, sagte Irene. »Das haben sie doch nicht, oder?«

»Nein, das nicht. Ich denke, dass sie mir zeigen wollten, zu was sie imstande sind. Irgendwie hatte ich Glück. Warum, weiß ich auch nicht. Sie fragten immer wieder nach Petras Freund, diesem Max. Und ob ich weiß, was sie in Potsdam so treibt. Herrgott, sie ist eine junge Frau, eine Schauspielerin! Es ist doch normal, dass sie viele Leute kennenlernt und ausgeht. Irgendwann schienen diese Idioten das begriffen zu haben und fragten nach meinen Brüdern in der Saline. Wer schon in der Partei sei und warum ich noch nicht eingetreten wäre.«

Irene nickte. »Sie wollen uns zwingen. Wenn wir nicht gehorchen, bekommen wir das zu spüren.«

Er drückte seine Lippen gegen ihren Nacken und sagte:

»Ich hatte mir geschworen, mich nie wieder so vereinnahmen zu lassen wie unter den Nazis, nie wieder einer Partei beizutreten, und jetzt?«

»Wie stehen deine Eltern und Petra denn dazu? Und was sagt sie eigentlich über Max?«

Ein Entenpaar schwamm plätschernd an ihnen vorbei. Irene rieb sich die Arme, denn es wurde noch recht kühl abends. Paul legte ihr seine Jacke um und nahm sie wieder in die Arme – das war etwas, an das er sich gewöhnen könnte. »Sie ist verliebt in Max und hält große Stücke auf ihn. Was genau er alles macht, weiß sie auch nicht. Aber sie ist davon überzeugt, dass er nichts Unrechtes tut. Allerdings ist er kein Sozialist.«

»Oh, verstehe. Vielleicht spioniert er?«

»Wenn ich das wüsste. Aber ich kann ihr keinen Vorwurf machen. Sie ist ein schlaues Mädchen und wird wissen, was sie tut. Werner, ein Bruder aus der Saline, ist in die Partei eingetreten. Meine Eltern und auch Joachim noch nicht.«

»Noch nicht, hm?«, kam es zweifelnd von Irene. »Ich weiß auch nicht, wie lange wir uns noch gegen die neue Herrschaft stemmen können. Viele unserer Arbeiter sind schon eingetreten. Wir sind jung, wir können umdenken, uns anpassen, wenn es sein muss, aber ich weiß nicht, was mit Vater wird, wenn sie ihn enteignen.«

Paul seufzte. »Ach, Irene, wo soll das nur alles noch hinführen? Nur eine Sache ist gewiss.«

Er machte eine bedeutsame Pause.

»Und die wäre?«, fragte sie und drehte sich so, dass sie ihn ansehen konnte. Ihr Lächeln verriet, dass sie wusste, was er meinte.

»Dass wir uns lieben.«

Ihre Augen schimmerten verdächtig. »Wir sind hoffnungslos verliebt«, flüsterte sie.

»Nein, Irene, hoffnungsvoll.«

29

Paul stand im Flur vor dem Aufenthaltsraum der Saline und las, was die Werksleitung angeschlagen hatte. Beinahe täglich wurden sie mit neuen Maßnahmen bombardiert. Über jedes Vorkommnis, jede betriebliche Veranstaltung mussten nun Mitteilungen an die Abteilung Nachrichtenwesen der VVB Chemie gemacht werden. Vor allem aber forcierte die VVB Chemie die ideologische Schulung. So hatte die Personalabteilung wohl gerade wieder einen Haufen Broschüren von Walter Ulbricht mit dem Titel »Immer besser produzieren« erhalten, denn eine hing exemplarisch am Schwarzen Brett.

Paul schnaufte abfällig und steckte die Hände in die Taschen seiner Arbeitshose. Auf einem Blatt, das zur Beteiligung an der betrieblichen Schulung an diesem Nachmittag aufrief, war noch der Briefkopf der Preussag AG zu sehen. Die Papierknappheit war noch immer nicht behoben, genau wie auch die Lebensmittel noch immer rationiert und teils nur auf Karten erhältlich waren. In der BRD waren die Lebensmittelkarten in diesem Monat abgeschafft worden. So viel zum Sozialismus, dachte Paul.

Ein kameradschaftlicher Schlag auf die Schulter riss ihn aus seinen Gedanken. »Paul, mein Freund, was sinnierst du schon wieder?«

Werner war neben ihn getreten. »Gut, dass du wieder bei uns bist. Wir haben uns große Sorgen gemacht. Unter uns, Paul, was wollten sie denn von dir?«

Sie hatten sich seit seiner Entlassung aus der Haft noch nicht gesprochen. Doch hier, inmitten der Brüder, von denen manche den Genossen näherstanden als andere, wollte er nicht darüber sprechen.

»Später, Werner. Aber es geht mir gut.« Paul tippte auf die Schulungsnotiz. »Gehst du hin?«

»Das fragst du? Natürlich gehe ich hin, und du auch. Oder willst du, dass sie dich wieder abholen?« Werner senkte die Stimme: »Mann, Junge, wir müssen jetzt nach den neuen Spielregeln spielen. Sieh es ein. Und so schlimm ist es auch wieder nicht. Wenn du der Partei beitrittst und deine Kinder zur FDJ schickst, hast du nur Vorteile. Denk da mal drüber nach.«

»Du hast deine Ältesten also angemeldet?«

Nicht ohne Stolz sagte Werner: »Worauf du dich verlassen kannst! Die werden Pfingsten beim ›Deutschlandtreffen der Jugend für Frieden und Völkerfreundschaft‹ dabei sein. Und sie freuen sich sogar darauf, denn sie dürfen auch an die Ostsee fahren. Ich könnte mir das nicht leisten und bin froh, wenn sie mal was anderes sehen.«

Und hören, dachte Paul. Dass Werners Kinder nun von den Sozialisten umerzogen werden würden, schien Werner nicht weiter zu stören. So schnell konnte es gehen.

»Da ich keine Kinder habe, muss ich mich damit noch nicht befassen. Na schön, gehen wir da also heute Nachmittag hin. Ist ganz in Ordnung, dann muss ich die Pfannen nicht säubern.« Paul grinste.

»Jetzt lass uns essen. In der Kantine gibt es heute Selleriesuppe mit Bratlingen, gar nicht übel, wie die anderen sagen«, meinte Werner.

Als Paul am Nachmittag direkt nach seiner Schicht verschwitzt den Schulungsraum betrat, wurde er von einem Herrn in einem graublauen Anzug begrüßt.

»Schön, dass Sie hier sind, Herr Thulke.« Der Mann reichte ihm eine Broschüre.

Paul erstarrte, denn er kannte diese Stimme. Der Mann hatte ihm während der Verhöre einmal Fragen zu Petra und Max gestellt. Er ließ sich nichts anmerken, nahm die Broschüre und setzte sich in die letzte Reihe, wo er die Beine ausstrecken und aus dem Fenster sehen konnte. Verdammter Drecksack, dachte er und ließ das endlose Gerede vom Nutzen der sozialistischen Republik für die Gesellschaft und für den Einzelnen, vom Einsatz mit ganzer Kraft für den Arbeiter-und-Bauern-Staat, den Aufruf zur Verbesserung der Leistung, der kameradschaftlichen Zusammenarbeit, vom Achten des Kollektivs und so weiter über sich ergehen. Als er die Bäume vor dem Fenster sah, schweiften seine Gedanken endgültig ab. Er dachte ohnehin nur an sie, Irene.

Seine Geliebte, seine Irene, die Frau, mit der er alt werden und Kinder haben wollte. Da konnte sie von ihrer Verlobung, der Familienehre und der Fabrik reden, wie sie wollte, er wusste tief in seinem Inneren, dass sie diesen Fatzke niemals ehelichen würde. Das Schicksal konnte nicht zulassen, dass eine Liebe, die so tief und aufrichtig war wie die ihre, zum Scheitern verurteilt war. Sie hatte sich für ihn eingesetzt, war zur Kommandantur gegangen, ganz allein, und hatte mit den Russen gesprochen! Welche Frau, noch dazu aus der höheren Gesellschaft, hätte das für ihn getan?

Sie war wie eine Droge für ihn – ihre Haut, ihr Duft, ihre Leidenschaft, wenn sie sich liebten, machten ihn verrückt und glücklich zugleich. In der Sekunde, in der sie ihn verließ, sehnte er sich nach ihr, und er hoffte, dass es ihr genauso ging. Doch wenn er an ihren Abschiedskuss und ihre zärtlichen Worte dachte, war er davon überzeugt, dass sie ihn ebenso vermisste. Es musste einfach eine gemeinsame Zukunft für sie geben.

»Paul!« Jemand zupfte an seinem Hemd und weckte ihn unsanft aus seinen Träumen.

Er drehte den Kopf und fand sich Werner und dem Schulungsleiter gegenüber, der ihn mit ausdrucksloser Miene musterte. Er hatte die Arme vor der Brust verschränkt und stand eine Stuhlreihe vor Paul. Alle anderen waren bereits gegangen.

»Herr Thulke«, begann Herbert Schmidt. Den Namen des Mannes, der an seiner Inhaftierung beteiligt war, hatte sich Paul gemerkt.

»Herr Schmidt!« Paul zog die Beine ein und setzte sich gerade auf seinen Stuhl. »Verzeihen Sie mir, aber wir haben gerade eine Schicht hinter uns. Da bleibt nicht viel Energie für Ihre Ausführungen übrig.« Paul klopfte mit der Broschüre auf die Stuhllehne vor sich. »Hier steht ja alles drin. Lege ich mir unters Kopfkissen.«

Die Kiefermuskeln seines Gegenübers zuckten sichtbar. Kein gutes Zeichen, dachte Paul und lächelte freundlich.

»Herr Thulke, wir sind nicht zufrieden mit Ihrem Einsatz für unser Vaterland. Wir erwarten mehr von unseren Bürgern. Nur wenn wir alle gemeinsam wahrhaftige sozialistische Arbeitsdisziplin zeigen, können wir unser Land nach vorn bringen.«

Werner räusperte sich. »Herr Schmidt, wenn Sie erlauben, aber mein Freund hier hat eine harte Woche hinter sich, und die Arbeit in der Saline ist körperlich herausfordernd. Also sollte man nicht so streng mit ihm sein.«

»Sie verbürgen sich für Ihren Freund?«, wollte der Beamte der Staatssicherheit wissen, denn dass er zum Ministerium für Staatssicherheit gehörte, stand für Paul außer Frage.

»Aber ja! Paul, äh, Herr Thulke ist einer unserer besten Arbeiter! Ohne ihn könnten wir ein Siedehaus dichtmachen.« Werner kam richtig in Fahrt. »Sie fordern mehr Leistung, aber wir bekommen kaum Rohstoffe, und uns fehlt ein Drittel der alten Belegschaft. Wir bräuchten dringend neue Maschinen. Wie stellen Sie sich das eigentlich vor? Wir sind auch nur Menschen! Wir geben ja schon unsere ganze Kraft in die Saline. Das ist unser Leben! Wir sind die Brüderschaft der Salzwirker, und wir sind stolz darauf! Wir haben diese Saline über Generationen, Jahrhunderte aufgebaut und am Laufen gehalten. Was denken Sie eigentlich, was wir hier tun? Wir geben unser Herzblut für die Saline!«

Herr Schmidt wich einen Schritt zurück. »Ich wollte Ihnen nicht zu nahe treten, aber Sie verstehen, dass ich den Einsatz von Herrn Thulke nicht beurteilen kann, nachdem er noch immer nicht der Partei beigetreten ist und sich auch sonst zurückhält, wenn es um die Solidarität der Arbeiterklasse und aller Werktätigen geht.«

»Das wird sich ändern, nicht wahr, Paul?«, meinte Werner eindringlich und klopfte seinem Freund auf die Schulter. »Jeder braucht eben seine Zeit.«

Schmidt beobachtete Pauls Reaktion mit schmalen Augen. »Sie haben da einen guten Freund, Herr Thulke. Ich hoffe, Sie wissen das zu schätzen. Dann wollen wir heute mal ein Auge zudrücken.«

Paul wollte erwidern, dass dafür keine Notwendigkeit bestand, verkniff sich jedoch eine weitere provozierende Bemerkung und sah Schmidt zu, wie er den Raum verließ.

Als die Tür ins Schloss gefallen war, sagte Werner: »Paul, treib es nicht zu weit. Diese Herren verstehen keinen Spaß.«

»Ich weiß, Werner. Schmidt war einer von denen, die mich im Ochsen verhört haben. Ich habe seine Stimme erkannt.«

Werner wurde bleich und stammelte: »*So ä Sauhaggsch*, Paul, das wusste ich doch nicht.«

30

»Guten Morgen, Großmutter!«, sagte Irene und stellte eine Tasse Gerstenkaffee auf das Nachtschränkchen neben dem Bett von Therese von Borowski.

Seit Tagen wollte Therese nicht einmal mehr aufstehen, und es tat Irene in der Seele weh, die alte Dame allmählich dahinschwinden zu sehen. Sooft sie die Zeit fand, setzte sie sich zu ihrer Großmutter und las ihr vor. Am liebsten jedoch hörte Therese zu, wenn Irene von ihren Ferien auf dem Lilienhof erzählte. Es war egal, ob sie sich wiederholte, immer wenn sie von der weiten Landschaft am Kurischen Haff sprach, leuchteten die Augen der alten Dame auf.

Es war noch früh, gerade sechs Uhr, und die Sonne warf ihre ersten Strahlen durch das Schlafzimmerfenster, das nach Osten hinausging. Irene zog die Gardinen auf und öffnete das Fenster ein wenig, damit Therese das Vogelgezwitscher hören konnte. Während sie das tat, dachte sie an Paul, und ein Lächeln stahl sich in ihr Gesicht, nur für einen Moment. Sie zog sich einen Stuhl neben das Bett und streichelte die Hand ihrer Großmutter.

»Lass mich überlegen … Woran erinnere ich mich am

liebsten? Oh ja, die Sommer auf dem Lilienhof. Ach, das waren unbeschwerte Tage. Weißt du noch, die Julke? Die hübsche Magd, die in Jonusch, den Knecht, verliebt war? Dabei wollte doch ich so gern mit ihm auf dem Fest im Hof tanzen. Ich war gerade sieben, glaube ich.«

Als sie eine Pause machte, drückte die Großmutter ihre Hand, und Irene fuhr fort: »Da durfte ich zum ersten Mal allein auf einem Pony reiten. Edgar war dabei. Das muss der Sommer gewesen sein, bevor er auf das Internat kam. Oh, der Ledschi hat Rotz und Wasser geheult, und ich sollte es doch nicht sehen.« Ledschi war der Kosename ihres Bruders, der ein sensibler Junge mit einer musikalischen Begabung gewesen war. Das hatte nicht in das Weltbild von Tante Hedda und deren Gatten, Richard von Klawitz, gepasst.

»Ledschi hat das Pony geführt, und ich wollte doch so gern allein reiten. Wenn die Tante und die Eltern in der Nähe waren, ging das nicht, aber später habe ich es dann doch gewagt und bin auch prompt heruntergefallen.« Irene lachte. »Mein Sonntagskleid war zerrissen und schmutzig, und ich bin rein und habe versucht, es mit Wasser zu säubern. Was hat die Mutter geschimpft! Wir sollten an dem Tag nach Cranz ans Meer fahren, und das Kind war natürlich wieder der Grund für die verspätete Abreise. Cranz, das Seebad mit all den schmucken weißen Villen und der Promenade, und dann gab es da die Cranzer Flundern, die wir direkt von den Fischweibern gekauft haben. Was war das aufregend! Jetzt weiß ich es wieder – du und der Großvater, ihr habt immer eine Kiste eingekauft, und die Suske musste dann die Flundern in Butter braten und ihren berühmten Kartoffelsalat machen, und alle auf dem Gut haben das abends gegessen.«

Ihre Großmutter atmete schwerer und sah ihre Enkelin plötzlich sehr wach und aufmerksam an. Doch kein Wort kam über ihre Lippen. Die Ereignisse auf der Flucht hatten sie für immer verstummen lassen. Irene beugte sich vor: »Möchtest du dich aufsetzen, Großmutter?«

Die alte Dame sah sie weiter unverwandt an, und Irene schob ihr ein zweites Kissen in den Nacken und nahm die Kaffeetasse in die Hand. »Vielleicht einen Schluck Kaffee? Den hast du morgens doch so gern getrunken. Ich habe auch einen Schuss Sahne hineingegeben.«

Lebensmittel waren nach wie vor knapp, aber etwas Sahne für die Großmutter musste übrig sein, fand Irene. Wenn sie nur mehr Sahne für die Fabrik erhalten würden. Wie sollte man denn ohne Sahne und genügend Kakaobutter anständige Pralinen herstellen? Die Sahnekaramellfüllung war eine Spezialität der Mignon-Werke gewesen. Das Originalrezept befand sich handschriftlich notiert mit Julius' Rezeptbuch unten im Tresor der Fabrik. Viel zu lange hatten sie es nicht mehr hervorgeholt, und so, wie die Dinge sich entwickelten, würde es wohl auch noch dauern, bis sie wieder qualitätvolle, luxuriöse Trüffeln oder Pralinen herstellen konnten. Ein Jammer war es gewesen, zusehen zu müssen, wie der wundervolle belgische Kakao und alles, was sie daraus hergestellt hatten, zu einem Spottpreis abgeholt worden war. Und dafür waren die privaten Reserven ihres Vaters draufgegangen!

Ihre Großmutter öffnete den Mund und streckte die Hand aus. Irene half ihr dabei, etwas Kaffee zu trinken.

»Das tut gut, nicht wahr?« Sie tupfte der alten Dame mit einem Taschentuch den Mund trocken.

Klappernde Absätze auf dem Gang näherten sich, die Tür wurde aufgestoßen, und Ada Mendel kam herein. Sie trug eine hochgeschlossene weiße Bluse, einen Seidenschal und einen schmalen Rock.

»Herrgott, Irene, was machst du denn schon wieder! Wir wollen fahren«, sagte sie mit einem knappen Seitenblick auf ihre Mutter. »Das kann doch die Wilms machen. Soll sie ihr was aus der Zeitung vorlesen. Mutter?«, sagte Ada unnötig laut, denn Therese war nicht schwerhörig. »Gleich kommt Frau Wilms und liest dir vor. Wir müssen jetzt fahren, denn wir wollen raus in die Dölauer Heide.«

Irene fand es absolut überflüssig, extra in den Stadtforst hinauszufahren, um an einem der Frühkonzerte teilzunehmen, die ein beliebtes Ausflugslokal dort veranstaltete. Doch ihre Mutter schien das für unabdingbar zu halten, um den besten Ort für ihre Hochzeit zu finden.

»Früher hätten wir in unserem schönen Café in der Geiststraße gefeiert. Erinnerst du dich an den zauberhaften Kaffeegarten, Großmutter?«, fragte Irene, die an den flatternden Augenlidern sah, dass ihre Großmutter sie nicht gehen lassen wollte. »Die Nougatpralinen mochtest du besonders gern und die mit Mandarinenfüllung! Da mussten wir euch regelmäßig Kisten auf den Lilienhof schicken.«

Adas Miene versteinerte. »Hör auf damit!«, rief sie mit schriller Stimme. »Hör auf, hör auf! Ich will nichts mehr hören vom Lilienhof. Es tut weh, so furchtbar weh, und Mutter will das sicher nicht hören. Du stocherst in alten Wunden!«

Erstaunt sah Irene ihre Mutter an. »Du hast doch sonst immer vom Gut und den Pferden und allem gesprochen und wie sehr du es vermisst. Warum soll ich Großmutter nichts von früher erzählen? Es macht sie glücklich.«

»Ich kann das nicht mehr ertragen. Wenn wir es nur endlich zurückerhalten. Ich werde die Erste sein, die hinfährt, um zu sehen, was sie aus unserem Land, unserem Haus gemacht haben. Wenn überhaupt noch ein Stein auf dem anderen steht.« Adas Stimmung kippte ins Weinerliche, und sie griff sich an die Stirn. »Herrgott, du undankbares Kind. Jetzt spüre ich meine Migräne kommen. Deinetwegen müssen wir hierbleiben!« Ada verließ den Raum und rief auf dem Gang: »Frau Wilms! Ich brauche meine Medizin!«

Seufzend lehnte sich Irene in ihrem Stuhl zurück und streichelte die Wange ihrer Großmutter, die dem hysterischen Ausbruch ihrer Tochter mit großen Augen gefolgt war.

»Ich verrate dir jetzt etwas, Großmutter. Das muss aber unter uns bleiben, versprichst du mir das?«

Therese drückte ihre Hand, und Irene sagte sehr leise: »Gut, also, ich bin verliebt. Aber nicht in den Mann, den meine Eltern für mich ausgesucht haben. Das habe ich dir erzählt, du erinnerst dich? Der Sohn eines Arztes, selbst Arzt und ziemlich begütert. Er scheint ein anständiger Mann zu sein, aber ich liebe ihn nicht, sondern einen Salzwirker. Einen waschechten Halloren.« Sie beugte sich vor und flüsterte am Ohr ihrer Großmutter: »Er heißt Paul.«

Als sie sich aufrichtete und Therese anschaute, lächelte

diese. Ihre Großmutter, die seit Monaten nur teilnahmslos alles über sich ergehen ließ, lächelte! Nur für einen Augenblick, dann erlosch der Ausdruck in Thereses Augen, und sie wirkte wieder so abwesend, als weilten ihre Gedanken in einer anderen Welt. Irene erhob sich, drückte Therese noch einen Kuss auf die Stirn und sagte: »Er würde dir gefallen, Großmutter, und dem Ledschi auch. Ich muss jetzt gehen, aber ich komme später wieder.«

Erleichtert, dass die Fahrt in die Dölauer Heide nun ausfiel, machte sich Irene auf den Weg in die Fabrik. Das war ihr sowieso lieber, denn aus der Marketingabteilung waren ihr Entwürfe für eine neue Verpackung der Trockenmöhren vorgelegt worden. Das waren die gängigsten Produkte, die sie produzierten, aber ihr Herz hing nun einmal an der Schokolade.

Tief in ihre Gedanken versunken, spazierte Irene durch das erwachende Halle. Pferdefuhrwerke rollten über die gepflasterten Straßen, und ein Wagen wurde von einer Schar halbwüchsiger Kinder verfolgt. Sie sammelten die herunterfallende Kohle auf, um sie nach Hause zu bringen. Die mutigen unter den Jungen sprangen kurz auf den Wagen und warfen ihren Kumpanen Stücke hinunter, was zu harten Strafen führte, wenn der Kutscher sie erwischte. Irene glaubte jedoch, dass viele der Ausfahrer verständnisvoll beide Ohren und Augen zudrückten.

Vor einer Litfaßsäule blieb sie stehen, denn die Straßenbahn rollte heran. Eine junge und eine alte Frau hielten sich an den Händen und lasen die Zettel, die dort klebten: »Götz, melde dich, Lotte und Mutti sind in der Fleischer Straße!; Wer kennt Hinrich Müller, bitte melden bei A. Loerz, Bernhardystraße; Willi, wir sind mit Frau Hanke nach Berlin, frag bei Ralfs nach!; Wer weiß etwas über Hauptmann Frank Siemer? Im Januar 1950 vom Hospitallager 35 in Workuta nach Brianka gebracht …«

Die Zettel klebten übereinander, waren zerfleddert oder verblichen. Schicksale an einer Litfaßsäule, Lebenswege waren unterbrochen oder abgerissen, doch die Menschen waren voller Hoffnung, dachte Irene, als sie hörte, wie die junge Frau von der Älteren getröstet wurde: »Lämmchen, er kommt schon wieder. Nicht weinen, noch ist ja nicht alles verloren.«

»Waren Sie schon auf der Kommandantur und beim Suchdienst vom Roten Kreuz?«, schlug Irene vor.

»Ja, wir haben es überall versucht und hatten schon Hoffnung. Mein Schwiegersohn war krank, kam wohl nach Saporosche«, sagte die Ältere.

»Mein Bruder ist in Saporosche. Wie heißt denn Ihr Schwiegersohn?«

»Hans Liebig«, antwortete die ältere Frau und sah Irene gebannt an. »Sie wissen etwas?«

Hätte sie doch nur geschwiegen, dachte Irene, die sich sofort an Edgars Brief erinnerte, und schüttelte den Kopf. »Nein, aber ich werde meinen Bruder im nächsten Brief nach Ihrem Hans fragen. Wo finde ich Sie?«

»Buddestraße«, erwiderte die Frau und nannte auch die Hausnummer. »Im Hinterhof wohnen wir, vorn die Flüchtlinge.«

»Wenn ich etwas höre, melde ich mich.« Irene nickte und ging weiter. Edgar hatte zwar von einem Hans geschrieben, aber ohne den Nachnamen zu kennen, durfte sie ja nichts sagen. Hans war ein geläufiger Name, es konnte also auch ein ganz anderer sein.

War es besser, Gewissheit zu haben, auch wenn man vom Tod des geliebten Menschen erfuhr? Irene wusste keine Antwort auf diese Frage. Vielleicht war es besser, wenn man länger hoffen konnte. Sie wollte hoffen, und sie war davon überzeugt, dass ihr Bruder nach Hause kommen würde. Und was war mit all den Flüchtlingen, denen es viel schlechter ging als ihnen, die sie in ihrer Stadt hatten bleiben können?

Eine Frau kam mit einem Korb aus einem Hauseingang, schaute sich verstohlen um und verschwand in Richtung Hallmarkt. Der Schwarzmarkt war zwar verboten, aber überlebensnotwendig. Ein russischer Soldat ging mit missmutiger Miene auf der anderen Straßenseite an ihnen vorbei. Entwurzelte, überall. Sie dachte an ihre letzte Begegnung mit Bogdanow. Ob er Pauls Haftentlassung tatsächlich veranlasst hatte, würde sie nie erfahren.

Schließlich sprang sie doch in eine Straßenbahn. Die Fabrikgebäude waren markante Punkte in Büschdorf, wo die Delitzscher Straße lag. Nachdenklich stand Irene vor dem lang gestreckten Fabrikgebäude, das vor vierundfünfzig Jahren erbaut worden war. Die Firma war bereits 1804 gegründet worden und hatte in der Geiststraße 1 mit einer Konditorei und dem Café David ihren Anfang genommen.

Irene konnte ihren Vater so gut verstehen. Das hier war nicht irgendeine Fabrik, es waren keine leblosen Steine, sondern das Werk seiner Familie und der Familie David. Doch wenn sie den Sozialisten Glauben schenken sollte, bedeutete das alles plötzlich nichts mehr.

31

Mignon-Schokoladen-Werke stand über dem Tor. Reklametafeln priesen Mignon-Süßigkeiten an. Mignon-Schokolade, Pralinen, Überzugsmasse und Kakao sind Höchstleistungen, war auf einem Plakat zu lesen, das auch als Anzeige in Magazinen und Zeitungen zu finden war. Irene blieb stehen und entschied sich, über das Fabrikgelände zu gehen, bevor sie das Hauptgebäude betrat.

Der große Schornstein dampfte noch nicht. Es hatte Zeiten gegeben, da hatte man ständig Dampf aus dem Schornstein steigen sehen, doch die waren vorbei. Vor allem die weiterhin schwierige Lage der Brennmittelbeschaffung war ein Problem. Die ersten Arbeiter kamen mit müden Gesichtern durch das Tor und machten sich auf den Weg in ihre Hallen, wo es Umkleideräume gab. Die Fabrik verfügte über eine Wäscherei, eine Kantine und eine Werkstatt, die durch Beschlagnahmungen einige wichtige Gerätschaften hatten einbüßen müssen.

Irene betrat das Lager, in dem sich zu guten Zeiten Holzkisten und Säcke mit Kakao aus Afrika und Südamerika, Zucker, Nüsse, Sultaninen, Trockenfrüchte und beste Kakaobutter gestapelt hatten.

»Ein Trauerspiel ist das«, murmelte sie und hätte beinahe den jungen Mann übersehen, der den kläglichen Bestand an Kakaobohnen auf einem Klemmbrett notierte.

»Guten Morgen, Herr Kasulke!«, rief Irene.

»Guten Morgen, Fräulein Mendel. Ich inventarisiere. Ist ja nicht viel, aber es muss dennoch gemacht werden.« Griegor Kasulke sah sie freundlich an.

»Immer fleißig, immer einer der Ersten«, lobte Irene ihn, der verlegen mit seinem Bleistift spielte.

»Na ja, ich habe ja jetzt mehr Verantwortung«, sagte er noch verlegener, doch nicht ohne Stolz.

»Ich weiß es von Elli. Sie werden bald Eltern. Ich hoffe doch, dass Sie unsere Elli zu einer ehrbaren Frau machen?«

»Ich habe sie schon gefragt, aber es ist nicht so einfach, beim Standesamt einen Termin zu bekommen. Meine Geburtsurkunde ist in der Heimat geblieben.« Er hob die Schultern. »Was soll ich machen? Da komme ich nicht mehr dran. Die schlagen mich tot, wenn sie mich da wieder sehen. Nee, da gehe ich nicht wieder hin.«

»Woher genau stammen Sie? Ein Teil meiner Familie kommt aus dem Samland. Unser Besitz dort ist auch verloren.« Sie konnte ihn verstehen.

»Großen Besitz hatten wir nicht, aber ein kleines Haus und einen Garten in Kattowitz. Das war genug zum Leben. Ich hätte vielleicht noch ein Pferd gekauft und ein Feld dazugepachtet.« Wieder zuckte er nur mit den Schultern. »Ich bin am Leben, viele andere nicht. Und ich habe hier Arbeit gefunden. Dafür bin ich Ihnen dankbar.«

»Wir brauchen Mitarbeiter wie Sie, Herr Kasulke. Ich werde mal mit der Personalabteilung sprechen, was man wegen der Geburtsurkunde machen kann. Es muss dafür schließlich eine Lösung geben.«

»Danke, Fräulein Mendel!«

Den frühen Vormittag verbrachte Irene über den Auswertungen von Analysen des neuen Kakaos und einiger Süßwaren, die Dr. Matzinger Ihnen endlich geschickt hatte. Matzinger war Nahrungsmittelchemiker und arbeitete für ein öffentlich chemisches Handelslaboratorium der Handelskammer zu Halle. Außerdem war er Bakteriologe und machte Untersuchungen aller Art, so ließ es sein Briefkopf verlauten.

Jedem Produkt, das auf den Markt kam, lag eine solche Analyse zugrunde. Beim Kakao kam es auf den Gehalt an Feuchtigkeit, Fett, Stickstoff und Mineralstoffen an. Alle Analysen waren hier gut ausgefallen. Matzinger bestätigte einen vorteilhaft entfetteten Kakao mit gutem Aroma und hatte keine Keime und Bakterien gefunden. In alten Akten fanden sich die Analysen hochwertiger Kakaosorten aus Thomé, Samana und Bahia. Ihr Vater hatte alle Unterlagen archiviert und früher gern die Bestandteile der unterschiedlichen Sorten miteinander verglichen. Irene legte den Ordner zur Seite. Dazu bestand derzeit keine Notwendigkeit, denn sie konnten sich freuen, dass es überhaupt Kakao gab.

Es klopfte, und Frau Luegers stürzte aufgeregt herein.

»Fräulein Mendel, kommen Sie schnell! Da sind Herren

von der Volkskontrolle und wollen unser Kartoffelmehl beschlagnahmen.«

»Wie bitte? Wo ist mein Vater?« Irene war aufgesprungen und folgte der Sekretärin in den Gang.

»Ihr Herr Vater hat sich zu einem Termin mit Herrn Dr. Felten abgemeldet. Der Herr Prokurist ist im Haus. Soll ich den dazuholen?« Frau Luegers hatte schon viel mit ihnen erlebt und dachte praktisch.

»Ja, das ist eine gute Idee. Als Frau wird man ja doch nicht so ganz ernst genommen«, meinte Irene und grinste schief, obwohl ihr gar nicht zum Lachen zumute war. Ihr Vater traf sich mit Dr. Felten, obwohl sie die Fahrt in die Dölauer Heide doch abgesagt hatten. Das konnte nur Ärger für sie bedeuten, dachte Irene seufzend und machte sich auf den Weg in die Produktion der Lebensmittelersatzerzeugnisse.

Sie eilte durch die Gänge der Fabrik, die ihr so vertraut waren, dass sie ihren Weg auch blind gefunden hätte. Bevor sie die Stahltreppe hinunterlief, schaute sie in den Hof, wo ein Lastwagen stand, der von zweien ihrer Arbeiter beladen wurde. Und wenn sie das richtig sah, wurde Material aus ihren Beständen aufgeladen! Ihre Schritte hallten auf den metallenen Stufen durch das Warenlager, und die Männer, die dort vor den Regalen standen, drehten sich zu ihr um. Einer von ihnen war ihr Werksleiter, Herr Kühn, und die anderen beiden waren in ihren Anzügen unschwer als Amtspersonen zu identifizieren.

»Ah, da kommt Fräulein Mendel, unsere Juniorchefin. Dann klären Sie das mal direkt mit ihr!«, rief Herr Kühn und machte eine entschuldigende Geste. »Tut mir leid, die Herren lassen sich nicht von ihrem Tun abhalten.«

Irene trat zu ihnen, und als einer ihrer Arbeiter vom Lastwagen zurück in das Lager kam, hob sie die Hand. »Aufhören! Das wird hier erst einmal geklärt.«

Der Mann nickte und hockte sich auf eine Kiste. Er führte nur Anordnungen aus.

»Fräulein Mendel, guten Tag!«, sagte einer der Herren, der nicht größer war als sie selbst. Auf seiner Wange war ein Schmiss zu sehen, und sein rasierter Kopf hatte die Form eines Eis.

»Ob das ein guter Tag ist, bezweifle ich. Was bitte tun Sie hier? Und vor allem, warum, ohne uns vorher zu informieren? Haben die Russen nicht schon alles mitgenommen? Wir kommen hier gerade zurecht, um überhaupt noch produzieren zu können!«, warf sie den unerwünschten Besuchern scharf entgegen.

»Mein Name ist Heidemeyer, und das ist mein Kollege, Herr Schmidt. Wir vertreten die Volkskontrolle.« Er holte ein Notizbuch hervor. »Es ist beschlossen worden, dass die Mignon-Schokoladen-Werke zur Abgabe von 60 Kilogramm Kartoffelmehl, 15 Kilogramm Kakaobohnen, 80 Leichtmetall-Töpfen, 15 Paar Holzschuhen, 20 Paar Gummi-Überschuhen und 1000 Stück Kerzen verpflichtet sind.«

»Ach ja? Und warum? Alle unsere Waren sind ordentlich beantragt, verzeichnet und bewilligt worden.« Irene konnte die selbstgerechten Kerle in ihren Anzügen nicht ertragen. Was wussten die schon vom Führen eines Unternehmens von der Größe der Mignon-Werke?

Jetzt meldete sich Herr Schmidt mit leiser Stimme zu Wort. »Sie haben gegen die neuen Auflagen verstoßen, und das ist die Strafe.«

»Erklären Sie das genauer. Welche Auflagen?«, verlangte Irene zu wissen und war froh, als endlich Herr Müller zu ihnen kam.

»Herr Müller, unser Prokurist. Wenn einer über die aktuellen Vorschriften Bescheid weiß, dann er«, stellte sie ihren Mitarbeiter vor.

Herr Müller hatte schlohweißes Haar und benötigte aufgrund einer Kriegsverletzung einen Gehstock. Auf den ersten Blick mochte er älter und angegriffener aussehen, als er war, auf seine Fachkenntnis war jedoch Verlass.

»Guten Tag, die Herren. Um was geht es hier?« Der Prokurist war in seinem dunklen Anzug mit der akkurat sitzenden Fliege und dem eleganten Gehstock eine Erscheinung.

Die neuen Volksvertreter jedoch blieben unbeeindruckt, und Heidemeyer zog ein amtlich aussehendes Dokument aus der Tasche. Nachdem der Prokurist es überflogen hatte, sagte er: »Bevor die Sachlage nicht hinreichend geklärt ist, verladen Sie hier nichts mehr. Ich werde jetzt sofort mit dem Oberbürgermeister telefonieren, und dann sehen wir weiter.«

Heidemeyer sah seinen Kollegen an und erwiderte, nachdem der nur mit den Schultern zuckte: »Machen Sie Ihren Anruf.« Und zu Irene sagte er: »Bringen Sie uns doch bitte eine Tasse Kaffee oder Kakao, daran sollte es bei Ihnen schließlich nicht mangeln.«

Irene überhörte die unverschämte Forderung und

wandte sich ihrem Prokuristen zu. »Lassen Sie uns das kurz klären. Ich begleite Sie, Herr Müller.«

Wäre sie ein Dampfkochtopf, dann wäre sie jetzt explodiert. Nach ein paar Schritten fragte sie leise: »Was stand in dem Dokument?«

Der Prokurist stützte sich schwer auf seinen Stock und benötigte etwas länger, um die Treppe hinaufzusteigen.

»Man wirft Ihnen die Hortung von bewirtschafteten Waren vor und auch, dass Sie Ölsaat ohne Genehmigung hätten schlagen lassen«, antwortete Müller leicht außer Atem.

»Aber das stimmt doch nicht! Ich weiß ganz genau, dass wir von Kleinstbauern Ölsaat zur Ölgewinnung ankaufen dürfen! Und was soll das mit der Hortung? So ein Unfug!«, entrüstete sich Irene.

»Nicht aufregen, Fräulein Mendel. Lassen Sie sich vor denen nichts anmerken. Da helfen nur Belege und vielleicht ein gutes Wort von richtiger Stelle. Ihr Herr Vater kennt doch den Oberbürgermeister. Wenn er mal mit ihm sprechen könnte? Was meinen Sie?«

Irene wollte dem Prokuristen ihren Arm geben, doch der lehnte ab. »Darin habe ich nun schon Übung. Danke, Fräulein Mendel. Während ich telefoniere, könnten Sie mit Frau Luegers sprechen, dass sie die entsprechenden Genehmigungen heraussucht.«

Frau Luegers erwartete sie schon nervös und begann sofort, nach dem Gewünschten zu suchen. Irene rief bei sich zu Hause an, erreichte jedoch nur Frau Wilms.

»Frau Mendel will nicht gestört werden. Sie hat ihre Migräne«, sagte sie leise, als fürchtete sie, ihre Hausherrin zu stören.

Irene musste sich nicht anstrengen, um sich vorzustellen, wie ihre Mutter sich heute morgen aufgeführt hatte. »Wie geht es meiner Großmutter?«

»Sie schläft, aber sie hat kaum etwas gegessen. Ich habe mir wirklich Mühe gegeben. Nicht mal die Grießklöße, die sie so gern mag, wollte sie zu sich nehmen.«

»Danke, dass Sie sich so viel Mühe geben, Frau Wilms. Ach, wissen Sie, wo mein Vater heute hinwollte? Ich müsste ihn dringend sprechen und weiß nur, dass er sich mit Dr. Felten treffen wollte.«

»Nein, da kann ich nicht helfen, tut mir leid.«

»Hätte ja sein können. Auf Wiederhören.«

Irene starrte auf ihren Schreibtisch. 60 Kilogramm Kartoffelmehl und 15 Kilogramm Kakaobohnen und dann noch die Töpfe! Wollte man die Fabrik Stück für Stück kaputt machen? Sie demoralisieren, damit sie von selbst aufgaben? Energisch schlug Irene mit der Hand auf den Schreibtisch. Nicht mit ihr! Und wenn ihr Vater hier gewesen wäre, hätte er diese Leute schon in ihre Schranken gewiesen. Das war ihm bisher immer gelungen, selbst während des Krieges. Doch sie spürte auch, dass es diesmal anders war, dass sich die Schlingen des neuen Netzes langsam zuzogen.

32

Von ihrer mageren Gage hatte Petra etwas Zucker, Mehl und Milch gekauft. Daraus wollte sie für Frau Lehmann ein Mittagessen kochen. Die arme Frau litt wieder einmal unter schwerem Rheuma, und Max war nicht da. Seit Paul aus der Haft entlassen worden war, hatte sie Max nicht gesehen. Ein wenig beschämt, dass sie nicht mehr hatte kaufen können, ging Petra mit einem kleinen Blumenstrauß, den sie im Park gepflückt hatte, die Treppen hinauf.

Leonore Lehmann öffnete ihr die Tür. »Oh, Petra, wie schön, Sie zu sehen. Aber Max ist nicht da.«

»Ich weiß«, sagte Petra und trat an Frau Lehmann vorbei in den kleinen Flur. »Haben Sie schon gegessen?«

Max' Mutter ging sehr behutsam wieder in ihr Wohnzimmer, setzte sich in einen Sessel und zog eine Decke über ihre Knie. »Entschuldigen Sie mich, aber alles schmerzt, und mir ist kalt.«

Petra stellte ihre Tasche ab und gab Frau Lehmann einen Kuss auf die Wange. »Haben Sie noch Medikamente? Ich kann etwas für Sie holen, sagen Sie mir nur, was Sie benötigen. Die habe ich Ihnen mitgebracht.« Sie grinste verschwörerisch. »Die sind aus dem Park.«

Frau Lehmann lachte. »Ach, Sie liebes Kind! Danke schön! In der Küche finden Sie ein Glas. Gegessen, ja, ein wenig. Ich habe keinen Appetit, und manchmal denke ich, es wäre besser, ich hörte auf zu essen, dann hätte das Elend endlich ein Ende.«

»Aber so dürfen Sie nicht reden! Max wäre untröstlich, er liebt Sie doch so sehr!« Petra sah sich um und entdeckte eine braune Flasche mit einem verwischten Etikett. »Haben Sie noch genug Lavendelöl? Das hilft Ihnen doch ein wenig, nicht wahr?«

Petra entkorkte die Flasche, die noch einen angenehmen Duft verströmte, jedoch leer war.

»Es ist nichts mehr da. Früher habe ich mir alles selbst zubereitet. Wir hatten damals einen Schrebergarten. Da habe ich Lavendel, Brennnesseln und Johanniskraut angebaut. Und Tomaten und Gurken hatten wir, dass es eine Freude war. Und Max hat sich immer am meisten auf den August gefreut, wenn unser Apfelbaum getragen hat. Ach ja.« Traurig betrachtete Frau Lehmann ihre verkrümmten Hände.

»Passen Sie auf, ich koche Ihnen jetzt was aus meiner Heimatstadt. Das hat meine Mutter uns immer zubereitet. Es ist nahrhaft und lecker. Mehlmus, kennen Sie das?«

»Mehlmus? Ja, mit eingekochten Früchten haben wir das gegessen.« Die Augen der kranken Frau leuchteten kurz auf.

»Heute muss es der Zucker tun, es sei denn, Sie haben noch ein Glas Eingemachtes?«

»Gehen Sie nur in die Küche, Petra, und nehmen Sie sich,

was Sie brauchen. Ich weiß gar nicht, ob noch genug Kohle für den Herd da ist.«

»Ja, aber wie kochen Sie denn?«, fragte Petra besorgt.

»Meine Nachbarin hat mir etwas gebracht. Aber vor drei Tagen ist sie verreist. In den Westen, hat sie gesagt. Ich weiß nicht, wann sie zurückkommt.«

»Und da war Max schon fort«, murmelte Petra leise. Die arme Frau hatte also seit drei Tagen nichts Warmes zu sich genommen.

»Das konnte er doch nicht wissen. Er dachte, ich bin versorgt. So ein guter Junge, fleißig ist er und bringt mir immer etwas mit von seinen Reisen«, verteidigte Frau Lehmann ihren Sohn.

Petra konnte die kranke Frau verstehen. Max war alles, was sie hatte, und dass die Nachbarin plötzlich verreiste, hatte er nicht ahnen können.

»Hätte Ihre Nachbarin denn nicht für Ersatz sorgen können?«

Frau Lehmann seufzte. »Das ging ja so schnell. Sie hat frühmorgens bei mir hereingeschaut, mir den Schlüssel gegeben und gesagt, dass sie verreist und nicht weiß, wann sie zurück ist. Kranke Verwandte.«

Was wohl dahinterstecken mochte, dachte Petra und nahm ihre Tasche und die Blumen mit in die Küche. Sie fand noch einen Rest Kohle, mit dem sie den Herd befeuerte, kochte zuerst eine Kanne Tee mit Pfefferminzblättern, die sie in einer Dose fand, und brachte Frau Lehmann eine Tasse. Für die Blumen fand sie ein großes Glas und stellte es auf den

Wohnzimmertisch, auf dem eine handbestickte Decke lag. Alles wirkte bescheiden, doch ordentlich und sauber.

»Danke, mein Kind, danke!« Leonore hielt die Tasse mit beiden Händen und schnupperte an dem heißen Tee. »Pfefferminz, hm, ja, der ist gut.«

Nun erhitzte Petra Milch in einem Topf, gab eine Prise Salz dazu und rührte das Mehl unter, bis eine schleimige Masse entstand. Diese füllte sie in zwei Teller, streute Zucker darüber und fand tatsächlich noch ein Glas mit eingekochten Kirschen. Sie gab Kirschen und etwas Saft zu dem Mehlmus und servierte die duftende Speise im Wohnzimmer.

»Damit bin ich groß geworden«, sagte Petra und gab Frau Lehmann einen Löffel. »Guten Appetit!«

Sie hatte sich einen Stuhl an den Tisch gezogen und begann, mit Appetit zu essen. Als Kinder hatten sie gern eingekochten Holunderbeersaft über das Mus gegossen. Aber hier in Potsdam gab es kaum wild wachsende Früchte, und wenn, waren sie bereits gepflückt worden.

»Max wollte auf dem Weg nach München noch am Rhein haltmachen. Ich habe vergessen, welche Leute er dort trifft. Beim Film ist ständig was los. Das ist was ganz anderes, eine neue Zeit.« Frau Lehmann hatte ihre Portion beinahe aufgegessen. Die Frau war wirklich viel zu dünn, stellte Petra besorgt fest.

»Da ist noch mehr. Wollen Sie einen Nachschlag?«

»Nein, danke. Das haben Sie gut gekocht. Max kann sich freuen, wenn Sie ihn nehmen. Hat er Sie denn nun endlich gefragt?« Frau Lehmann zog sich die Strickjacke enger um die hageren Schultern und lächelte aufmunternd.

Sie würde die leidende Frau, der man die Schmerzen in jeder Linie ihres Gesichts ansah, gern zufrieden sehen, sie beruhigen, aber eine Ehe mit Max war nun einmal nicht geplant. Sie strich über Frau Lehmanns Hand und nahm die Teller auf.

»Lassen Sie uns noch etwas Zeit. Ich habe gerade erst ein kleines Engagement gefunden und weiß noch nicht, wohin mich das führen wird. Ich liebe das Theater, aber der Film ist so aufregend und bietet andere Möglichkeiten. Es ist nicht einfach.« Sie brachte die Teller in die Küche.

»Max ist ja jetzt fast nur noch beim Film. Wäre es nicht schön, wenn Sie seine Leidenschaft teilten?«, wollte Frau Lehmann wissen.

Petra kam zurück und goss etwas Tee nach. »Es würde nichts daran ändern, dass wir oft getrennt wären. Daran liegt es gar nicht.«

»Dann verstehe ich es nicht. Wenn die Liebe groß genug ist, findet sich ein Weg.« Dabei fiel Frau Lehmanns Blick auf das Bild ihres verstorbenen Gatten.

»Sicher, aber vorher müssen wir noch ein paar Dinge klären. Ich will keine Geheimnisse zwischen uns.« Kaum hatte sie das gesagt, bereute sie es auch schon, denn Frau Lehmann sah sie alarmiert an.

»Was kann es denn da geben?«

»Nichts weiter. Ich muss jetzt gehen. Wollen Sie mir sagen, was Sie noch benötigen? Dann kaufe ich nachher ein und bringe es heute Abend vorbei.«

Doch Frau Lehmann ließ nicht locker. »Es bedrückt Sie doch etwas, Petra. Bitte, sagen Sie es mir.«

»Ach, die leidige Politik. Mein Bruder ist unrechtmäßig inhaftiert worden, aber inzwischen wieder auf freiem Fuß«, lenkte sie rasch ab.

Die ältere Frau nickte. »Ich lese die Zeitungen und höre, was die Leute so reden. Und wenn ich ehrlich bin, glaube ich nicht, dass meine Nachbarin zurückkommt.«

Auf dem Weg zum Theater am Schiffbauerdamm dachte Petra noch lange über ihr Gespräch mit Frau Lehmann nach. Was sie stutzig gemacht hatte, war Max' Zwischenstopp am Rhein. Davon hatte er ihr nichts gesagt. Von München sprach er schon länger, aber was zog ihn an den Rhein, und vor allem, warum verschwieg er es ihr?

Die Probe im Theater verlief ohne Zwischenfälle, wenn man davon absah, dass eine Hauptdarstellerin zu spät kam und ein Kostüm fehlte. Aber das waren Kleinigkeiten, die den erfahrenen Intendanten nicht aus der Ruhe brachten. Was Fritz Wisten allerdings aufregte, waren die Parteigenossen, die sich einfach in den Zuschauerraum setzten und hinter der Bühne herumschnüffelten. Man konnte nie sicher sein, ob nicht einer von ihnen sie belauschte.

Claus Holm war ebenfalls gerade fertig und fragte sie und die anderen Schauspieler, ob sie noch etwas trinken gehen wollten. Petra sagte zu, denn sie hoffte, von dem renommierten Schauspieler mehr über geplante Filmprojekte zu erfahren. Doch kaum saßen sie in einer Künstlerkneipe nahe dem Theater, erschienen auch die Parteispitzel wieder und setzten sich an einen Nebentisch.

Holm war sichtlich verstimmt und sagte: »Mir ist die Lust auf ein Bier vergangen. Seid mir nicht bös, ein anderes Mal.«

Er erhob sich, und da Petra ebenfalls aufstehen musste, um ihn aus der Bank zu lassen, entschied sie sich, ebenfalls zu gehen.

»Herrje, ich muss noch einkaufen. Die Mutter meines Freundes ist krank. Wir sehen uns morgen!«

Hinter sich hörte sie, wie gemurmelt wurde: »Jaja, die Petra und der Holm …«, doch sie gab nichts darauf, denn sie wusste es besser.

Sie trat aus der Kneipe und wollte zur nächsten Straßenbahnstation gehen, denn von Berlin nach Potsdam dauerte die Fahrt über eine Stunde, doch ein glänzend polierter Wagen stand mit laufendem Motor am Bürgersteig.

»Kommen Sie, ich nehme Sie mit, Petra. Es sei denn, Sie wollen nicht nach Potsdam?«, rief Claus Holm.

Der Mann war nicht nur unerhört attraktiv, sondern auch noch freundlich und zuvorkommend, dabei ihr gegenüber immer korrekt, was sie sehr schätzte. Ohne zu zögern, nahm sie das Angebot an und stieg in den eleganten Opel »Kapitän«.

»Danke schön, aber ich wollte mich nicht aufdrängen, Herr Holm«, versicherte Petra.

Der Schauspieler lächelte und setzte den Blinker. »Weiß ich doch. So sparen Sie die lange Straßenbahnfahrt. Haben Sie die Parteispitzel gesehen? Die gehen mir langsam auf den Wecker!«

Er sah in den Rückspiegel und grinste. »Tja, das war's für heute mit der Spitzelei.«

Petra drehte sich um und sah, wie ihnen die beiden Genossen auf der Straße nachschauten. »Was wollen die denn nur von Ihnen? Aber was frage ich, meinen Bruder haben sie auch grundlos aus der Saline weg verhaftet.«

»Sehen Sie? Das ist doch nicht richtig!« Er biss sich auf die Lippen, überlegte kurz und warf ihr einen prüfenden Blick zu. »Und was ist mit Ihrem Bruder geschehen?«

»Eine Freundin hat sich für ihn eingesetzt, und er wurde wieder freigelassen. Die haben ihn verhört und alle möglichen Fragen gestellt. Das schien überhaupt keinen Sinn zu ergeben. Er meinte, dass die uns nur in Angst und Schrecken versetzen wollen.«

»Hm«, brummte Holm, der in einer Villa am Griebnitzsee mit seiner Frau und zwei Kindern wohnte. »Wir haben unsere Kinder auf die Conradschule am Wannsee geschickt. Sie gehen wochentags in Pension in Kohlhasenbrück. Und das stinkt den Genossen gewaltig.«

Es war verboten, Kinder auf Westberliner Schulen zu schicken. Petra sog hörbar die Luft ein. »Oh, aber wäre es nicht einfacher, wenn Sie …«

»Nein! Ich lasse mir nicht vorschreiben, wie meine Kinder erzogen und ausgebildet werden. Die Conradschule ist hervorragend, und deshalb werden sie dorthin gehen.«

Nur jemand wie der bekannte und von der DEFA hofierte Schauspieler konnte sich diese Art passiven Widerstands leisten, dachte Petra.

»Aber genug von der Politik. Was macht denn Ihr Freund, der Kameramann? Ich kenne seine Arbeit, er ist gut«, wechselte Holm das Thema.

Die Fahrt verging über ihrem unterhaltsamen Gespräch viel zu schnell. Petra machte die Besorgungen für Frau Lehmann und konnte die kranke Frau mit Anekdoten von den Proben aufheitern. Als sie später müde ihre eigene Wohnung betrat und dort laute Musik hörte, seufzte sie leicht genervt, denn heute war ihr nicht nach Feiern zumute. Doch in einer Wohngemeinschaft gab es kein Entkommen.

33

Die Regenwolken hatten sich verzogen, und die Junisonne schien warm in den Garten des Kabelhauses auf der Saline. Zwei Frauen sortierten winzige Vogelkörper, Lerchen, denn den Halloren stand seit den Zeiten der preußischen Könige das Privileg des Lerchenstreichens zu. Schnell verrichteten sie ihre Arbeit im Schutz des mit Hecken und Büschen zugewachsenen Gartens, denn niemand außer den Halloren sollte sie dabei beobachten. Paul und Werner saßen an einem Tisch, tranken ihr Feierabendbier und passten auf, dass kein ungebetener Gast sie entdeckte.

»Vor dem Krieg sind wir noch immer alle gemeinsam in die Glauchaer Gemarkung losgezogen zum Lerchenstreichen«, sinnierte Werner und trank sein Bier.

»Vor dem Krieg ist lange her, Werner. Heute kann man ja über jeden Vogel froh sein, der überhaupt gefangen wird. Wenn das mit der Lebensmittelknappheit so weitergeht, sind die Vogelbestände bald dahin.« Paul schaute durch die Bäume, weil er glaubte, einen Wagen zu hören, doch er hatte sich getäuscht.

»Hm«, brummte Werner und holte eine Pfeife aus der Hosentasche.

»Seit wann rauchst du denn Pfeife?« Paul streckte die Beine aus. Der Arbeitstag war lang gewesen, denn gestern war Kohle geliefert worden. Vielleicht mussten sie sogar heute Nacht noch arbeiten.

»Seit Zigaretten kaum noch zu kriegen sind. Der Tabak, den wir gezogen haben, ist gar nicht so übel. Hier!« Er hielt Paul seine Pfeife hin, damit sein Freund daran riechen konnte.

Paul schnupperte kurz und verzog das Gesicht. »Na, besten Dank auch. Da verzichte ich lieber ganz.«

Werner paffte eine Weile vor sich hin, bevor er sagte: »Hast du's dir jetzt überlegt? Ich meine, nach deiner Inhaftierung wäre es doch gut, wenn du jetzt eintrittst. Mensch, Paul, ich will dich nicht verlieren! Wir haben zusammen gekämpft, da lassen wir uns doch jetzt nicht von den Sozialisten unterkriegen!«

Paul sah seinen Freund an. Werner meinte es gut, und er hatte ja recht. Was wollte er sich beweisen? Und er musste mit Petra sprechen. Ihr Freund war es ja allem Anschein nach, den die Parteigenossen auf ihrer Liste hatten.

Die Frauen kamen mit zwei Körben voller Vögel zu ihnen. »Wir sind fertig. Kannst deiner Frau sagen, dass sie sich ihren Teil bei mir abholen kann«, sagte die eine.

Werner nickte. »Sie wird sich freuen, das wird ein Festessen.«

Die Frauen gingen davon. Es hatte Zeiten gegeben, da waren die Lerchen, die man mithilfe von Spiegeln und Netzen gefangen hatte, auf dem Lerchenmarkt am Waagegebäude verkauft worden. Zeiten, an die Paul sich nicht erinnern konnte, aber sein Großvater hatte davon gesprochen.

»Ich mach's«, sagte Paul plötzlich.

Werner nahm die Pfeife aus dem Mundwinkel. »Was?«

»Ich trete der Partei bei.«

»Junge, was bin ich froh!«, sagte Werner und schien ehrlich erleichtert. »Ich habe mir wirklich Sorgen um dich gemacht, Paul. Tut nicht weh. Du bekommst dein Parteibuch, singst deren Lieder, und dann lassen sie dich in Ruhe.«

Paul verzog den Mund. »Das glaub mal ja nicht. Die nicht, die fangen gerade erst an.«

Doch Werner wollte davon nichts wissen. »Ach was, das wird schon. Und in vielen Dingen haben sie ja nicht unrecht. Es muss sich ja auch etwas ändern.«

»Sicher muss es das, aber die Menschen, Werner, die Menschen ändern sich nicht.« Paul leerte seine Bierflasche. »Ich gehe jetzt nach Hause.«

Sie erhoben sich, und Werner klopfte seinem Freund auf die Schulter. »Wirst sehen, es brechen neue Zeiten an. Meine Kinder sind alle begeistert von der FDJ. Die machen was mit ihnen, und die Ausflüge könnten wir uns sonst nicht leisten.«

Sie gingen auf das Uhrenhaus neben dem Siedehaus VI zu, ebenfalls ein Fachwerkbau. Aus der Schlosserei war noch Lärm zu hören, und ein Pferdefuhrwerk kam herangefahren. Es war eins der Gespanne der örtlichen Brauerei, die Sole zu Kühlzwecken benötigte.

»Ja, hast du schon mal gesagt, Werner. Du weißt ja, wie ich seit den Nationalsozialisten über Umerziehung denke.

Meine Güte, mein Magen knurrt.« Paul legte die Hand auf seinen lautstark rumorenden Magen.

»Triffst du dich mit deiner hübschen Schokoladenerbin?«, witzelte Werner. »Petra hat gesagt, dass sie dich rausgeholt hat aus dem Roten Ochsen.«

»Quatsch. Ich war denen nicht nützlich. Das war es. Die haben mich mit Fragen gelöchert, die ich nicht beantworten konnte, weil ich nichts wusste. Das haben sie dann irgendwann eingesehen.« Paul fuhr sich durchs Haar. Er hatte genug vom Krieg, von Parolen und von Heimlichkeiten. Einfach nur leben, nichts weiter. Doch er wollte Irene.

Auf dem Nachhauseweg hielt er Ausschau nach ihr, doch er hatte kein Glück. Ihre blonden Haare tauchten nirgendwo auf. Auf dem Marktplatz vor der Kirche warf er eine Münze in den Opferstock und sah zum Roten Turm, der ohne seine Spitze wie ein Mahnmal wirkte. Durch die Bombardierung war auch die einstige Volks-Kaffeehalle, Kaffeeklappe im Volksmund genannt, vor dem Roten Turm zerstört und nicht wieder aufgebaut worden. Viele Hallenser bedauerten das, denn in der ehemaligen Kaffeeklappe hatte es günstige Speisen gegeben. Paul war stolz auf seine Stadt, er fühlte sich hier zu Hause und schätzte es, Teil der Salzwirkerbrüderschaft zu sein. Daran würde sich nie etwas ändern. Allerdings würde er auch nie mehr als ein Salzwirker sein. Und für die Familie von Irene war das nicht genug. Paul steckte die Hände in die Hosentaschen und schlenderte weiter, lächelte einem hübschen Mädchen zu, das ihm einen koketten Blick zuwarf, und dachte, dass eine neue Gesellschaftsordnung vielleicht seine Chance war.

Vor dem Mietshaus der Thulkes stand ein Pferdekarren, der Paul bekannt vorkam. Er gehörte der Saline. Neugierig eilte Paul durch das Treppenhaus und hörte schon in der Tür die Stimme von Hauptmann Kamp.

»Auf dem Gelände haben sie wieder alles durchsucht. Hier bei euch kann der Schatz eine Woche bleiben, dann bringen wir ihn zu uns«, sagte Kamp, einer der Vorsteher der Brüderschaft.

Joachim kam aus dem Wohnzimmer. »Paul, komm rein, wir haben gerade hohen Besuch.«

Sein Bruder sah sehr blass aus. »Was ist mit dir, Joachim? Geht es dir nicht gut?«

Joachim strich sich über die Narben in seinem Gesicht. »Schmerzen. Ich habe keine Tabletten mehr und gehe mir noch welche holen.«

»Aber die Läden sind schon zu!«

»Ich weiß schon, wo ich noch was bekomme.« Joachim schnappte sich seine Jacke und verließ die Wohnung.

Er sollte sich mehr um seinen Bruder kümmern, dachte Paul. Nur auf dem Schwarzmarkt gab es noch Medikamente, und vor allem die mit betäubender Wirkung.

Paul wusch sich Hände und Gesicht, zog ein frisches Hemd an und ging ins Wohnzimmer, wo seine Eltern mit Kamp am Tisch saßen. Auf dem Boden standen die beiden Kisten mit dem Silberschatz der Brüderschaft.

Christian Kamp, Anfang siebzig, mit drahtigem weißem Haar und einem zerfurchten Gesicht, begrüßte Paul mit Handschlag. »Paul, wir haben gerade von dir gesprochen!«

Seine Mutter schob Paul lächelnd ein Glas Bier und einen

Teller mit belegten Broten zu. »Iss, Junge, du musst ja ausgehungert sein.«

»Danke, Mutter.« Paul biss herzhaft in eins der Brote, die großzügig mit Schmalz bestrichen waren, sicher zu Ehren des Hauptmanns.

»Werner hat mir erzählt, dass du der Partei beitreten willst. Paul, das ist die richtige Entscheidung. Man weiß ja nicht, wie's kommen wird. Gerade die Jungen müssen mit der neuen Zeit gehen. Bei uns Alten drücken die Genossen vielleicht noch ein Auge zu.« Kamp hob sein Bierglas und prostete Paul zu. »Auf bessere Zeiten!«

Sie stießen alle darauf an. Pauls Mutter trank nur wenig von dem dünnen Bier und entschuldigte sich. »Ich gehe in die Küche, das Abendessen vorbereiten. Bleibst du, Kamp?«

Der Hallore schüttelte den Kopf. »Danke dir, Irma, aber meine Frau wartet. Unsere Enkeltochter hat Geburtstag.«

»Dann gratuliere ihr mal sehr lieb von mir«, antwortete Irma Thulke und ging in ihre Küche.

Als die Männer unter sich waren, meinte Pauls Vater: »Eine Woche, sagst du, Kamp? Paul, da muss ja immer einer in der Wohnung sein.«

Paul nickte. »Mutter kann sich freistellen lassen, und Joachim hat die Woche Spätschicht, und den Rest teilen wir auf. Das geht schon. Aber wohl ist mir nicht dabei, das Silber hier zu lagern.«

Skeptisch betrachtete Paul die mit Schlössern versehenen Metallkisten.

»Hat dich denn jemand beobachtet, als du hergefahren bist?«, wollte Willi Thulke wissen.

Der Hauptmann wischte die Bedenken mit der Hand fort. »Hab noch Holz und altes Zeug auf dem Karren. Die Kisten hat unter den Decken niemand gesehen. Wenn ich dran denke, wie gut wir's unter dem Kaiser hatten …«

»Lass das bloß die Genossen nicht hören. Als Monarchist hast du bei denen nichts zu lachen«, meinte Willi betont leise.

»Wir sind ja unter uns«, grinste Kamp und leerte sein Bierglas. »Was macht eure Petra? Beim Film ist sie? So hübsch, wie sie ist, kein Wunder.«

»Sie hat ein Engagement beim Theater am Schiffbauerdamm in Berlin. Da spielt sie mit DEFA-Stars wie dem Claus Holm.« Paul nahm sich ein weiteres Schmalzbrot.

»Na hört, hört! Für den Holm schwärmt meine Frau, na ja, es sei ihr verziehen, sie ist ja selbst kein junges Mädel mehr, dass ich Angst haben müsste, sie läuft mir davon!« Kamp lachte dröhnend. Er war für seine derben Scherze bekannt.

Willi fiel in sein Lachen ein. Die beiden waren schon ihr Leben lang befreundet und kannten die Eigenarten des anderen. »Hast überhaupt Glück, dass dir die Lene nicht fortgelaufen ist, Kamp! Ich hätte sie verstanden!«

Die beiden alten Freunde lachten, und Paul dachte, was es doch für ein Glück war, Teil dieser Brüderschaft zu sein. Egal, was auch immer passierte, man half einander und sorgte für die Familien.

»Wo bleibt denn der Joachim?«, fragte Kamp, zog einen Schlüsselbund aus der Tasche und schloss die erste Kiste auf. Dann nahm er einen der sorgsam eingewickelten Silberbecher heraus. »Schöner Becher, aber den stellen wir jetzt erst mal nicht mehr aus, was?«

Paul erkannte die gotische Schrifttype. »Den hat doch Oberbürgermeister Weidemann auf dem Parteitag der NSDAP hier in Halle überreicht. Schnell wieder weg damit.«

Kamp nahm einen anderen Becher heraus. »Der hier ist unverfänglich – und was für ein Prachtstück. Der Huldigungsbecher von König Friedrich dem Großen. Schaut euch das schöne Stück an!«

Der Silberbecher war 1739 von Johann Christoph Weise gefertigt und im Jahr darauf als Huldigungsbecher an die Halloren überreicht worden.

»Aber die hohen Herren haben ja auch reichlich von uns bekommen«, meinte Paul.

Willi nahm den fein mit dem königlichen Wappen ziselierten Becher in die Hand. »Ich lasse mir auch nicht verbieten, dass wir die Kaiserfahne schwenken. Das ist Tradition.«

Unten auf der Straße waren Stimmen und Stiefelschritte zu hören. Sofort sprang Paul auf und lief ans Fenster. »Kamp, Vater, packt die Sachen zusammen. Da unten kommen Volkspolizisten!«

Jetzt hatten es die beiden älteren Männer sehr eilig, die kostbaren Becher wieder in der Kiste zu verstauen und diese zu verschließen.

Willi sah sich hektisch um. »Hinters Sofa, und dann setzt du dich dort hin, Kamp.«

Schon ertönten die Stiefeltritte im Treppenhaus, und es wurde laut an die Wohnungstür geklopft. Paul ging in den

Flur, sah kurz in die Küche und sagte zu seiner Mutter: »Volkspolizei, geh ins Wohnzimmer zu Vater.«

Irma erbleichte, riss sich die Schürze herunter und ging zu den Männern.

Es donnerte erneut an der Tür, und jemand rief: »Aufmachen! Volkspolizei!«

»Ja, ist ja gut!«, rief Paul und öffnete die Tür einen Spaltbreit, doch sofort wurde ein Stiefel dazwischengeschoben, und die Volkspolizisten drückten ihn gewaltsam zur Seite.

Es waren zwei junge Männer und ein älterer. »Sind Sie Joachim Thulke?«, bellte der Ältere.

»Nein, ich bin Paul. Joachim ist mein Bruder. Was ist denn los?« Doch Paul ahnte, dass Joachim auf dem Schwarzmarkt erwischt worden und geflohen war.

»Papiere!«, befahl der Ältere. »Und ihr durchsucht die Wohnung. Vielleicht versteckt er sich hier.«

Die beiden jungen Volkspolizisten sahen in ihren dunklen Uniformen mit den am Oberschenkel ausgestellten Hosen, Pistolentasche und Mütze bedrohlich genug aus.

»Müssen Sie sich hier so aufführen? Das haben wir doch nun lange genug erlebt, meinen Sie nicht?«, beschwerte sich Paul, als die Volkspolizisten die Türen aufstießen und er hörte, wie Schranktüren knallten.

»Vorwitzig, was? Holen Sie Ihre Papiere!« Der Offizier kam Paul bekannt vor, doch er konnte das breite Gesicht mit den fleischigen Lippen nicht einordnen.

Die beiden Volkspolizisten kamen aus seinem Zimmer. »Nichts, Herr Major.«

Paul betrat das Zimmer, das er sich mit Joachim teilte,

und schluckte seinen Zorn auf die Willkür der Polizisten hinunter. Sie hatten die Matratzen herausgerissen, die Schranktür hing schief in den Angeln, und Bücher lagen auf dem Boden. Unnötig. Eine Machtdemonstration. Er holte seinen Ausweis aus der Jackentasche und ging wieder in den Flur, wo nur noch der Major stand.

»Hier, bitte.« Paul reichte ihm den Ausweis, den der Major eingehend las. Und wie er so konzentriert das Dokument betrachtete, wusste Paul auf einmal, wen er vor sich hatte.

»Herr Riemer, lange her, dass wir uns gesehen haben. In Frankreich haben wir noch alle denselben Dreck im Schützengraben gefressen.« Mehr brauchte es nicht, um Major Riemers Aufmerksamkeit zu erlangen.

»Thulke. Welcher Dienstgrad?«

»Obergefreiter. Bei Caen lagen wir fest.« Jetzt sah Paul den Mann wieder vor sich, in der Uniform eines SS-Panzergrenadiers. Wie war es möglich, dass der Kerl es in die Volkspolizei geschafft hatte? Ehemalige SS-Männer waren von den Russen als Erstes aussortiert und in ein Lager geschickt worden.

»Ich weiß genau, was Sie jetzt denken, Thulke. Aber geben Sie sich keine Mühe. Ich habe damals als Spion für die Russen gearbeitet.« Der Major gab Paul den Ausweis zurück. »Ihr Bruder steckt in Schwierigkeiten. Er wollte auf dem Schwarzmarkt Dolantin kaufen.«

Paul hob die Schultern. »Immer vorausgesetzt, der Gesuchte ist tatsächlich mein Bruder.«

»Es gibt Zeugen.«

»Tja, wenn Sie meinen Bruder sehen würden, wüssten

Sie, wozu er das Dolantin braucht. Er kam als schwer verletzter und gebrochener Mann aus dem Krieg zurück.«

»Da ist er nicht der Einzige. Deshalb steht er nicht über dem Gesetz«, insistierte der Major und horchte zum Wohnzimmer, wo seine Untergebenen anscheinend mit Pauls Eltern und Kamp sprachen.

»Und wer hilft ihm? Der neue Staat? Sagen Sie mir, wo wir Dolantin kaufen können, und wir werden es tun«, meinte Paul.

»Seien sie nicht unverschämt, Thulke, oder ich lasse Sie verhaften. Ach, richtig, die Erfahrung haben Sie ja schon machen dürfen.« Der Major bleckte die Zähne, und Paul fragte sich, ob er auch hinter den Spiegelscheiben gestanden und sich an seinem Elend ergötzt hatte.

Die Vopos kamen zurück. »Er ist nicht hier, Herr Major.«

Major Riemer sah Paul scharf an. »Wenn Ihr Bruder auftaucht, soll er sich umgehend auf der Wache melden. Wir finden ihn sowieso. Wenn er sich stellt, fällt die Strafe vielleicht milder aus.«

»Sollte ich ihn sehen, richte ich es ihm aus«, versprach Paul und war froh, als er die Tür hinter den unerwünschten Besuchern schließen und dreifach verriegeln konnte.

Sofort eilte er ins Wohnzimmer. »Und?«

Kamp und seine Mutter saßen auf dem Sofa, hinter dem sich die Kisten befanden. Paul konnte sehen, wie die Knie seiner Mutter zitterten, und ihre Augen schimmerten verdächtig feucht.

»Den Silberschatz haben sie nicht entdeckt. Aber wo steckt Joachim?«

34

Nachdem Kamp gegangen war, wandte sich Paul an seine Eltern:

»Joachim wird eine Haft nicht überstehen. Er ist nicht so stark wie ich. Selbst für mich ging es psychisch an die Grenzen. Joachim würde daran zerbrechen, und wie ich Major Riemer einschätze, genießt er seine Macht.«

Sein Vater knetete nervös die Hände. »Du kennst den Riemer, nicht wahr, Paul?«

»Der war SS-Panzergrenadier, und angeblich hat er da schon für die Russen spioniert.« Was es bedeutete, bei der SS gewesen zu sein, mussten sie nicht weiter diskutieren.

Irma schlug die Hände vors Gesicht und weinte. »Ach, der arme Junge. Wo steckt er denn nun bloß?«

»Ich kann nur hoffen, dass er schlau genug ist und nicht in die Wohnung zurückkommt. Sie werden das Haus beobachten und mich vielleicht auch.« Paul überlegte. »Ich muss mit Petra sprechen.«

Sein Vater war aufgestanden und lief hin und her. »Joachim muss hier weg. Er sollte für eine Weile in den Westen.

Nur haben wir drüben leider keine Verwandten oder Freunde.«

»Deshalb will ich mit Petra sprechen. Wenn uns jemand helfen kann, dann sie und ihr Freund Max. Jetzt kommt das Wochenende. Sobald ich Joachim gefunden habe, fahre ich zu Petra nach Berlin.« Paul hatte eine Ahnung, wo er den Bruder finden könnte.

In der Saline gab es nur ein Telefon im Verwaltungsgebäude. Die Wohnungen der Salzwirker hatten keinen eigenen Anschluss, sonst hätte er Werner angerufen, wobei das vielleicht auch keine gute Idee war. Vielleicht überwachten sie auch die Telefongespräche. Paul zog sich eine Jacke über und verließ in der einbrechenden Dunkelheit das Haus. Er behielt die gegenüberliegende Straßenseite im Auge und bemerkte eine Bewegung hinter einem Baum. Rasch holte er sein Fahrrad hinter der Hausecke hervor und radelte los. Als er die erste Straßenecke erreichte, hörte er hinter sich einen Automotor, und Lichter blitzten auf.

»Hab ich's mir doch gedacht«, murmelte Paul und trat in die Pedale. »Woll'n doch mal sehen, wer sich besser in Halle auskennt …«

Um nicht zu verraten, dass er zur Saline wollte, fuhr er in die entgegengesetzte Richtung. Mit seinen Verfolgern im Schlepptau fuhr Paul zur Universitätsklinik und tat so, als wolle er zur Kommandantur. Dann machte er einen plötzlichen Schlenker in die Grünanlagen und raste, so schnell er konnte, durch Hinterhöfe und Durchfahrten, die für ein Automobil zu schmal waren, hinunter zu den Frankeschen Stiftungen. Da Paul davon ausging, dass man ihn auf der Saline erwartete, fuhr er den Umweg hinauf zur Moritzburg und von dort zum Saaleufer, hinüber auf die kleine Wiese, versteckte sein Rad am Ufer im Gebüsch und durchschwamm die Saale. Er kam genau dort an, wo er sich vor Kurzem mit Irene getroffen hatte, auf dem schmalen Landstreifen, der von der Salineninsel in den Fluss ragte. Der Schuppen war nicht nur ihm bekannt. Hier hatten er, Joachim und Petra früher als Kinder gespielt.

Es war bereits dunkel, als Paul aus dem Wasser stieg und sich schüttelte. Jacke und Schuhe hatte er drüben gelassen. Vorsichtig horchte er in die Dunkelheit, doch nur aus der Stadt klangen Geräusche herüber. Hin wieder rief ein Kauz, oder ein Wasservogel machte sich bemerkbar. Langsam bewegte er sich auf die Hütte zu, die er vor sich zwischen den Bäumen wusste. Jedes Mal, wenn ein Ast unter seinen nackten Füßen knackte, zuckte er zusammen, wartete und lauschte erneut, doch er schien allein hier draußen zu sein. Als er die Hütte erreicht hatte, kratzte er an der Tür und flüsterte: »Joachim, ich bin's, Paul!«

Und tatsächlich, sein Bruder öffnete die Tür einen Spalt und ließ ihn hinein. Die Brüder umarmten sich. Anscheinend war Joachim auch durch den Fluss geschwommen, denn er war nass und zitterte.

»Paul, was machst du hier? Waren sie schon bei euch zu Hause?« Durch die Ritzen der Holzhütte fiel das Licht des vollen Mondes und ließ die Umrisse der Gegenstände erkennen. Joachim hatte sich einen alten Salzsack um die Schultern gelegt.

»Jaja, sie waren da. Wer hat dich denn dabei beobachtet oder verraten, als du das Dolantin kaufen wolltest?«

Sein Bruder rieb sich die vernarbte Wange. »Keine Ahnung. Der Kerl, der mir das Zeug verkaufen wollte, ist plötzlich abgehauen, und dann sah ich die Vopos und habe die Beine in die Hand genommen. Es wird immer schwieriger, etwas zu bekommen, und die Vopos strolchen überall herum und haben ihre Spitzel. Verdammt, Paul. Ich halte diese Schmerzen nicht aus. Sag's nicht den Eltern, aber ohne das Medikament kann ich nicht mehr.« Er stieß hörbar die Luft aus. »Und ich will auch nicht mehr.«

Paul packte seinen Bruder an den Schultern. »Sprich nicht so, Joachim. Wir müssen dich jetzt hier wegbringen. Am besten rüber in den Westen. Da bekommst du die Medikamente, die du brauchst, und vielleicht können sie dir noch besser helfen.«

»Wie denn? Ich habe keine Verbindungen nach drüben. Du etwa? Vielleicht durch deine reiche Freundin?« Joachim klang hoffnungslos, und das machte Paul Angst.

»Petra wird uns helfen. Gib mir zwei Tage, und wir bringen dich weg. Kannst du mir versprechen, dass du hierbleibst und keine Dummheiten machst?«

Paul umfasste die Oberarme seines Bruders, der einmal kräftiger als er gewesen und heute nur noch Haut und Knochen war.

Ergeben nickte Joachim. »Wo soll ich auch hin.«

»Gut. Pass auf, ich weihe Werner ein. Er ist er Einzige, dem ich mein Leben anvertrauen würde. Der bringt dir zu essen, bis ich wieder da bin. Ich fahre zu Petra nach Berlin.«

»Ich weiß das ja zu schätzen, was du für mich tun willst, Paul, aber ich will nicht schuld daran sein, dass sie dich oder Petra verhaften«, sagte Joachim, der sich auf den Tisch gehockt hatte.

»Das ist meine Sache, Joachim. Du bist mein Bruder, und ich bringe dich hier weg. Warte, ich bin gleich zurück!« Er klopfte Joachim aufmunternd auf die Schulter und schlich sich davon.

Paul war auf der Pfännerschaftlichen Saline groß geworden und wusste, wie er unauffällig auf das Gelände und zu Werners Wohnung gelangen konnte. Als er durch den Garten hinter Werners Haus schlich, tat es ihm leid, den Freund mit in die Sache hineinziehen zu müssen, aber es ging nicht anders. Paul wartete unter dem Küchenfenster, bis er Werners Stimme hörte.

»Dann rauche ich meine Pfeife eben draußen!« Die Hintertür wurde aufgestoßen, und Werner kam in Hose und Unterhemd heraus. Die Hosenträger hingen ihm an der Seite herab, und er paffte genüsslich an seiner Pfeife, die tatsächlich furchtbar stank.

»Psst, Werner, nicht erschrecken!«, flüsterte Paul und trat hinter einem Baum hervor.

Natürlich erschrak Werner dennoch, sah sich um und trat zu Paul. »Was ist los?«

Paul erzählte ihm von Joachim und wo der sich versteckte. Sein Freund stöhnte: »Ach, du meine Güte, was für ein Mist!«

»Er muss etwas essen, und wenn du Schmerztabletten hast, irgendwelche, egal, und Bier? Ich konnte nichts mitnehmen. Wenn sie mich erwischt hätten, wäre denen sofort klar geworden, dass ich weiß, wo Joachim steckt.«

»Verstehe ich. Eher was Stärkeres. Ich habe noch was von dem selbst gebrannten Obstschnaps. Warte, ich geh rein und mach dir was fertig.« Werner verschwand im Haus und kam bald darauf mit einem gefüllten Brotbeutel zurück. »Hier, das sollte bis morgen Abend reichen. Dann sehe ich nach ihm. Die alte Hütte. Hm, wollen mal hoffen, dass da sonst keiner hingeht. Aber einen besseren Platz weiß ich auch nicht. Hier auf dem Gelände ist es zu gefährlich. Die schnüffeln ja neuerdings überall herum. Alles muss jetzt dokumentiert werden. Alles!«

»Ich weiß. Mir stinkt das auch, aber was können wir tun?« Paul drückte den Sack an sich. »Danke, Werner, du bist ein echter Freund.«

Werner nickte, wedelte mit der Pfeife und sagte: »Jetzt geh schon, bevor Agnes was merkt.«

Am nächsten Morgen saß Paul im Zug nach Potsdam. Er konnte nur hoffen, dass Petra auch zu Hause war, sonst war er aufgeschmissen und seine Reise umsonst. Als er vor ihrer Wohnungstür stand, hörte er laute Schlagermusik. Es war Samstagmittag, und immerhin würde er niemanden aufwecken. Die Wohnungstür gegenüber wurde geöffnet, und eine ältere Dame schaute heraus.

»Schon wieder Herrenbesuch! Sodom und Gomorrha! Schämen sollten Sie sich!«, rief sie empört und warf die Tür zu.

In diesem Moment wurde die Tür von Petras Wohnung

geöffnet, und er stand einer hübschen, wenn auch sehr müde aussehenden jungen Frau gegenüber. »Ja?«

»Ich bin Petras Bruder, Paul. Ist sie da?«

»Komm rein und sieh selbst nach.« Die Brünette schlurfte davon, ohne ihm zu sagen, welches Zimmer von Petra bewohnt wurde.

Paul schaute sich in der geräumigen Wohnung um. In der Küche spielte die Musik, und eine Platinblonde stand am Herd und bewegte rhythmisch ihre Hüften.

»Guten Morgen!«, rief Paul, um die Musik zu übertönen.

Die Frau drehte sich um und hielt dabei einen Kochlöffel hoch, von dem etwas auf den Boden tropfte, was sie aber nicht zu stören schien. »Oh, hallo! Wer bist du denn?«

»Petras Bruder. In welchem Zimmer wohnt sie denn?«

»Gleich gegenüber, hübscher Bruder von Petra«, erwiderte sie mit einer Art von wohligem Schnurren.

Bevor die Blonde sich ihm weiter nähern konnte, klopfte er an die Zimmertür und war erleichtert, als er die Stimme seiner Schwester hörte. »Ja, ist offen!«

Er trat ein und fand Petra im Schneidersitz mit Büchern auf ihrem Bett sitzend. Ein weiteres Bett war ungemacht, aber leer, und auf Bügeln und Stühlen hingen Schals, Blusen und ein Büstenhalter.

Petra warf ihr Buch zur Seite und sprang auf, um ihren Bruder zu umarmen. »Das ist ja eine Überraschung! Brauchst du eine Auszeit? Willst du ins Theater? Ich habe immer Freikarten für Freunde und Verwandte. Komm, setz dich, ich kann uns einen Tee kochen.«

Sie räumte einen Stuhl für ihn frei.

»Es geht um Joachim.« Paul weihte sie ein, und Petra schnalzte mit der Zunge.

»Verdammt, das ist böse. Wenn er bleibt, sperren sie ihn weg, und das wäre sein Ende, das sehe ich auch so. Aber wie kann ich helfen?«

Paul sah sie bittend an. »Ich dachte, dass dein Freund vielleicht Kontakte in den Westen hat. Er ist doch viel unterwegs, auch drüben. Was meinst du?«

Es klopfte, und die Blondine schaute herein. »Petra, darf ich deinem hübschen Bruder etwas bringen? Kaffee, Tee oder ein Brot?«

»Wir kommen zurecht, Elise. Und lass die Finger von meinem Bruder, verstanden!«

Elise streckte Petra die Zunge heraus und verschwand.

»Die ist gefährlich, Paul, Tänzerin am Varieté. Sehr gelenkig und hat einen Verschleiß an Liebhabern, dass einem schwindelig wird.« Petra grinste.

Er winkte ab. »Wo ist dein Freund? Können wir mit ihm sprechen?«

»Du hast Glück. Max ist seit gestern aus München zurück, und wir sind für heute Abend verabredet. Aber warum sollte er uns helfen können?«

»Komm schon, Petra, du weißt doch etwas über ihn. Irgendetwas verbirgt er, sonst hätten die mich nicht seinetwegen eingesperrt. Von daher schuldet er mir was.«

Unglücklich starrte Petra auf ihre Fingernägel, bevor sie ihrem Bruder in die Augen sah. »Er will es mir nicht sagen. Ich weiß wirklich nicht, in was er verwickelt ist. Aber unter diesen Umständen. Vielleicht spricht er heute Abend mit dir.«

»Eigentlich wollte ich heute noch zurückfahren«, meinte Paul.

»Dann fährst du eben morgen früh. Du kannst hier schlafen, Karo ist nicht da.«

Es tat gut, mit Petra zu sprechen. Seine Schwester war erwachsen geworden, seit sie Halle verlassen hatte, und er war sehr stolz auf sie.

35

Sie hatten es kommen sehen, und dennoch war es ein Schock, als Großmutter Therese für immer die Augen schloss. Irene hatte die ganze Nacht an Thereses Bett gesessen, ihre Hand gestreichelt und war irgendwann eingeschlafen. Ein röchelndes Geräusch weckte sie auf, und Irene sah ihrer Großmutter in die Augen, als diese ihren letzten Atemzug tat. Alle Pein und Angst waren aus dem Blick der alten Frau verschwunden, und ein friedvoller Ausdruck legte sich über das Gesicht der Toten. Irene weinte, doch sie war erleichtert, weil ihre Großmutter nun endlich von ihren Seelenqualen erlöst war.

Irene öffnete das Fenster, damit die Seele hinausfliegen konnte, und schloss beim Verlassen des Zimmers leise die Tür hinter sich. Eingenickt auf einem Stuhl fand sie Gunda Wilms im Flur. Die hilfsbereite Frau hatte sich mitfühlend um Therese gekümmert.

Irene berührte die Schulter der Schlafenden, die aufschreckte und sie mit großen Augen ansah. »Sie ist von uns gegangen, Frau Wilms. Ich sage jetzt meinen Eltern Bescheid, und dann rufe ich den Arzt an.«

Frau Wilms erhob sich. »Ich bereite sie vor. Das habe ich auch bei meinen Großeltern und … Ich weiß, was zu tun ist.« Ihre Stimme brach ab, und Irene verstand, dass die Frau zu viele Menschen verloren hatte, als dass sie darüber sprechen konnte.

»Danke.« Irene weckte zuerst ihre Mutter auf, was nicht ganz einfach war, denn Ada nahm vor dem Zubettgehen Schlaftabletten.

Doch schließlich öffnete Ada Mendel die Augen und blinzelte ihre Tochter ängstlich an.

»Großmutter ist eingeschlafen. Sie ist ganz friedlich gegangen«, sagte Irene sanft und wartete, bis ihre Mutter aufgestanden war und sich ihren Morgenrock angezogen hatte. Mutter und Tochter umarmten einander, und Ada schluchzte.

»Du warst bei ihr. Dabei hätte ich bei ihr sein sollen. Hat sie noch etwas gesagt?«

Irene strich ihrer Mutter über den Rücken. »Nein. Aber sie war ganz ruhig und friedlich.«

»Ist dein Vater schon wach?«

Irene schüttelte den Kopf.

»Dann lass ihn schlafen. Er hat genug Sorgen. Rufst du den Arzt an?« Gemeinsam verließen sie das Schlafzimmer, und Irene ging nach unten, um zu telefonieren.

Sie ließ sich mit dem Hausarzt der Mendels verbinden und wartete, als sie oben einen Schrei vernahm. Gleich darauf kam Frau Wilms weinend die Treppe heruntergelaufen und blieb stehen, als sie Irene am Telefon entdeckte.

»Ihre Mutter hat gesagt, ich wollte stehlen, dabei habe

ich nur das Kreuz zwischen die Finger der seligen Großmutter gelegt. Ich lasse mich nicht falsch beschuldigen. Ich habe auch meinen Stolz!«

Der Arzt meldete sich verschlafen. Es war vier Uhr früh. »Ja, Dr. Gieseke am Apparat?«

»Irene Mendel, entschuldigen Sie die Störung, Herr Doktor. Meine Großmutter ist eingeschlafen. Ganz friedlich, so wie Sie es vorausgesagt hatten.« Der Arzt war am Abend zuvor das letzte Mal da gewesen.

Irene bedeutete Frau Wilms, auf sie zu warten.

»Mein herzliches Beileid, Fräulein Mendel. Ich bin in spätestens einer Stunde bei Ihnen.«

Irene legte auf und nahm Frau Wilms mit in die Küche. »Setzen Sie sich.«

Dann holte sie eine Flasche Holunderschnaps und zwei Gläser aus dem Schrank und goss für jeden einen Schluck ein. »Bitte. Auf meine Großmutter, Gott hab sie selig!«

Gunda Wilms zögerte, hob dann jedoch das Glas. »Möge der Herrgott ihrer armen Seele gnädig sein.«

Irene sah der Frau an, dass sie gekränkt war, und konnte wieder einmal nicht verstehen, was manchmal in ihrer Mutter vorging. »Gehen Sie zu Bett und machen Sie sich keine Gedanken. Ich kläre das mit meiner Mutter.«

»Ist recht, danke, Fräulein Mendel.«

»Mutti, warum bist du hier?«, erklang die verschlafene Stimme der kleinen Elvira, die mit ihrer Puppe im Arm in der Tür stand.

»Komm, jetzt wird geschlafen.« Gunda Wilms nahm die Hand ihrer Tochter.

Irene schaltete das Licht an der Haustür ein und ging nach oben. Ihre Mutter saß am Totenbett und weinte. Als Irene eintrat, hob sie den Kopf und sagte: »Ich habe Frau Wilms dabei erwischt …«

»Gar nichts hast du, Mutter. Die Frau hat nur das Kreuz zwischen Großmutters Finger gelegt, und nun hör auf damit!«

Tatsächlich lagen die Hände der Verstorbenen sorgsam gefaltet und mit der goldenen Kette und dem Kreuz daran auf dem glatt gestrichenen Laken. Frau Wilms hatte der Toten die Haare gekämmt und ein schwarzes Tuch über den Spiegel gehängt.

»Aber …«, begann Ada erneut, doch Irene sagte scharf: »Nein! Sieh doch, wie schön sie Großmutter hergerichtet hat. Gib Ruhe, wenigstens dieses eine Mal.«

Irritiert, weil ihre Tochter sich so entschieden gegen sie stellte, gab Ada auf und erhob sich. »Kommt der Doktor?«

»In einer Stunde wollte er hier sein.«

»Dann gehe ich mich ankleiden«, entschied Ada und verließ den Raum.

Irene informierte auch ihren Vater und machte sich eine Liste, was alles zu tun war. Zu den Vorbereitungen der großen Geburtstagsfeier in der Fabrik kam nun auch noch die Beerdigung.

Die Traueranzeige, mit der sich Irene große Mühe gegeben hatte, erschien neben einer Anzeige für Schlachtpferde und einem Artikel über die Ehrung Friedrich Engels' durch den Verband der Lehrer im August-Bebel-Haus. Ihre Eltern regten sich über die Platzierung furchtbar auf, doch ändern ließ sich das im Nachhinein nicht. Der Bürgermeister erschien wider Erwarten nicht zur Trauerfeier, und auch die Feltens ließen sich entschuldigen. Das Geleit durch die Halloren zum Friedhof hingegen war so würdevoll und feierlich, dass auch Tante Hedda und Onkel Kurt, die extra aus Gießen angereist waren, sich bewegt bei den Halloren bedankten. Während der Beerdigung sah Irene immer wieder verstohlen zu Paul hinüber und senkte den Blick, sobald er sie ansah. Gab es denn kein Mittel gegen ihre Gefühle? Es durfte doch nicht sein.

Zum Leichenschmaus ging es in den Ratskeller, und Irene sah erleichtert, dass sich Arno Felten und der Bürgermeister mit seiner Frau nun doch noch einstellten und kondolierten. Arno hatte sich rargemacht in der letzten Zeit, was Irene sehr entgegenkam, doch heute war er hier und machte sie mit seiner Nähe ganz nervös, denn Paul war ebenfalls zugegen. In den vergangenen Wochen war so viel passiert, und sie hatten sich kaum gesehen. Einmal hatten sie sich heimlich am Saaleufer getroffen. Paul hatte erzählt, dass sein Bruder in den Westen geflohen und offiziell verschwunden war, und Paul war der Partei beigetreten. Und dann hatten sie sich erneut im Streit getrennt. Paul war mutiger als sie, aber er hatte auch nicht so viel zu verlieren. Und dennoch, ihr Herz klopfte schneller und ihr Puls raste, wenn sie ihn sah. Sie mussten reden!

Ihre Eltern, Tante Hedda, Onkel Kurt und der Bürgermeister saßen am Kopfende der Tafel, die mit weißen Nelken und Trauerflor geschmückt war. Ihr Onkel fiel nicht nur durch seine überdurchschnittliche Körpergröße, sondern auch durch seinen teuren Anzug und die kostspielige Armbanduhr auf. Zudem war er in seinem neuen Automobil angereist, das er demonstrativ vor dem Restaurant geparkt hatte. Seine Papiere waren makellos, und Irene fragte sich, welche einflussreichen Freunde ihm die braune Weste persilrein gewaschen hatten. Im Grunde interessierte es sie nicht, denn sie hatte Kurt und auch Hedda nie leiden können.

Der erste Gang war aufgetragen worden, und Irene entschuldigte sich bei Arno, der neben ihr saß. »Ich gehe mir eben die Nase pudern.«

Der Mediziner erhob sich, um ihr den Stuhl zu rücken. »Dein Onkel ist ein interessanter Mensch. Vielleicht besuchen wir ihn nach der Hochzeit. Wir könnten unsere Hochzeitsreise an den Rhein machen und …«

Ihr entgeisterter Gesichtsausdruck ließ ihn innehalten. »Wir sprechen später darüber.«

Erleichtert, endlich vom Tisch fortzukommen, ging Irene durch das gediegen eingerichtete Lokal, das zu den ersten Adressen am Markt gehörte. Hochzeitsreise! Wie konnte er nur heute davon anfangen – und ausgerechnet zu Onkel Kurt! Das Unglück rückte immer näher, und sie hatte noch keinen Ausweg gefunden. Sie verließ den Speiseraum und ging eine Treppe hinunter. Die Toiletten befanden sich unten, wo es erfrischend kühl war. Riesige alte Gemälde, ein Gummibaum und Fässer säumten die Gänge. Irene lehnte sich an ein großes Bierfass und verbarg das Gesicht in den Händen. Ihr war schon während des Essens zum Heulen gewesen, und sie hatte kaum einen Bissen heruntergebracht, doch nachdem Arno die Hochzeit angesprochen hatte, konnte sie ihre Trauer und Verzweiflung nicht länger kontrollieren.

»Ein Taschentuch?«

Sie blinzelte zwischen ihren Fingern hindurch und sah Paul in der schwarzen Hallorenuniform vor sich stehen. Selbst mit dem albernen Hut sah er tausendmal besser aus als Arno in seinem maßgeschneiderten Anzug.

»Ach, Paul«, schluchzte sie und fiel in seine Arme.

Er drückte sie an sich, und das machte es noch schlimmer, denn sie wollte ihn nicht loslassen.

»Das war ziemlich viel in der letzten Zeit, hm?«, flüsterte er und strich ihr über die Haare.

»Das musst du gerade sagen. Du hast mir immer noch nicht alles über Joachim erzählt. Wo steckt er? Geht es ihm gut?«

»Schsch, nicht hier. Wir müssen uns sehen, Irene. Morgen Abend am Hallmarkt.« Er küsste sie. »Keine Tränen mehr, Irene. Morgen, ja?«

Schritte näherten sich, und sie fuhren auseinander.

»Ich will es versuchen«, flüsterte sie und lief rasch durch die Tür, die zu den Damentoiletten führte.

Als sie wieder heraustrat, war Paul verschwunden, doch dafür wartete Arno auf sie.

»Ich habe mir schon Sorgen um dich gemacht.« Er musterte sie ein wenig zu fragend. »Du weichst mir aus. Wir reden nicht miteinander. Irene, wir heiraten im Herbst.«

Verärgert drückte sie sich ein Taschentuch an die Augen. Pauls Taschentuch. »Meine Großmutter ist gestorben, und du beschwerst dich darüber, dass ich nicht freundlich genug bin? Von einem Arzt hätte ich etwas mehr Einfühlungsvermögen erwartet.«

Sie wollte das Tuch einstecken, doch er hatte das gestickte Wappen der Salzwirker entdeckt und riss es ihr aus der Hand. »Er ist das also. Dieser Salzwirker. Der war doch auch eben hier unten. Hast du dich bei ihm ausgeweint?«

»Nein.« Sie entriss ihm das Taschentuch. »Aber vielleicht sollten wir nicht heiraten, Arno. Seien wir doch ehrlich. Wir tun es nur unseren Eltern zuliebe.«

Er packte ihr Handgelenk und zog sie zu sich. »Ich nicht, Irene. Du bist eine schöne, leidenschaftliche Frau. Ich mag das.« Arno drückte sie kräftiger gegen sich.

»Du tust mir weh!«, zischte sie.

Sofort ließ er sie los. »Tut mir leid, aber du machst mich verrückt, Irene. Ich weiß, dass deine kühle Distanziertheit nur Fassade ist.« Arno Felten berührte mit einem Finger ihre Wange und lächelte. Er sah erholter aus, und die hohlen Wangen waren verschwunden.

»Ich habe eine Überraschung für dich, Irene. Aber du musst dich bis zum Geburtstag deines Vaters gedulden.«

Ein unangenehmes Gefühl schnürte ihr die Kehle zu. »Eine Überraschung, ja?«

»Sie wird dir gefallen, und dann siehst du mich vielleicht in einem ganz anderen Licht. So, und nun lass uns nach oben gehen, bevor man denkt, du wärst geflüchtet.« Er nahm ihren Arm und legte ihn auf seinen.

Irene ließ es geschehen, obwohl sie am liebsten davongelaufen wäre.

36

Träumte sie noch, oder war sie schon wach? Irene drehte sich um. Es war eine warme Julinacht, und sie hatte einen leichten Schlaf. Die Geräusche kamen von unten. Erst das Telefon und nun Schritte auf der Treppe. Sofort war Irene hellwach, denn ein Telefonanruf um vier Uhr morgens konnte nichts Gutes bedeuten. Sie trat in ihrem Nachthemd auf den Flur.

»Oh, Sie sind wach, Fräulein Mendel. Es brennt in der Fabrik! Die Feuerwehr ist schon da«, sagte Frau Wilms leicht außer Atem.

»Um Gottes willen.« Irene stürzte in ihr Zimmer, zog sich an, und als sie unten nach dem Telefon greifen wollte, kam auch ihr Vater die Treppe herunter.

Er wirkte mitgenommen. Das Ostergeschäft war zwar hervorragend gewesen, doch immer neue Bestimmungen und die Anlieferung der Rohstoffe in Säcken, Kisten, Tüten, Fässern bedeuteten eine tägliche Einlagerung auf den Produktionsflächen, wodurch die Produktionsabläufe behindert wurden. Gestern hatte die Wickelmaschine gestreikt, mit der die Geleestücke eingepackt wurden. Und auch wenn niemand erwartete, dass ihr Vater ständig vor Ort war, kümmerte er sich am liebsten selbst um alles.

»Reni, was ist los? Ein Feuer in der Fabrik?« Seine Haare waren zerzaust, und sein Hemd schief zugeknöpft.

»Ja. Ich fahre hin und rufe dich an. Bitte, mach dir keine unnötigen Sorgen. Dein Herz, Vater. Ich fahre selbst.«

Irene hatte ihren Führerschein sofort gemacht, als es ihr möglich gewesen war, und nun war es von Vorteil. Eine Frau musste auf eigenen Füßen stehen und wissen, was zu tun war. Der Krieg hatte gezeigt, dass Frauen in Männerberufen bestehen konnten und zu Leistungen fähig waren, die man ihnen nicht zugetraut hatte.

Sie griff nach dem Autoschlüssel, der auf einem Teller neben dem Telefon lag, und umarmte ihren Vater. »Lass dir von Frau Wilms einen Kaffee kochen und warte, bis ich mich melde, ja? Sonst muss ich mir doppelt Sorgen machen. Und nimm deine Herztropfen!«

Als Irene die schwere Limousine ihres Vaters durch den Stadtteil Büschdorf steuerte, in dem sich die Fabrik befand, hörte sie schon von Weitem die Feuerwehrsirenen. Nervös umklammerte sie das Lenkrad des Mercedes-Benz fester und erwartete ein Flammeninferno, als sie um die Kurve bog. Doch zu ihrer großen Erleichterung gab es nur eine Qualmwolke, und die stieg nicht aus dem vorderen Haus.

Irene parkte an der Straße, knöpfte ihre Strickjacke zu und ging zu einem der Feuerwehrwagen. Ein Feuerwehrmann wischte sich das Gesicht mit einem Taschentuch ab und wollte sie zurückhalten.

»Junge Frau, was machen Sie denn hier? Bleiben Sie zurück.«

»Ich bin Irene Mendel. Wir wurden angerufen, dass es in unserer Fabrik brennt. Können Sie mir sagen, wo das Feuer ausgebrochen ist und wie groß der Schaden ist? Ich sehe keine Flammen. Das ist gut, nicht wahr?«

Der Mann setzte seinen Helm auf. Ein anderer Löschwagen fuhr an ihnen vorbei, und jemand rief nach mehr Schlauch.

»Fräulein Mendel, ja, das ist natürlich etwas anderes. Ich kann Sie beruhigen. Ich war eben drinnen, und das Feuer ist in dem Raum ausgebrochen, in dem sich eine Rösttrommel befindet, und hat sich nicht weiter ausgebreitet.«

»Ach, die Haferflockenrösttrommel! Oh, Gott sei Dank! Nein, Ihnen sei Dank!«, sagte Irene und schenkte dem Feuerwehrmann ein Lächeln.

Als man es ihr gestattete, betrat sie das Hauptgebäude, sprach mit dem Werksleiter, der mit dem Wachmann und zwei Mitarbeitern, die in der Nähe wohnten, den Schaden begutachtete, und ging schließlich in ihr Büro. Draußen waren zwar Scheinwerfer an, und sie hörte die Rufe der Feuerwehrmänner, doch im Gebäude war es still. In einer Fabrik durfte es niemals still sein, sagte ihr Vater immer, irgendeine Maschine muss laufen, das Getriebe muss am Laufen gehalten werden. Irene ließ sich mit der Villa Mendel verbinden und hatte sofort ihren Vater am Telefon.

»Irene? Meine Güte, ich warte und warte. Gleich hätte ich mir ein Taxi gerufen. Wie sieht es aus?«, wollte ihr Vater wissen.

»Die Rösttrommel für die Haferflocken war die Ursache. Warum, müssen wir noch herausfinden, aber die Hallen stehen noch, nur der eine Raum ist betroffen. Der Betrieb kann wie gewohnt aufgenommen werden.«

Sie hörte, wie ihr Vater schnaufte. »Danke, Reni, danke, dass du hingefahren bist. Langsam nimmt mich das zu sehr mit. Was ist mit den Rohstoffen? Haben wir Verluste hinnehmen müssen?«

»Soweit ich weiß, nicht. Vielleicht ein oder zwei Säcke Haferflocken, aber das ist zu verschmerzen. Die Kakaobohnen und die Kakaobutter sind unversehrt.«

»Und das ausgerechnet vor der Leistungsschau der Büschdorfer Betriebe«, stöhnte ihr Vater.

Irenes Blick fiel auf das Informationsblatt, das vor ihr auf dem Schreibtisch lag: Leistungsschau der Büschdorfer Betriebe unter dem Motto Nationale Front und Volkswirtschaftsplan – Garanten für Einheit und besseres Leben.

»Das hatte ich bei der Aufregung ganz vergessen. Aber das wird schon, Vater. Eine defekte Rösttrommel wird den Gesamteindruck nicht schmälern. Eher denke ich, dass es beeindruckend ist, zu sehen, wie gut unser Betrieb auch im Notfall funktioniert. Wir sollten die Männer, die heute so aufmerksam waren, morgen vor der Belegschaft belobigen.«

»Selbstverständlich werden wir das tun. Und jetzt komm nach Hause, Kind!«, sagte ihr Vater. »Ich brauche den Wagen, und du musst dich ausruhen.«

In der Woche darauf betrat Irene das Büro ihres Vaters und

legte ihm die Zeitung, eine Ausgabe der ›Freiheit‹, auf den Tisch. »Schon gelesen?«

Ihr Vater paffte entgegen den Anweisungen seines Arztes an einer Zigarre. »Noch nicht. Habe gerade mit der Bank gesprochen. Sie wollen bessere Zahlen sehen. In diesen Zeiten! Na, was steht denn drin?«

Irene las vor: »Einheitsfreund Franke eröffnete … blabla … und hier durch die Aufbauarbeit der Werktätigen und der freundschaftlichen Hilfe der Sowjetunion wurden Erfolge erreicht, Nationale Front, Frieden … blabla und so weiter.« Sie sah auf. »Immerhin scheint der große Eindruck positiv gewesen zu sein. Ach nein, das dicke Ende kommt noch, denn weil es so gut läuft und wir ja einen Auftrag aus dem Ausland erhalten haben, sei das doch ein Ansporn für die Erhöhung der Arbeitsnorm.«

Es handelte sich um einen Veredelungsauftrag, der die Fabrik kurzfristig auslasten würde. Auch wenn sie sich die Zeiten der großen Schokoladen- und Pralinenproduktion zurückwünschten, mussten sie mit dem zufrieden sein, was möglich war. Und das war mehr, als manch anderer Betrieb produzieren konnte.

»Arbeitsnorm erhöhen!«, entrüstete sich ihr Vater. »Es fehlen Rohstoffe, die Maschinen müssten dringend überholt oder besser noch modernisiert werden, und diese sozialistischen Zahlenhengste wollen die Norm erhöhen!«

Friedrich Mendels Wangen röteten sich, und Irene sagte schnell: »Man muss es vielleicht so sehen, solange die Arbeitsnorm erhöht werden kann, ist Luft nach oben.«

Ihr Vater runzelte verärgert die Stirn. »Das meinst du

nicht ernst! Aber lass uns nicht über diesen ausgemachten Unsinn streiten. Ich sage, dass diese neuen Herren Genossen keine Ahnung vom Geschäft haben und mit ihrer Planwirtschaft eine Bauchlandung hinlegen werden, die sich gewaschen hat. Da können sie mich gerne mal dazu befragen! Ich bin Unternehmer und weiß, wovon ich spreche!«

Um ihren Vater auf fröhliche Gedanken zu bringen, sagte Irene: »Ach, Vater, ich verstehe dich so gut, und vielleicht wird man dich noch um Rat bitten. Ganz ohne die erfahrenen Unternehmer und Facharbeiter kommt niemand aus. Aber jetzt kommt erst einmal dein Geburtstag! Bisher haben alle zugesagt, die eingeladen worden sind. Da kannst du mal sehen, wie sehr man dich schätzt!«

»Danke, meine Kleine. Und was ist mit deinem Zukünftigen? Den sehen wir ja kaum«, meinte Friedrich Mendel und sah seine Tochter fragend an.

»Das wird sich ja bald ändern. Er hat irgendetwas vorbereitet und will es auf deiner Feier verkünden.«

»Das habe ich gehofft. Gut, gut, mit Dr. Felten senior komme ich aus. Der ist zwar manchmal etwas überheblich, aber das haben Akademiker ja so an sich.« Ihr Vater lachte trocken. »Davon lassen wir Mendels uns nicht einschüchtern, was, Renilein? Man darf nicht allzu zartbesaitet sein, dann können einem Tiefschläge nicht so viel anhaben. Da mache ich mir bei dir keine Sorgen, Reni, du bist ein patentes Mädchen und wirst dem Arno eine gute Ehefrau sein.«

Ihre Kehle wurde trocken, und sie räusperte sich. »Hm, ich, weißt du …« Sie wollte ihm sagen, dass sie diese Ehe nicht eingehen konnte, dass sie Paul liebte, doch dann fiel ihr Blick auf die Herztabletten auf seinem Schreibtisch.

»Ja? Hast du etwas auf der Seele?« Das Telefon klingelte. »Wollen wir später darüber sprechen?«

Irene nickte, froh, der Erklärungsnot zu entkommen. Sie ging in die Kocherei, wo es laut war und die schwere Arbeit von den Männern erledigt wurde. Hier wurden Zucker, Aromastoffe und Farbstoffe vermengt, um die Basis für die Masse zu schaffen, aus der das Fondant in verschiedenen Farben hergestellt wurde, das in zahllosen weiteren Arbeitsgängen gegossen, geformt und veredelt wurde.

Die Hitze und der Lärm der Kochmaschinen verlangten den Arbeitern einiges ab. Es gab nur einen geringen Prozentsatz an männlichen Mitarbeitern in der Fabrik. Frauen hatten während des Krieges übernommen, und auch jetzt fehlte es noch an Männern, die arbeiten konnten. Doch viele Frauen waren schon zu Irene gekommen und hatten darum gebeten, auch weiterhin beschäftigt zu werden, selbst wenn ihre Ehemänner zurückkehren sollten.

»Läuft es rund? Ist der Kessel geflickt worden?«, wandte sich Irene an den Vorarbeiter, Lothar Joswig.

Der wischte sich die Stirn mit einem Lappen, der in seinem Gürtel steckte. »Ja, Fräulein Mendel. Wir haben das hinbekommen, sind ja erfinderisch, was, Kalle?«

Kalle Oschinski grinste, während er mit einem riesigen Holzlöffel in einem Kessel rührte.

»Was würden wir nur ohne Sie tun, ich danke Ihnen!«, sagte Irene.

»Für Sie immer gern, Fräulein Mendel, wenn wir das mal so sagen dürfen«, meinte Joswig.

Oschinski schob seine Mütze aus der Stirn und sagte: »Mein Kollege hier spricht für uns alle. Und wir haben auch schon zusammengelegt, um für Ihren Herrn Vater ein Geschenk zu kaufen.«

»Es ist ja für uns alle schwierig gewesen, aber Sie und Ihr Herr Vater haben sich immer für uns eingesetzt. Das wissen wir zu schätzen«, fügte Joswig hinzu.

Gerührt antwortete Irene: »Das ist sehr freundlich von Ihnen. Mein Vater wird sich sehr freuen, und ich hoffe, dass ich Ihnen noch erhalten bleibe.«

Es war ihr herausgerutscht. Sie hatte es nicht sagen wollen, aber es lag ihr auf der Seele, quälte sie die ganze Zeit. Sie hatte Angst vor der Ehe mit Arno, weil sie fürchtete, ihre Freiheit zu verlieren. Ihre Freiheit und ihre Eigenständigkeit, die sie durch ihre Arbeit in der Fabrik gewonnen hatte.

»Sie wollen uns verlassen?« Joswig runzelte die Stirn.

»Nein, nein, ich soll heiraten.« Sie biss sich auf die Lippe. Wie musste das klingen? »Ich werde heiraten«, verbesserte sie sich rasch. »Ich muss weiter.«

Hastig eilte sie davon.

37

In den vergangenen zwei Wochen hatte Irene kaum Zeit zum Grübeln gehabt, denn die Vorbereitungen für das große Fest in der Mignon-Schokoladenfabrik hatten sie vollkommen in Beschlag genommen. Dazu kamen die Launen ihrer Mutter, die sich seit dem Tod von Therese verändert hatte. Es war nicht nur die Trauer um die verstorbene Mutter, sondern die Erkenntnis, dass ein Teil ihres Lebens unwiederbringlich verloren war. Ada Mendel hatte ein Foto vom Lilienhof vergrößern und rahmen lassen und redete nun ständig vom Glanz vergangener Tage.

Sie saßen nach dem Abendessen im Salon, wo Ada eine Chopin-Etüde gespielt hatte. Die Finger langsam von den Tasten nehmend, sagte sie: »Was will Arno denn übermorgen verkünden? Dein Vater sagte, dass dein Bräutigam eine Überraschung für dich hat?«

Plötzlich war es viel zu warm und drückend in dem Salon, und Irene stellte ihr Wasserglas ab. »Ich weiß es nicht, deshalb nennt man es Überraschung.«

»Sei nicht so zynisch! Das steht dir nicht, und gegenüber deinem Mann ist solch ein Verhalten unangebracht. Es würde mich nicht wundern, wenn Arno dir noch einiges beibrächte. Er ist so ein reizender und gebildeter Mann. Nun ja, muss er ja auch sein, immerhin hat er Medizin studiert und promoviert«, sagte ihre Mutter spitz.

»Ich brauche frische Luft. Wartet nicht auf mich. Ich fahre noch mal an den Fluss runter.« Irene sprang auf.

»Es ist viel zu spät dafür! Friedrich, sag doch was!«, rief Ada aufgebracht.

»Es ist ja noch hell. Gib auf dich acht, Reni«, sagte ihr Vater, der in einer Mappe mit Geschäftsunterlagen las.

Irene nahm ihr Fahrrad und radelte am Neuwerk hinunter. Ihr Freundeskreis war lose, und sie hatte sich nie um eine beste Freundin bemüht. Die Klatschgeschichten der Mädchen und deren ständiges Gerede über Kleider und Männer hatten Irene nicht interessiert. Was man über sie redete, war ihr egal, doch manchmal wünschte sie sich, sie hätte jemanden, mit dem sie ihre Sorgen teilen konnte. Jemanden wie Paul, dachte sie wehmütig und steuerte den Uferbereich an, an dem sich die Salzwirker gern trafen.

Zum letzten Mal hatten sie sich vor Wochen auf dem Hausboot von Pauls Freund getroffen. Diese Nacht würde sie nicht vergessen. Nur das sanfte Schaukeln des Bootes auf der Saale, das Plätschern des Wassers und die Sterne über ihnen. Sie schob ihr Rad zwischen den Bäumen hindurch über das Gras. Die dunklen Wasser der Saale schlugen schmatzend gegen das Ufer, Boote schaukelten an den Stegen, auf denen Laternen den jungen Leuten etwas Licht spendeten, die dort feierten und tanzten.

Seufzend blieb Irene stehen und schaute den anderen zu.

Es dauerte einen Augenblick, bis ihre Augen sich an die diffusen Lichtverhältnisse gewöhnt hatten. Dann entdeckte sie ein oder zwei Salzwirker, die sie vom Sehen her kannte. Einer stand dort mit Frau und Kindern und sah zu ihr hinüber. Irene erkannte Werner, Pauls Freund, und der winkte ihr zu. Sie zögerte.

»Na, schöne Frau, so ganz allein hier?«

Eine unbekannte Stimme, die ihr nicht behagte. Sie wandte sich um und stand einem Fremden gegenüber. »Mein Gott, haben Sie mich erschreckt!«

Sie nahm ihr Rad und wollte es in Richtung von Werner und seinen Freunden schieben, doch der Mann stellte sich ihr in den Weg. Ein Gefühl von Wut und Angst stieg in ihr auf.

»Lassen Sie mich vorbei. Meine Freunde warten da unten auf mich. Werner!«, rief sie laut und winkte.

Der Fremde blieb trotzdem stehen. Er war mittelgroß, hatte ein unscheinbares Gesicht, in dem nur die kalt blickenden Augen auffielen, und sagte leise: »Ihre Freunde, Fräulein Mendel? Ist das so? Dann will ich Sie nicht aufhalten.«

»Wer zum Teufel sind Sie, und woher kennen Sie meinen Namen?«, wollte Irene wissen, doch der Mann verschwand eilig zwischen den Bäumen.

Werner, der sie anscheinend beobachtet hatte, war zu ihr gelaufen und kam atemlos bei ihr an. »Hallo, Irene, alles in Ordnung? Was wollte der Kerl von dir?«

»Keine Ahnung! Der kannte meinen Namen!« Sie schaute noch immer zu den Bäumen hin, wo der Fremde verschwunden war.

»Dann war's einer von der Staatssicherheit. Denen macht

es Spaß, uns zu erschrecken. Mach dir keinen Kopf. Paul kommt auch noch. Kann ich dir ein Bier anbieten?« Er zwinkerte ihr zu.

»Danke, sehr gern.«

Von Paul wusste sie, dass Werner ein guter und vertrauenswürdiger Freund war, und außerdem mochte Irene die direkte Art des Salzwirkers. Werners Humor, sein Pragmatismus und seine Loyalität Familie und Freunden gegenüber zeichneten ihn aus. Bislang war sie immer als Petras Freundin bei den anderen Salzwirkern bekannt gewesen, doch nun war Petra in Berlin, und Irene wollte auch weiterhin den Anschein wahren, dass sie mit den Geschwistern befreundet war.

»Ist Petra auch da?«, fragte sie und erntete ein verschmitztes Lachen von Werner.

»Nein, die spielt Theater in Berlin. Aus der wird mal wer Berühmtes, das steht fest.« Werner neigte sich zu ihr, während sie auf seine Gruppe zugingen. »Schau, da kommt Paul. Warte, Irene.«

Irene blieb stehen und beobachtete, wie Werner seinen Freund abfing, bevor er den Steg betrat. Nach einem kurzen Wortwechsel kam Paul zu ihr. Er wirkte angespannt, doch die Berührung seiner Hand auf ihrer verfehlte nie ihre Wirkung.

Ihre Nervosität verflog. »Guten Abend, Paul. Ich brauchte nur frische Luft, und dann habe ich Werner gesehen.« Sie hielt inne. »Ich will nicht stören.«

Vom Fluss kam eine kühle, leicht modrig riechende Brise herauf. Paul stand dicht vor ihr. Seine gebräunte Haut setzte sich von seinem weißen Hemd ab, dessen oberste Knöpfe offen standen. Die körperliche Anziehungskraft zwischen ihnen war so groß, dass Irene sich fragte, ob sie jemals aufhören würde, ihn zu vermissen.

»Was redest du da, Irene? Mich stören? Du bist doch keine lästige Fliege.« Er beugte sich vor, und sie spürte seinen Atem an ihrem Ohr. »Du bist mein Leben.«

Ihre Haut vibrierte, und wenn er sie hier geküsst hätte, sie hätte es geschehen lassen.

»Warum sagst du solche Dinge, Paul?«, flüsterte sie.

»Gehen wir ein Stück.« Er half ihr, das Rad zu drehen, und schob es für sie mit einer Hand weiter. So konnte er ihr den freien Arm um die Schultern legen.

Als würden sie das täglich tun, passten sie den Rhythmus ihrer Schritte einander an und spürten schweigend die Nähe des anderen. Nach einer Weile waren kaum noch andere Spaziergänger zu sehen, und Paul blieb stehen. Er lehnte das Rad an einen Baum und zog Irene mit sich hinter den mächtigen alten Stamm. Zärtlich nahm er ihr Gesicht in seine Hände, sah ihr in die Augen und küsste sie. Sie drückte ihn an sich, hielt ihn fest und seufzte, als seine Lippen ihre Wange und ihren Hals berührten.

»Und jetzt erzähl mir, was dich bedrückt«, sagte er und hielt sie in seinen Armen.

»Übermorgen findet doch die Geburtstagsfeier statt«, begann sie.

»Ich weiß. Die Halloren wurden eingeladen, wenn du dich erinnerst.«

Sie bog den Kopf zurück und zog eine Grimasse. »Und wer hat euch auf die Gästeliste gesetzt? Das Fest, die Organisation, das läuft schon alles. Nur Arno hat so eine merkwürdige Andeutung gemacht. Er hätte eine Überraschung für mich, und dann würde ich ihn in einem ganz anderen Licht sehen.«

Ein Ruck ging durch Paul, wie jedes Mal, wenn sie Arno Felten erwähnte. Sie hatten beide die drohende Vermählung verdrängt, in der Hoffnung, dass das Schicksal ihnen zu Hilfe kommen würde.

»Will er dir auf dem Fest den großen Antrag machen? Etwas anderes könnte ich mir nicht vorstellen«, meinte Paul.

»Ich fürchte, da steckt noch mehr dahinter. Er hat so eine Art, die mir manchmal einen Schrecken einjagt.« Sie ließ ihre Stirn gegen Pauls Brust sinken.

»Herrgott, Irene, dann heirate ihn nicht! Tu es nicht! Er wird dich unglücklich machen, von mir ganz zu schweigen!«

Er hatte ja recht! Sie spürte schmerzend einen Knoten in ihrem Magen, und Tränen quollen aus ihren geschlossenen Augen. Paul streichelte ihren Rücken.

»Nicht weinen, Irene. Wir müssen einen Weg finden, hörst du? Ich verstehe ja, dass du deine Eltern nicht enttäuschen willst, dass eure Fabrik auf dem Spiel steht. Aber du bist nicht für das Leben deiner Eltern verantwortlich. Du hast auch ein Recht darauf, glücklich zu sein.«

»Das ist ja mein Dilemma!«, schluchzte sie. »Wenn doch nur Edgar wieder hier wäre. Er konnte immer besser mit Mutter umgehen, und er hätte eine Lösung gefunden. Aber ich habe so lange schon keinen Brief mehr von ihm erhalten. Wenn er nun … Ich darf gar nicht daran denken! Und ich soll mich gegen meine Eltern stellen? Die Hochzeit absagen und damit die dringend benötigte Finanzspritze und wichtige Kontakte ausschlagen?«

Paul holte tief Luft. »Nein, nein, das sollst du nicht. Aber denk doch mal weiter. Stell dir einfach mal vor, wie das sein wird für dich, die Hochzeitsnacht, Kinder.«

Irene wurde übel. »Hör auf. Das will ich mir nicht vorstellen, weil es nicht passieren wird.«

»Sicher wird es das, wenn du nichts unternimmst. Das ist eine Tatsache, Irene.«

Sie wischte sich die Augen und stellte sich mit zurückgenommenen Schultern und leicht erhobenem Kinn vor ihn hin. »Du hast recht. Und ich werde etwas unternehmen, nach dem Geburtstag.«

Paul lächelte und nahm ihre Hand. »Ist das ein Versprechen?«

Sie nickte. »Beim Grab meiner Großmutter.«

»Ein Kuss wäre mir lieber.«

Das musste er nicht zweimal sagen.

38

Das gleichmäßige Rattern der Straßenbahn hatte normalerweise eine beruhigende Wirkung auf Petra. Doch heute schweiften ihre Gedanken immer wieder ab. Sie konnte sich nicht auf das Buch konzentrieren, das sie eigentlich lesen wollte. Holm hatte es ihr gegeben. Ein neuer DEFA-Film wurde geplant, und er hatte ihr nahegelegt, sich mit dem kontroversen Stoff zu beschäftigen. Für ihr Fortkommen im Filmgeschäft wäre eine Rolle wichtig, und viele Kollegen vom Theater spielten in Filmen mit.

»Das Beil von Wandsbek«, murmelte sie. Was für ein Titel, aber es ging ja auch um einen Henker.

Karoline saß ihr gegenüber. Sie waren gemeinsam auf einer Lesung im Amerikahaus in Westberlin gewesen und anschließend mit Freunden essen gegangen.

»Wer denkt sich denn bitte so einen furchtbaren Titel für einen Film aus? Das will doch kein Mensch sehen!« Karoline zog eine Packung Zigaretten aus der Tasche. »Bitte.«

Petra schüttelte den Kopf. »Im Zug wird mir übel, wenn ich rauche.«

Karoline zündete sich eine Zigarette an, ohne auf ein älteres Ehepaar zu achten, das die Nasen rümpfte.

»Jetzt sag mal ehrlich, willst du in dem Streifen wirklich mitspielen?« Karoline trug ihre platinblonden Haare jetzt im Stil der amerikanischen Filmstars und war seit Kurzem mit einem Regisseur aus Westberlin liiert.

»Hast du das Buch gelesen?« Petra klappte den Roman von Arnold Zweig zu.

»Nicht ganz, ich fand's schrecklich. Warum soll ich lesen wollen, wie ein Schlachtermeister von einem SS-Standartenführer angeheuert wird, vier Kommunisten hinzurichten.« Karoline schaute zu ihren Sitznachbarn. »Würde Sie das etwa interessieren?«

Der Mann wirkte gleichzeitig verärgert und irritiert. »Belästigen Sie uns nicht, junge Frau.«

Karoline verzog den Mund. »Uh, Entschuldigung, Verehrtester. Dabei wurde das Buch im Original auf Hebräisch geschrieben. Was sagen Sie nun?«

»Hören Sie auf damit!«, ereiferte sich nun auch die Gattin.

»Karo, lass doch«, zischte Petra, die ihre Freundin nur zu gut kannte. Sie hatten gefeiert und das eine oder andere Glas Wein zu viel getrunken, und dann war Karo aufgedreht und unterhaltsam, aber auch unberechenbar.

»Warum denn? Wir unterhalten uns über ein politisches Buch, das verfilmt werden soll. Das wird man doch wohl dürfen?«, meinte Karo etwas lauter als notwendig.

Auch andere Mitfahrende in der Straßenbahn drehten die Köpfe, und Petra war kurz davor, aufzustehen. »Noch ein Wort, und ich steige hier aus, Karo!«

Sie wollte Ärger und Aufsehen um jeden Preis vermeiden, so viel hatte sie gelernt.

Karo zog einen Schmollmund. »Schon gut, war doch nur Spaß!«

»Ich weiß das, die anderen nicht.«

Karo beugte sich vor und sagte leise zu ihrer Freundin: »Wenn Raimund mich fragt, gehe ich mit ihm in den Westen.«

»Was? Habt ihr übers Heiraten gesprochen? Ach, ich wünsche es dir«, sagte Petra und meinte es ehrlich. Eine Ehe würde Karo vielleicht die Sicherheit und Geborgenheit geben, die sie brauchte, um zur Ruhe zu kommen.

»Er hat Andeutungen gemacht. Sein nächster Film wird von einer Münchner Produktionsfirma finanziert und auch dort gedreht. Ich soll ihn begleiten.«

»Das ist kein Heiratsantrag«, gab Petra zu bedenken.

Die Straßenbahn hielt, und sie mussten umsteigen. Ein Mann rempelte sie an und hätte Petra beinahe auf die Straße geschubst.

»Passen Sie doch auf!«, beschwerte Petra sich und konnte sich gerade noch auffangen. Das Pflaster war nass vom Regen und gefährlich glatt. Karo kam ihr zuhilfe, hielt sie fest und zog sie hinauf auf den Bordstein.

»Ungehobelter Kerl! Kein Benehmen«, schimpfte Karo.

Sie hatten Glück, die Straßenbahn der Linie 7, die sie nach Potsdam bringen würde, fuhr gerade ein. Immer häufiger kam es zu Problemen im Verkehrsnetz, weil die Teilung der Stadt auch die Entstehung von zwei Unternehmen hervorgerufen hatte. Die BVG-West fuhr in den drei Westsektoren, und die BVG-Ost in der Sowjetzone. Seit der Währungsreform wechselten die Schaffner an der Sektorengrenze, und die Stromzufuhr gestaltetet sich ebenfalls schwierig.

Ein bewaffneter Sowjetsoldat stieg dazu und kontrollierte die Ausweise.

»Die suchen wohl wieder jemanden«, meinte Karo leise. »Was ist eigentlich mit Joachim, Petra? Geht es ihm gut?«

Sie waren fast allein im Abteil, und Petra antwortete: »Er lebt sich langsam ein. Aber sein Verschwinden macht es für meine Familie nicht einfacher.«

»Was sollte er denn machen, der arme Kerl? Er tut mir leid. Aber zurück kann er auch nicht.« Karo drückte kurz Petras Hand. »So ist es das Beste. Hier hätten sie ihn einkassiert.« Sie senkte ihre Stimme weiter. »Hier herrscht in meinen Augen eine sozialistische Diktatur nach stalinistischem Muster. Die reine Willkür. Mensch, Petra, du solltest auch rübergehen. Ich kann es nicht erwarten, endlich ganz zu verschwinden. Und dein Max? Der ist auch dauernd drüben.«

»Karo, das ist nicht so einfach. Ich will meine Familie nicht verlieren. Es würde meinen Eltern das Herz brechen, wenn ich fortgehe. Und solange Max' Mutter lebt, wird er auch bleiben, denn sie will nicht aus Potsdam fort. Irgendwie kann ich das verstehen. Sie ist alt und krank. In ihrer Wohnung fühlt sie sich daheim und hat ihre Erinnerungen.«

Karo lehnte sich zurück und hauchte ihre lackierten Fingernägel an. »Ich sehe das anders. Wir alle leben nur einmal, und wenn sich mir eine Chance bietet, nutze ich die. Wer weiß, ob ich noch eine bekomme.«

Am nächsten Morgen verließ Karo früh die Wohnung,

um zu einem Fotoshooting zu gehen. Der Job war nichts Besonderes, nur eine Werbung für ein Waschpulver, aber die Bezahlung war in Ordnung. Auch Petra, die ihre Haare inzwischen etwas kürzer trug, nahm solche Jobs an, wenn sie Geld brauchte. Es war nicht das Schlechteste, und meist hatte man dabei genug Wartezeit, in der sie Texte einstudieren konnte. Heute jedoch hatte sie bis zur Abendvorstellung frei und war mit Max verabredet. Sie hatten sich selten gesehen, seit Max geholfen hatte, Joachim in den Westen zu bringen.

Petra zog eine leichte Hose und Bluse an. Als es klingelte, nahm sie ihre Handtasche und eine Strickjacke und verließ die Wohnung. Max lehnte neben dem Eingang und zog eine Rose hinter seinem Rücken hervor, als sie durch die Tür trat.

»Neben dir verblasst sogar eine Rose«, sagte er lächelnd und nahm sie in die Arme.

Petra drückte ihn an sich und küsste ihn. Irgendetwas war heute anders. Er schien weniger angespannt als in den vergangenen Wochen.

»Danke, Max. Ich habe dich vermisst.«

»Ich dich auch, und jetzt lass uns frühstücken.« Er nahm ihre Hand, nachdem sie die Rose an ihrer Handtasche befestigt hatte.

»Gern – und Max, ich kann dir gar nicht genug danken, dass du Joachim rausgebracht hast. Meine Eltern lassen dich grüßen und sagen, dass sie tief in deiner Schuld stehen.«

»Ach, Petra, lass gut sein. Ich hab's für dich gemacht. Er ist dein Bruder, und du hängst an ihm. Ich habe keine Geschwister, aber ich weiß, dass es mir nicht anders gehen würde.«

Er tat so, als wäre das eine Kleinigkeit gewesen, aber das

war es nicht. Sie hakte sich bei ihm ein. »Das sagst du so, aber du hast viel riskiert, um Joachim rauszubringen. Warum sagst du mir nicht, wie du das gemacht hast und was du in der BRD am Rhein wolltest? Deine Mutter hat es mir erzählt. Ich mache mir doch Gedanken.«

Während sie auf ein Eckcafé zusteuerten, in dem ein gutes, günstiges Frühstück angeboten wurde, kamen sie an einer kleinen Buchhandlung vorbei. In der Auslage waren Klassiker der deutschen Literatur und auch Werke amerikanischer und britischer Autoren zu sehen.

»Die wird bald dicht sein«, sagte Max bedrückt.

»Warum?«

»Die Buchhandlung hat dem Vater eines Freundes gehört. Nachdem sein Vater gestorben ist, wollte mein Freund die Buchhandlung weiterführen, aber sie haben ihm gesagt, dass die Gewerbeerlaubnis nach sechs Monaten erlischt. Er wird auch keine neue Genehmigung erhalten. Der Volksbuchhandel soll ausreichen, haben sie ihm mitgeteilt.« Max hob die Hand, als sich hinter der Auslage im Laden jemand bewegte.

»Das tut mir leid. Dabei sind kleine, inhabergeführte Läden so schön.«

Max blieb stehen, als sich die Ladentür mit einem Klingeln öffnete. »Hallo, Max! Habe ich doch richtig gesehen!«

Ein junger Mann kam heraus und umarmte Max.

»Darf ich dir meine Freundin Petra vorstellen? Petra, das ist Harro Papstmann.«

Der große dunkelblonde Mann reichte ihr lächelnd die Hand. »Die Petra, freut mich.«

Er hatte ein breites Kinn und tiefe Linien auf der Stirn, die ihn ernst aussehen ließen. Sorgenfalten, dachte Petra.

»Ich war auch schon mal in deinem Laden und habe einige Reclamausgaben von Schillers Dramen gekauft. Aber ich meine mich zu erinnern, dass ein älterer Herr mich bedient hat«, sagte Petra.

»Mein Vater, ja, er hat den Laden geliebt, und ich würde so gern weitermachen, aber sie lassen mich nicht. Es ist zum Heulen!« Harro fuhr sich durch die Haare. »In dem neusten Schrieb von den Behörden hieß es, dass man dem Aufbau der Grundlagen des Sozialismus dienen soll, und private Unternehmen würden durch Störmaßnahmen häufig genug die Erfüllung der Pläne verhindern. Vielleicht nehme ich den Bestand mit nach drüben. Hier darf ich ab nächster Woche nichts mehr verkaufen.«

Eine Frau mit Kinderwagen kam den Gehweg entlang und blieb vor der Buchhandlung stehen. »Haben Sie auch Kinderbücher?«

Harro nickte. »Da sind wir ganz gut sortiert. Kommen Sie nur herein. Wenn Sie drei Bücher kaufen, schenke ich Ihnen das dritte.«

»Wirklich? Oh, wie freundlich von Ihnen.« Sie betrat den Laden, und Harro sagte zu Max: »Wir bleiben in Kontakt. Alles Gute, Petra!«

Sie lächelte und ging mit Max weiter. »Da kann meine Familie in Halle von Glück sagen, dass sie in der Saline arbeitet. Salz wird immer gebraucht. Und das Theater können sie auch nicht verbieten. Aber du hattest nur eine Galgenfrist,

Max.« Sie knuffte ihn leicht in die Seite. »Was hat es mit deinem Rheinbesuch auf sich?«

»Du lässt nicht locker, was?«

»Nein, diesmal nicht. Ich möchte dir vertrauen, Max. Dazu gehört, dass wir uns nicht belügen.«

»Ich habe dich nie belogen, dir nur nicht alles gesagt, weil ich das nicht darf.« Er hielt inne, als sie an einem Paar vorübergingen.

Automobile knatterten vorbei, und Pferdefuhrwerke lieferten Kohle und Milch aus. Die Stadt rüstete sich für den Tag.

»Ich helfe Menschen, Petra. Was auch immer du denken magst, ich helfe Menschen, die in Not sind, und mehr sage ich nicht. Ich kann nicht, und ich darf nicht. Es ist zu deinem eigenen Schutz. Bitte, vertrau mir. Ich liebe dich.«

Das war zwar nicht die erklärende Antwort, die sie sich erhofft hatte – und doch, als Eingeständnis seiner Gefühle, noch besser. »Ich liebe dich auch, Max.«

Er drückte sie an sich. »Ich bin vorsichtig, aber wir können nicht einfach zusehen, wie die Russen alles vereinnahmen. Wir müssen wissen, was die planen. Darum geht es, nur darum.«

Petra küsste ihn und flüsterte: »Es hört nicht auf, nicht wahr?«

»Nein, mein Liebling, das große Spiel hat gerade erst begonnen.«

39

Musik tönte durch die große Halle, in der sonst die Kakaobohnen gemahlen wurden. Tische und Bänke waren aufgestellt worden, auf einer Bühne spielte eine Kapelle Schlager und Swing, bunte Girlanden aus Verpackungsresten schmückten Decken und Wände, und sogar Luftballons hatten sie organisiert. Vorn auf dem Rednerpult prangte der Schriftzug Mignon-Schokolade in Gold auf weißem Grund. Ein großes Blumenbouquet trennte das Rednerpult von dem Tisch, der für das Geburtstagskind und die Ehrengäste reserviert war.

Irene schaute nach, ob alles richtig eingedeckt worden war und die Namensschilder richtig standen, und ging zum Buffet, auf dem bereits die kalten Speisen und die Produktpalette der Fabrik aufgebaut waren. Sie hatten nicht gespart, denn ihr Vater wurde heute sechzig Jahre alt, und die Schokoladenfabrik war beinahe genauso alt wie er. Sie ließ den Blick durch die Halle gleiten, sah die Arbeiter gut gelaunt in Sonntagskleidung herumspazieren und war stolz auf den Anteil, den ihre Familie am Erfolg des Unternehmens hatte.

Eine Mitarbeiterin trug ein Tablett mit Gläsern herein, ein Mann brachte Sektflaschen hinterher.

»Herr Kasulke, haben wir genug von allem?«, sprach sie den jungen Mann an, dem sein Anzug und die Krawatte gut zu Gesicht standen.

»Jawohl, Fräulein Mendel. Der Eintopf wird jetzt warm gemacht. Das übernimmt die Maklewitz.«

»Ist denn Ihre Frau auch da? Geht es ihr gut?«, erkundigte sich Irene nach Elli, die aufgrund ihrer fortschreitenden Schwangerschaft nicht mehr zur Arbeit gekommen war.

Griegor Kasulke nickte. »Sie muss viel liegen, hat der Arzt gesagt, und das macht sie auch die meiste Zeit. Das wäre zu anstrengend für sie heute.«

»Lassen Sie sich etwas von dem Essen mitgeben, dann hat Elli auch was davon«, sagte Irene und ging weiter. Zur Feier des Tages trug sie ein schwarzes ärmelloses Kleid und eine Bolerojacke. Als Schmuck hatte sie nur die Kette mit dem goldenen Kreuz ihrer verstorbenen Großmutter und ein goldenes Armband angelegt. Im Gegensatz zu ihrer Mutter liebte sie es schlicht.

Zwei Männer standen an einen Kessel gelehnt und unterhielten sich. »Schönen Dank auch für den freien Tag, sagt die Mannschaft!«, meinte Lothar Joswig, und sein Kumpel Kalle Oschinski deutete eine Verneigung an. »Und wenn wir erst ein Bierchen trinken dürfen, wird der Tag noch schöner«, fügte Oschinski hinzu.

»Das kann ich mir lebhaft vorstellen«, meinte Irene lächelnd und ließ die Arbeiter, die sonst in der Kocherei tätig waren, stehen.

Sie sah auf ihre Uhr. Jetzt würden die ersten geladenen Gäste eintreffen. Wo steckten ihre Eltern?

Irene machte sich auf den Weg zum Haupteingang, wo sie endlich ihren Vater erblickte. Friedrich Mendel trug seinen besten dunklen Anzug, eine seidene Krawatte, und seine Schuhe waren blank poliert. Goldene Manschettenknöpfe blitzten unter den Sakkoärmeln hervor. Er wirkte gelöst und guter Stimmung.

»Reni, mein Sonnenschein. Du überstrahlst alles!« Friedrich Mendel nahm seine Tochter an der Hand und ließ sie sich einmal um sich selbst drehen.

Irene lachte und gab ihrem Vater einen Wangenkuss. »Du kannst dich aber auch sehen lassen. Wo ist Mutter?«

Ein Mitarbeiter öffnete die Flügeltüren des Haupteingangs und ließ die Sonne herein. Sie hätten keinen schöneren Tag wählen können. Keine Wolke trübte den blauen Augusthimmel, vor dem Fabrikgebäude standen zwei Limousinen und ein gewaschener Lastwagen mit dem Firmenlogo der Mignon-Schokoladen-Werke. Ihre Mutter stand mit Arno und dessen Eltern auf dem roten Teppich, den sie hatten auslegen lassen. Dunkelrote Kordeln markierten den Aufgang, und auch hier hatten sie nicht mit Blumendekoration gespart.

Als Arno sie sah, lächelte er und nahm ihre Hand. »Du bist wunderschön, Irene. Mit dir an meiner Seite werde ich es weit bringen.«

Wie so oft, wenn er etwas zu ihr sagte, berührten seine Worte sie unangenehm. Es war wohl die Art, wie er sie taxierte und deutlich machte, wo ihr Platz in der Ehe sein würde. Sie vermisste Gefühl und Herzlichkeit, aber woher sollte er das kennen? Seine Mutter trug ein dunkelblaues Kleid aus feinster Seide und versehen mit Perlenstickereien. Ihr Schmuck bestand aus einem dreireihigen Perlencollier, in dem auch Diamanten blitzten, sowie entsprechendem Armband und Ohrringen.

»Danke, Arno.« Sie hielt ihm ihre Wange für den Begrüßungskuss hin.

Ihr Vater sprach derweil mit Dr. Felten und dessen Gattin.

»Aber es fehlt etwas, Irene. Eine schöne Frau sollte auch schönen Schmuck tragen.« Arno zog eine kleine Schachtel aus seiner Tasche und klappte sie auf. Ein Verlobungsring aus Weißgold mit einem großen Diamanten, eingebettet in viele kleine Brillanten, lag vor ihr.

Arno nahm ihn heraus. »Noch sind wir unter uns. Ich will deinem Vater nicht die Show stehlen. Willst du meine Frau werden? Deinen Vater habe ich ja schon gefragt.«

Sie hielt ihm ihre zitternde Hand hin. »Sehr rücksichtsvoll, Arno.«

»Oh, sieh doch, unser Sohn macht ihr den Antrag!«, rief Hannelore Felten entzückt. »Das wurde ja auch Zeit, wenn ihr im Herbst heiraten wollt.«

Der Ring passte, nur der Mann nicht, dachte Irene und küsste Arno flüchtig auf die Lippen.

»Das müssen wir aber noch üben, Irene«, flüsterte Arno und drückte ihre Hand.

Ihre Eltern umarmten sie beide und auch die zukünftigen Schwiegereltern. Dr. Felten senior zog sie ein wenig zu fest an sich. »Glückwunsch, meine Liebe.«

Weitere Automobile rollten in den Hof und zogen die Aufmerksamkeit auf sich. Arno hakte sie unter und nahm sie ein Stück zur Seite. »Ich habe dir doch eine Überraschung versprochen.«

»Äh, ja?«, sagte sie und behielt mit einem Auge die Ankommenden im Blick.

»Dein Bruder könnte in den nächsten Tagen zurückkommen. Ich weiß nicht genau, mit welchem Zug er fahren wird, aber er ist freigelassen worden.« Sein Lächeln war selbstbewusst und gönnerhaft.

Irene erbleichte und flüsterte. »Edgar kommt zurück!«

»Ich wusste, du würdest dich freuen!«

»Natürlich, was für eine Frage. Seit wann weißt du es?« Der Ring blitzte in der Sonne, als sie ihre Hand bewegte.

»Seit einem Monat vielleicht.«

Wagentüren wurden geöffnet, und der Oberbürgermeister, sein Amtsleiter und deren Frauen stiegen aus.

»Seit einem Monat? Und du hast mir nichts gesagt?«, entfuhr es ihr lauter als beabsichtigt.

Ihre Mutter wandte sich mit tadelndem Blick zu ihr um.

»Ich finde, es ist ein sehr schönes Geschenk zu unserer Verlobung. Die Familie ist bald wieder vereint.« Er verzog den Mund. »Alles zu seiner Zeit, Irene, daran wirst du dich gewöhnen müssen. Ich bin gern großzügig und werde dich verwöhnen, aber ich mache es auf meine Art.«

Sie konnte nicht fassen, dass er diese wundervolle Neuigkeit so lange für sich behalten hatte. Es lag beinahe ein gewisser Sadismus in seinem Verhalten, so als hätte er Freude daran, sie hinzuhalten, um dann ihre Reaktion zu sehen.

Eine Welle unterschiedlichster Gefühle überrollte sie, und Irene ballte kurz ihre Hände zu Fäusten, um sich zu sammeln.

Der Oberbürgermeister hatte mit seiner Frau die Stufen erreicht, und sie konzentrierte sich ganz auf ihre Aufgabe als Unternehmerin. Die geladenen Honoratioren von Halle hatten tatsächlich alle zugesagt. Irene und ihr Vater schüttelten Hände, gaben Wangenküsse und plauderten kurz mit den Gästen, darunter der Pfarrer der Marienkirche, der Bankdirektor und seine Frau, Professoren der Martin-Luther-Universität Halle-Wittenberg, Geschäftsleute und Handwerksmeister sowie der Inhaber des Ratskellers.

»Bitte, gehen Sie nur durch und schauen Sie sich um«, lud Irene die Herrschaften ein.

Amtsleiter Pluffky stand ihr mit seiner Gattin gegenüber. Mit Pluffky hatte Irene wegen der Beschlagnahmung mehrfach verhandelt und das Schlimmste abwenden können. »Ich hoffe, Sie fühlen sich wohl bei uns«, begrüßte sie die beiden. »Danke, dass Sie gekommen sind.«

Der Mann trug einen schmalen Oberlippenschnauzer und war kleiner als seine dralle Ehefrau, die Irene neugierig musterte. »Das hätten wir uns doch nicht entgehen lassen«, antwortete er schmallippig.

»Wie bleiben Sie nur so schlank, wenn Sie den ganzen Tag Schokolade kosten dürfen?«, fragte Frau Pluffky.

»Ach, wissen Sie, Schokolade produzieren wir leider nicht viel.« Irene fixierte kurz den Amtsleiter. »Kakao und was man so für gute Schokolade benötigt, ist noch immer rationiert. Aber unser Fruchtgelee ist sehr gut. Das können Sie alles am Buffet verkosten.«

»Dann komm, Willi!« Frau Pluffky zog ihren Gatten mit sich in die Halle.

Pferdehufe klapperten über die Delitzscher Straße, und bald darauf rollte ein Gespann der Saline ein. Auf dem offenen Wagen saßen vier Halloren in ihrer Festtracht. Irene seufzte erleichtert, als sie Paul mit Werner und zwei anderen Salzwirkern erkannte. Die Männer in ihrem farbenfrohen Festgewand kamen zum Eingang, zogen ihre Hüte und verneigten sich höflich.

Der älteste Hallore ließ die Jüngeren mit ihren Gaben vortreten. »Wir danken recht herzlich für die Einladung und gratulieren dem Jubilar mit unseren bescheidenen Gaben.«

Paul trug ein Tablett mit Schlackwurst und Werner einen Sack Salz, den er vor Friedrich Mendel abstellte. Irene sah, wie ihrem Vater Tränen der Rührung in die Augen stiegen.

»Ich danke euch, werte Brüder. Ohne euer Salz könnten wir unsere Produkte nicht herstellen. Salz ist Leben. Kommt, seid willkommen und feiert mit uns«, begrüßte ihr Vater die Männer freundlich und schüttelte jedem Einzelnen die Hand.

Das machte ihn aus, dachte Irene, er gab jedem Gast das Gefühl, etwas Besonderes zu sein, genau wie er jeden seiner Arbeiter mit Respekt behandelte. Es war sehr warm, und Irene hatte die Bolerojacke ausgezogen. Auch ihr Vater wirkte inzwischen etwas müde, was bei der Hitze, den Anstrengungen der letzten Wochen und dem Festtag nicht verwunderte.

Irene tauschte in einem unbeobachteten Moment einen

innigen Blick mit Paul, der im Vorbeigehen ihre Hand berührte. »Schweres Geschütz, der Klunker.«

Sie schluckte und verbarg die Hand hinter ihrem Rücken. Als die Halloren hineingegangen waren, wandte sie sich an ihren Vater: »Lass uns hineingehen. Es wird Zeit für deine Rede.«

Friedrich Mendel tupfte sich den Schweiß mit einem Taschentuch von der Stirn. »Dass wir so weit gekommen sind, hätte ich an manchen Tagen nicht für möglich gehalten.«

Er nahm ihren Arm und hakte sie bei sich ein. »Du bist die beste Tochter, die ich mir wünschen kann, Reni. Danke für deine Unterstützung.«

Gerührt räusperte sie sich. »Du weißt, wie gerne ich mit dir zusammenarbeite. Aber es gibt noch eine große Neuigkeit. Edgar kommt nach Hause. Arno hat es mir gesagt.«

Tränen füllten die Augen ihres Vaters. »Ist das wahr? Nein, was für eine Freude. Gott, welches Glück wir doch haben. Ach, meine Kleine.« Er umarmte seine Tochter und drückte sie fest an sich. »Weiß deine Mutter es schon?«

»Nein, ich hatte noch nicht die Gelegenheit, aber vielleicht hat Arno es ihr gesagt. Sie sind zusammen hineingegangen.« Sie holte tief Luft. »Bereit?«

40

Als sie die Halle betraten, gab sie Frau Luegers ein Zeichen, woraufhin diese mit einer Klingel für Ruhe sorgte. Die Kapelle verstummte, und die an den langen Tafeln sitzenden Gäste sahen ihnen erwartungsvoll entgegen. Irene hängte ihre Jacke über einen Stuhl und trat zuerst an das Pult, um die Anwesenden zu begrüßen.

Nachdem sie die Ehrengäste namentlich angesprochen hatte, sagte sie: »Und bevor wir später den Geburtstag meines Vaters mit Ihnen gemeinsam feiern, möchte ich mich bei unseren Mitarbeitern für ihren unermüdlichen Einsatz und ihre Loyalität unserem Unternehmen gegenüber bedanken. Die Mignon-Schokoladen-Werke sind eine hallesche Institution, und das nicht zuletzt, weil wir alle gemeinsam dieses Unternehmen durch Höhen und Tiefen geführt haben. Aber nun übergebe ich das Wort an meinen Vater, den Direktor – nein, das Herz der Mignon-Schokoladen-Werke.«

Mit feuchten Augen verließ sie das Pult und wartete, bis ihr Vater an ihr vorbei auf das Pult gestiegen war, bevor sie sich auf ihren Stuhl neben ihre Mutter und Arno setzte.

Friedrich Mendel wurde mit großem Applaus empfangen. »Ich danke Ihnen allen, danke! Zuerst meiner Tochter, Irene, danke, für deine Ideen, deine Stärke, deine Klugheit und deine Umsicht. Was wären wir ohne dich gewesen!«

Die Belegschaft und auch die Gäste klatschten begeistert und schauten zu Irene, die errötete und verlegen lächelte. Arno tätschelte ihren Arm.

»Ich bin heute sechzig Jahre alt geworden und habe keinen Tag bereut, mein Leben der Weiterführung der Mignon-Schokoladen-Werke zu widmen. So hat es mein Vater getan, und so hat es die Familie David gehalten, die dem Unternehmen lange Zeit ihren Namen gegeben hat. Politische Unwägbarkeiten zwangen uns zur Namensänderung. Seither kennt man die Firma als Mignon-Schokoladen-Werke, eine Marke, die weit über Halle hinaus bekannt ist. Wir stehen für Qualität, für hochwertige Schokolade und für luxuriöse Pralinen. Genauso stehen wir für erschwingliche Produkte, für Volksschokolade, gut und günstig. Der Krieg hat uns alle schwer getroffen, viele Familien müssen Verluste beklagen, warten noch immer auf Heimkehrer.«

Ein zustimmendes Raunen ging durch die Anwesenden.

»Wir mussten zeitweise unsere Produktion einstellen, die Maschinen wurden ausgelagert, ein Teil verbrannte, aber wir haben weitergemacht. Wir alle glauben an dieses Unternehmen, an den guten Namen Mignon-Schokolade, und dafür danke ich Ihnen!«

Applaus brandete auf. Irene suchte den Blick von Paul, der auf der anderen Seite mit seinen Salzwirkerbrüdern an einem Tisch mit dem Betriebsrat saß. Doch Paul wich ihr aus und sah zu ihrem Vater.

»Gegründet wurde dieses Unternehmen 1804 von dem Pfefferküchler und Wachszieher Friedrich August Miethe. Stolz trage ich den Vornamen eines fleißigen Mannes, der mit seiner Hände Arbeit und dem Mut eines tüchtigen Geschäftsmannes ein Geschäft in Halle eröffnete. Wohlgemerkt in Kriegszeiten! 1806 kam Napoleon auch nach Halle. Nach Miethes Tod kaufte Saalwächter das Unternehmen, und 1840 tritt Friedrich David auf die Bühne. Mit David kam ein begabter Konditor in das Unternehmen, der Zukunftsvisionen hatte: Baumkuchen, Torten, Desserts und Konfekt stellte David her, aber allein hätte auch er es nicht so weit gebracht. Er heiratete eine tüchtige junge Frau. Gemeinsam bereisten sie Jahrmärkte und später die Leipziger Messe. Ein engagiertes Unternehmerpaar, das sich einsetzte und etwas wagte. Das Café David wurde gegründet und von Davids Sohn geführt, aber entscheidend war schließlich der Schritt von handgefertigter Schokolade zur industriellen Serienproduktion.«

Friedrich Mendel machte eine Pause und schaute in die Runde. Es machte ihm sichtlich Freude, über den Werdegang der Schokoladenfabrik zu sprechen.

»Es mag Ihnen vermessen vorkommen, dass ich heute von den edlen Schokoladen spreche, die damals im neu entwickelten Verfahren mithilfe des Melangeurs hergestellt wurden. Aber ich bin sicher, dass wir bald wieder in der Lage sein werden, köstliche Schokoladenkreationen zu produzieren. Wir alle blicken in eine neue Zukunft, die sicher noch viele Veränderungen für uns bereithält. Doch gemeinsam können wir sie bewältigen.«

Friedrich Mendel bedankte sich bei seinen Geschäftsfreunden, dem Vorstand, seinen Mitarbeitern und übergab das Wort dem Oberbürgermeister, der an das Pult trat und sagte: »Meine verehrten Damen und Herren, lieber Friedrich, es ist mir eine große Freude, dass wir heute hier zusammen den Geburtstag eines verdienten Unternehmers unserer Stadt feiern können. Die Mignon- Schokoladen-Werke und ihre Köstlichkeiten sind vielen Generationen von Hallensern vertraut. Die Fabrik stellt darüber hinaus Arbeitsplätze, die …«

Er hielt inne, schaute über die Köpfe von Irene und ihren Eltern hinweg in Richtung des Haupteingangs und zupfte nervös an seiner Krawatte. Ein Tuscheln ging durch die Anwesenden, die ebenfalls die Köpfe drehten. Irene folgte langsam den Blicken und erstarrte, als sie die Gruppe von Uniformierten und Herren in Anzügen sah. Ein eisiger Schauer lief über ihren Rücken.

Ihre Mutter flüsterte beunruhigt: »Reni, was ist denn da los? Warum stehen die Männer dahinten?«

Die Miene ihres Vaters hatte sich verdüstert. »Was wollen die ausgerechnet heute hier?«

Der Oberbürgermeister zögerte und sah hilflos von einem zum anderen. Major Riemer trat in Begleitung von zwei Volkspolizisten in den Mittelgang und machte den Weg frei für die drei Zivilisten. Einer von ihnen schritt mit erhobenem Haupt und sichtlicher Genugtuung durch die Halle und trat an das Pult.

»Setzen Sie sich, jetzt übernehme ich.«

Geschockt und etwas blass zog sich der Oberbürgermeister zurück, und der Mann im grauen Anzug betrat das

Pult. Während er mit kaltem Blick die Gäste maß, wurde es so still in der Halle, dass Irene glaubte, ihr Herzschlag müsse von allen gehört werden.

Die anderen beiden Anzugträger stellten sich rechts und links neben das Pult.

»Lothar Böker«, flüsterte Irene, die in einem der Männer neben dem Pult den Referenten des Ministeriums des Inneren erkannte. Aber der Mann am Pult gab ihr Rätsel auf. Das Gesicht, dachte sie, woher kenne ich dieses Gesicht.

»Im Namen der Deutschen Demokratischen Republik und mit der Autorität, die mir vom Ministerium für Staatssicherheit verliehen wurde, löse ich hiermit die Veranstaltung auf!«

Der Mann fixierte den Tisch mit den Ehrengästen, und seine Miene verriet Ablehnung, wenn nicht gar Hass, dachte Irene und sah zu ihrem Vater, dessen Wangen hochrot waren.

»Vater, wer ist das?«

»Gero Päp, Reni«, flüsterte ihr Vater. »Das ist der Mann, den ich vor dem Krieg entlassen habe, weil er als Kommunist die Belegschaft aufgewiegelt hat. Gott helfe uns.«

Päp, natürlich, dachte Irene, die sich wieder an den Tag im Büro ihres Vaters erinnerte. Schon damals war der Mann ein Fanatiker gewesen, und jetzt war seine Drohung Wirklichkeit geworden.

Mit glühendem Blick packte der hagere Mann das Pult und rief mit harter, leicht schriller Stimme: »Bereits vor zwei Jahren hätte der SMAD-Befehl 124/26 vollzogen werden sollen. Doch die kapitalistische Unternehmerschaft hat sich noch einmal herauswinden können und eine Rückgabe der Fabrik erwirkt. Darauf dachte die faschistische Geschäftsführung, dass sie unserem sozialistischen Volk Gewinne vorenthalten könne, indem sie sich in eine GmbH umwandelte. Aber der Sozialismus ist unaufhaltsam! Wir, ihr, seid das Volk, und euch gehört alles!«

Erneut ging ein Raunen durch die Anwesenden, doch diesmal klang es aufseiten der Arbeiter zustimmend, während man sich an Irenes Tisch entrüstet räusperte.

»Jetzt ist Schluss mit kapitalistischen Manipulationen!« Päp donnerte mit der Faust auf das Pult. »Die Mignon-Schokoladenfabrik ist ab heute Volkseigentum.«

Friedrich Mendel fasste sich an die Brust. Irene sagte zu Arno: »Bitte, kümmere dich um meinen Vater!«

Dann sprang sie aufgebracht auf, doch Päp fuhr fort: »Bitte verlassen Sie unverzüglich das Werksgelände. Diese Fabrik ist bis auf Weiteres geschlossen. Wir werden Sie im Laufe der Woche vorladen. Der Betriebsrat ist entlassen, denn wir werden einen neuen sozialistischen Betriebsrat wählen. Das gilt für Sie alle!«

Stühle wurden hastig gerückt, manche fielen um, während die Gäste eilig aus der Halle strebten. Irene erhaschte noch einen mitfühlenden Blick von Paul.

»Hat mein Vater einen Infarkt?«, wollte Irene wissen.

Arno und sein Vater bemühten sich um Friedrich Mendel, der sich jedoch wieder gefasst zu haben schien und ein Glas Wasser trank.

»Nein, das war nur ein Schock, aber er sollte sich Ruhe gönnen«, wies Arno seinen zukünftigen Schwiegervater an.

Der Oberbürgermeister wirkte nervös. »Ich wusste nichts davon, das musst du mir glauben, Friedrich. Wir sehen uns. Komm, Evelyn, wir müssen gehen.«

Er nahm seine Frau am Arm und ging davon. Auch Hannelore Felten war aufgestanden. »Was für eine unangenehme Situation, in die Sie uns gebracht haben. Ich möchte unverzüglich gehen, Leopold.«

Dr. Felten senior sah seinen Sohn an. »Er ist stabil. Lass uns gehen.«

Arno nickte. »Irene, brauchst du mich noch? Das hier ist ja eine Formsache, da werdet ihr ohnehin nichts dagegen unternehmen können.«

Irene war wütend und voller Sorge um ihren Vater, der niemals einfach so gehen würde. »Bitte, nehmt meine Mutter mit. Ich muss jetzt hier vor Ort bleiben.«

Arno zögerte nicht. »Wie du meinst. Für mich ändert das nichts, Irene. Ich werde dich trotzdem heiraten.«

»Trotzdem« war alles, was sie hörte. Sie wusste jetzt, dass sie ihn niemals heiraten würde. Das Schicksal hatte ihr endlich einen Grund gegeben, die erzwungene Verbindung zu lösen. »Danke, Arno.«

Friedrich Mendel stand auf, machte sich mit den Armen Platz, warf einen Stuhl um und ging auf das Pult zu. Irene lief hinter ihrem Vater her, die Halle hatte sich fast geleert, und hielt den Wütenden zurück.

»Nicht, Vater, nicht, gib ihm nicht diese Genugtuung.«

Tränen standen in den Augen von Friedrich Mendel. »Es ist alles weg, mein Lebenswerk, deine Zukunft. Was sollen wir denn jetzt machen, Irene?«

»Wir finden einen Weg, Vater. Es geht immer weiter. Denk doch nur daran, dass Edgar bald wieder da ist. Das ist ein Geschenk.« Sie umarmte ihren Vater, der an ihrer Schulter weinte.

Aus den Augenwinkeln sah sie, wie Päp sie beobachtete. Sie klopfte ihrem Vater auf den Rücken. »Wir müssen jetzt Haltung bewahren, Vater. Komm, treten wir dem Feind gegenüber.«

Friedrich Mendel schniefte, wischte sich die Nase und tätschelte die Wange seiner Tochter. »Reni, meine Tochter. Gehen wir unsere persönlichen Unterlagen holen.«

»Die Show ist vorbei, Herr Päp«, sagte Irene zu dem Staatsvertreter. »Ich denke, Sie hatten Ihren Spaß.«

Päp verließ das Pult und baute sich mit einer Ledermappe vor ihnen auf. »Mäßigen Sie Ihren Ton, Fräulein Mendel. Ich weiß nicht, ob Sie sich an mich erinnern. Wohl eher Ihr Herr Vater, der ehemalige Fabrikbesitzer, nicht wahr, Genosse Mendel?«

»Würden Sie bitte mit in mein Büro kommen, Herr Päp? Dort könnten Sie mir die Dokumente vorlegen, und ich könnte meine persönlichen Sachen mitnehmen, wenn das erlaubt ist.« Friedrich Mendel war wieder ganz Herr seiner selbst und agierte nach einem verständlichen Moment der Schwäche wieder souverän.

»Das gehört eigentlich nicht zum Prozedere, aber weil Sie es sind«, meinte Päp süffisant. »Bei dieser Gelegenheit können Sie uns auch gleich den Tresor aufschließen. Ich war schon damals neugierig, was ein Kapitalist so zu verbergen hat.«

»Sie haben ein vollkommen falsches Bild vom Unternehmertum, Herr Päp«, sagte Friedrich Mendel. »Sie halten uns für Ausbeuter. Bitte, nach Ihnen.«

Sie standen vor der Stahltreppe, die in den ersten Stock führte. Perplex über die vernünftige Art, mit der Mendel sprach, stieg Päp vor Irene und ihrem Vater die Treppe hinauf.

»Ein Unternehmer trägt immer ein großes Risiko. Er investiert und setzt seine eigene Arbeitskraft und sein Privatvermögen ein, wenn es nötig ist, um seine Firma erfolgreich zu machen. Der Anreiz ist nicht das Geld allein, das verdient wird. Ich für meinen Teil ziehe eine ebenso große Befriedigung aus Arbeitern, die gern zur Arbeit kommen, weil sie sich als Teil des Unternehmens sehen, und aus den Produkten, die wir auf den Markt bringen. Das eine geht nämlich nicht ohne das andere.«

Sie waren oben angekommen, und Friedrich Mendel musste einen Augenblick verschnaufen. Hinter ihnen begannen auch Päps Begleiter, die Stufen zu ersteigen.

»Kapitalistisches Geschwafel. Deshalb bin ich überzeugter Kommunist. Wir streben die Diktatur des Proletariats an, weil der proletarische Staat eine Maschine zur Niederhaltung der Bourgeoisie ist. Lesen Sie mal Stalins Werke, Sie haben ja jetzt genügend Zeit.«

Ihr Vater wollte etwas erwidern, doch Irene kam ihm zuvor: »Aber Fabriken müssen laufen und geführt werden. Dafür benötigt auch der Sozialismus Menschen mit dem notwendigen Wissen.«

»Sie waren damals schon ein aufgewecktes Mädchen. Vielleicht wird aus Ihnen noch eine brauchbare Genossin.«

So wie er sie dabei ansah, fühlte sie sich gedemütigt und gleichzeitig herausgefordert.

Er begehrte sie, das war offensichtlich, und Irene fragte sich, was sie diesem Menschen entgegenzusetzen hatte.

41

Das war es also. Das Ende. So fühlte es sich an, wenn man plötzlich seiner Existenz beraubt wurde. Wie ein Kartenhaus war ihre Welt zusammengebrochen. Sie hatten damit rechnen müssen, aber war es nicht eine urmenschliche Regung, bis zuletzt zu hoffen, dass man davonkommen könnte? Irene hielt sich gerade, während sie an der Seite ihres Vaters zu den Büros ging. Sie hatte Mitleid mit Frau Wilms und all den anderen Flüchtlingen gehabt, weil sie gedacht hatte, dass sie nachfühlen konnte, wie es ihnen gehen musste. Nein, dachte Irene, wie töricht sie doch gewesen war. Ihr Schmerz und der Schock waren zwar groß, aber nichts im Vergleich zu dem, was viele Flüchtlinge erlitten hatten.

Vor dem Büro von Friedrich Mendel blieben sie stehen. Ihr Vater holte den Schlüssel aus seiner Hosentasche und steckte ihn ins Schloss.

»Den können Sie gleich stecken lassen, Herr Mendel«, sagte Päp, ließ aber Irene und ihren Vater zuerst eintreten.

Irene sah die Anspannung ihres Vaters und konnte kaum ertragen, wie er langsam zu seinem Schreibtisch ging, von dem aus er die Geschicke des Unternehmens über vier Jahrzehnte gelenkt hatte.

»Geben Sie ihm doch bitte eine Minute«, bat Irene und sah Päp an.

Doch der blickte kalt und unerbittlich. »Warum? Als ich das letzte Mal in diesem Büro stand, hat man mich hinausgejagt, wie einen geprügelten Hund, weil ich für meine Überzeugungen eingestanden bin.«

Er trat so dicht an sie heran, dass sie seinen schlechten Atem riechen konnte. Die Haut an seinem Hals war faltig wie bei einem Huhn, dachte sie absurderweise und spürte, wie ihre Knie zu zittern begannen. Sie hatte Erfahrung mit der Angst. Bogdanow hatte sie verunsichert, aber nicht auf dieselbe Weise wie dieser Päp. Gero Päp war ein Fanatiker, ein Gedemütigter, der sich rächen wollte. Und das waren immer die Gefährlichsten, dachte Irene.

Ihr Vater setzte sich auf seinen Schreibtischstuhl, einen lederbezogenen Drehstuhl, den schon sein Vater benutzt hatte. »Meine Schreibutensilien, Füller, Bilder und dergleichen?«

»Die dürfen Sie mitnehmen. Nur geschäftliche Unterlagen verbleiben hier.« Päp strich über den Schreibtisch. »Und diesen Schreibtisch werden Sie ja nun auch nicht mehr benötigen.«

Ihr Vater nahm eine Ledermappe aus einer Schublade, holte seinen Humidor, ein vergoldetes Messer, Feuerzeug und verschiedene hochwertige Füller und Tintenfässer heraus, während Irene einen Aktenkarton leerte und neben den Schreibtisch stellte. Dahinein legten sie die Sachen.

»Was ist in der Mappe?«, wollte Päp wissen und verlangte mit fordernder Geste danach.

»Privatkorrespondenz«, erwiderte Friedrich Mendel.

»Zeigen Sie her!« Päp ging zum Schreibtisch und nahm Irenes Vater die Mappe einfach aus den Händen. »Sie pflegen wohl noch alte Seilschaften?«

Anklagend zog Päp den Briefwechsel einer Bank mit Mignon aus dem Jahr 1941 hervor, der mit Heil Hitler unterzeichnet war.

»Das war während des Krieges, Herr Päp. Ich pflege keinerlei Seilschaften, wie Sie sich auszudrücken belieben«, erwiderte ihr Vater. »Die Geschäftsführung hat getan, was die damalige Regierung von uns verlangte, nicht mehr und nicht weniger.«

»Und warum liegt das dann bei Ihrer privaten Korrespondenz?«, verlangte Päp zu wissen.

»Wenn Sie nie selbstständig waren, können Sie kaum nachvollziehen, was es bedeutet, ein so großes Unternehmen wie die Mignon-Schokoladen-Werke durch Krisenzeiten zu bringen. Sollten Sie sich die Mühe machen und tiefer in die Korrespondenzen mit diversen Banken und den Siebel-Flugzeugwerken schauen, werden Sie feststellen, dass unsere berechtigten Ansprüche in Höhe von über einer Million Mark nicht erfüllt wurden. Wir mussten einen Kredit beantragen, um weiterhin geschäftsfähig zu bleiben, und ich habe mein Privatvermögen mit eingebracht!« Friedrich Mendel schlug mit der flachen Hand bekräftigend auf den Tisch. »Im Übrigen waren die Umstände mehr als schwierig, denn mehrere Mitglieder des Aufsichtsrates waren damals krank oder verstorben. Und dennoch haben wir alles getan, um dieses Unternehmen geschäftsfähig zu halten. Wir haben unsere Belegschaft krankenversichert und einen Betriebsarzt eingestellt. Wir haben die Produktion der Lage angepasst und Marmelade, Trockengemüse und Gelee hergestellt. Und das bedeutet diesem neuen Staat gar nichts? Unser Einsatz wird überhaupt nicht berücksichtigt?«

Mit hochrotem Kopf starrte Friedrich Mendel den Stasibeamten an.

Päp hob die Augenbrauen. »In der Tat, aber mit dem kapitalistischen Lügenwerk ist es nun vorbei. Der Sozialismus wird sich beweisen, und das Volk wird endlich zu seinem Recht kommen! Der erste Fünfjahresplan ist verabschiedet worden, und es wird keine wilden Improvisationen mehr geben. Die Mappe bleibt bis auf Weiteres hier.«

Irene packte rasch die Utensilien und einen Stapel Briefe aus einer anderen Schublade in den Karton, legte den Humidor darauf und sagte: »Sie werden uns ja sicherlich noch benötigen, um die laufenden Geschäfte abzuschließen und die Übergabe vorzubereiten?«

Päp sah zu Böker, der sich an den Akten zu schaffen machte.

»Sie haben sich zur Verfügung zu halten und werden benachrichtigt«, sagte Böker kurz.

»Der Tresor!«, befahl Päp. »Bitte, wir folgen Ihnen!«

Irene nahm den Karton mit, und ihr Vater führte die kleine Gruppe vom ersten Stock hinunter in die Halle und von dort durch eine massive Tür in einen engen Flur, von dem eine steile Treppe tief hinunter in die Gewölbe der Fabrik führte.

Päp pfiff durch die Zähne. »Na, was haben wir denn hier!«

Unter der Fabrik befand sich ein weitläufiges, verzweigtes System aus Räumen und Gängen, von denen niemand genau wusste, was sich noch dort verbarg. Die Bauweise war massiv, riesige Eisenträger wurden von Säulen gestützt, und Rohre und Stromleitungen führten unterhalb der Decke entlang. In einer Ecke standen Kisten, die noch aus Armeebeständen zu stammen schienen.

»Schauen Sie nur, wir haben nichts zu verbergen. Die Russen haben nichts von Wert hiergelassen, das kann ich Ihnen versichern«, meinte Irene. »Der Tresor befindet sich gleich hier.«

Ein übermannshoher, aus Stahlbeton gegossener Tresor stand in einem schmalen Gang. Für einen Augenblick verstummten sogar die Staatsdiener. Man musste sich fragen, wie dieses Monstrum überhaupt dorthin gekommen war. Zwei Räder befanden sich neben den Türgriffen, und ein Zahlenschloss saß über den Schlüssellöchern, die von Metallplatten verdeckt wurden. Man hätte meinen können, dass die Mignon-Schokoladen-Werke hier ihre Goldreserven lagerten, und in gewisser Weise war das, was sich in dem Tresor befand, wirklich Gold wert, dachte Irene und sah zu, wie ihr Vater seinen Schlüssel hervorholte und in das obere Schloss steckte. Sie trat neben ihn und steckte ihren Schlüssel in das untere Schloss.

Nun stellte ihr Vater die Zahlenkombination ein, es klickte mehrfach, und gemeinsam drehten Vater und Tochter die Räder und zogen die schweren Türen mühsam auf. Irene drehte sich um, weil sie in die Gesichter der Männer sehen wollte, die sich für die neuen Herren hielten. Sie musste sich ein Grinsen verkneifen, als Päp das Kinn heruntersackte.

»Das ist alles? Ein Buch?« Päp griff in den Tresor und nahm ein schmales, in rotes Leder gebundenes Buch heraus. Nachlässig schlug er es auf. »Rezepte?« Er schnaufte abfällig und warf Friedrich Mendel das Buch zu. »Behalten Sie es. Diese Fabrik wird keine dekadenten Luxuspralinen mehr herstellen.«

Irene wusste, wie viel ihrem Vater das Buch seines verstorbenen Bruders Julius bedeutete, und war unsäglich froh, dass er es behalten durfte. Sie hätten es schon längst aus dem Tresor nehmen sollen, doch es lag dort seit 1915, Julius' Todesjahr, und galt als der Talisman des Unternehmens.

»Verschließen Sie den Tresor, und geben Sie mir die Schlüssel. Die Zahlenkombination übermitteln Sie uns spätestens bei der offiziellen Übergabe. Sie können gehen.« Päp wandte sich an Böker.

»Haben Sie das Labyrinth hier unten inspizieren können?«

»Das wird einige Zeit in Anspruch nehmen, es scheint sehr weitläufig.«

Irene und ihr Vater betraten gerade die ersten Treppenstufen, als Päp sie zurückrief. »Die Russen waren also schon hier?«

»Sehen Sie sich mal die Nummer auf dem Tresor an. Dann wissen Sie, dass hier alles registriert und im Zweifelsfall abtransportiert worden ist«, sagte Irene, mit dem Karton im Arm. »Komm, Vater, wir gehen jetzt.«

Als sie durch den Haupteingang ins Sonnenlicht traten, ging ein Zittern durch ihren Vater. Er schluchzte und hielt sich an einem der Pfosten fest, an denen die Absperrbänder befestigt waren. Der rote Teppich und die Blumen hatten jede Fröhlichkeit verloren.

»Damit habe ich nicht gerechnet, Reni. Ich habe wirklich geglaubt, dass sie uns weitermachen lassen«, sagte er, atmete tief ein und aus und warf einen letzten Blick auf die Schokoladenfabrik, die sein Leben gewesen war.

Irene legte ihm den Arm um die Schultern und zog ihn sacht mit sich. »Komm, Vater, lass uns gehen. Edgar kommt nach Hause. Darauf freuen wir uns jetzt!«

»Ja, ja, du hast ja recht.« Friedrich Mendel machte zwei Schritte und murmelte: »Aber sie werden uns noch brauchen. Das werden sie.«

42

»Hättest du das für möglich gehalten, Paul? Die haben mir richtig leidgetan, obwohl ich es nicht mit den Kapitalisten habe«, meinte Werner.

Nach dem abrupten Ende der Veranstaltung waren sie auf die Pfännerschaftliche Saline zurückgefahren und tranken nun im Uhrenhaus gemeinsam ein Bier. Der alte Gustav Wiesinger kratzte sich den Schädel und schüttelte den Kopf, während Detlev Schlegel den Mund verzog.

»Mich hat nur überrascht, dass die es heute gemacht haben. Dafür muss es einen besonderen Grund geben. Irgendwas Persönliches, nehme ich an. Habt ihr den MfS-Mann gehört? Der hat den alten Mendel ja förmlich zerrissen.«

Paul nickte. »Das denke ich auch. Musste ja nicht sein. Der Mendel ist kein schlechter Mensch, da gibt es ganz andere, die das verdient hätten, aber der nicht.«

»Haha, das sagst du nur, weil du in seine Tochter verknallt bist!«, meinte Werner.

»Keineswegs! Ich weiß das von Leuten, die in den Schokoladenwerken arbeiten. Die haben immer gesagt, dass sie dort gut bezahlt und behandelt werden«, verteidigte sich Paul.

Detlev Schlegel, Ritas Vater, beugte sich vor. »Da habe ich auch anderes gehört. Der Mendel soll vom alten Schlag sein, herrisch und von oben herab, genau wie seine Tochter.«

»Du kennst Irene doch gar nicht persönlich. Es ist immer leicht, schlecht über andere zu sprechen. Mir reicht's für heute. Ich gehe nach Hause.« Paul erhob sich.

Schlegel konnte es nicht lassen und stichelte weiter: »Ist dir die Rita jetzt gut genug, wo deine Fabrikantentochter keinen Pfennig mehr hat?«

»Schlag dir das mit Rita und mir aus dem Kopf, Detlev. Daraus wird nichts. Ein für alle Mal.« Paul setzte seinen Dreispitz auf und ging unter den geschichtsträchtigen Bannern der Salzwirker, die im Versammlungsraum aufgehängt waren, hinaus.

Pfeifend machte er sich zu Fuß auf den Heimweg und musste immer wieder an Irene und ihren Vater denken. Der verzweifelte Ausdruck in ihren Gesichtern hatte ihn tief bewegt. Obwohl er selbst nie einen eigenen Betrieb gehabt hatte, konnte er doch nachvollziehen, was es bedeuten musste, wenn einem das Lebenswerk einfach gestohlen wurde. Volkseigentum hin oder her, so musste es sich anfühlen. Ein wenig war das auch mit der Saline vergleichbar, fand Paul. Es war nicht das Verdienst der SED, dass die Hallesche Pfännerschaft seit vielen Generationen florierte.

Die Leute grüßten ihn freundlich, wenn er in seiner Festtagskleidung durch die Stadt lief. Eine Mutter schob einen Kinderwagen, an dem sich ein kleiner Junge festhielt und nebenherlief.

»Schau, Mutti, so einen Hut will ich auch haben!«, rief der Junge.

»Entschuldigen Sie, er ist ganz verrückt nach den Halloren«, sagte die junge Mutter in ostpreußischem Dialekt.

Paul ging in die Hocke, nahm seinen Hut ab und setzte ihn dem Jungen auf, der ganz ergriffen dastand.

»Da haben Sie ihm eine große Freude gemacht, vielen Dank!« Die Mutter war ärmlich gekleidet, ihre Schuhe abgelaufen, der Kinderwagen verbogen und die Farbe abgeblättert.

Sie standen auf dem Hallmarkt, der Junge hüpfte jetzt im Kreis herum und sang: »Wat wöll hei möt det Füerke? Pannke opsette, wat wöll hei möt dat Waterkete?«

»Joschi, lass das. Du sollst die alten Lieder nicht auf der Straße singen!«, schimpfte seine Mutter. »Entschuldigen Sie vielmals. Das singen wir, wenn wir unter uns sind. Ist ein Stück Heimat, Sie verstehen?«

Paul nickte. Traditionen waren wichtig, um nicht zu vergessen, wer man war. Gemeinsam gepflegte Traditionen schufen einen Zusammenhalt, der Sicherheit gab und die Menschen auffangen konnte, wenn sie der Verzweiflung nah waren, und das waren wohl viele der Vertriebenen. Ein Dach über dem Kopf war ein Anfang, aber eine neue Heimat zu finden, schwer.

Der Junge hatte den Hut abgenommen und hielt ihn Paul hin. »Dankschöön. Ick heff mi temlich freud.«

Paul strich dem Jungen über die dunkelblonden Haare. »Gerne. Einen schönen Tag noch!«

Der Junge erinnerte ihn schmerzlich daran, dass er selbst

gern Kinder mit der Frau hätte, die er liebte. Aber Irene hatte heute den Ring eines anderen angenommen. Er setzte seinen Hut auf, tippte sich gegen die Krempe und spazierte davon. Was für ein merkwürdiger Tag, dachte er und beobachtete, wie eine Horde Kinder hinter dem Pferdefuhrwerk eines Schrotthändlers herlief. Metall war kostbar, und wer ein Stück ergattern konnte, lief schnell mit der Beute davon. Oben am Markt hingen stets riesige Propagandaplakate oder Banner. Heute hieß es: »Schwerindustrie – Grundlage der Unabhängigkeit und des Wohlstandes«.

Zwei Volkspolizisten liefen mit ernsten Mienen über den Markt. Die Leute gingen ihnen automatisch aus dem Weg, so, wie sie es auch bei den russischen Soldaten taten. Was würden die Mendels jetzt machen? Paul machte spontan einen Umweg zum Stadtgottesacker, um nach dem Grab seiner Großeltern zu sehen. Unterwegs kaufte er einen kleinen Blumenstrauß. Bevor Petra nach Berlin gezogen war, hatte sie sich meistens um das Grab gekümmert.

Er erkannte sie sofort. Die Haltung und das helle Blond ihrer Haare stachen überall hervor. Heute, an einem Samstag, waren nicht viele Besucher auf dem Friedhof. Irene stand mit gesenktem Kopf und gefalteten Händen vor dem Familiengrab der Mendels. Es war eingefasst von massiven Basaltquadern, der riesige Grabstein, der wie ein Obelisk aufragte, trug den Familiennamen, und ringsum waren Bronzeplatten mit den Namen der Verstorbenen angebracht. Ein Kranz aus Bronze zierte rechts und links die Stufen, auf denen sie stand.

Paul zog eine Blume aus seinem Strauß und trat zu ihr. »Bitte.«

Erschrocken sah sie zuerst auf die Blume und entspannte sich, als sie ihn erkannte. »Paul.«

»Es tut mir leid, wie man euch da heute vorgeführt hat. Das wäre nicht nötig gewesen. Seid ihr denn gar nicht vorgewarnt worden?«

Sie trug noch immer ihr festliches schwarzes Kleid und beugte sich elegant vor, um die Nelke, die er ihr gegeben hatte, auf das Grab zu legen. Langsam richtete sie sich auf und legte ihre Hand auf seinen Arm.

»Nein, wir wussten von nichts. Mein Vater war der festen Überzeugung, dass sie uns nicht enteignen würden. Nicht einmal der Oberbürgermeister hat davon gewusst.« Sie hielt inne. »Zumindest hat er so getan.«

Paul hätte sie am liebsten in den Arm genommen, aber hier war nicht der Ort für Zärtlichkeiten. Eine alte Dame ging mit einem Eimer und einer kleinen Schaufel an ihnen vorbei.

»Das kann ich nicht glauben. Die Stadtverwaltung ist doch sicher in die Pläne des Innenministeriums eingeweiht. Da laufen doch alle Fäden zusammen. Vielleicht durfte er nichts sagen.«

Irene drückte seinen Arm. Sie stand dicht vor ihm, und er sah, dass sie geweint hatte. »Das denke ich auch. Der Mann, der gesprochen hat, der hieß Päp und hat vor dem Krieg für uns gearbeitet. Mein Vater hat ihn entlassen müssen, weil er Kommunist war und immer wieder Ärger verursacht hat. Das hat er ihm nie verziehen.«

»Rache also, ich habe an so etwas gedacht, Irene. So, wie der sich aufgeführt hat, das war schon auffällig. Wie geht es für euch weiter? Was lassen sie euch? Was willst du machen?«

»Ach, Paul.« Sie bekreuzigte sich und trat vom Grab zurück. »Gehen wir ein Stück?«

»Lass mich die nur bei meinen Großeltern ablegen.« Das Grab der Thulkes fiel bescheidener aus: ein flacher Stein mit dem Familiennamen unter einer Trauerweide, umgeben von Rasen. Er legte die Blumen auf den Stein und reichte Irene seinen Arm.

»Wir haben nichts mehr. Das gesamte Vermögen der Fabrik wurde eingefroren, und wir werden unseren Anteil nicht erhalten. Dass mein Vater sein Privatvermögen investiert hat, interessiert die nicht. Es ist also alles weg, wir sind arm wie die Kirchenmäuse.« Sie lachte bitter. »Jetzt müssen wir Onkel Kurt um Hilfe bitten. Für meinen Vater ist das eine Demütigung, die beinahe so schlimm ist, wie die Fabrik zu verlieren.«

»Warum das?«

Der trockene Sand knirschte unter ihren Schritten. Ein leichter Wind ließ die Blätter der alten Bäume rascheln. In den dunklen Nischen des Arkadenganges, der den Gottesacker umgab, versteckte sich heute anscheinend kein Spitzel. Eine friedliche Stille, die nur vom Gurren der Tauben unterbrochen wurde, lag über den Gräbern.

»Onkel Kurt war ein Nazi der ersten Stunde, genau wie Tante Hedda. Vater konnte ihn nie leiden. Ich will meinen Vater nicht entschuldigen, er hat sein Unternehmen durch den Krieg geführt und keinen Widerstand geleistet, aber Kurt war in der SS, und er pflegt auch jetzt noch alte Seilschaften.« Sie atmete schwer. »Genau weiß ich es nicht, aber es gibt sie noch, die Kameraden, die sich gegenseitig unterstützen. Was soll ich sagen, Paul. Ich bin nicht stolz auf diesen Teil der Familie.«

»Ich verstehe«, erwiderte er. »Wir haben uns alle schuldig gemacht, darüber müssen wir nicht diskutieren, Irene.«

»Aber Onkel Kurt hat das auf einer anderen Ebene getan. Jedenfalls will Vater sein schmutziges Geld, wie er sagt, nicht annehmen.«

»Und wie wollt ihr leben?«

»Ich werde arbeiten. In der Fabrik«, sagte sie fest.

Erstaunt sah er sie an. Sie steckte voller Überraschungen, diese schöne, zerbrechlich wirkende, starke Frau. »In eurer Fabrik? Ist das nicht, äh, schmerzhaft?«

»Natürlich wird es hart, aber ich weiß, was ich kann, und sie werden mich brauchen. Ich bin mir nicht zu schade zum Arbeiten, Paul. In mir steckt mehr als nur eine verwöhnte Tochter aus reichem Haus. Ehemals reich.« Sie lachte.

Es tat gut, sie lachen zu hören. »Wenn du Arno heiratest, bist du gut versorgt.«

Abrupt blieb sie stehen. Sie hatten den Ausgang erreicht und befanden sich im Torbogen.

»Du hast doch nicht ernsthaft gedacht, dass ich ihn heiraten werde? Was denkst du von mir!«

»Du trägst seinen Ring«, sagte Paul lakonisch.

»Oh, den habe ich ganz vergessen.« Irene zog den funkelnden Ring vom Finger und steckte ihn in ihre Handtasche. »Den gebe ich zurück, wenn ich ihm eröffne, dass unsere Verbindung gelöst ist. Das muss ich persönlich tun, so viel bin ich ihm schuldig. Er hat übrigens gesagt, dass er mich trotzdem heiraten würde.« Sie schnaufte. »Trotzdem! Als ob es eine Gnade seinerseits wäre, mich mit dem Makel der öffentlichen Demütigung und der Armut zu ehelichen.«

Paul wusste nicht, ob er glücklich sein konnte über diese Entwicklung. Was erwartete sie nun von ihm? Sie schien seine Gedanken zu erahnen.

»Paul, ich hätte ihn nicht geheiratet. Bitte, glaub mir das. Ich wusste nur noch keinen Ausweg. Und jetzt ist er da!« Sie lehnte sich an ihn und hob ihm ihr Gesicht entgegen. »Ich liebe dich! Nur dich, und es wird nie einen anderen geben.«

»Du hast heute seinen Ring angenommen. Es tut mir leid, Irene. Ich möchte dir gern glauben, aber es fällt mir schwer. Lass uns etwas Abstand gewinnen, und dann sehen wir weiter.«

Ihre Augen wurden feucht, und er bereute seine Worte, doch er war ehrlich. Er musste ehrlich mit ihr sein, wenn sie wirklich eine gemeinsame Zukunft haben wollten.

Sie ließ ihn los, als hätte sie glühendes Eisen berührt, trat von ihm zurück und sagte: »Wenn du das wirklich so meinst, dann hast du mich nie geliebt. Mach's gut, Paul.«

Wie gelähmt stand er da und sah der Frau hinterher, die er liebte und die er durch seinen dummen Stolz vielleicht verloren hatte.

43

Hastig lief sie die Stufen hinunter auf den Franzosenweg, eilte weiter, so schnell sie konnte, und ignorierte die Passanten, die sie neugierig anstarrten. Eine heulende Frau in eleganter Robe, und noch dazu tagsüber, gab Anlass zu Spekulationen, doch die Fremden waren ihr einerlei. Paul hatte sie enttäuscht, hatte sie tiefer verletzt als jemals ein Mensch zuvor. Und das war nur möglich, weil sie ihm fest vertraut, auf ihn gebaut hatte. Er war immer da gewesen, wenn sie ihn gebraucht hatte, sie hatten leidenschaftliche Momente miteinander geteilt, und ausgerechnet heute ließ er sie im Stich?

Mit vor Tränen blinden Augen eilte sie weiter und übersah einen Lastwagen, der gerade um die Kurve bog. Bremsen quietschten, es polterte, und ein stechender Schmerz schoss durch ihren Knöchel, als sie zu Boden fiel. Die neuen Schuhe, dachte sie und verfluchte die Absätze, von denen sich einer zwischen den Pflastersteinen verfangen hatte.

»Na, junge Frau, wo haben Sie denn Ihre Augen?!« Ein stämmiger Mann in Arbeitskleidung war aus dem Lastwagen gestiegen und beugte sich zu ihr hinunter. »Haben Sie sich was gebrochen? Die Hände, Knie? Na ja, es blutet, aber geht schon, was?«

Er reichte ihr seine schwielige Hand und half ihr auf. »Menschenskind, so was Hübsches fällt mir vor den Wagen, und ich hätte Sie beinahe überrollt.«

Sie schniefte, hielt sich an seinem Arm fest und versuchte, auf einem Bein zu stehen, denn das andere tat höllisch weh. Aber das konnte auch ein verstauchter Knöchel sein, den sie sich bei ihrem Sturz verdreht hatte. Irene sah nach unten, wo sich bereits eine Schwellung an ihrem rechten Fußgelenk zeigte. Ihr Schuh lag mit gebrochenem Absatz im Rinnstein, an dem sie sich Hände und Knie aufgeschürft hatte.

»Soll ich Sie ins Krankenhaus bringen?«, bot der Mann an.

Eine Frau in Kittelschürze und einem Hemdkleid kam mit einem Handkarren an ihnen vorbei. »Brauchen Sie Hilfe? Ich wohne gleich da vorn.«

»Nein, nein, ich möchte nur nach Hause. Können Sie mich nach Hause bringen?«, fragte sie den Fahrer. Nicht ins Krankenhaus, wo sie womöglich auf Arno traf. Sie wollte sich nur verkriechen.

»Wo wohnen Sie denn?«

Sie nannte ihre Adresse, und der Fahrer nickte. »Das kriegen wir hin.«

Die Passantin hob die Schultern und ging mit ihrem Karren weiter.

Als Irene in dem klapprigen Wagen neben dem Fahrer saß, fühlte sie sich noch elender. Ihr ramponiertes Äußeres entsprach ihrem aufgewühlten, schmerzenden Inneren. Der

Knöchel und die Schürfwunden würden heilen, ihr Herz nicht.

Der Lastwagen hatte Kartoffeln geladen und fuhr rumpelnd über das Kopfsteinpflaster und diverse Schlaglöcher. Irene hielt sich an den Armaturen fest. Sie konnte den Knöchel bewegen, was sie als gutes Zeichen deutete. Dann war er sicher nicht gebrochen. »Tut mir leid, dass ich Ihnen solche Unannehmlichkeiten mache. Irene Mendel.«

Der Mann warf ihr einen neugierigen Blick zu. »Die Mendel von der Mignon-Schokoladenfabrik?« Er haute auf die Hupe, weil ein Fahrradfahrer ohne nach rechts oder links zu schauen quer über die Straße fuhr.

»Idiot, pass doch auf!«, brüllte der Fahrer durch das offene Fenster. Zu Irene sagte er: »Helge Packeiser. Meine Frau arbeitet bei Ihnen. Heide Packeiser. Sie arbeitet seit zwei Jahren am Fließband.«

Der Mann grinste. »Ist eine gute Arbeit. Sie bringt uns oft Bruch mit nach Hause.«

Irene hatte immer die Augen zugedrückt, wenn die Arbeiterinnen etwas von dem Bruch, der bei der Produktion anfiel, mitnahmen. Es hatte der Fabrik nicht geschadet, und Süßes machte nun einmal glücklich. Seit sich das neue Regime in die Produktion einmischte, hatten sie strenger kontrollieren müssen. Alles musste wiederverwendet werden.

»Früher, Herr Packeiser, da bekamen die Arbeiter unserer Fabrik immer Schokolade. Von den Pralinen genauso wie von den guten Tafeln. Dafür hat mein Vater gesorgt. Wer für Mignon arbeite, sagt er immer, der muss auch wissen, wie Mignon schmeckt.«

Packeiser fuhr über die August-Bebel-Straße nach Giebichenstein. »Ein weiser Mann, Ihr Herr Vater. Zufriedene Arbeiter sind bessere Arbeiter. Aber warten Sie mal, ist denn heute nicht die große Feier? Meine Frau wollte doch mit ihrer Kollegin hin. Ich konnte nicht, weil ich diese Fuhre hier ausliefern muss.«

Irene hatte ein Taschentuch aus ihrer Handtasche genommen und tupfte sich Hände und Knie ab. Die Schürfwunden waren nicht tief, mussten nur gereinigt werden, aber das konnte sie zu Hause mit etwas Jod machen.

Seufzend sagte sie: »Die große Feier wurde zur letzten Feier der Mignon-Schokoladen-Werke. Man hat uns heute enteignet.«

»Oh, verflucht!«, entfuhr es Packeiser. »Das muss ein schwerer Schlag für Sie gewesen sein, wenn ich das mal so sagen darf.«

Irene rang sich ein bitteres Lachen ab. »Dürfen Sie, warum auch nicht. Es geht uns nicht besser als allen anderen.«

Da sie nicht wusste, ob der Mann der Partei angehörte und womöglich weitertrug, was sie sagte, reagierte sie zurückhaltend.

»Neue Besen kehren gut, aber ob's dann auch besser wird, muss sich erst noch zeigen.« Er bog in die Straße, in der ihre Villa stand, und verlangsamte das Tempo.

»Na, welche der Hütten darf's denn sein?«

»Die dort vorn mit dem offenen Tor.« Irene sah die riesige Villa plötzlich mit anderen Augen. Vielleicht würden sie vermieten müssen, um das Haus halten zu können.

Packeiser fuhr auf den Bürgersteig und stellte den Motor ab. »Lassen Sie mich Ihnen raushelfen, junge Frau.«

Irene wartete, bis er ihr die Tür öffnete und ihr die Hand reichte. Beim Auftreten schoss ein stechender Schmerz durch ihren Knöchel, doch es war auszuhalten. »Ich danke Ihnen vielmals.«

Irene öffnete ihre Handtasche, um etwas Geld herauszuholen, doch Packeiser winkte ab.

»Lassen Sie mal gut sein. Fällt mir ja nicht jeden Tag so eine hübsche Blondine vors Auto.« Er zwinkerte ihr zu, und Irene lächelte.

»Grüßen Sie Ihre Frau von mir. Es wird schon weitergehen. Um ihren Arbeitsplatz muss sie sich nicht sorgen.«

Der Fahrer sah zum Haus. »Na, da wartet man schon auf Sie. Hat mich gefreut, auch wenn die Umstände nicht die besten waren.«

Irene folgte seinem Blick und erkannte ihre Mutter, die aus dem Salonfenster schaute. Die Haustür wurde geöffnet, und Frau Wilms kam heraus. Als sie sah, dass Irene humpelte, eilte sie ihr entgegen.

»Ach, du meine Güte, was ist denn mit Ihnen passiert?«, rief sie und legte ihren Arm um Irenes Hüfte, um sie zu stützen.

»Ich war unachtsam und bin in den Lastwagen gelaufen.« Irene blieb stehen und drehte sich noch einmal um, doch der Kartoffeltransporter ratterte bereits davon.

»Ein hilfsbereiter Mensch. Was für ein Tag …« Irene stöhnte, als sie mit dem verletzten Fuß auftrat.

»Oje, oje, wenn da mal nichts gebrochen ist. Sie sollten einen Arzt aufsuchen, Fräulein Mendel.«

»Nein, tut nur weh, das wird schon wieder. Wo ist mein Vater?« Sie machte sich größere Sorgen um ihren Vater als um sich selbst.

Es war nicht allein der Verlust der Firma, sondern die demütigende Art, wie Päp ihn vorgeführt hatte, was ihren Vater tief getroffen hatte.

»Er ist gleich in sein Arbeitszimmer gegangen, nachdem er zurückgekommen ist. Ihre Frau Mutter hat geweint. Was machen Sie denn nun?«, fragte Frau Wilms zaghaft und lotste Irene in die Küche und dort auf einen Stuhl.

Dann zog sie einen weiteren Stuhl heran und hob Irenes Bein darauf. »Ich mache Ihnen einen kalten Wickel. Das ist gut gegen die Schwellung. Arnika hilft bei Blutergüssen. Im Medizinschrank ist eine Salbe.«

»Danke, Frau Wilms, und wenn Sie mir noch das Jod und ein sauberes Tuch geben?«

Irene war dabei, die Schürfwunden zu reinigen, als ihre Mutter dazukam. »Entschuldige, Irene, ich stehe da wie …« Ada Mendel schlug die Hände vor den Mund.

»So ein Unglück! Du armes Mädchen! Ich telefoniere sofort nach deinem Zukünftigen. Du musst versorgt werden.«

»Nein!«, sagte Irene scharf. »Es sieht schlimmer aus, als es ist. Wenn du mir helfen willst, hol mir doch bitte etwas Verbandszeug und eine Binde für meinen Knöchel. Und ein Glas Cognac, wenn noch welcher da ist.«

»Ich werde nichts dergleichen tun, solange du mir nicht

erzählst, was geschehen ist! Was musstest du auch allein durch die Stadt laufen!«, insistierte ihre Mutter.

Ihr festliches Kleid sah zumindest nicht ramponiert aus, dachte Irene, dafür war ihre Mutter aschfahl.

»Ich brauchte etwas Zeit für mich. Jeder geht eben anders mit Katastrophen um. Und da bin ich zum Friedhof gegangen«, begann Irene.

»Zum Friedhof? Ein seltsamer Einfall, Irene, ich muss schon sagen. Anstatt deinen Eltern beizustehen, gehst du auf den Friedhof, um mit den Toten zu sprechen, oder wie? Um deinen Vater musst du dich sorgen, von mir spreche ich ja gar nicht. Der arme Mann hat kein Wort gesprochen und sich in sein Arbeitszimmer geflüchtet. Er hat eine Pistole! Ich habe solche Angst, Irene.«

Frau Wilms kam mit einem nassen Lappen zurück, den sie Irene auf den Knöchel legen wollte.

»Lassen Sie nur, danke. Das machen wir gleich. Ich werde lieber sofort nach meinem Vater sehen. Irgendwo muss doch Großmutters Gehstock noch sein?« Irene legte den vom Jod braun gefärbten Lappen auf den Tisch, strich den Taftrock ihres Kleides glatt und stand auf.

Ihre Mutter nahm ihre Hand. »Gehen wir gemeinsam, Reni.«

Es kam selten genug vor, dass ihre Mutter sie mit ihrem Kosenamen anredete. So herrisch sie auch sonst sein mochte, heute zeigte sie sich nervös und ängstlich.

»Lass mich doch Arno anrufen, Reni. Wir können jede Unterstützung brauchen.«

Irene blieb stehen. »Ich werde die Verlobung lösen, Mutter. Jetzt besteht kein Grund mehr für diese Verbindung. Die Fabrik bringt uns niemand zurück.«

»Das ist nicht dein Ernst! Das kannst du doch nicht tun! Schämst du dich überhaupt nicht? Erst diese Blamage vor den Honoratioren der Stadt, und nun willst du uns auch noch privat ruinieren, du undankbares Geschöpf!«, schimpfte ihre Mutter und ließ sie los.

Irene strauchelte, konnte sich gerade noch an einer Kommode abfangen und lachte trocken. »Für einen Moment hatte ich das Gefühl, dass du dich um mich sorgst. So leid es mir tut, aber du wirst der Tatsache ins Augen sehen müssen, dass neue Zeiten angebrochen sind. Dass wir die Fabrik so lange weiterführen konnten, war ein großes Glück.«

»Du heiratest Arno! Sein Vater ist Chefarzt, und er wird das auch einmal sein. Er kann dir ein gutes Leben bieten. Denk doch mal vernünftig, Irene. Ich weiß ja, dass wir uns nie besonders gut verstanden haben. Aber sei nicht dumm. Wenn er dich noch will, nimm ihn. Schönheit vergeht. Du musst jetzt für die Zukunft sorgen!«

Ihre Mutter hatte sich anscheinend wieder gefangen. Frau Wilms kam mit einem Glas in den Flur.

»Wollen Sie noch Ihren Cognac?«

Irene streckte dankbar die Hand nach dem Glas aus. »Oh ja!«

Die goldbraune Flüssigkeit brannte anfangs, entfaltete dann aber eine wohltuend entspannende Wärme in ihrem Magen. Entschlossen stieß sie sich von der Kommode ab und humpelte zum Arbeitszimmer ihres Vaters. Sie klopfte kurz und trat ein.

»Vater?«

Friedrich Mendel stand vor der Wand mit den Familienfotografien. »Komm nur, Reni, komm rein.«

Sie stellte sich neben ihren Vater, froh, dass er mit ihr sprach und sie keine Pistole auf dem Schreibtisch sah. Mit auf dem Rücken verschränkten Händen schaute er auf das Porträt seines verstorbenen Halbbruders.

»Wenn der Julius nicht im Krieg gefallen wäre, hätte ich die Fabrik nicht übernommen. Habe ich dir eigentlich erzählt, dass er ein ganz besonderer Mensch war?«

Ihr Vater schien mit den Gedanken weit in der Vergangenheit zu weilen, legte geistesabwesend den Arm um die Schultern seiner Tochter, drückte sie an sich und schluchzte.

44

Es tat gut, wieder in Halle zu sein, dachte Petra und betrachtete die Boote auf der Saale, die spielenden Kinder am Ufer, die vergnügt plaudernden Menschen, die sich nach Feierabend hier trafen. Anfang September waren die Temperaturen noch immer angenehm warm. Paul hatte sie in das kleine Ausflugslokal am Ufer eingeladen, nachdem sie den Nachmittag im Stadtbad verbracht hatten, und nun saßen sie hungrig an einem der Tische und warteten auf ihr Essen.

Paul war braun gebrannt und sah blendend aus, doch es lag eine gewisse Traurigkeit in seinem Blick. Wenn er wollte, konnte er so verschlossen wie eine Auster sein, und man brachte nichts aus ihm heraus. Sie setzte auf die Wirkung des Bieres und hoffte, dass er sich ihr endlich mitteilen würde.

»Bruderherz, jetzt sag doch, was los ist. Du bist so schweigsam, dass ich mir Sorgen mache.«

Ein schwaches Lächeln umspielte seine Lippen. »Nach dem Essen. Erzähl mir lieber, was du von Joachim gehört hast. Geht es ihm auch wirklich gut? Er kennt doch niemanden drüben im Westen.«

»Max' Freunde haben ihn in einer Wohnung in Hamburg

untergebracht, die er sich mit anderen Geflüchteten teilen kann, bis er eine Arbeit und eine feste Unterkunft gefunden hat. Sie unterstützen ihn dabei und haben ihm auch einen Arzt vermittelt, der ihm mit seinen Schmerzen hilft«, erzählte Petra und achtete darauf, dass die neben ihnen Sitzenden ihr Gespräch nicht mitanhören konnten.

»Wer sind diese Freunde, Petra? Die machen das doch nicht aus reiner Menschenliebe!« Paul leerte sein Glas und bestellte sich ein zweites Bier.

Die Gäste neben ihnen aßen bereits, und der Duft von Gebratenem und Kartoffeln machte ihnen den Mund wässrig. »Ich könnte denen glatt den Teller stibitzen.«

Petra fuhr sich mit der Zunge über die Lippen. »Das darf Max nicht sagen. Es sind jedenfalls Leute, die helfen, wenn du hier von den Sowjets oder der Stasi verfolgt wirst.«

Die Miene ihres Bruders verdüsterte sich. »Verdammt, Petra, die haben mich eingesperrt, weil du mit Max zusammen bist! Und er ist tatsächlich in irgendwelche geheimen Aktivitäten verwickelt. Ich habe keine Lust, noch mal in den Knast zu gehen! Trenn dich von ihm!«

Sie konnte ihn verstehen. An seiner Stelle würde sie genauso denken. »Aber ich weiß doch gar nichts, Paul! Max hält mich aus allem raus. Ich kenne weder seine Verbindungsleute, noch weiß ich, wo er sich trifft oder dergleichen.«

»Aber du bist mit ihm befreundet. Was glaubst du, denken die von der Staatssicherheit? Die sind doch ganz scharf drauf, jeden einzukassieren, der auch nur verdächtig ist!« Paul verstummte.

Die Bedienung kam mit zwei Tellern an ihren Tisch. »So,

da hätten wir zweimal Schnitzel mit Rotkraut und Kartoffeln. Lassen Sie es sich schmecken! Das Bier kommt gleich.«

»Danke, das sieht sehr gut aus«, meinte Petra und griff nach Messer und Gabel.

»Sie haben Glück, dass wir gerade eine Lieferung bekommen haben. Der Schwager vom Chef ist Landwirt.« Die junge Frau zwinkerte ihnen zu, und sie verstanden, dass wieder einmal nur mit den richtigen Beziehungen an bestimmte Waren zu kommen war.

»Guten Appetit, Petra. Komm, lassen wir uns das Essen nicht verderben. Ich bin heute mal spendabel.« Er grinste. Mit der Einstufung zum Schwerarbeiter gab seine Lebensmittelkarte mehr her als die seiner Schwester.

Petra stopfte sich einen großen Bissen in den Mund und kaute ausgiebig. »Hm, gut! Wie geht es Irene? Ich habe gehört, dass die Mendels nun auch enteignet worden sind. Das muss ein harter Schlag für sie gewesen sein.«

An seiner Reaktion spürte sie sofort, dass sie den wunden Punkt getroffen hatte. Paul ließ die Gabel sinken.

»Ich weiß nicht, wie es ihr geht. Wir haben uns seit der Feier in der Fabrik nicht gesehen.«

»Warum nicht?«

Am Fluss kreischten Teenager, die sich gegenseitig ins Wasser schubsten, und ein Hund bellte.

»Weil sie sich auf der Geburtstagsfeier ihres Vaters mit diesem Arzt verlobt hat. Er hat ihr einen fetten Diamantring angesteckt, und sie hat ihn akzeptiert.« Paul sah seine Schwester an. »Es war ein schrecklicher Tag für die Mendels, keine Frage. Was für eine Blamage, von den Genossen so verächtlich behandelt zu werden. Und einer dieser Herren führt wohl einen privaten Rachefeldzug gegen die Mendels. Aber das ändert nichts an der Tatsache, dass Irene die Verlobung erst gelöst hat, nachdem ihre Familie alles verloren hatte! Was bin ich denn für sie? Ja, jetzt bin ich gut genug, wo eh alles den Bach runter ist!«

Petra schüttelte unwillig den Kopf. »Das glaube ich nicht. So ist Irene nicht. Habt ihr euch gestritten, oder wie war das?«

»Ich habe sie an dem Tag zufällig auf dem Friedhof getroffen.« Er hielt inne.

»Und da hast du sie so vor den Kopf gestoßen? Mensch, Paul, du bist wirklich ein unsensibler Klotz.«

Er wirkte zerknirscht und aß weiter. Die Bedienung brachte das zweite Bier, und Paul nahm einen tiefen Zug. Als sein Teller leer war, sagte er zu seiner Schwester: »Das war keine Glanzleistung, aber wie kann ich mir denn sicher sein, dass sie diesen Arno nicht geheiratet hätte? Das beteuert sie zwar, aber sie hat seinen Ring genommen und immer betont, wie wichtig es sei, die Fabrik durch diese Ehe zu retten.«

»Wenn man sich liebt, muss man einander vertrauen. Liebst du sie?«

»Liebst du Max?«

Petra nickte. »Ja, das tue ich, und ich vertraue ihm. Er hat Joachim rausgebracht, oder nicht?«

Ihr Bruder holte eine Schachtel Zigaretten aus der Hosentasche und hielt sie ihr hin, und Petra nahm eine. »Danke, woher hast du die?«

Er grinste und gab ihr Feuer. »Frag nicht.«

Sie inhalierte und stieß den Rauch aus. »Und jetzt?«

»Was meinst du?«

»Na, wenn du sie liebst, musst du dich entschuldigen oder irgendetwas Verrücktes oder Großartiges tun, um sie zurückzugewinnen«, sagte Petra im Brustton der Überzeugung.

Paul lachte. »Du bist hier nicht an einem Filmset! Wir sind in Halle, und ich bin ein einfacher Salzwirker. Was soll ich denn machen? Ihr einen Sack Salz vor die Tür stellen?«

»Idiot!«, meinte Petra lachend. »Aber warum nicht, das hätte so was Dramatisches!«

Sie flachsten hin und her, bis Paul plötzlich sagte: »Das ist alles schön und gut, aber ich kann meine Zweifel nicht einfach vergessen. Sie sind da und nagen, und jedes Mal, wenn ich an sie denke, dann sehe ich sie mit diesem Arno, wie sie da alle stehen, die feine Gesellschaft. Dazu gehört sie, Petra. Das ist ihre Welt. Ich werde nie ein Teil davon sein.«

Sie spürte, wie unglücklich ihr Bruder war, und sagte sanft: »Vielleicht war sie ja froh, dass es so gekommen ist. Durch die Enteignung hat sich der Status quo geändert. Sieh's doch mal so, dass der Sozialismus auch was Gutes hat – er macht alle gleich.«

»Ist das so?«, meinte Paul zweifelnd. »Das ist die Theorie, die Praxis sieht immer anders aus.«

»Wir sind jetzt ein Arbeiter- und Bauernstaat. Es gibt keine Großgrundbesitzer und keine Fabrikanten mehr. Sie hat dir also nichts mehr voraus.«

»Darum geht es aber nicht. Ich werde nie wissen, ob sie ihn geheiratet hätte oder nicht!«

Petra betrachtete die Zigarette in ihrer Hand. »Meine Güte, Paul, jetzt spring mal über deinen Schatten. Wer ist schon perfekt! Irene ist bildschön, klug, und ich mag sie. Die Rita hingegen, die kann ich gar nicht leiden. Wenn du die heiratest, komme ich nicht zu deiner Hochzeit.«

Sie lachten, und Paul sagte: »Ich denke drüber nach.«

Am Tag darauf ging Petra in das Kinderheim, in dem sie früher mit Irene die Kleinen betreut hatte. Sie hoffte, ihre Freundin dort zu treffen, und tatsächlich war Irene dort. Sie saß in einem Raum auf einem Kissen, umringt von Kleinkindern, die an ihren Lippen hingen, während Irene aus einem Märchenbuch vorlas.

Petra erschrak, als Irene den Kopf hob, denn sie wirkte müde und erschöpft. »Hallo, Irene!«

»Petra, was für eine schöne Überraschung!«

Die Kinder riefen: »Nicht aufhören! Erst zu Ende lesen!«

Irene hob die Hände. »Bist du noch einen Augenblick hier?«

»Ja, ich schau mal, vielleicht brauchen sie mich beim Basteln.«

Die Heimleitung freute sich, wenn Petra kam, denn sie steckte voller Ideen, und es gelang ihr immer, die Kleinen für Rollenspiele zu begeistern. Es dauerte nicht lange, und Irene leistete ihr bei den etwas größeren Kindern Gesellschaft. Als die Stunde um war und die Kinder glücklich in die Mittagspause gingen, umarmten sich Petra und Irene.

»Es tut gut, dich zu sehen, Petra. Die Theaterluft tut dir gut!« Sie hockten sich auf bunte Holzkisten, die in einem Raum mit Theaterrequisiten und einem Kasperltheater standen. »Oder ist es mehr die Filmluft?«

Petra griff nach einer Handpuppe aus dem Korb und ließ

den Schutzmann nicken. »Beides. Ich liebe beides. Das Theater mehr, aber der Film ist spannend und bietet so viele andere Möglichkeiten. Hast du es gehört? Karoline hat sich einen Regisseur geangelt und ist jetzt verheiratet.«

»Das freut mich für sie. Nach allem, was sie durchgemacht hat, wird ihr das sicher guttun.« Irene nahm sich die Hexe aus dem Korb und sagte mit krächzender Stimme: »Abrakadabra, jetzt ist es vorbei, der Schutzmann ist ein Esel, eins, zwei, drei!«

Petra ließ den Schutzmann sich winden und holte die Eselspuppe aus dem Karton. »Iahh, iahh! Ich armer Wicht, verhext bin ich …«

Sie ließ die Puppe sinken und sah Irene mitfühlend an, denn der lief eine Träne über die Wange. »Oh, Irene, nicht weinen. Ich habe gehört, was euch zugestoßen ist.«

Irene wischte sich über die Augen und fasste sich rasch. »Geht schon wieder. Was haben wir für schöne Zeiten hier bei den Kindern verbracht. So unbeschwert. Man sollte solche Momente festhalten können, und leider merkt man immer erst später, wie schön es eigentlich war.«

»Es wird auch wieder anders, Irene. Wie geht es deinen Eltern?«

Irene hatte abgenommen und war nun sehr dünn, beinahe durchscheinend. Sorgen konnten einen aufzehren, dachte Petra.

»Meine Mutter leidet auf die ihr eigene dramatische Weise. Sie will, dass Vater Onkel Kurt um Geld bittet, was er ablehnt. Eher würde er auf seine alten Tage in einem Steinbruch arbeiten, hat er gesagt. Für meinen Vater ist es am schwersten.« Irenes blaue Augen blickten traurig.

»Sie haben ihm seinen Lebensinhalt genommen. Es ist gar nicht so sehr das Kapital, sondern die Tatsache, dass er nicht mehr in die Fabrik gehen darf. Ihm fehlt die Arbeit. Niemand fragt ihn mehr um Rat, seine Geschäftsfreunde haben sich von ihm zurückgezogen. Aus Brüssel kam eine höfliche Karte von unserem langjährigen Geschäftspartner de Smet. Wenn wir uns neu aufgestellt haben, können wir uns gern melden.«

Irene hob die Handpuppe mit dem geschnitzten Hexenkopf. »Hex, hex, wie soll das gehen? Ohne die Partei läuft hier gar nichts mehr.«

»Wollt ihr von hier fort?«

»Wohin denn? Wir haben kein Geld mehr. Das Einzige, was uns noch gehört, ist die Villa. Den Wagen werden wir als Erstes verkaufen. Aber ich bringe es nicht übers Herz, meinem Vater das vorzuschlagen. Ich hoffe ja, dass Edgar jeden Tag zurückkommt. Das würde meine Eltern auf andere Gedanken bringen.«

»Und was willst du machen?«

Ein Ruck ging durch die Fabrikantentochter. »Mich werden sie nicht los. Ich will weiter in der Schokoladenfabrik arbeiten!«

»Du hast Mut, das muss ich schon sagen.«

»Nein, ich will nicht, dass sie denken, sie hätten uns zerstört. So einfach mache ich es denen nicht. Sie haben mich schon einmal in die Fabrik bestellt, weil sie Hilfe bei den Unterlagen brauchten. Vater hat das abgelehnt, und ich kann ihn verstehen.«

Sie hatte Irene immer für eine selbstbewusste Person gehalten, aber jetzt zeigte sich ihre wahrhaftige Stärke. Paul war ein Trottel, wenn er diese Frau gehen ließ. »Wenn du nicht darüber reden willst, verstehe ich das, aber was ist mit dir und Paul?«

Irene warf die Puppe in den Korb. »Das musst du ihn fragen.«

45

Die Männer schleppten Koffer und Kisten in die Villa. Abgewetzte Koffer und Kisten, die aus einem Kohlelager zu stammen schienen. Schwarzer Staub flog durch die Räume, und das Getrampel kleiner Füße hallte durch die Flure. Und Päp stand in der Mitte des Salons, selbstgefällig an den Flügel gelehnt, und schaute sich um.

»Hübsch haben Sie es hier, Fräulein Mendel. Sehr hübsch. Nur viel zu groß. Wer benötigt schon so viel Platz?«

Irene stand mit vor der Brust verschränkten Armen am Fenster. Ihre Mutter saß in einem Sessel vor ihr und starrte den verhassten Mann wütend an. Päp hob den Deckel von der Tastatur und drückte mehrere Tasten zu einem dissonanten Akkord.

»Ich spiele leider nicht. Vor dem Krieg hatten Arbeiterkinder keine Aussicht auf Bildung.« Mit lautem Krachen ließ er den Deckel auf die Tastatur fallen.

Ada Mendel zuckte zusammen. Ihr geliebter Flügel wurde misshandelt!

»Deshalb bin ich Kommunist geworden«, redete Päp weiter, obwohl keine der anwesenden Damen hören wollte, was er über sich sagte.

Zwei Jungen kamen in den Salon gerannt. Ihre schmutzigen Hosen waren voller Löcher, die Haare ungewaschen und wahrscheinlich voller Läuse, dachte Irene und fragte sich, ob sie noch Entlausungspulver hatten.

»Ja, seht euch nur um, ihr Burschen. Hier könnt ihr euch austoben und habt endlich ein anständiges Dach über dem Kopf«, sagte Päp aufmunternd.

Die Jungen liefen um den Flügel herum, warfen eine Blumenvase von einem Fensterbrett und rannten wieder hinaus. Ada Mendel zitterte vor unterdrücktem Zorn und presste ihre im Schoß gefalteten Hände so fest ineinander, dass die Knöchel weiß hervortraten.

»Sie werden schon miteinander auskommen. Wo ist denn der Herr des Hauses? Will er seine neuen Mitbewohner nicht begrüßen?« Päp schaute zur Tür. Doch in der Halle war nur der Lärm der neuen Hausbewohner zu vernehmen.

Man hatte ihnen eine Flüchtlingsfamilie zugeteilt, die Anspruch auf drei Zimmer der Villa hatte. Irene wusste nicht, was ihre Mutter mehr traf, die Enteignung oder der Einbruch von Fremden in ihre Privatsphäre. Als einer der Jungen erneut in den Salon gerannt kam und diesmal mit dem Fuß gegen den Flügel trat, dass die Saiten in dem Instrument dröhnten, stand ihre Mutter auf.

»Hinaus, du frecher Bengel! Hinaus!«, rief Ada Mendel in scharfem Ton, der den Jungen zusammenschrecken ließ.

Irene sagte leise: »Mutter, er weiß es doch nicht besser.

Das werden die Kinder schon noch lernen, und vielleicht haben sie sogar Freude an Musik.«

Ada Mendel trug ein dunkelblaues Kleid, ihre Haare waren in Wellen gelegt, und das goldene Armband an ihrem Handgelenk gab leise klingelnde Geräusche von sich, wenn sie sich bewegte. Die Dame des Hauses beherrschte den großen Auftritt und ließ sich auch von einem Parteivertreter nicht einschüchtern. Dafür bewunderte Irene ihre Mutter, doch sie bezweifelte, dass sich Päp beeindrucken ließ. Der Kerl gehörte zum engsten Kreis um Pieck, Ackermann und Ulbricht, wie Irene inzwischen erfahren hatte. Pieck war mit anderen KPD-Führungskadern in Moskau gewesen, und Stalin selbst hatte ihm Aufgaben in der Kommunistischen Internationale übertragen. Päp hatte, genau wie Pieck, für den deutschsprachigen Propagandasender Radio Moskau gearbeitet.

»Hören Sie auf Ihre Tochter, Frau Mendel. Falls der Flügel im Weg ist, können wir das Instrument auch in eine Schule bringen lassen.« Päp hielt inne, um sich an Ada Mendels Entsetzen zu weiden. »Nun, darüber denke ich noch nach. Wir sind ein Volk im Aufbruch. Ein Volk an der Schwelle einer neuen Ära. Da wollen Sie doch sicher auch ein Teil dieser großen sozialistischen Bewegung sein?«

»Ich bin zu alt für aufgeblasenes Geschwätz. Ich will Ihnen mal was sagen, junger Mann. Ich habe zwei Kriege miterlebt, meinen Vater im ersten verloren und meine Mutter durch den zweiten. Und vor jedem Krieg gab es großes Geschrei, was besser werden würde. Nichts hat sich je geändert, weil sich die Menschen nicht ändern werden. Jetzt warte ich auf die Rückkehr meines Sohnes, das ist alles, was mich noch interessiert. Nehmen Sie den verdammten Flügel mit, wenn es Sie oder Ihre Parteigenossen glücklich macht!« Ada spie die Worte förmlich aus, und Päp trat einen Schritt zurück.

Doch Ada war noch nicht fertig. »Sie denken, Sie können uns erniedrigen, uns zeigen, dass Sie die neuen Herren sind, indem Sie uns alles nehmen, uns fremde Menschen ins Haus setzen. Wissen Sie, was ich denke? Sie werden immer der beleidigte Bursche sein, den mein Mann hinausgeworfen hat.«

Irene stieß einen stummen Seufzer aus. Damit war ihre Mutter zu weit gegangen, obwohl Irene nie so stolz auf sie gewesen war wie in diesem Moment.

Mit hochrotem Gesicht schrie Päp: »Das werden Sie bereuen!«

Er stürmte hinaus, und Ada Mendel sah ihre Tochter an. Entschuldigend sagte sie: »Reni, das musste einfach gesagt werden. Das Kind ist sowieso schon in den Brunnen gefallen, meinst du nicht auch?«

Und zum ersten Mal seit langer Zeit sahen sich Mutter und Tochter an und lachten.

Der Flügel wurde am nächsten Tag abgeholt, genau wie das Automobil, das ein Oberst Antonow aus der Kommandantur beanspruchte. Die Flüchtlingsfamilie kam aus Schlesien: Stefan Tomaszek und seine Frau, mit den Söhnen Novak und Jozef und der kleinen Katica. Frau Wilms war nicht begeistert von den neuen Mitbewohnern und wies sie streng an, sich an die Hausregeln zu halten. Wenn es um Ordnung und Sauberkeit ging, verstand Gunda Wilms keinen Spaß. Irene staunte über das Durchsetzungsvermögen von Gunda gegenüber den Neuankömmlingen. Ihre Tochter, Ele, freute sich über die Kinder in ihrem Alter, vor allem über die kleine Katica, mit der sie stundenlang spielte und der sie Geschichten vorlas.

Irene hatte Arno den Verlobungsring zurückgegeben und sich heftige Vorwürfe anhören müssen. Sie hatte ihn in seinem Stolz verletzt und musste sich damit abfinden, dass das Verhältnis zwischen den Familien unrettbar zerrüttet war. Ihre Eltern hatte sie vor vollendete Tatsachen gestellt und Enttäuschung und Resignation ausgelöst. Letztere Reaktion schmerzte Irene am meisten, denn ihre Eltern hoffnungslos und gebrochen zu sehen, war furchtbar. Und dennoch war sie nicht länger bereit, ihr privates Glück der Familie zu opfern. Zumal sich die Umstände geändert und die Mendels ihren gesellschaftlichen Status unwiederbringlich verloren hatten.

Irene dachte oft an Paul und hatte ihn einmal mit seinen Freunden in der Stadt gesehen. Er hatte sich abgewendet und sie nicht gegrüßt, wobei sie nicht sagen konnte, ob er sie tatsächlich nicht gesehen hatte. Tief getroffen war sie weitergegangen und hatte sich nachts in den Schlaf geweint. Sie konnte nicht fassen, dass sie sich so in ihm getäuscht hatte. Ablenkung fand sie bei ihrer Arbeit in der Schokoladenfabrik. Man hatte eine neue Geschäftsführung eingesetzt und einen neuen Betriebsrat gewählt. Wobei man nicht von einer Wahl sprechen konnte, denn leitende Posten erhielten nur noch Parteimitglieder oder Leute mit Beziehungen in die neuen Verwaltungsorgane. Irene war jetzt eine Fließbandarbeiterin und unterstand Frau Maklewitz, die im Betriebsrat saß. Herrn Kühn hatte man entlassen, genau wie Frau Luegers und alle anderen Mitglieder des ehemaligen Vorstands.

Es war ein kalter Oktoberabend. Der Wind fegte von der Saale herauf, und die Stadt wirkte träge und grau. Dass Irene einen anstrengenden Arbeitstag hinter sich hatte, trug nicht zur Aufhellung ihrer Stimmung bei. Es brauchte seine Zeit, sich an die körperliche Arbeit zu gewöhnen, doch Irene beschwerte sich nicht, sondern erfüllte alle geforderten Normen. Nur ihr Rücken meldete sich gewöhnlich am Abend, und ihre Beine fühlten sich schwer an. Sie zog den Schal enger und überquerte die Straßenbahnschienen auf dem Marktplatz vor dem Roten Turm, als sie eine Gestalt in einem abgerissenen Mantel sah, deren Anblick ihr einen Stich versetzte.

Es war die Art, wie der Mann ging und den Kopf drehte. Konnte es tatsächlich möglich sein? Seit Monaten hatten sie nichts von Edgar gehört, keine Briefe mehr erhalten, und sie hatte Arno bereits innerlich verflucht, dass er ihre Hoffnungen geschürt hatte. Sie lief schneller, denn der Mann ging zur Haltestelle, an der mehrere Menschen warteten.

Als sie ihn erreicht hatte, schnürte sein Anblick ihr das Herz zusammen. Der abgemagerte Mann dort konnte doch unmöglich ihr Bruder sein.

»Edgar?«, sagte sie vorsichtig und wartete, bis der Mann sich umdrehte.

Unter einem verbeulten Hut sahen sie müde Augen aus dunklen Höhlen an. Doch der Mund verzog sich zu einem warmen Lächeln, und die Geschwister lagen sich in den Armen.

»Edgar, oh wie ist das schön!« Irene weinte in den rauen Stoff des Armeemantels, der unangenehm roch.

Ihr Bruder drückte sie fest an sich und schluchzte ebenfalls. »Renilein, du glaubst ja nicht, wie sehr ich dich vermisst habe. Deine Briefe haben mir Mut gegeben.«

Er machte sich von ihr los und streichelte ihre Wangen. »Du bist noch schöner geworden. Meine wunderschöne Schwester. Wie geht es Mutter und Vater?«

»Es geht ihnen gut!«, rief Irene glücklich und hakte sich bei ihrem Bruder unter.

Die Umstehenden hatten sie mitfühlend beobachtet, und als die Straßenbahn heranrollte, ließ man sie zuerst einsteigen. Szenen wie diese wünschte sich wohl mancher, der auch einen Angehörigen vermisste.

Als sie nebeneinander in der Straßenbahn saßen, nahm Irene Edgars Hand, die knochig und vernarbt war.

»Gott, was haben sie dir nur angetan …«, murmelte Irene, doch ihr Bruder schüttelte den Kopf.

»Nicht, kein Hass. Mir ging es besser als manch anderem. Ich hatte Glück im Unglück, aber das erzähle ich dir alles später.« Er drückte ihre Hand. »Ich lebe, und ich bin hier. Was macht unsere Fabrik? Produzieren wir schon wieder Schokolade?«

»Nein. Es gibt kaum Kakao. Wir stellen Gelees und Trockengemüse her.«

Ihr Bruder fuhr sich über das unrasierte Kinn. Er war zwar mager und erschöpft, doch er nahm Anteil und schien es nicht erwarten zu können, sein altes Leben wieder aufzunehmen. Nur gab es das nicht mehr, dachte Irene traurig. Edgar Mendel würde die lange Tradition der Mignon-Schokoladen-Werke nicht fortführen können.

»Ich muss dir etwas sagen, Edgar.« Sie räusperte sich und streichelte seine Hand. »Die Mignon-Werke heißen jetzt VENAG Schokoladenfabrik.«

»Was? Warum das?«, wollte Edgar wissen.

»VENAG bedeutet Vereinigung Volkseigner Betriebe der Nahrungs- und Genussmittelindustrie Sachsen-Anhalt. Wir wurden enteignet, Edgar.« Besorgt sah sie ihn an, doch ihr Bruder blieb ruhig.

»Renilein, mach dir keinen Kopf deswegen. Es hat ja so kommen müssen. Warum sollte es uns besser gehen als den anderen.«

»Oh, Edgar, ich bin so froh, dass du wieder da bist!« Sie drückte sich an ihn, den großen Bruder, der sie immer getröstet und sie in Schutz genommen hatte. Der raue Stoff kratzte an ihrem Gesicht. »Was ist das überhaupt für ein Mantel? Ist der von der russischen Armee?«

Ein seltsamer Zug ging über Edgars Gesicht. »Ja. Dazu gibt es eine Geschichte, aber nicht hier. Lass uns nach Hause fahren. Wohnen wir noch in der Villa, oder haben sie euch umquartiert?«

Er war so pragmatisch, dass Irene erleichtert seufzte. »Wir wohnen noch da, aber man hat uns Flüchtlinge einquartiert, und der Flügel ist fort. Oh, du hättest unsere Mutter sehen sollen, als die Genossen in der Villa herumstolziert sind. Was hat sie denen Paroli geboten, also vor allem einem, diesem Päp …«

»Langsam, Reni, ich komme ja gar nicht mit!«, sagte Edgar, und für einen Augenblick schien die Zeit stillzustehen.

46

Für einen Abend überwog die Wiedersehensfreude alle Sorgen im Hause Mendel. Frau Wilms kochte ein vergleichsweise üppiges Mahl, Ada weinte und lachte abwechselnd, und Friedrich Mendel umarmte seinen Sohn, sooft er nur konnte. Sie saßen alle um den Esstisch, der nun im Salon stand, denn das Esszimmer hatten sie an die Flüchtlinge abgetreten. Irene hatte auch Frau Wilms und Ele mit an den Tisch gebeten und half Gunda beim Auftragen.

»Gott, was für eine Freude, dass Ihr Bruder es geschafft hat«, sagte Gunda leise zu Irene, die ihr eine Schüssel hinhielt, in die Kartoffelbrei gefüllt werden sollte.

Einer der Tomaszek-Jungen kam in die Küche und wollte seinen Finger in einen Topf stecken, erhielt aber von Gunda einen Klaps mit dem Kochlöffel. »Hast du das noch nicht begriffen? Das gehört sich nicht. Verschwinde aus meiner Küche!«, schimpfte sie, und der Junge streckte ihr die Zunge heraus und lief davon.

»Und die Frau ist schwanger, Heilige Mutter Gottes, hilf mir! Die wird ja mit ihren Kindern jetzt schon nicht fertig«, stöhnte Gunda und gab eine Kelle Kartoffelbrei in die Schüssel vom feinen Porzellan.

Auch von dem teuren Meissner-Geschirr hatten die Jungen schon Teller und eine Tasse fallen lassen. Dabei war ihnen untersagt, das Geschirr zu benutzen. Irene regte sich darüber nicht auf und war froh, wenn sie die Scherben beseitigen konnten, bevor ihre Mutter den Schaden sah.

Beim Verteilen der Speisen achtete Ada darauf, dass Edgar das größte Stück Fleisch und eine Portion Butter bekam. »Wir werden dich schon wieder aufpäppeln, mein Junge«, sagte sie und tätschelte Edgars Hand.

Irene saß ihrem Bruder gegenüber, neben ihr Gunda und Ele. Sie suchte nach dem vertrauten Edgar ihrer Kindertage, doch vor ihr saß ein Mann, der Dinge erlebt und gesehen hatte, die unaussprechlich waren. Ein Teil von ihm würde ihnen für immer fremd bleiben – aber wie musste er selbst sich erst fühlen, wie mit den Dämonen des Krieges fertigwerden, dachte Irene und schluckte die aufsteigenden Tränen hinunter. Edgar hatte sich gewaschen und trug einen Anzug aus Vorkriegstagen, der ihm um die mageren Glieder schlotterte.

»Junge, wo warst du denn zuletzt? Und wie bist du hergekommen?«, fragte Friedrich, nachdem sie ihre Teller geleert hatten. »Möchtest du eine Zigarette? Reni, haben wir noch Cognac?«

»Nein, aber Wacholderschnaps«, sagte Irene, und Gunda stand auf.

»Bleiben Sie nur alle sitzen. Ich räume ab und bringe Kaffee und Schnaps«, erbot sie sich. »Komm, Ele, hilf mir mal.«

Das Mädchen stand auf und trug einen Teller mit hinaus.

»Eine nette Person«, meinte Edgar und zog an seiner Zigarette.

»Sie war der erste Flüchtling, den wir aufgenommen haben, und Mutter hat sich so gegen die arme Frau gesperrt. Dabei war sie eine große Hilfe mit Großmutter«, sagte Irene.

Ein Schatten legte sich über Edgars Gesicht. »Hat sie ihre Sprache wiedergefunden?«

Ada schüttelte den Kopf. »Nein, mein Sohn. Aber sie ist friedlich von uns gegangen. Tante Hedda ist zu Onkel Kurt in den Westen gezogen. Wusstest du das?«

Edgar stieß den Rauch aus. »Irgendwann kamen keine Briefe mehr durch. Die gute Hedda. Ein zäher Knochen. Kurt ist einer der Unverbesserlichen, nehme ich an?«

Irene nickte düster. »Ich bin froh, dass Hedda weg ist.«

»Sprich nicht so von deiner Tante, sie hat Schlimmes durchgemacht!«, verteidigte Ada ihre Schwester.

Edgar berichtete von den verschiedenen Lagern, in denen er die vergangenen fünf Jahre verbracht hatte. Er erzählte vom Zusammenhalt der Gefangenen, von harter Arbeit in Steinbrüchen und Kohlebergwerken, von Krankheiten, Hunger und Tod. Irene fiel auf, dass er kaum von seinen russischen Bewachern sprach.

Kurz vor dem Zubettgehen klopfte sie an Edgars Zimmertür. »Schläfst du schon?«

Sie hörte unterdrücktes Lachen. »Komm rein, Reni!«

Ihr Bruder lag bereits in seinem Bett und hatte ein Buch in den Händen. Er klopfte neben sich auf die Bettkante, und Irene kuschelte sich neben ihn.

»Was liest du da?« Sie nahm das Buch auf, doch es war in kyrillischer Schrift.

»Du verstehst Russisch?«

»Ich hatte viel Zeit in den fünf Jahren.«

Sie blätterte das Buch durch, wobei die Fotografie eines jungen Mannes herausfiel. Ihr Bruder hätte das Buch vor ihr verbergen können, doch anscheinend wollte er, dass sie es sah.

»Wer ist das?« Sie betrachtete das Porträtfoto genauer. Der junge Mann sah den Betrachter mit melancholischem Blick an. Er hatte helle Augen und trug einen Anzug.

»Nikolai Dolgorukow.« Edgar machte eine Pause und schien zu überlegen. »Reni, was ich dir jetzt sage, muss unter uns bleiben. Du bist der einzige Mensch, dem ich mich anvertraue. Kannst du mir versprechen, dass du mit niemandem, nicht einmal mit Vater, darüber sprichst, was ich dir sage?«

Irene setzte sich auf und betrachtete das Bildnis des gut aussehenden jungen Mannes genauer. »Ehrenwort!«

Edgar grinste, und sie waren wieder die verschworenen Geschwister, die füreinander einstanden, wenn es darauf ankam.

»Ich war ein Gefangener, wie alle anderen auch. Aber im zweiten Lager wurde ich zum Reinigen der Offiziersunterkünfte abkommandiert. In der Offiziersmesse befand sich ein Klavier, und ich konnte nicht widerstehen und habe mich eines Morgens einfach darangesetzt und Bach gespielt.«

Edgar lehnte sich in sein Kissen und strich über das Buch. »Ich war so erschöpft, so hungrig und hatte mich schon aufgegeben, sodass mir die Konsequenzen egal waren. Ich werde das nie vergessen. Da saß ich in Sibirien in einem Lager. Es war eiskalt, der Frost biss mir in Finger und Gesicht, meine Füße waren schon taub, drei Zehen erfroren, aber ich wollte noch einmal Bach spielen. Ich dachte, dass ich sterben kann, wenn ich nur diese göttliche Musik noch einmal hören darf.«

Edgar streckte seine Hände aus, die unverletzt, wenn auch schrecklich knochig waren. Doch noch immer sah man, dass sie einem Pianisten gehörten. Er bewegte die Finger, als spielte er eine imaginäre Melodie. »Es war so surreal, frühmorgens, ein leerer Raum, in dem nur das Klavier und ein paar Stühle standen. Draußen wurden die Gefangenen zum Essensappell gerufen, aber ich setzte mich und berührte die schwarzen und weißen Tasten, und plötzlich ertönte Bach durch die Baracken. Ich habe damit gerechnet, dass sie mich direkt vom Hocker schießen, mich foltern und aufhängen oder was ihnen sonst einfiele. Aber ich spielte und spielte, und als ich aufsah, stand dieser Mann in der Tür. Kolja. Nikolai Dolgorukow. Wir haben uns angesehen, Reni. Nur angesehen. Sehr lange. Und dann lächelte er.«

Edgar machte eine Pause und fragte leise: »Liebst du jemanden, Reni?«

»Ja, das tue ich.«

»Dann weißt du, wie das ist, wenn du diesem einen Menschen begegnest und weißt, dass er es ist.« Ihr Bruder legte seine Hände auf das Buch. »›Krieg und Frieden‹ von Tolstoi. Er hat es mir geschenkt, als er versetzt wurde.«

Edgar schlug die erste Seite auf und fuhr mit dem Finger zärtlich über eine handschriftliche Eintragung. »Für E. von N.«

Irene ergriff die Hand ihres Bruders und drückte sie liebevoll. »Warum weiß ich das nicht, Edgar? Du hast nie mit mir darüber gesprochen, dass du dich nicht zu Frauen hingezogen fühlst.«

Im Nachhinein verstand sie jetzt, warum Edgar nie eine Freundin gehabt hatte, doch es betrübte sie, dass er sich ihr nie anvertraut hatte.

Er sah sie traurig an. »Als mir das so richtig bewusst geworden ist, waren die Nazis an der Macht. Ich habe das genau verfolgt, glaub mir.« Ein kurzes, bitteres Lachen entrang sich ihm. »Ernst Röhm, Stabschef der SA, offen homosexuell, gab anfangs Grund zur Hoffnung. Tja, dann folgte der Putsch mit Röhms Ermordung, und danach drehte Himmler so richtig auf mit seiner Verfolgung von Homosexuellen.«

Mehr gab es dazu nicht zu sagen, dachte Irene. Die Gräuel der Nationalsozialisten gegen alle, die nicht ihrer abstrusen Ideologie entsprachen, waren allzu gegenwärtig und hatten sie alle in den Abgrund getrieben.

»Ich habe mich nie getraut, auszuleben, was ich fühlte. Die Angst, dass sie mich erwischen und erschießen, war zu groß. Und dann treffe ich ausgerechnet in einem sibirischen Straflager diesen feinsinnigen Mann. Wir haben kaum Gelegenheit gehabt, miteinander zu sprechen. Aber er hat mir erzählt, dass seine Familie zum alten russischen Adel gehörte. Vor der Revolution. Sein Vater hat ihn enterbt und aus dem Haus geworfen, als er ihn mit einem Schulfreund erwischte. Kolja ist überzeugter Kommunist, hat sich den Bolschewiki angeschlossen und es während des Krieges zum Oberst gebracht. Er ist sehr gebildet und wollte eigentlich Literatur an der Universität lehren. Aber der Krieg hat seine Träume zerstört, genau wie die von so vielen Menschen.«

Irene hörte zu und lernte ihren Bruder neu kennen. Obwohl er müde und ausgezehrt wirkte, schien es ihm gutzutun, über das zu sprechen, was er so lange in seinem Innersten verborgen hatte.

»Ich hoffe, dass der Sozialismus dieses kleinkarierte Denken aufbrechen kann, Irene. Das ist einer der Gründe, warum ich Kommunist geworden bin.«

Sie horchte auf und sah ihn an. »Wir haben alles verloren, Edgar, wegen des Kommunismus.«

»Ich weiß. Aber nur so können wir neu beginnen. Der Kapitalismus hat Hitler hervorgebracht, vielleicht bringt der Kommunismus Besseres hervor.«

»Stalin«, meinte Irene trocken.

»Revolutionen gehen immer mit blutigen Opfern einher«, meinte Edgar, doch er klang nicht so überzeugt wie Päp, fand Irene.

Ein Fanatiker war nicht aus ihrem Bruder geworden. »Lass uns heute nicht über Politik sprechen, Edgar. Jetzt bist du hier und kannst dich erholen.«

»Ich werde nicht bleiben, Reni«, sagte ihr Bruder leise.

»Warum nicht? Wo willst du denn hin?«, entfuhr es ihr.

»Nach Berlin und auch nach Moskau. Ich will unser Land mitgestalten. Und dazu muss ich ein Teil des neuen Apparates werden.«

»Und du wirst Nikolai wiedersehen, nicht wahr?«

Edgar nickte, doch seine Augenlieder wurden schwer.

»Reden wir morgen weiter. Dieser Güterzug hat alle Energie aus mir herausgerüttelt.«

»Gute Nacht, Edgar.«

»Schlaf gut, Reni. Und morgen will ich wissen, wem du dein Herz geschenkt hast.«

Sie erhob sich und ging zur Tür. »Das ist …«, begann sie, doch als sie sich zu ihm umdrehte, war er bereits eingeschlafen.

Sachte zog sie die Tür ins Schloss.

47

Schweißgebadet trat Paul aus der Siedehalle in die kalte Oktoberluft. Er streckte den schmerzenden Rücken und wartete auf seinen Freund, der ebenfalls Schichtende hatte. Das stundenlange Schaufeln und Schieben von Salz an den heißen Pfannen mit dem anschließenden Ausschlagen an den Abtropfbühnen verlangte harten körperlichen Einsatz.

Schnaufend kam Werner heraus und stellte seine Schaufel an die Wand. »Mir reicht's für heute. Auf ein Bier, Paul?«

Paul nickte.

»Na, komm, mein Freund!« Werner klopfte ihm auf die Schulter. Gemeinsam gingen sie zum Verwaltungsgebäude, meldeten sich ab und wollten gehen, als sich ihnen Genosse Schmidt in den Weg stellte.

»Ich dachte, Sie würden sich Ihr Parteibuch abholen, aber nun bringe ich es persönlich vorbei. Bitte sehr, Genosse Thulke.«

Der Parteifunktionär drückte Paul ein rotes Büchlein in die Hand. »Proletarier aller Länder, vereinigt euch«, stand in Gold geprägt über dem ovalen Parteiemblem mit den sich greifenden Händen.

»Vom Betriebsratsvorsitzenden holen Sie sich dann morgen Ihren Anstecker ab. Und für Sie habe ich den Ausweis Ihres Sohnes dabei, Genosse.« Schmidt griff in seine Anzugtasche und holte ein schmales graues Büchlein hervor.

»Junge Pioniere, Für Frieden und Völkerfreundschaft immer bereit«, las Werner laut vor und steckte den Ausweis ein. »Danke, Genosse. Mein Sohn wird sich freuen.«

»Schönen Feierabend, Genossen!«, sagte Schmidt.

Paul nickte nur und ging hinaus.

Draußen sagte Werner: »Mensch, sei doch nicht so unfreundlich zu Schmidt. Der macht eine Menge für dich, wenn du ein wenig mitspielst. Und, hat doch gar nicht wehgetan, was? Genosse!«

Sie waren weit genug vom Verwaltungsgebäude entfernt, sodass Paul stehen blieb und Werner verärgert ansah. »Nenn mich nicht Genosse, Werner. Du weißt, warum ich den Mist hier mitmache. Einmal Haft hat mir gereicht. Aber ich lasse mir nichts vorschreiben, hörst du?«

»Reg dich ab, Paul. War doch nur ein Witz. Mensch, was bist du gereizt in der letzten Zeit.«

Das musste sein Freund ihm nicht sagen. »Hm, tut mir leid.«

Sie gingen zu Werners Haus auf dem Salinengelände. »Agnes ist mit den Kleinen bei den Großeltern, die beiden Großen sind mit ihren Pioniergruppen unterwegs. Das hat doch was für sich! Die Kinder sind beschäftigt, und wir haben unsere Ruhe.«

Paul fand zwar, dass sein Freund es sich etwas zu einfach machte, aber er hatte kein Gegenargument. Das Geld war knapp, genau wie alles andere auch. Den Kindern etwas anderes als selbst gebastelte Spielzeuge oder abgetragene Kleidung zu bieten, war beinahe unmöglich. Die Freunde wuschen sich Hände und Gesicht, Werner streifte sich ein frisches Hemd über und bot auch Paul eines an, doch der lehnte ab.

»Ich hol meine Sachen auf dem Heimweg aus dem Spind.«

Werner stellte einen Teller mit Brot und Käse auf den Küchentisch, nahm zwei Bierflaschen aus einem Schrank und bot Paul einen Stuhl an.

»Prost!«

Paul stieß mit ihm an. »Danke, mein Freund!«

»So, und jetzt raus damit. Was ist los bei dir und Irene? Ich kann das nicht mehr mitansehen. Du läufst wie ein geprügelter Hund durch die Gegend und bist kaum noch ansprechbar. Ich dachte, dass du dich wenigstens nach ihrem Unfall mit ihr versöhnst.«

»Unfall?«, fuhr Paul auf.

»Das wusstest du nicht? Sie hatte sich nach der Enteignung damals böse den Knöchel gestaucht, und die Schürfwunden heilten wohl auch nicht so gut, wie sie sollten. Irene ist vor einen Lastwagen gelaufen. Hat mir Gunda Wilms erzählt. Deren Tochter geht mit unserer in dieselbe Gruppe der Jungpioniere. Die Mädels sind ganz wild auf die blauen Tücher und das Käppi.«

»Frau Wilms?«, fragte Paul irritiert.

»Na, die Haushälterin der Mendels. Sie ist recht patent und kümmert sich auch um die andere Flüchtlingsfamilie, die den Mendels mit ins Haus gesetzt wurde. Obwohl Gunda selbst eine Vertriebene ist, kann sie die neue Familie nicht besonders gut leiden. Die Kinder machen viel Lärm und viel kaputt. Sie findet, dass man sich trotzdem angemessen verhalten kann, auch wenn man's nicht besser gelernt hat.«

»Was unser Werner alles weiß«, murmelte Paul und fuhr sich durchs Haar. Sie hatte sich verletzt. Das musste ja unmittelbar nach ihrem Streit gewesen sein! Er hätte sie nach Hause begleiten müssen, nach all dem, was sie kurz zuvor durchgemacht hatte. Aber er war zu stolz und stur gewesen, hatte sich unnachgiebig und ohne Mitgefühl für ihre Situation gezeigt. Es war seine Schuld, dass sie – unkonzentriert und aufgewühlt – vor diesen Wagen gelaufen war.

Werner schnitt sich ein Stück Käse ab und legte es auf eine Scheibe von dem Graubrot. »Butter ist alle. Bitte, nimm.«

Paul schnitt sich ein kleines Käsestück ab. »Ich bin schuld, Werner.«

Sein Freund grinste. »Das war mir schon klar, aber was ist zwischen euch vorgefallen?«

Den Käse kauend, meinte Paul: »Na, ganz so einfach ist das auch wieder nicht. Immerhin wollte Irene diesen Arzt heiraten. Wie hätte ich dann dagestanden?«

»Wollte sie das denn wirklich? Du hast doch gesagt, sie will nur ihre Eltern nicht vor dem Fest mit der Nachricht überfallen, wäre ja auch ein Schlag für die gewesen. All die feinen Pinkel, und Irene gibt dem Herrn Doktor einen Korb.« Werner grinste breit.

»Du denkst, sie hätte das nicht durchgezogen?«

»Niemals. Die Frau liebt dich, das sieht ein Blinder. Nur du anscheinend nicht.«

Paul streckte die langen Beine unter dem Tisch aus. »Vielleicht hast du recht, aber jetzt ist es zu spät. Wie soll ich ihr denn begegnen?«

»Blumen, Junge, lad sie ein, sprich mit ihr! Oder ist sie dir plötzlich egal? Wolltest du sie nur, als sie die reiche Fabrikantentochter war?«

»Mach mich nicht wütend, Werner. Auch unsere Freundschaft hat Grenzen.« Es war scherzhaft gemeint, doch Werner verstand die Ernsthaftigkeit hinter Pauls Worten.

»Jaja, reg dich ab, aber um Himmels willen, unternimm etwas! Gerade jetzt solltest du bei ihr sein. Wenn ich an meine Agnes denke, die würde ich in so einer Lage nicht hängen lassen.«

»Das ist ja nun was ganz anderes.«

Werner holte eine Schachtel Zigaretten aus der Hosentasche und eine Schachtel Zündhölzer von einem Regal. »Bitte.«

Paul griff dankbar zu.

»Ist es nicht, Paul. Wenn man sich einmal für einen Menschen entschieden hat, steht man zu ihm. Aber vielleicht war es nur eine Affäre für dich? Ihr hattet Spaß, ist ja auch in Ordnung …«

Paul schlug mit der flachen Hand auf den Tisch. »Hör auf. Natürlich ist das keine Affäre. Aber die ganze Zeit über gab es keine Zukunft für uns. Und nun ist alles so …«

Werner stieß den Rauch aus. »Nun müsst ihr euch bekennen. Entweder – oder. Ach, ihr Bruder ist zurück. Wusstest du das? Wenigstens ein Lichtblick für die Familie.«

»Was? Das wird sie sehr glücklich gemacht haben. Sie hängt sehr an ihrem Bruder. Edgar, meine Güte, ist das lange her. Ich muss ihn vor dem Krieg zuletzt gesehen haben.«

Sie plauderten noch eine Weile, doch mit den Gedanken war Paul bei Irene.

In den folgenden zwei Wochen klapperte Paul abends die Kneipen ab, in denen er mit Irene gewesen war, schlenderte vor dem Varieté auf und ab und hoffte, sie zu sehen. Er traute sich nicht, sie in ihrer Villa aufzusuchen. Sie könnte ihm die Tür vor der Nase zuschlagen oder sich verleugnen lassen. Am Samstag hatte er Glück. Er saß im Ibykus an der Bar und trank ein Bier, als sie in Begleitung eines Mannes, der nur ihr Bruder sein konnte, hereinkam. Der Mann war älter als sie und sein Gesicht von tiefen Linien durchzogen, die typisch waren für die Kriegsheimkehrer. Es dauerte lange, bis die Männer sich von den Strapazen in russischer Gefangenschaft erholt hatten.

Paul drehte sich auf seinem Barhocker um und wartete, bis die beiden auf seiner Höhe waren. Irene hatte ihn noch nicht entdeckt, denn die Kneipe war gut gefüllt, und blauer Dunst hing in der Luft.

»Edgar, wollen wir uns dorthin setzen?«, fragte sie.

Paul fand, dass sie heute noch schöner aussah als sonst. Sie schien von innen heraus zu leuchten. Das musste an ihrem Bruder liegen. Sie wirkte glücklich.

»Irene!«, sagte er, und sie zuckte zusammen.

War es ihr unangenehm, ihn zu sehen? Ihre eben noch freudestrahlende Miene verdüsterte sich.

»Paul«, erwiderte sie leise.

Ihr Bruder räusperte sich und streckte Paul die Hand entgegen. »Edgar, Renis Bruder. Ist lange her, dass wir uns gesehen haben. Du bist also DER Paul.«

Paul drückte die dargereichte Hand und lächelte schief. »Ähm, ich fürchte, ja. Was auch immer Irene über mich gesagt hat, es wird stimmen.«

Ihre blonden, leicht gewellten Haare hatte sie aus dem Gesicht frisiert, was ihr energisches Kinn betonte. Sie hatte immer sportlich gewirkt, doch jetzt war eine gewisse Härte hinzugekommen, die man gewann, wenn man körperlich arbeitete.

»Was soll ich dazu sagen? Geht es dir gut, Paul?« Ihr Ton war eisig.

»Nein, es geht mir überhaupt nicht gut, und ich würde gern mit dir sprechen.«

»Ich aber nicht mit dir!«, schoss sie zurück.

Ihr Bruder legte seine Hand auf ihren Arm. »Sei nicht so stur, Reni. Sie will mit dir reden, Paul. Da bin ich mir sicher. Ich setze mich da drüben an den Tisch.«

Edgar ging weiter, und Irene stand vor Paul. Ihre Augen sprühten vor unterdrücktem Zorn. »Was hätten wir noch zu besprechen? Du vertraust mir nicht. Punkt und aus.«

Paul ergriff ihre Hand, und eine Welle der Wärme durchfloss ihn. Irene schien es ähnlich zu gehen, denn der Ärger wich aus ihrem Blick, und sie wirkte nur noch verletzt, was Paul einen Stich versetzte.

»Es tut mir leid. Ich war ein Idiot. Kannst du mir verzeihen?«

Sie stemmte die Hände in die Hüften. »Wir treffen uns hier zufällig, und weil es dir gerade so gefällt, soll ich dir verzeihen? Hast du keine verfügbar, mit der du ins Heu hüpfen kannst?«

»Ganz so zufällig ist unsere Begegnung nicht, Irene. Seit zwei Wochen verbringe ich meine Abende in jeder verdammten Kneipe, in die du vielleicht gehen könntest, trinke mehr Bier, als mir guttut, und bin bald blank.« Zum Beweis stülpte er eine Hosentasche nach außen. »Viel länger hätte ich das nicht durchhalten können.«

Irene ließ die Arme sinken und konnte ein Grinsen nicht verbergen. »Ist das wahr? Geschieht dir ganz recht, dass du meinetwegen leiden musst. Dein Verhalten hat mich nicht gerade glücklich gemacht.«

Hoffnungsvoll griff er nach ihrer Hand, doch sie entzog sich ihm.

»Edgar reist morgen ab. Ich möchte den Abend mit ihm verbringen. Wenn du etwas von mir willst, weißt du, wo ich wohne. Ein paar Zimmer haben sie uns gelassen.«

»Irene, bitte, mach es mir nicht so schwer. Du hast so viel durchmachen müssen. Lass mich dir zeigen, dass ich es ernst meine«, bat er.

Ihre blauen Augen waren so unergründlich wie das Meer, das er noch nie gesehen hatte. »Ich weiß nicht, wie wir weitermachen sollen, Paul. Aber vielleicht fällt dir ja ein Weg ein. Ich arbeite übrigens immer noch in der Schokoladenfabrik. Am Fließband.«

Sie biss sich auf die Lippen, und er sah es verdächtig in ihren Augen schimmern. Doch bevor sich eine Träne herausstehlen konnte, war sie gegangen.

Das war weder ein Nein noch ein Ja gewesen, dachte Paul und verließ das Ibykus mit einem hoffnungsvollen Lächeln.

48

Die Ära der Mignon-Schokolade war unwiderruflich zu Ende. Ihrem Vater kam der neue Name VENAG Schokoladenwerke nur schwer über die Lippen. Und dann folgte Schlag auf Schlag. Der Direktor ihrer Hausbank und auch ein ehemaliges Vorstandsmitglied starben kurz hintereinander.

Irene war gerade erst zur Haustür hereingekommen, hatte ihren Mantel an die Garderobe gehängt und schnupperte in Richtung Küche, als Gunda Wilms in die Halle trat.

»Fräulein Irene, oh, es ist gut, dass Sie wieder da sind. Ihr Herr Vater ist ganz runter mit den Nerven.« Gunda trug eine Schürze, und es duftete nach Kohl und Kartoffeln.

»Ist etwas mit meinem Bruder? Oder meiner Mutter?« Edgar war nach Berlin abgereist, und sie hatten noch nichts von ihm gehört.

Gunda schüttelte den Kopf und wischte sich die Hände an der Schürze ab. »Es muss in der Zeitung gestanden haben. Er ist in seinem Arbeitszimmer.«

»Danke, Gunda, was würde ich nur ohne Sie machen«, sagte Irene und meinte es ehrlich, denn die Frau war ihnen eine große Hilfe und eine Vertraute geworden.

»Och, gehen Sie nur, und in einer Stunde gibt es Essen.«

Irene war froh, dass ihr Vater sein Arbeitszimmer behalten hatte, denn dorthin zog er sich seit dem Verlust der Fabrik immer öfter zurück. Er vergrub sich in alten Korrespondenzen und Aufzeichnungen und schien nur noch in der Vergangenheit zu leben. Irene beobachtete das mit großer Sorge, doch sie wusste nicht, wie sie ihm helfen konnte. Selbst Edgar war es nicht gelungen, den Vater aufzumuntern.

Man hatte sich darauf geeinigt, der zwangseinquartierten Familie drei Räume im Erdgeschoss zu geben, und Gunda und Ele waren mit nach oben in den ersten Stock gezogen. Irene hatte Mutter und Tochter in ihr Herz geschlossen, vor allem, nachdem sich Gunda so liebevoll um Therese gekümmert hatte. Ele war durch ihren Beitritt bei den Jungpionieren selbstbewusster geworden und ließ sich nicht mehr so schnell von den einheimischen Kindern ärgern.

Irene ging die Treppe hinauf und klopfte an die Tür. Als sie ein Brummen hörte, trat sie ein. Ihr Vater stand am Fenster und rauchte.

»Guten Abend, Vater«, grüßte sie und umarmte ihn, als er sich umdrehte. Er rauchte eine Zigarre. Den Duft des feinen Tabaks hatte sie schon immer gemocht, denn er war mit ihrem Vater verbunden und verlieh ihr ein Gefühl von Geborgenheit. Er war immer selbstsicher und stark gewesen, hatte das Unternehmen mit Weitblick und Klugheit geführt, und wann immer sie etwas bedrückt hatte, war sie zu ihm gegangen, in dem Wissen, dass er sie trösten und eine Lösung für ihr Problem finden würde. Doch heute wirkte er zerfahren, er hatte abgenommen, und seine Krawatte war nicht ordentlich gebunden.

»Was gibt es Neues?«, fragte sie. »Gunda erwähnte einen Zeitungsartikel?«

Friedrich Mendel ging zu seinem Schreibtisch und fischte eine Zeitung von einem Stapel Akten. »›Freiheit‹ nennen sie dieses Blatt, pah! Seite zwei.«

Irene nahm die Zeitung und schlug sie auf. »Das traditionsreiche Café David in der Geiststraße wurde von der sozialistischen Handelsorganisation der DDR übernommen.« Sie suchte, konnte aber keine weiteren Erklärungen finden.

»Das ist alles? Kein Wort über Erich?«

Erich David war zwar siebenundsechzig Jahre alt, doch er hätte das Café weitergeführt, wenn man ihn gelassen hätte.

Ihr Vater paffte an seiner Zigarre. »Das ist meine letzte Rinn&Cloos. Ich habe mit Erich gesprochen. Er kann es nicht begreifen. Seine Familie hat die Schokoladenfabrik maßgeblich zu dem gemacht, was sie heute ist – *war*«, verbesserte er sich verbittert. »1784 fing alles an! Das muss man sich mal auf der Zunge zergehen lassen! Da liegt noch die Anzeige von 1755. Ich habe alles aufgehoben, Reni.«

Irene schaute auf den aufgeschlagenen Ordner und las aus dem Dokument laut vor: »Frau Kämmerin Maria Regina Pichtin hat ihr Backhaus am Neumarkt an Johann Georg Schütze für 1450 Reichsthaler verkauft und den Vertrag an das Königliche Amt zum Eintrag gesendet.« Sie blickte auf. »Das ist das Haus in der Geiststraße 2, in dem der Friedrich August Miethe als Bäcker und Pfefferküchler angefangen hat.«

Ihr Vater nickte traurig. Er liebte es, die Geschichte von der Entstehung des Unternehmens zu erzählen. »Ein Pfefferküchler, der mit seiner fleißigen Frau und in Zeiten der Napoleonischen Kriege mutige Geschäftsideen umgesetzt hat. Miethes Anzeige habe ich auch archiviert, siehst du?«

Irene las auch diesen Text vor: »Ich zeige einem geehrten Publikum hierdurch ganz ergebenst an, dass ich nunmehr meinen Laden in dem neuen Thurmgebäude (der Hirschapotheke gegenüber) geöffnet habe, und empfehle denselben hierdurch. Ich werde mich bemühen, durch vorzügliche feine und wohlschmeckende Waren, billige Preise und reelle Bedienung das bisher erworbene gütige Zutrauen meiner werthen Abnehmer auch ferner zu erhalten. F. A. Miethe, Conditor, Pfefferküchler und Chocoladenfabrikant.«

»Und die Stellenanzeige, auf die Friedrich David damals geantwortet hat, habe ich auch irgendwo. Für neuntausend Thaler hat David die Konditorei gekauft. Ein mutiger Geschäftsmann war das, einer mit Unternehmergeist! Nur so einer macht aus einer kleinen Konditorei eine große Fabrik. Und jetzt machen sie alles kaputt, ersticken jede Eigeninitiative im Keim. Was soll denn so noch neu entstehen? Wo soll denn die Motivation herkommen?«

»Ach, Vater, ich weiß genau, was du meinst, aber jetzt sollen wir eben alle für den Sozialismus brennen«, meinte Irene sanft, denn sie spürte den verzweifelten Zorn des Vaters.

»Jaja, wie sie ihre Ideen durchsetzen, sehen wir.« Friedrich Mendel hustete und ließ sich in seinen Sessel sinken. »Was mich so kränkt, Renilein, das ist, dass nichts bleiben darf von dem, was wir geschaffen haben. Die wollen uns ausradieren.

Alles, was mal schön war, bedeutet nichts mehr. Das Café David war doch was!«

Irene betrachtete die alten Postkarten, die zwischen den Seiten des Ordners lagen. Das hübsche Eckhaus, das immer wieder erweitert worden war, hatte viele Neuerungen erlebt. Neben edlen Konditorprodukten hatte es dort um die Jahrhundertwende auch Frühschoppenkonzerte gegeben, die von Militärkapellen eröffnet wurden. Immer als Haus ersten Ranges geführt, hatte die erste Etage zeitweise als Hotel fungiert. Nach dem Ersten Weltkrieg hatten die Davids das Geschäft wiedereröffnet. Es war immer irgendwie weitergegangen. Bis heute.

»Ich verstehe dich, Vater. Es tut mir auch sehr leid für den Erich.«

»Er wird wohl fortgehen. Verdenken kann ich es ihm nicht. Für uns gibt es hier anscheinend keinen Platz mehr«, sagte ihr Vater.

»Nein, so ist das doch nicht. Sie haben dich doch schon mehrfach wegen der Umstrukturierung um Rat gebeten. Dein Wissen und deine Erfahrung sind immer noch gefragt.«

»Unsinn. Muss ich dir den letzten Schrieb noch einmal vorlesen?«

Betreten schüttelte Irene den Kopf. Deutlicher hätte sich das Amtsgericht von Halle nicht ausdrücken können. Auf Nachfrage, wie nun mit den Gesellschaftern und deren Anteilen verfahren werden solle und ob nicht eine Liste mit den Namen benötigt würde, hatte man sich auf den Feststellungsbescheid Nr. 10 zum Schutze des Volkseigentums bezogen. Das Ministerium des Innern stellte klar, dass keinerlei

Ansprüche seitens der ehemaligen Anteilseigner geltend gemacht werden könnten. Eine Namensliste bräuchte nicht eingereicht zu werden.

»Und sieh mal weiter hinten in der Zeitung die Stellenanzeigen«, sagte Friedrich Mendel.

»Sie suchen einen Leiter für die Betriebsabrechnung und Hilfskräfte mit Vorkenntnissen im Rechnungswesen. Verdammt, da mussten alle von der alten Belegschaft gehen! Sogar einen neuen Heizer suchen sie.« Irene ließ die Zeitung sinken. »Da habe ich ja Glück, dass sie mich überhaupt wieder eingestellt haben.«

»Ans Fließband haben sie dich gestellt! Willst du das wirklich mitmachen? Da findet sich bestimmt noch was anderes. Außerdem hättest du Arno Felten heiraten können!«

»Nicht, Vater, dieses Thema ist abgeschlossen.«

Friedrich Mendel legte den Zigarrenstummel in einen Aschenbecher. »Na schön, und was ist nun mit diesem Salzwirker? Deine Mutter hatte doch gesagt …«

»Es ist kompliziert, Vater«, seufzte Irene.

»Aber heiraten musst du ja nun auch einmal, Reni. So ein hübsches Mädchen wie du!« Voll väterlichem Stolz betrachtete Friedrich Mendel seine schöne Tochter.

»Mutter hat sogar vorgeschlagen, ich solle den Päp in Erwägung ziehen!«, entrüstete sich Irene.

»Nein, das hat sie nicht!« Ihr Vater war entsetzt.

»Du kennst doch Mutter. Sie kann recht pragmatisch sein. Gefühle sind nicht ihre Stärke.«

Ihr Vater schnaufte. »Aber der Päp! Das geht nun wirklich zu weit! Hat er dich in der Fabrik belästigt?«

Irene winkte ab. »Bisher war er nur einmal dort und ist durch die Halle stolziert.«

Sie hatte ihren Eltern nicht erzählt, dass Päp zu ihr gekommen war und ihr eine Bürotätigkeit in Aussicht gestellt hatte, wenn sie ihm gegenüber entgegenkommender sein würde. Seither hatte sie ihn nicht mehr gesehen und hoffte, dass das so bleiben würde. Irene hatte keine Angst, dass man sie innerhalb der Fabrik bedrängte, dafür hatte sie zu viele Freunde unter den Arbeitern. Griegor Kasulke hatte ihr versprochen, seine schützende Hand über sie zu halten, und sie wusste, dass auf ihn Verlass war.

Es klopfte an der Tür, und Gunda sah vorsichtig herein. »Wenn ich dann zu Tisch bitten darf?«

»Danke, Gunda, wir kommen sofort«, sagte Irene.

»Wer hätte gedacht, dass wir mal an einem Tisch mit unserer Haushälterin sitzen …«, meinte ihr Vater und erhob sich. »Aber das spielt nun auch keine Rolle mehr.«

»Sie ist eine sehr nette Person, und wir sollten froh sein, dass sie bei uns ist.« Irene ging zur Tür und hielt sie für ihren Vater auf.

»In meinem Alter tut man sich mit Veränderungen eben nicht mehr so leicht, mein Kind.« Mit schweren Schritten trat er an ihr vorbei in den Flur.

Und plötzlich schien es ihr, als laste die ganze ungewisse Zukunft allein auf seinen Schultern, die unter diesem Gewicht zu zerbrechen drohten.

49

Die Postkarte zeigte den Hafen von Nizza. Auf türkisblauem Meer tanzten weiße Segelboote vor der Promenade. Petra wendete die Postkarte, um zu lesen, was ihre Freundin geschrieben hatte.

»Ich bin tatsächlich hier, auf der berühmten Promenade des Anglais! Es fühlt sich immer noch wie ein Traum an, aber Rai ist ein Schatz! Er liest mir jeden Wunsch von den Augen ab. Wir sind zu Cartier gegangen. Stell dir das vor, die kleine Karo aus Halle trägt jetzt einen Ring von Cartier! Ach, Petra, ich wünschte, du könntest das sehen. Es ist so schön hier! Morgens gibt es Brioche und mittags Fisch aus dem Mittelmeer, und wenn Rai nicht dreht, segeln wir. Ich küsse dich! Deine glückliche Karo«

Petra war auf dem Weg zur Straßenbahnstation und steckte die Postkarte in ihre Handtasche. Sie freute sich für Karo. Ihre Freundin hatte viel durchgemacht. Zwar hatte sie auch einen Großteil davon selbst verschuldet, aber wer wollte ihr einen Vorwurf machen? Jeder sehnte sich doch nach einem bisschen Glück.

Als sie an der Buchhandlung Papstmann vorbeikam,

blieb sie stehen. Das Schaufenster war leer! Die Holzregale, auf denen Harro Papstmann seine Bücher präsentiert hatte, standen verwaist im Raum, und der vergilbte Samt im Schaufenster zeigte nur noch die Umrisse von Büchern, die dort einmal gelegen hatten. Wieder fehlte ein Laden, den die Anwohner geschätzt hatten. Die Veränderungen waren beinahe täglich zu spüren und zu sehen. Petra drückte ihre Handtasche fester an den Körper und ging schneller. Sie musste sich auf das konzentrieren, was vor ihr lag.

Im Theater erwartete sie eine Überraschung. Es hatte einen Unfall in der Kulisse gegeben. Ein Scheinwerfer war mitten in der Probe auf die Bühne gekracht und hatte Don Cesar und Donna Diana nur knapp verfehlt. Claus Holm war die Ruhe selbst geblieben, doch Ursula Meißner war einem Nervenzusammenbruch nahe. Ihr Mann kam und nahm sie mit nach Hause. Der Intendant brach die Proben ab und überlegte sogar, die abendliche Vorstellung abzusagen. Er wollte kein Risiko eingehen.

»Was machen wir nun mit dem angebrochenen Tag?«, meinte Claus Holm zu Petra und winkte Ursula zu, die in den Wagen ihres Gatten stieg.

Petra wusste, dass das Schauspielerehepaar im Westen, im Grunewald, lebte.

»Sie spielt doch auch im ›Beil von Wandsbek‹ mit?«, sagte Petra in Gedanken.

»Ja, die Annette Koldewey, und bald beginnen die Dreharbeiten. Für Sie finden wir auch noch eine Rolle, Petra. Wie wär's mit einem Kaffee?«

»Wollt ihr ohne uns gehen?« Der junge Wussow und Hannelore Schüler traten zu ihnen, und gemeinsam schlenderten sie Richtung Friedrichstraße. Als sie die Kreuzung an der Brücke erreichten, entdeckte Petra eine vertraute Gestalt. Max kam in Begleitung eines Mannes aus einem Hauseingang.

Petra winkte und rief. »Max!«

Zu Holm sagte sie: »Ich komme gleich nach.«

Die Schauspieler gingen in ein Café auf der anderen Straßenseite, während Petra ihre Schritte beschleunigte, um ihren Freund einzuholen, der in ein Gespräch mit seinem Begleiter vertieft war.

»Hallo, Max!«, rief sie außer Atem, als sie ihn endlich eingeholt hatte.

Sie sahen sich in der letzten Zeit nur selten, weshalb sie sich über das zufällige Treffen freute. Doch Max Lehmann schien weniger erbaut. Seine Miene war verschlossen, und er wirkte angespannt.

»Petra, na das ist ja eine Überraschung. Ich dachte, du bist in der Probe?« Er gab ihr einen flüchtigen Kuss.

»Es hat einen Unfall in der Kulisse gegeben. Ein Scheinwerfer hat eine Kollegin nur knapp verfehlt.«

Ein kalter Wind wehte von der Spree herauf, und sie steckte die Hände in die Manteltaschen. Max legte ihr einen Arm um die Schultern. Es tat gut, ihn zu sehen, auch wenn sie spürte, dass er lieber mit seinem Begleiter allein wäre.

»Darf ich dir Edgar Mendel vorstellen?«

»Nein, das ist ja ein Ding! Edgar! Irenes Bruder! Wie schön!«

Edgar schüttelte ihre Hand. Er trug einen dunklen Anzug

und einen ebensolchen Mantel und Hut und wirkte wie ein Geschäftsmann. Nur sein Gesicht verriet, dass er Schweres durchgemacht hatte, und sein Blick drückte eine gewisse Distanziertheit aus.

»Es freut mich, dich wiederzusehen, Petra. Ich erinnere mich daran, dass ich euch mal mit dem Boot aus der Saale retten musste, weil Irene es mal wieder übertrieben hatte.« Als er von der Vergangenheit sprach, stahl sich ein warmes Lächeln in seine Augen.

»Ja, Himmel, das ist Ewigkeiten her. Wie lange bleibst du? Wann bist du zurückgekommen, und …«

Max unterbrach sie: »Edgar hat noch einen Termin.«

Irenes Bruder sagte: »Tut mir leid, Petra. Ein anderes Mal erzähle ich dir gerne alles genauer. Und Max, wir sehen uns, wie besprochen. Bis bald!«

Edgar ging davon und war kurz darauf zwischen den Passanten und Automobilen verschwunden, die sich über die Friedrichstraße bewegten. Jetzt nahm Max sie in die Arme und gab ihr einen richtigen Kuss. Petra drückte ihn an sich.

»Tut mir leid, ich wollte nicht stören, aber ich habe dich so vermisst.«

»Ich dich auch, meine Süße, aber ich war tatsächlich die meiste Zeit am Filmset. Der Weißbach hat uns mit seinen Launen in den Wahnsinn getrieben. Der ist schlimmer als eine Diva!« Er hakte sie unter. »Wollen wir zu deinen Freunden gehen oder lieber allein sein?«

Das liebte sie an ihm. Er war nicht eifersüchtig und hatte Verständnis für ihre Arbeit, denn er wusste um die Unwägbarkeiten in ihrem Beruf.

»Wo ich dich schon mal für mich habe, will ich dich auch nicht teilen.« Sie stellte sich auf die Zehenspitzen und küsste ihn auf die Wange.

Er lächelte und schob seine Brille etwas höher.

»Ist Edgar auch beim Film? Irene hat nie erwähnt, dass er solche Ambitionen hatte. Dass er sehr gut Klavier spielt, weiß ich noch.«

Sie schlenderten über die Straße, und Petra lief rasch in das Café, in dem ihre Kollegen saßen, und entschuldigte sich. Als sie wieder zu Max heraustrat, starrte dieser auf die andere Straßenseite, wo ein Mann an einen Laternenpfahl gelehnt stand und rauchte.

»Was ist? Alles in Ordnung?«

Max nahm erneut ihren Arm. »Wie? Jaja. Wo gehen wir hin? Es ist so kalt, dass ich nicht lange spazieren möchte, und du frierst ja auch schon.«

Sie fanden eine kleine Eckkneipe, in der sie sich einen Teller Eintopf bestellten. Auf der würzigen Brühe schwammen Fettaugen, und Petra tunkte hungrig ihr Brot hinein.

»Also, was macht Edgar?«

»Er wird es weit bringen, Petra, denn er hat Freunde an den richtigen Stellen. Der geht seinen Weg. Steinhoff hat ihn ins Ministerium des Inneren berufen. Die beiden haben einen gemeinsamen Bekannten, Rudolf Hieblinger, einen angehenden Juristen aus Halle.« Er sagte das so, als müsste Petra diese Herren kennen.

»Max, ich komme aus einer Salzwirkerfamilie. Wir verkehren nicht mit Professoren und Jurastudenten. Dass ich Irene kenne, ist ein schöner Zufall gewesen. Sie ist ein ganz besonderer Mensch, und sie tut mir so leid.« Seufzend leckte sie ihren Löffel ab. »Erst verliert die Familie alles, und dann ist auch noch die Beziehung zu meinem Bruder in die Brüche gegangen. Wobei ich die beiden nie verstanden habe. Sie lieben sich! Was gibt es denn da groß zu überlegen?«

Max schaute sie aus seinen sanften braunen Augen an. »Die Liebe ist nie einfach. Manchmal hat man Glück, aber das kann schon im nächsten Augenblick davonfliegen.«

»Nicht nur Glück, Max. Man muss einander vertrauen und sich respektieren. Und das tun wir. Aber Paul zweifelt an Irene. Er denkt, dass sie dem Wunsch ihrer Eltern entsprochen und den Arzt geheiratet hätte, wenn die Enteignung nicht dazwischengekommen wäre. Aber ich glaube, dass sie das niemals getan hätte.«

»Warum bist du dir da so sicher, und dein Bruder nicht?«

Petra beobachtete, wie die Menschen gierig die Teller leerten und auch jede Krume noch mit dem Brot aufwischten. Wann würden die Rationierungen endlich aufhören?

»Weil ich sie als eine gradlinige Person mit einem großen Herzen kenne. Wie sie mit den Kindern im Waisenhaus umgeht, nein, ich kann mir einfach nicht vorstellen, dass sie das durchgezogen hätte. Aber sie will es immer allen recht machen, und deshalb hat sie sich dem Wunsch ihrer Eltern gebeugt und die ganze Zeit über nach einem Ausweg gesucht. Die Enteignung spielte ihr in die Hände. Jetzt gibt es keinen Grund mehr, den reichen Arzt zu heiraten«, legte Petra ihre Ansicht dar.

»Aber was hätte sie getan, wenn sie die Fabrik behalten hätten?«, gab Max zu bedenken.

»Keine Ahnung, aber irgendetwas wäre ihr schon eingefallen«, meinte Petra und sah ihn mit schief gelegtem Kopf an. »Du hast Zweifel an uns Frauen? Wir sind schlau und finden immer einen Weg.«

Max griff nach ihrer Hand und streichelte ihre schmalen Finger. »Das weiß ich doch. Irgendwann steckt an diesem hübschen Finger ein Ring, der allen sagt, dass du zu mir gehörst.«

»Sag bloß …« Sollte das etwa ein Heiratsantrag sein?

Er führte ihre Fingerspitzen an seine Lippen. »Dreh du mal erst deinen Film. Ich muss auch noch ein paar Projekte abwickeln, und dann bitte ich deinen Vater um deine Hand.«

»Wirklich? Das würdest du tun? Du kommst nach Halle, um bei meinen Eltern vorzusprechen?« Petra konnte es nicht fassen.

»Natürlich! Wofür hältst du mich denn? Aber jetzt geht es noch nicht.« Er sah sie bittend an.

»Ich glaube, Max Lehmann, du bist es wert, dass ich auf dich warte.«

Sie zwinkerte ihm zu, und er lachte.

50

»Na, wie kommen Sie damit zurecht, jetzt auf der anderen Seite zu stehen, Fräulein Mendel?« Frau Maklewitz hatte sich mit vor der Brust verschränkten Armen an den Spind neben ihr gelehnt und schaute zu, wie Irene sich umkleidete.

»Ach, danke, es geht schon. Ich kenne die Abläufe und weiß, worauf es ankommt. Die Gießmaschine müsste dringend überholt werden. Dann würden die Fondants wieder mehr Volumen haben.« Irene hatte bemerkt, dass die Zuckerfrüchte flacher als sonst aussahen, und überhaupt hatte sich ein Schlendrian eingestellt, den es unter der Leitung ihres Vaters nicht gegeben hatte. Die neue Betriebsleitung drängte auf immer schnellere Produktion, worunter die Qualität und auch die Stimmung unter den Arbeitern litt.

Irene streifte sich den weißen Kittel über und band sich ein Kopftuch um die blonden Haare. Schranktüren klappten zu, und andere Arbeiterinnen machten sich ebenfalls fertig für ihre Schicht. Neben ihr zog sich die junge Marie um. Das Flüchtlingsmädchen stammte vom Schwarzen Meer, und heute war sein vierter Tag in der Fabrik.

Frau Maklewitz ließ die Arme sinken und fuhr das Mädchen an: »Habe ich dir nicht gesagt, dass du die Haare zusammenbinden sollst? Was glaubst du, passiert, wenn ein Haar in die Zuckermasse fällt oder du mit deinen Haaren in einer Maschine hängen bleibst? Benutz deinen Verstand, wenn du welchen hast!«

Zu Irene sagte sie: »Und Sie sollten sich etwas vorsehen mit Ihrer Klugscheißerei. Das ist jetzt nicht mehr gefragt. Hier wird nach Plan gearbeitet.«

Frau Maklewitz klatschte in die Hände. »Auf geht's! Was haltet ihr hier Maulaffen feil!«

Die Vorarbeiterin, die nun auch im Betriebsrat saß, schlug gegen die Stahlschränke, dass es laut schepperte, und ging davon.

Marie versuchte, mit zitternden Fingern, die Knöpfe ihres Kittels zu schließen. Sie sprach Russisch und einen deutschen Dialekt, war bemüht und fragte nach, um zu lernen. »Oi, sie ist furchtbar streng! Aber ich will alles schnell lernen. Ich muss! Meine Mutter ist bei dem Kind, mein Mann ist zurück, aber nicht da. Du verstehst?« Sie tippte sich an den Kopf. »Hat er Geld, geht er in die Kneipe. Wenn er kein Geld für Schnaps hat, ist er wütend und schlägt mich. Manchmal denke ich, es wäre besser, er wäre nicht wiedergekommen, und dann schäme ich mich.«

Marie schlug die Hände vors Gesicht und weinte. Irene streichelte ihre Schulter. »Er braucht Zeit. Hat er eine Verwundung? Schmerzen?«

Marie hörte auf zu weinen und schnäuzte sich die Nase. »Ja, aber man kann nichts mehr sehen. Er träumt und wacht dann schreiend auf. Einmal hat er sich auf mich gestürzt und wollte mich erwürgen. Er ist ein anderer Mann geworden. Der Krieg hat mir einen Fremden zurückgeschickt.«

Was sollte sie der armen Frau raten? Niemand konnte sagen, ob sich der Zustand ihres Mannes bessern würde. »Vielleicht kann man ihm im Krankenhaus helfen. Es gibt Medikamente für solche Fälle.«

Eine Arbeiterin schloss ihre Schranktür ab und sagte: »Kommt schon, sonst kriegen wir alle wegen euch Ärger!«

Irene und Marie verließen die Umkleide und gingen durch die langen Flure in die Halle, in der das Fließband stand. Irene stellte sich an den ihr zugewiesenen Platz und sortierte Geleefrüchte. Dabei konnte sie beobachten, wie Frau Maklewitz mit dem Vorarbeiter sprach, der für die Gießmaschine zuständig war. Irene verkniff sich ein Grinsen und arbeitete stoisch weiter. Auch wenn die Fabrik nicht mehr ihrer Familie gehörte, konnte sie nicht mitansehen, wie nachlässig man mit den empfindlichen Maschinen umging.

Als sie in der Mittagspause in die Kantine trat, kam eine Arbeiterin auf sie zu, die sie bisher noch nicht wahrgenommen hatte. Überhaupt waren viele neue Gesichter unter den Arbeitern der VENAG Schokoladenwerke. An den Namen würde sie sich nie gewöhnen. Wer bitteschön wollte denn Schokolade von der VENAG oder einem VEB-Betrieb kaufen? Es musste doch selbst den Genossen auffallen, wie wenig attraktiv so ein nüchterner Name war. Schokolade war so viel mehr als nur ein Nahrungsmittel, dachte sie.

»Irene?« Die Arbeiterin holte einen Brief aus ihrer Kitteltasche und reichte ihn ihr.

Der Brief trug nur ihren Namen, und die Handschrift wirkte männlich. »Danke, äh, sollte ich dich kennen?«

Die junge Frau hatte ein breites Gesicht und trug eine Brille. »Hast mich vielleicht mal bei den Halloren gesehen. Auf dem vergangenen Pfingstfest habe ich Bier ausgeschenkt. Mein Vater ist Fahnenschwenker. Ich bin Lotte. Der Brief ist vom Paul.« Sie hielt der Frau hinter der Essensausgabe ihr Blechtablett entgegen.

Aus großen Töpfen wurden Erbsenmus, Soße und Kartoffeln aufgefüllt. Lotte rümpfte die Nase. »Das kann sogar ich besser.«

Die Frau an der Ausgabe hatte die Bemerkung gehört und schimpfte: »Noch ein Wort, und ich melde dich, du undankbare Kuh! Wir arbeiten in der Küche nicht weniger als ihr in der Fabrik. Bild dir bloß nichts ein!«

Lotte wollte zu einer wütenden Erwiderung ansetzen, wurde jedoch von Irene weitergezogen. »Komm schon, das bringt nichts. Sei froh, dass wir überhaupt eine Mahlzeit bekommen.«

»Ich wär gar nicht hier, wenn wir in der Saline genug Arbeit hätten«, meinte Lotte mit einem resignierten Schulterzucken. Die junge Frau sah sich nach einem freien Platz an einem der langen Tische um. »Da vorn?«

Irene nickte, und sie setzten sich zu Marie und einigen Arbeiterinnen aus der Verpackungsabteilung an den Tisch. Manche ihrer ehemaligen Angestellten begegneten ihr noch immer respektvoll und sprachen sie mit Fräulein Mendel an, andere nutzten die neuen Verhältnisse und duzten sie ungefragt. Irene war das inzwischen egal. Manchmal dachte sie, dass sie in ihrem Pragmatismus ihrer Mutter auf andere Weise ähnlich war. Auch ihre Tante Hedda war, ungeachtet ihrer unverbesserlichen nationalsozialistischen Gesinnung, eine starke Frau, die sich durch die erlittenen Grausamkeiten nicht hatte brechen lassen. Vielleicht machte das die Mendel-Frauen aus. Man lebte sein Leben weiter, passte sich an, kämpfte, aber Aufgeben gehörte nicht zu ihren Optionen.

Seit einigen Tagen war sie sogar Besitzerin des roten Parteibuches. Es war Irene klar geworden, dass sie ohne die Mitgliedschaft in der SED als ehemalige Kapitalistentochter keine Aussicht auf eine Verbesserung ihrer Lebenssituation haben würde. Den Ausschlag für ihre Entscheidung hatten die Volkskammerwahlen im Oktober gegeben. Die Gleise waren gestellt. Der Weg vorgegeben.

Jemand stieß sie an, und Irene schreckte aus ihren Gedanken auf. »Ja?«

Marie zeigte auf die Kartoffeln. »Isst du die nicht?«

Irene schob ihr Tablett über den Tisch. »Bitte, bin satt.«

Doch Marie aß die Kartoffeln nicht auf, sondern füllte sie unter dem Tisch in ein Einweckglas. »Für Familie.«

»Lass das mal nicht die Maklewitz sehen«, meinte Irene mit Blick zum nächsten Tisch, an dessen Kopfende die Maklewitz wie eine Aufseherin hockte. Der Brief brannte in ihrer Tasche, und sie konnte es nicht erwarten, ihn zu lesen, doch nicht hier unter den anderen.

Griegor Kasulke und Männer aus seiner Schicht kamen in die Kantine, und als er sie sah, grüßte er. Lotte hatte den gut aussehenden jungen Mann ebenfalls entdeckt und sagte zu Irene: »Das ist ja ein schmucker Bursche.«

»Er ist glücklich verheiratet und gerade Vater geworden.« Irene stand auf. »Wir sehen uns nachher.«

Sie kannte die Fabrik wie ihre Westentasche, immerhin war sie hier schon als Kind herumgelaufen und hatte in den verzweigten Kellergewölben Verstecken gespielt. Rasch verließ sie die Kantine, die sich in einem Gebäude mit der Tischlerei befand. Sie warf einen Blick zum 32 Meter hohen Schornstein, aus dem Rauch aufstieg. Das Kesselhaus, das Maschinenhaus und die große Halle grenzten an das Kontor. Dort befanden sich ihre ehemaligen Geschäftsräume, in denen nun Fremde saßen. Irene verdrängte diesen Gedanken, denn Bedauern brachte einfach nichts. Die Vergangenheit war ein Teil ihres Lebens, aber ihr Leben fand jetzt statt.

Sie zog Pauls Brief aus ihrer Tasche und hockte sich hinter der Tischlerei auf einen Holzstapel. Es war kalt, und graue Wolken bedeckten den Novemberhimmel, doch als sie Pauls Zeilen las, schlug ihr Herz schneller, und das Frösteln verschwand.

Liebe Irene,

ich möchte dir so viel sagen, aber ich bin kein großer Briefeschreiber. Am liebsten möchte ich in deine schönen blauen Augen sehen und dir sagen, was ich für ein Idiot war. Ich habe dich enttäuscht, obwohl du immer ehrlich zu mir warst. Heute Abend würde ich dich gern zum Essen ausführen, zu den ›Eichhörnern‹. Ich werde auf dich warten.

Immer dein Paul

Irene presste den Brief an ihre Brust und wischte sich die Augen. Er hatte sie enttäuscht, aber sie wusste auch, dass sie sehr viel von ihm verlangt hatte. Heute Abend würden sie sich aussprechen! Mit einem glücklichen Lächeln ging sie zurück an die Arbeit.

Zu Hause summte sie fröhlich vor sich hin, probierte verschiedene Kleider an und war so nervös wie ein Schulmädchen. In einem schlichten dunkelblauen Kostüm, das Blau betonte ihre Augen, stand sie schließlich vor dem Spiegel und war einigermaßen zufrieden. Sie trug Lippenstift auf und puderte sich die Nase ein letztes Mal. Dann nahm sie ihre Handtasche und verließ ihr Zimmer.

Ihre Eltern saßen unten im Salon. Ihr Vater blätterte in einer Zeitung, und ihre Mutter legte sich eine Patience. Seit der Flügel verschwunden war, hatte sich ihre Mutter diese Beschäftigung gesucht. Stundenlang saß sie vor dem Tisch und legte geduldig die Karten nach Regeln, die Irene nicht interessierten. Eher spielte sie eine Partie Schach mit ihrem Vater, doch der hatte das Interesse an allem verloren.

»Ich gehe heute Abend aus, wartet nicht auf mich«, sagte sie.

»Wohin gehst du?«, wollte ihre Mutter wissen und hob den Blick. Sie stutzte, als sie sah, wie viel Mühe sich Irene mit ihrem Äußeren gegeben hatte. »Etwa zu diesem Burschen von der Saline?«

»Ich treffe mich mit Freunden bei den Eichhörnern. Es ist viel zu lange her, dass ich ausgegangen bin«, erwiderte Irene.

Ihr Vater brummte: »Lass das Kind doch gehen, Ada. Was hat sie sonst noch an Vergnügen?«

»Sie könnte sich einen wohlsituierten jungen Mann suchen. Eine Chance hast du bereits vertan, Irene. Was ist denn mit dem Päp?«, beharrte ihre Mutter.

Ihr Vater schlug vernehmlich die Zeitung zusammen. »Kein Wort mehr über diesen Kerl, Ada. Ich verbiete es dir! Ein für alle Mal!«

Ihre Mutter zog eine Karte und sagte: »Mach doch, was du willst, Irene. Aber komm mir nicht mit einem Bastard ins Haus. So viel Verstand wirst du dir hoffentlich bewahren.«

Irene zog die Tür etwas lauter als beabsichtigt ins Schloss und verließ die Villa mit Mantel, Schal und Handschuhen, denn eine feuchte Kälte hing in der Stadt. Beschwingt wie schon lange nicht mehr schritt sie von Giebichenstein hinunter Richtung Universität und Stadttheater. Ihren alten Freundeskreis traf sie überhaupt nicht mehr, seit sie sich von Arno getrennt hatte. Es waren ohnehin nur oberflächliche Bekanntschaften gewesen, die sie aus Gewohnheit gepflegt hatte. Sie hatte Petra gern, auch wenn diese nur noch selten nach Halle kam. Petra war weltoffen, interessiert und erfrischend herzlich. Um neue Freundschaften zu knüpfen, fehlte ihr einfach die Zeit. Es genügte ihr, wenn sie in der Fabrik mit einigen Frauen sprach.

Ein leichter Nieselregen machte den Novemberabend nicht angenehmer. Irene zog den Schal über die Haare und beschleunigte ihre Schritte. Bei den »Eichhörnern« hatte es angefangen, dachte sie und erinnerte sich an jene Silvesternacht, in der sie Paul dort begegnet war. Vor dem Lokal stand eine Tafel auf dem Gehsteig und pries das geschmorte Hühnchen an. Hunger hatte sie auch. Erwartungsvoll betrat Irene das kleine Lokal und wurde an einen Tisch gesetzt, der von Paul reserviert worden war. Als Paul nach einer Stunde noch immer nicht erschienen war, schlug ihre Stimmung um. Sie bestellte sich ein zweites Glas Wein und eine Suppe. Nach einer weiteren Stunde des Wartens zahlte Irene und ging.

Entweder Paul hatte sich einen schlechten Scherz mit ihr erlaubt, oder ihm war etwas Dringendes dazwischengekommen. Enttäuscht trat sie den Heimweg an.

51

Die Hitze war unerträglich heute, und es knackte dauernd in den Metallstreben. Irgendetwas stimmte nicht, dachte Paul, und dann krachte auch schon ein Teil des provisorischen Gerüstes herunter. Er konnte gerade noch die Arme nach oben reißen und seinen Kopf schützen, doch dann spürte er einen scharfen Schmerz in seinem Oberschenkel und sackte zusammen. Rostiges Metall riss seine Haut auf. Die Siedepfanne, an der er gearbeitet hatte, war noch warm, und das Salz brannte in den Wunden an Armen und Beinen.

»Werner!«, brüllte Paul. »Hilfe!«

Metallstangen lagen auf seinen Beinen, und er versuchte, sie von sich herunterzuschieben, doch jede Bewegung verursachte stechende Schmerzen. Es schien ewig zu dauern, bis seine Brüder auf ihn aufmerksam wurden. Stimmen wurden laut, und das Gerüst bewegte sich. Der Druck auf seinem Oberschenkel ließ nach.

»Mensch, Paul, so ein verdammter Mist!«, rief Werner und packte seinen Arm. »Komm, lass dir aufhelfen.«

Paul griff zu und kam mit Werners Hilfe auf die Beine. Das Blut lief aus einer tiefen Wunde an seinem Oberschenkel, und Paul bekam zum ersten Mal in seinem Leben Angst. »Werner, kannst du das abbinden?«

Im Siedehaus herrschte schummriges Licht, doch Paul konnte das Entsetzen in Werners Miene erkennen. Sein Freund hielt ihn fest und schaute auf das Bein, an dem die Hose aufgerissen war und dunkelrotes Fleisch zu sehen war.

»Jetzt komm doch endlich mal einer zu uns!«, brüllte Werner. Die Verzweiflung in der Stimme des Freundes war noch beunruhigender als der Schmerz und das pulsierend austretende Blut.

»Das Gerüst. Ich habe doch gesagt, dass das auf Dauer nicht halten wird«, sagte Paul zu Werner, der ihn nach draußen schleppte.

»Alles marode, gibt ja kein Material. Die hätten uns hier gar nicht mehr reinschicken dürfen. Oh Mann, Paul!« Werner setzte seinen Freund auf einen Stapel Holzkisten und brüllte erneut: »Leute, wir brauchen Hilfe! Ruft einen Krankenwagen!«

Zwei Frauen hatten ihn gehört und liefen zu ihnen. Eine von ihnen war Rita, die andere Agnes. Werners Frau zog sich sofort ihren weißen Kittel aus und riss einen Stoffstreifen ab. »Werner, dein Gürtel!«

Werner zog seinen Ledergürtel aus dem Hosenbund. Währenddessen presste Agnes den Stoff in die Wunde. »Jetzt bind den Gürtel über den Verband!«

Paul keuchte, und ihm wurde schwindelig. Nur mit Mühe hielt er sich aufrecht, indem er sich an der Kiste festhielt.

»Agnes kennt sich aus, sie hat eine Sanitäterausbildung«,

wollte Werner seinen Freund beruhigen, doch seine Miene sprach eine andere Sprache.

»Rita, was stehst du hier herum! Hol den Verbandskasten!«, fuhr Agnes die junge Frau an, die blass und mit zitternden Händen auf das Blut starrte, sich schließlich umdrehte und davoneilte.

Endlich kamen auch Brüder aus dem angrenzenden Siedehaus herbeigelaufen. Darunter war Horst, ein kräftiger Salzwirker, der erkannte, wie schwach Paul inzwischen war, sich hinter ihn stellte und ihn festhielt. »Was ist denn passiert?«

»Das verfluchte Gerüst ist umgefallen und direkt auf Paul. Habt ihr den Krankenwagen gerufen?«, wollte Werner wissen.

Der andere Salzwirke nickte. »Detlev ist rüber zum Büro.«

Paul packte Werners Hand. »Mir wird ganz flau …«, dann schwanden ihm die Sinne.

Als er wieder zu sich kam, lag er im Krankenwagen, und eine Schwester tätschelte ihm die Wange. »Ja, so ist es gut, aufwachen, Herr Thulke!«

»Mein Bein …«, flüsterte er und wollte nach unten greifen, doch die Schwester nahm seine Hand und legte sie auf seinen Brustkorb.

»Darum kümmern wir uns jetzt.«

Paul konnte sehen, dass man ihm einen neuen Druckverband angelegt hatte.

»Ihre Freunde haben ihnen wahrscheinlich das Leben gerettet. Aber um eine Operation werden Sie wohl nicht herumkommen.« Ein Arzt, den Paul noch gar nicht wahrgenommen hatte, klopfte gegen das Glas, das sie vom Fahrerraum trennte. »Schneller! So fahren Sie doch!«

Er war also noch nicht aus dem Schneider, dachte Paul und schloss die Augen. Irene. Er wollte sprechen, doch seine Lippen gehorchten ihm nicht.

Was nun folgte, erlebte er wie in Trance, der Wagen hielt, man trug ihn in ein Krankenhaus, das Licht wurde gleißend hell, Ärzte und Schwestern rannten hektisch hin und her, und dann setzte man ihm eine Maske aufs Gesicht, und gnädige Dunkelheit umhüllte ihn. Als er erwachte, lag er in einem Bett, jemand redete auf ihn ein, und er hatte Kopfschmerzen. Er blinzelte, und langsam kehrte die Erinnerung an den Unfall zurück. Sofort tastete er nach seinem Bein und zuckte zurück, als er einen dicken Verband fühlte. Allein die Berührung sandte eine Welle gedämpften Schmerzes durch seinen Körper.

»Ah, gut, Sie sind wieder bei uns, Herr Thulke«, begrüßte ihn ein Grauhaariger im weißen Kittel. Hinter ihm stand eine Gruppe von Herren, die ebenfalls weiße Kittel trugen.

Da die Schmerzen real waren, konnte er sich noch nicht im Jenseits befinden. Doch wenn sich so viele Ärzte um ihn scharten, konnte das nichts Gutes bedeuten. Paul räusperte sich.

»Haben Sie Schmerzen?«, fragte der Grauhaarige.

Pauls Lippen waren trocken, und sein Mund fühlte sich pelzig an.

»Schwester, geben Sie dem Patienten einen Schluck Wasser.«

Eine sanfte Berührung an seiner Hand und seinem Kinn half ihm dabei, einen winzigen Schluck zu trinken.

»Ja, aber es ist auszuhalten«, erwiderte er mit krächzender Stimme.

»Wir geben Ihnen nachher noch mehr Schmerzmittel. Sie mussten nur erst einmal wach werden. Herr Thulke, die guten Nachrichten sind, wir haben die Blutung stillen können, und Ihr Bein ist noch dran.«

Ein zustimmendes Gemurmel ertönte.

»Wieso noch dran? Es war doch nur eine Fleischwunde«, meinte Paul, dessen Sinne sich langsam wieder schärften.

»Ihre Hauptschlagader ist getroffen worden. Da hätten Sie innerhalb weniger Minuten verbluten können. Aber Ihre Freunde haben das gut gemacht, und wir haben Sie wieder zusammengeflickt.« Der Grauhaarige machte eine ernste Miene, die Paul nicht gefiel.

»Dann ist doch aber alles gut?« Paul starrte auf sein dick bandagiertes Bein und dann auf die Ärzte.

»Das hoffen wir. Leider war die Metallstange, die Sie erwischt hat, rostig und die Kanten rau. Das hat eine große, unsaubere Wunde gerissen. Wir haben uns bemüht, alle Fremdkörper zu entfernen, und wir hoffen, dass es nicht zu Komplikationen kommt, aber das wird sich erst in den nächsten Tagen zeigen.«

»Was denn für Komplikationen?«, wollte Paul wissen.

Einer der jüngeren Ärzte trat vor. »Darf ich, Herr Professor?«

»Bitte, Herr Strubeck.«

»Nun, es kann zu einer Wundheilungsstörung kommen.

Wir werden den Verband initial täglich wechseln lassen und erwarten eine Heilung per secundam intentionem in zwei bis drei Wochen. Sollte sich die Haut zu röten beginnen und eine Schwellung auftreten, ist davon auszugehen, dass eine bakterielle Kontamination vorliegt. In Anbetracht des grob zerfetzten Gewebes und der eingetretenen Verunreinigungen ist das nicht auszuschließen.« Der junge Arzt schien sehr mit sich zufrieden.

Paul hatte nicht alles verstanden. »Wenn da noch Rost oder Dreck drin ist, müssen Sie noch mal aufschneiden? Ist es das?«

»Äh, ja und eventuell …«, begann der junge Arzt erneut, wurde jedoch von dem Professor zur Seite geschoben.

»Wovon wir nicht ausgehen wollen, aber wir müssen Sie darauf vorbereiten. Und nun schlafen Sie sich aus.« Der Professor nickte Paul zu und verließ mit seinem Gefolge das Krankenzimmer.

Besuch durfte Paul noch nicht empfangen, weshalb er sich in sein Schicksal ergab und froh war, als er wieder einschlief. Mitten in der Nacht erwachte Paul von einem dumpfen Pochen in seinem Bein. Er teilte sich das Krankenzimmer mit acht männlichen Patienten, von denen drei lautstark schnarchten, einer wimmerte vor sich hin, und einer stand dauernd auf und benutzte den Toilettenstuhl.

Wie sollte man bei diesem Theater schlafen, dachte Paul und legte vorsichtig die Hand auf seinen Verband, der sich warm anfühlte. Irene, schoss es ihm durch den Kopf. Er musste ihr unbedingt eine Nachricht zukommen lassen. Was sollte sie denn von ihm denken? Als die Schwester am frühen

Morgen zu ihm kam, bat er um einen Stift und Papier und verfasste einen Brief an Irene. Den wollte er seinen Eltern oder Werner mitgeben, wenn einer von ihnen zu Besuch kam. Am Vormittag kam ein anderer Arzt und führte die Visite durch.

Als der Verband entfernt wurde und Paul die ernste Miene sah, ahnte er nichts Gutes.

»Schwester, rufen Sie Professor von Hellweg!«, ordnete der Arzt an und fühlte Pauls Puls.

»Haben Sie schon gegessen?«

»Nein«, sagte Paul, der hungrig auf sein Frühstück wartete.

»Gut, dann können wir Sie heute noch operieren. Aber warten wir ab, was der Professor sagt.«

Stöhnend sank Paul in sein Kissen. »Es gibt eine Infektion?«

Doch der Arzt war nicht gesprächig und murmelte vor sich hin, dass er dazu nichts sagen könne. Als der Professor auftauchte, ging alles sehr schnell. Und ehe Paul sich versah, wurde er erneut in den Operationssaal geschoben.

Es folgten Tage voller Schmerzen und banger Momente, wenn der Verbandswechsel anstand. Paul verstand nicht, warum sein Bein nicht heilen wollte. Er hatte noch nie Probleme mit Verletzungen gehabt. Die Ärzte sprachen von Rost und Salz und der Tiefe der Wunde und dass das Fieber nicht sinken würde.

In einem seiner Fieberträume sah er einen blonden Engel auf sich zukommen. Eine kühle Hand legte sich auf seine Stirn, und seine Augenlider öffneten sich flatternd. Wenn er jetzt abtreten sollte, wäre es ihm recht, denn der Engel hatte Irenes Augen.

»Paul, was machst du denn für Sachen?« Die kühle Hand strich über seine Haare, und dann beugte sie sich vor und küsste seine Stirn.

»Aber nicht länger als fünf Minuten, Fräulein!«, sagte eine Schwester.

»Ja, danke. Haben Sie eine Vase für die Blumen?«, hörte er Irene fragen.

Sie war es tatsächlich.

»Irene?«, murmelte er und bewegte seine Hand.

»Ja, Paul, ich bin da. Gott sei es gedankt, dass du wieder ansprechbar bist. Als ich gestern hier war, hast du mich nicht erkannt.« Ihre Augen füllten sich mit Tränen. »Paul, du hast eine schwere Verletzung, und sie wollen dich schon wieder operieren, aber es hilft ja alles nichts. Es wird jedes Mal nur schlimmer.«

Er blinzelte und erkannte endlich ihr schönes Gesicht, das er so sehr vermisst hatte. »Du bist so wunderschön, Irene.«

»Ach, Paul«, sie drückte seine Hand an ihre Wange. »Jetzt müssen wir dich wieder gesund bekommen. So kann das doch hier nicht weitergehen!«

Sein Bein fühlte sich schwer und heiß und taub zugleich an, und wenn er keine Schmerzmittel bekam, konnte er die Wände hochkriechen. Es klopfte, und ein Arzt kam herein.

»Hatten Sie nach mir gefragt?«

Irene erhob sich. »Ja, ich bin Fräulein Mendel, die Verlobte von Herrn Thulke.«

Paul wäre überglücklich gewesen, wenn es ihm nur nicht so furchtbar schlecht gegangen wäre. Das war seine Irene. Wenn sie etwas wollte, ließ sie sich nicht beirren.

»Doktor Strubeck. Ich habe Professor von Hellweg bei den Operationen assistiert.«

»Verzeihen Sie meine Unverblümtheit, aber warum geht es Herrn Thulke denn noch immer nicht besser?«, fragte Irene.

Der Arzt sah sie etwas zu wohlwollend an, fand Paul.

»Wir haben alles getan, was in unserer Macht steht, Fräulein Mendel. Aber wir haben kein Penicillin mehr. Zurzeit ist keines zu bekommen.« Er nahm Irene am Arm und ging ein Stück mit ihr fort, sodass Paul nicht hören konnte, was der Arzt sagte. Irene hob abwehrend die Hände und sagte laut: »Nein! Das werden Sie nicht tun! Geben Sie mir einen Tag, einen Tag.«

Dann kam sie zu ihm ans Bett. »Paul, du musst durchhalten! Sie wollen dein Bein amputieren, weil es kein Penicillin mehr gibt. Aber ich werde welches auftreiben.«

Paul schluckte. »Das haben die mir verschwiegen. Nein, ich will mein Bein behalten! Herr Doktor, bitte, ich lehne eine Amputation ab!«

Doktor Strubeck war zu ihnen getreten und meinte: »Letzten Endes ist es Ihr Leben. Ich werde das mit dem Herrn Professor besprechen.«

Damit verließ er das Krankenzimmer. Ein Vorhang trennte Paul von seinem Bettnachbarn, der alles mitangehört hatte und sagte: »Die sind hier schnell mit ihren Skalpellen dabei. Passen Sie bloß auf Ihren Verlobten auf, Fräulein!«

»Das werde ich, glauben Sie mir«, sagte Irene. »Paul, wenn ich noch etwas erreichen will, muss ich dich jetzt allein lassen.«

Er nahm ihre Hand. »Ihr habt doch auch kein Geld mehr. Wie willst du das denn machen, Irene?«

»Ich finde einen Weg.« Sie küsste ihn, und er schmeckte ihre Tränen.

52

Auf dem Flur des Universitätsklinikums suchte sie nach Doktor Strubeck und fand ihn mithilfe einer Schwester im Gespräch mit einem anderen Arzt.

»Bitte, entschuldigen Sie die Störung, Herr Doktor, aber wenn ich das richtig verstanden habe, geht es für Herrn Thulke um Stunden, ja?«

Die beiden Ärzte verstummten und wechselten einen bedeutsamen Blick.

»Ja, so leid es mir tut, Fräulein Mendel«, sagte Strubeck. »Wenn Ihr Verlobter die Amputation verweigert, können wir nichts mehr für ihn tun. Er würde meiner Erfahrung nach an den Folgen der Sepsis versterben.«

Irene holte hörbar Luft. »Warum gibt es kein Penicillin mehr?«

»Wir haben ihm gegeben, was uns zur Verfügung stand, aber unser Vorrat ist erschöpft.«

Sein Kollege sagte düster: »Die Russen haben den größten Vorrat, aber von denen bekommen Sie nichts.«

»Sie meinen, bei den Diakonissen gibt es Penicillin?«, fragte Irene. Die Russen hatten die ehemalige Diakonissen-anstalt beschlagnahmt und versorgten dort ausschließlich ihre Landsleute.

Unruhig sah Strubeck sich um. »Hören Sie, wir können da nichts machen. Wir sind froh, wenn wir genügend Verbandszeug und Narkosemittel erhalten. Es sind schwierige Zeiten.«

Irene überlegte fieberhaft. »Darf ich telefonieren?«

Strubeck verzog das Gesicht. »Gut. Ein Anruf. Gehen Sie ins Schwesternzimmer. Aber heute Abend brauchen wir eine Entscheidung.«

»Natürlich. Allerdings hoffe ich, dass es nicht zum Äußersten kommen wird.« Festen Schrittes ging Irene zum Schwesternzimmer.

Sie hatte die Adresse und die Telefonnummer, unter der ihr Bruder zu erreichen war, immer bei sich. Die Oberschwester wollte ihrer Bitte erst nicht entsprechen, doch als Strubeck zu ihnen hereinsah und in Irenes Richtung nickte, durfte sie ans Telefon.

Irene ließ sich mit der Nummer in Berlin verbinden. Eine Frauenstimme meldete sich. »Ja, bitte?«

Kein Name, kein Hinweis darauf, wo Irene gelandet war. »Ich möchte mit Edgar Mendel sprechen. Er ist mein Bruder, und diese Nummer hat er mir für einen Notfall gegeben. Es geht um Leben und Tod.«

»Wie ist Ihr Name?«

»Irene Mendel.«

Sie musste ihre Personalien angeben, bevor die Dame sie bat, zu warten. Die Minuten zogen sich hin, und die Schwestern sahen sie vorwurfsvoll an, sodass Irene sich genötigt fühlte, eine Entschuldigung zu murmeln.

»Reni?« Es knackte in der Leitung, und Irene vermutete, dass sie abgehört wurden, doch sie sprach mit ihrem Bruder.

»Oh, Edgar, es ist so schön, deine Stimme zu hören. Wo bist du denn eigentlich?« Sie war den Tränen nahe, zwang sich jedoch zur Besonnenheit. Nur so konnte sie Paul helfen.

»Im SKK, Reni. Was ist denn passiert?«

Er war in Karlshorst, in der Sowjetischen Kontrollkommission!

»Edgar, Paul hatte einen furchtbaren Unfall.« Sie schilderte in Kürze den Zustand ihres Geliebten und die fatalen Konsequenzen, sollte er kein Penicillin verabreicht bekommen.

»Renilein, das ist ja schrecklich! Du liebst ihn sehr, nicht wahr?«

Irene schluchzte. »Sehr, Edgar. Es gab immer nur ihn und wird nie einen anderen geben.«

»Nicht weinen, Reni. Lass mich ein paar Telefonate führen. Wer ist der behandelnde Arzt?«

»Doktor Strubeck und Professor von Hellweg.«

»Reni, geh zu deinem Paul und mach ihm Mut. Er wird sein Bein nicht verlieren!«

»Ach, Edgar, danke, danke!«

Es knackte und kratzte in der Leitung, und das Gespräch war beendet. Irene legte sacht den Hörer auf die Gabel und sagte zur Oberschwester: »Danke.«

Auf dem Flur schnäuzte sie sich die Nase und ging zurück in das Krankenzimmer. Paul wirkte noch immer fiebrig, seine Augen glänzten ungesund, doch er streckte eine Hand nach ihr aus.

»Mein Liebling. Setz dich zu mir.«

Sie fühlte seine Stirn, die noch immer heiß war, und gab ihm einen Schluck Wasser zu trinken. »Ich habe mit Edgar telefoniert. Jetzt können wir nur warten.«

Sie zog sich einen Stuhl heran und streichelte seine Hand. Eine dunkle Strähne fiel ihm in die Stirn. Er war ein hübscher Kerl, selbst in diesem Zustand, und ihr Herz machte einen Satz, als er sie ansah und ein verschmitztes Lächeln seinen Mund umspielte.

»Ich bin ein kranker Mann, Irene. Aber wenn du mich so ansiehst, könnte ich das glatt vergessen.«

Errötend beugte sie sich vor und küsste ihn. »Es wird alles gut, Paul. Wenn jemand helfen kann, dann mein Bruder.«

»Warum bist du dir da so sicher?«

Sie schüttelte den Kopf und legte einen Finger auf die Lippen. »Glaub es mir einfach.« Irene sah zu den Vorhängen, welche die Betten voneinander trennten. »Nicht hier, Paul.«

Er schloss die Augen und seufzte erschöpft. »Egal was passiert, Irene, mein Bein nehmen sie mir nicht ab. Ich würde so nicht leben wollen, kannst du das verstehen?«

Eindringlich sah sie ihn an. »Mir ist es egal, ob du ein oder zwei Beine hast, Paul. Ich will nur, dass du am Leben bleibst, weil ich den Rest meines Lebens mit dir verbringen möchte!«

»Irene, das wäre doch kein Leben. Dann bin ich ein Krüppel und zu nichts mehr zu gebrauchen.« Die Hoffnungslosigkeit in seiner Stimme war erschreckend.

Sie beugte sich zu ihm und nahm sein fiebriges Gesicht in

ihre Hände. »Du wirst nicht sterben, und du wirst dein Bein nicht verlieren.«

In der endlos scheinenden Wartezeit wiederholte Irene ihre Worte wie ein Mantra. Aus Minuten wurden Stunden, und die Dämmerung senkte sich langsam über die Stadt. Von der Magdeburger Straße drangen die Geräusche vorüberfahrender Wagen und Pferdegetrappel zu ihnen herauf. Eine Gruppe russischer Soldaten lief unten vorbei. Sie grölten Lieder aus ihrer Heimat, und Irene dachte, dass sie wahrscheinlich auch lieber wieder bei ihren Familien als in der Fremde wären.

Eine Krankenschwester kam mit einem Tablett herein, auf dem eine Spritze in einer Nierenschale lag. »Einmal dürfen wir vor der Nachtruhe noch spritzen.«

»Haben Sie schon etwas gehört? Gab es einen Anruf?«, wollte Irene wissen.

Die Schwester gab Alkohol auf einen Tupfer und rieb Pauls Arm ab. »Nein. Und ich habe die Doktoren reden gehört. Sie haben den Operationssaal bereits gebucht.«

»Oh Gott, nein, bitte nicht ...«, flüsterte Irene.

Kurz nachdem die Schwester gegangen war, wurde die Tür zum Krankenzimmer erneut geöffnet, und Irene erkannte die Stimme von Doktor Strubeck. Alle Farbe wich aus ihrem Gesicht, als sie aufstand und den Vorhang zur Seite schob.

Der Arzt kam in Begleitung des Professors, und Irene holte ein Taschentuch hervor, um es sich gegen den Mund zu pressen. Das durfte doch nicht das Ende sein!

Professor von Hellweg stellte sich vor sie hin und musterte sie eingehend. »Sie müssen sehr einflussreiche Freunde haben, Fräulein Mendel. Eben wurde uns eine Lieferung Penicillinampullen gebracht.«

»Heilige Mutter Gottes, ich danke dir!«, entfuhr es Irene.

Zwei Krankenschwestern kamen, und Strubeck sagte: »Wir machen jetzt eine Spülung und legen Herrn Thulke dann an den Tropf.«

Er erklärte noch weitere Therapieschritte, doch Irene schwirrte der Kopf vor Erleichterung, und sie ließ sich von einer Schwester nach draußen begleiten.

»Setzen Sie sich doch vorn in den Warteraum. Haben Sie überhaupt etwas gegessen? Sie sind doch schon den ganzen Tag hier!«, sagte die Schwester mitfühlend. »Ich kann Ihnen etwas bringen lassen. Und ganz im Vertrauen, wie haben Sie das nur gemacht? Ein Kurier hat uns die Ampullen gebracht.«

Irene starrte auf ihre Hände, die plötzlich zitterten und sich eiskalt anfühlten. »Mein Bruder …«, murmelte sie und weinte. Doch diesmal waren es Tränen der Erleichterung und des Glücks.

Es ging auf neun Uhr zu, als sie das Krankenhaus verließ. Irene hatte etwas gegessen und fühlte sich besser, was sie jedoch vor allem auf den nun hoffnungsvollen Heilungsverlauf bei Paul zurückführte. Die Wohnung der Thulkes lag nicht weit von hier. Sie klingelte und musste nicht lange in der Kälte ausharren. Thulke senior öffnete ihr die Haustür und schien nicht erstaunt, sie zu sehen. In den Tagen seit Pauls Unfall waren sie sich öfters im Krankenhaus begegnet und hatten miteinander gesprochen.

»Kommen Sie herein, Irene. Sie sehen ja ganz verfroren aus.«

Sie konnte die gute Nachricht nicht länger für sich behalten. »Das Penicillin wurde geliefert, Herr Thulke! Paul wird es schaffen, er wird wieder gesund!«

Willi Thulke nahm sie an den Schultern und drückte ihr einen Kuss auf die Wange. »Du liebes Kind! Komm, das müssen wir der Mutter sagen!«

53

Gegen Mitternacht schloss Irene die Haustür zur Villa Mendel auf und lauschte in die Eingangshalle. Aus den Räumen der Flüchtlingsfamilie waren erregte Stimmen zu hören. Die Tomaszeks stritten oft, und Irene taten die Kinder leid, die es ohnehin schwer genug hatten. Müde zog sie die Tür zu und stieg die Treppe hinauf.

Die alten Dielen knarrten leise unter ihren Schritten, und als sie an Gundas Zimmer vorbeikam, öffnete sich die Tür, und die Haushälterin schaute verschlafen heraus.

»Wie geht es Ihrem Paul?«, fragte sie.

Irene lächelte. »Es wird alles gut, glaube ich. Hätte mein Bruder nicht dafür gesorgt, dass Penicillin geliefert wird, ich weiß nicht … Dann hätte Paul wahrscheinlich sein Bein verloren.«

»Mein Gott!« Gunda hielt sich die Hand vor die Lippen. »Das wäre ein Unglück, der arme Mann.«

»Ich hätte alles dafür getan, damit es keine Amputation gibt. Das hätte er nicht überlebt.«

Gunda nickte verständnisvoll. »Es gibt Menschen, die können mit so etwas nicht fertigwerden. Ich freue mich so für Sie, Irene. Jetzt können Sie endlich glücklich werden. Sie sind ein guter Mensch und haben es verdient.«

Gerührt erwiderte Irene: »Danke, Gunda. Ich weiß nicht, ob ich ein guter Mensch bin, aber ich bemühe mich, anderen nicht zu schaden.«

»Soll ich Ihnen noch einen Tee kochen?«, bot Gunda ihr an.

»Das ist sehr freundlich, aber gehen Sie nur wieder zu Bett. Ich bin so müde, dass ich auch gleich schlafen werde.«

Zum ersten Mal seit Pauls Unfall schlief Irene eine Nacht durch und wachte erst auf, als die Sonne schon lange aufgegangen war. Erschrocken riss sie den Wecker vom Nachtschrank, und dann fiel ihr ein, dass heute Samstag war. Keine Schicht, keine missgünstigen Blicke und keine Angst vor Päp, der gern unangekündigt auftauchte. Es war schwer genug gewesen, ihre Schichten zu tauschen, um Paul besuchen zu können. Ohne die Hilfe ihrer Kolleginnen wäre das unmöglich gewesen.

Ihre Eltern saßen bereits am Frühstückstisch im Salon. Friedrich Mendel hob bei ihrem Eintreten den Kopf von seiner Zeitung.

»Warst du bis Mitternacht im Krankenhaus?«

Gunda kam mit einem Teller Rührei herein. »Guten Morgen, Fräulein Irene. Sie konnten sicher gut schlafen, nicht wahr? Jetzt müssen Sie ordentlich essen.«

»Danke, Gunda«, sagte Irene lächelnd. »Haben Sie schon gefrühstückt?«

»Ja, und ich muss gleich die Ele zu ihrer Gruppe bringen.

Heute ist eine Schifffahrt geplant. Sie ist schon ganz aufgeregt.«

Gunda Wilms schenkte allen Kaffee ein und ging hinaus.

»So eine reizende Person«, sagte Irene. »Ich bin bis weit nach neun Uhr im Krankenhaus geblieben. Es hat so lange gedauert, bis sie das Penicillin gebracht haben. Edgar hat mir geholfen. Ohne ihn wäre Paul jetzt tot, oder man hätte ihm gegen seinen Willen das Bein amputiert.«

Ihre Eltern starrten sie fassungslos an.

»Bitte, du dramatisierst schon wieder!«, kam es kühl von Ada. »Und wohinein hast du deinen Bruder da gezogen?«

Irene ließ die Gabel sinken. »Wo denn hineingezogen? Er ist der Einzige, der mir helfen konnte. Ohne seine Beziehungen hätten wir niemals das Penicillin für Paul bekommen.«

»Der arme Edgar ist kaum aus der Gefangenschaft zurück, und du bedrängst ihn wegen diesem, diesem …«, echauffierte sich Ada Mendel.

»Diesem Mann, den ich liebe, wolltest du sagen? Ja, das habe ich, und Edgar hat mir gern geholfen, weil er mich versteht. Er will, dass ich glücklich werde, sogar Gunda freut sich mit mir, dass Paul nun endlich gesund werden kann. Was ist mit dir los, Mutter? Hast du noch immer nicht begriffen, dass wir keine Kapitalisten mehr sind? Die Fabrik gehört uns nicht mehr!«

Ihr Vater schlug die Zeitung zusammen, stand auf und ging hinaus.

»Siehst du, was du wieder angerichtet hast, Irene! Dein Vater verkraftet das überhaupt nicht. Erst der Direktor unserer Bank und nun sein Freund aus dem Vorstand. Das waren seine Weggefährten. Du bist so unsensibel, wirklich!«

Irenes Lachen war hart und bitter. »Ich bin unsensibel? Von mir aus. Mutter, ich arbeite in unserer Fabrik am Fließband, und ich bin der Partei beigetreten, damit wir in diesem neuen Staat unseren Platz finden können und weil ich nicht aufgeben will! Ich bin hier geboren, aufgewachsen, und genau wie Vater hänge ich an unserem Betrieb.«

Ihre Mutter sah sie einen Moment lang an, als sähe sie ihre Tochter zum ersten Mal. »Du bist erwachsen geworden, Irene. Es fällt mir schwer, mich der neuen Realität zu stellen.«

Ada Mendel seufzte und griff nach Irenes Hand. »Meine schöne, kluge und tatkräftige Tochter. Ich hätte mir einen anderen Mann für dich gewünscht, aber ich werde dir nicht mehr im Weg stehen, Irene. Vielleicht ist es jetzt sogar von Vorteil, wenn du diesen Salzwirker heiratest. Wir zeigen damit, dass wir keine Scheu davor haben, uns mit der Arbeiterklasse zu verbinden.«

Irene entzog ihrer Mutter die Hand. »Für einen Augenblick habe ich wirklich geglaubt, dass du verstehst, was Paul mir bedeutet, aber du denkst immer nur an deinen Vorteil.«

»Nicht an meinen Vorteil, sondern an die Familie. Ich bin so erzogen worden, Irene. Für die Ehre, den guten Namen und das Wohl der Familie muss man Opfer bringen.« Mit ihrer hochgeschlossenen weißen Bluse und dem dunklen Rock sah Ada aus wie eine preußische Landadlige, und das würde sie in ihrem Herzen immer bleiben, dachte Irene.

Sie aß ihr Rührei, trank ihren Kaffee und sagte: »Ich war gestern Abend noch bei den Thulkes, deshalb wurde es später. Diese Menschen sind voller Herzenswärme und Mitgefühl. Darin zeigt sich wahre menschliche Größe.«

Ada schnaufte. »Warum sollten sie dich auch nicht gern aufnehmen wollen? Du bringst alles mit, was eine Schwiegertochter haben sollte.«

»Nur keine Fabrik«, meinte Irene.

»Aber gesellschaftliches Ansehen, Status. Noch sind wir wer, vergiss das nicht, Irene.«

»Wie könnte ich das vergessen, wo du mich doch ständig daran erinnerst. Ich gehe jetzt ins Krankenhaus. Es kann später werden.«

Ihre Mutter hob die Schultern. »Hat Edgar sonst noch etwas erzählt? Wie geht es ihm?«

»Gut, wir haben nicht lange miteinander gesprochen.«

Bevor Irene die Villa verließ, ging sie zu ihrem Vater, der an seinem Schreibtisch saß und das rote Buch seines Halbbruders, Julius, vor sich liegen hatte.

Sie ging zu ihm und strich über seinen Rücken. »Seine Rezepte sind unvergleichlich. Irgendwann werden wir wieder köstliche Pralinen produzieren.«

Doch ihr Vater schüttelte langsam den Kopf. »Wir nicht, Reni, wir nicht.«

»Wir dürfen nicht aufgeben, hörst du? Ich werde mir eine bessere Position erkämpfen, Vater, und dann …«

Er tätschelte ihren Arm. »Du meinst es gut. Wir werden sehen. Wohin willst du?«

Friedrich Mendel bemerkte ihren Mantel und die Handtasche.

»Ins Krankenhaus. Ich muss doch wissen, ob das Penicillin angeschlagen hat.«

»Grüß deinen Paul von mir, Reni. Aber er muss mich fragen, bevor du ihn heiratest. Ordnung muss sein.«

Irene umarmte ihren Vater und flüsterte: »Danke, Vater, es wird alles gut!«

»Jaja, nun geh, meine Kleine.«

Auf dem Weg ins Krankenhaus konnte sie ein unbestimmtes Gefühl drohenden Unheils nicht abschütteln. Aber das mochte auch an der bedrückenden Gesamtlage liegen. Über dem Eingang eines ehemaligen Kaufhauses hing ein Banner mit der Aufforderung, dem Sozialismus zu dienen. Zwei Volkspolizisten lungerten vor dem Varieté herum, und ein Geländewagen mit vier russischen Soldaten kam aus der Kommandantur gefahren. Irgendwann, dachte Irene, irgendwann wird es besser.

Im Krankenhaus traf sie zuerst auf die Oberschwester. »Guten Tag, wie geht es Herrn Thulke? Darf ich zu ihm?«

Die Krankenschwester hielt ein Tablett mit schmutzigem Verbandszeug. »Ich komme gerade aus seinem Zimmer. Das Penicillin hat bereits Wirkung gezeigt. Machen Sie sich auf einen langen Heilungsprozess gefasst.«

Irene strahlte. »Das ist wundervoll! Danke, danke, ich bin ja so glücklich!«

Die sonst so strenge Oberschwester sagte freundlich: »Gehen Sie nur. Er hat schon nach Ihnen gefragt.«

Die Patienten in Pauls Zimmer schauten ihr neugierig entgegen, und einer sagte: »Die Sonne geht auf!«

Irene lächelte. »Guten Morgen allerseits!«

Als sie um den Vorhang schaute, hinter dem Paul lag, entfuhr ihr ein erleichtertes Seufzen. Paul saß aufrecht in den Kissen, die roten Flecken waren aus seinem Gesicht verschwunden, und seine Augen glänzten nicht mehr fiebrig, sondern freudig.

»Irene!«, flüsterte er und streckte die Arme nach ihr aus.

Sie setzte sich zu ihm auf die Bettkante und drückte sich an ihn. »Oh Gott, ist das schön, dich so zu sehen, Paul«, murmelte sie.

»Das verdanke ich nur dir. Mein Liebling, mein Alles.« Er drückte ihr einen Kuss auf die Haare.

»Und Edgar. Er hat es möglich gemacht.« Sie wischte sich die feuchten Augen und strich ihm über die Stirn. »Und jetzt strengst du dich an, schnell gesund zu werden, damit ich mir ein Brautkleid aussuchen kann.«

Er runzelte die Stirn. »Habe ich dich denn schon gefragt?«

»Du willst nicht?«

Paul lachte leise. »Ich lass dich nicht wieder gehen, Irene, nie mehr.«

»Sehr schön, denn mein Vater erwartet, dass du ihn um meine Hand bittest. Ganz wie es sich gehört.« Eine Welle von Wärme und Glück durchflutete sie. Wer hätte gedacht, dass sie ihm das einmal sagen würde?

»Und deine Mutter?«

»Die hat es akzeptiert. Was bleibt ihr auch anderes übrig? Deine Eltern sind übrigens ganz reizend. Ich war gestern noch bei ihnen und habe die guten Neuigkeiten überbracht.«

»Wo wollen wir denn wohnen?«

»In unserer eigenen Wohnung natürlich!« Überrascht sah

Irene ihn an. »Oder willst du jeden Morgen mit meiner Mutter frühstücken? Das kann ich dir nicht zumuten.«

Er streichelte ihre Wange. »Unsere Wohnung. Ein neues Leben.« Ein Schatten glitt über sein Gesicht. »Ich möchte nicht, dass du jemals bereust, mich geheiratet zu haben. Wenn du …«

Sie legte einen Finger auf seine Lippen. »Kein Wenn und Aber.«

54

Der Dezember hatte mit Frost und ein wenig Schnee Einzug gehalten. Irene hatte ihre alten Schlittschuhe der kleinen Ele gegeben, die es nicht erwarten konnte, dass die Teiche endlich zufrieren würden. Heute Abend jedoch freuten sich die Bewohner der Villa, wie wohl die meisten Hallenser, auf den Hallorenzug. In jedem Jahr am Vorabend des 6. Dezember gedachten die Salzwirker mit einem Festzug und dem Anzünden großer Kerzen Sankt Nikolaus. Der Heilige war der Schutzpatron der Solequellen und des Salzwerkes.

Pauls Genesung machte große Fortschritte, doch er lag noch immer im Krankenhaus, wo er langsam zu einem ungeduldigen Patienten wurde. Zu gern wäre er heute dabei gewesen, doch seine Eltern und auch Irene hatten darauf bestanden, dass er im Bett blieb. Doch das Risiko war zu groß, dass die Wunde, die gerade anfing, sich zu schließen, wieder aufbrach.

»Gunda, wo ist Ihre Tochter?«

Irene stand ausgehfertig im Flur vor der offenen Tür ihres Zimmers. Die Haushälterin kam die Treppe herauf.

»Sie steht schon draußen, weil sie nichts verpassen will.

Außerdem sollen ihre Freunde ihren neuen Mantel sehen. Danke, Fräulein Irene.«

»Irene reicht völlig. Freut mich, dass er ihr gefällt und nur wenige Näharbeiten nötig waren, um ihn passend zu machen.« Irene hatte der Kleinen einen ihrer Kindermäntel geschenkt. Die Kleidungsstücke waren in tadellosem Zustand, und selbst wenn sie irgendwann Kinder hätte, brauchte sie nicht alles, was in den Kisten lagerte. Ihre Mutter hatte die Nase gerümpft, denn der Mantel hatte einen kleinen Pelzkragen. Viel zu schade für das Flüchtlingsgesindel, hatte Ada gesagt, aber Irene ließ sich nicht beirren. Sie hielt eine mit roter Schleife verzierte Pappschachtel in den Händen.

»Geben Sie das bitte Ele, vom Nikolaus. Da sind auch ein paar Schokoladenkugeln drin.« Bald war ihr Vorrat an Schokolade aufgebraucht, aber es bereitete ihr Freude, sie zu verschenken. Für die Kinder war es viel schwieriger, mit der Knappheit von allem umzugehen, als für sie selbst.

»Oh, nein, das sollen Sie nicht, das ist zu viel, wirklich«, erwiderte Gunda verlegen.

Doch Irene drückte ihr die Schachtel in die Hände. »Ziehen Sie sich warm an, der Wind ist sehr kalt heute. Ostwind.«

»Das kenne ich aus der Heimat, da kam die Kälte im Winter durch jede Ritze. Egal, wie viel Papier wir dazwischengestopft haben.« Gunda nahm die Schachtel. »Danke sehr. Ich komme gleich.«

Ada Mendel trat in den Flur. Sie war sehr elegant gekleidet, auch wenn die Stiefel und der Mantel nicht der neuesten Mode entsprachen. Ihr Wollmantel mit Pelzbesatz und der feine Schal stammten noch aus einem teuren Modesalon im Vorkriegs-Berlin.

»Wo ist dein Vater?«, wollte Ada wissen.

»Ist er noch nicht unten? Er hatte sich auf den Abend in der Stadt gefreut«, meinte Irene.

Ihre Mutter drehte sich um. »Wahrscheinlich schaut er sich wieder alte Fotografien an. Ich werde ihn holen.«

Irene verschloss ihre Zimmertür und ging zur Treppe, als ein Schrei ertönte, der ihr ins Mark fuhr. Sie ließ ihre Tasche fallen und rannte über den Flur zum Arbeitszimmer ihres Vaters. Die Tür stand offen, und ihre Mutter wankte kreidebleich heraus.

»Was? Nein, nein, Vater …«, schluchzte Irene und stürzte in den Raum, der ihrem Vater in den vergangenen Monaten zur Zuflucht geworden war.

Friedrich Mendel saß in seinem Sessel, der Kopf war zur Seite gesackt, ein Arm hing über die Lehne, der andere lag auf seiner Brust. Die Augen ihres Vaters waren weit aufgerissen und starrten blicklos zur Decke. Das Herz des großen Unternehmers hatte aufgehört zu schlagen. Irene weinte und trat zu ihrem Vater, strich sanft die Augenlider zu und gab ihm einen letzten Kuss auf die Stirn.

Dann sackte sie neben ihm auf die Knie und legte ihren Kopf auf die Sessellehne. Nie wieder würde er seine Hand auf ihr Haar legen und sagen: »Renilein, meine Kleine.«

Sie weinte hemmungslos. Es tat so weh, dachte sie, und sie wusste, dass dieser Schmerz niemals enden würde. Mit ihrem Vater hatte sie den wichtigsten Menschen in ihrem Leben verloren. Er war ihr Vorbild, ihr Fels in der Brandung des Lebens gewesen. Sie hatte zu ihm aufgesehen und ihn für seine Geduld, seinen Gerechtigkeitssinn und seinen Humor geliebt und bewundert. Und tief in ihrem Innern hatte sie geahnt, dass ihn der Verlust seiner Fabrik gebrochen hatte.

»Irene, oh du meine Güte, was für ein Unglück! Der arme Herr Mendel!«, rief Gunda und legte Irene ihren Arm um die Schultern. »Kommen Sie, wir müssen jetzt tun, was nötig ist. Soll ich den Arzt verständigen?«

Irene ließ sich aufhelfen. »Ja, bitte. Ich gehe zu meiner Mutter.«

Ada Mendel saß im Schlafzimmer der Eheleute auf dem Ehebett und weinte. Irene hatte ihre Mutter nur selten weinen gesehen, und das machte es noch schlimmer.

»Mutter«, sagte sie leise und setzte sich neben sie.

Ihre Mutter zog die Handschuhe aus und griff nach der Hand ihrer Tochter. »Er war ein guter Mann. Wir haben nicht aus Liebe geheiratet, aber wir haben einander lieben gelernt. Er hat mir Edgar und dich geschenkt. Friedrich, ach …«

Die stolze Ada Mendel verbarg ihr Gesicht in den Händen und schluchzte.

Irene weinte dem vergangenen Jahr keine Träne nach. Weihnachten und Neujahr ohne ihren Vater zu begehen, war unendlich schmerzhaft gewesen. Der Tod von Friedrich Mendel hatte eine Lücke in der Familie hinterlassen, die sich niemals schließen würde. Edgar war über die Feiertage heimgekommen, aber schon wieder abgereist. Seine ruhige Art hatte ihnen allen gutgetan. Sie hatten viel miteinander geredet, und Irene hatte ihren Bruder neu kennengelernt. Die Gefangenschaft und auch seine jetzige Arbeit hatten ihn verändert. Wobei sie nicht ganz ergründen konnte, was er tatsächlich tat. Edgar versteckte sich hinter Vorschriften, die ihm verbaten, über seine Tätigkeit bei der Behörde zu sprechen. Doch sie konnte nicht umhin, Vermutungen anzustellen. Auf ihre Frage, warum er sich mit Max getroffen hatte, war er wieder nicht eingegangen, und sie beschloss, dass es Dinge gab, die besser unausgesprochen blieben.

Ihre Mutter hatte sich nach dem Tod des Vaters in sich zurückgezogen und von der Welt abgewendet. Das konnte nicht so weitergehen. Tante Hedda und Onkel Kurt waren zur Beerdigung nach Halle gekommen, jedoch am nächsten Tag wieder abgereist. Die beiden hatten sich kaum verändert, und Irene war im Grunde froh, dass ihre Mutter kein Interesse am Wiedersehen mit den Geschwistern hatte. Nein, sie musste ihre Mutter auf andere Art wieder dazu bringen, etwas Freude am Leben zu entwickeln.

Paul besuchte sie fast täglich, seit er aus dem Krankenhaus entlassen worden war. Arbeiten durfte er noch nicht, man hatte ihn bis zum März beurlaubt. Die Infektion war zu schwer und der Heilungsprozess zu langwierig gewesen. Immerhin hatte er an der Neujahrsgratulation der Halloren teilnehmen dürfen. Irene war stolz auf Paul, wenn er in seinem Festgewand die Salzwirker repräsentierte. Das Pflegen der Traditionen vermittelte ein Gefühl von Kontinuität inmitten der Umwälzungen, die das neue Regime vornahm. Außerdem fand sie die Uniform durchaus schmuck. Der Dreispitz, der Dreiviertelmantel und die Weste, Latz genannt, mit den achtzehn silbernen Kugelknöpfen.

Der zweite Märzsonntag hatte den Frühling mit Sonne und blauem Himmel eingeleitet. Hand in Hand ging sie mit Paul am Rive-Ufer entlang. Die alten Linden trieben erstes zartes Grün aus. Ein Ausflugsboot glitt langsam über die Saale, Kinder spielten etwas weiter unten im Sand, und ein Hund sprang hinter einem Ball her ins Wasser.

»Es wirkt so friedlich, so normal«, seufzte Irene.

»Es wird eine neue Normalität geben. All die Neuerungen müssen sich erst einmal einspielen. Das braucht Zeit. Bei allem dürfen wir aber das Leben nicht vergessen, Irene. Wir sind nur einmal jung, und ich möchte mit dir einschlafen und neben dir aufwachen. Was hältst du davon, wenn wir die Hochzeit im Mai feiern?«

Er hatte ihr in der Neujahrsnacht einen Verlobungsring geschenkt. Nicht so prachtvoll wie der von Arno, aber viel wertvoller, denn er stand für seine Liebe zu ihr.

»Wenn es Mutter nur etwas besser gehen würde. Ich mache mir solche Sorgen um sie. Ich kann sie nicht auch noch verlieren! Das verstehst du doch, oder?«

Ada hatte es Paul nicht leicht gemacht und begegnete ihm auch jetzt nicht mit überschwänglicher Herzlichkeit, doch er war gleichbleibend höflich. »Sie ist deine Mutter. Natürlich verstehe ich dich.«

»Und wenn wir doch in der Villa wohnen? Nur für ein paar Monate. Platz genug ist schon. Wir könnten drei Zimmer für uns beanspruchen. Da wären wir privat und …«

Paul zog sie an sich und küsste sie zärtlich. »In Ordnung. Ich ziehe mit in die Villa, in die Höhle des Drachen.«

Irene lachte. »Ich liebe dich!«

»Das kostet dich viele Küsse, sehr viele …«

»Ich zahle bar und sofort.« Heute war Sonntag, und in Pauls Armen fiel es ihr leicht, die Gedanken an die Arbeitswoche zu verdrängen.

Der Montag kam schnell genug und mit dem Arbeitsbeginn in der Schokoladenfabrik die große Ernüchterung. Die Schichtleitung teilte sie ein, die gerade erhärteten Fondants vom Fließband in Körbe zu packen. Von dort gingen die Zuckerwaren in den »Verschönerungsraum«, wo per Hand letzte Verzierungen angebracht wurden. Anschließend kamen die fertigen Stücke in den Packraum, wo wieder Frauen am Fließband saßen, um die einzelnen Stücke in hübsche kleine Schachteln zu legen.

Irene war es egal, an welchem Fließband sie stand. Interessanter hätte sie lediglich die Arbeit in der Entwicklung gefunden oder die Planung des neuen Sortiments für die kommende Saison, aber darauf wagte sie noch nicht zu hoffen. Routiniert und ohne nachzudenken legte sie die verschieden geformten Süßigkeiten in die Körbe. Fondant war eine weiche, klebrige Angelegenheit, die sich nur mit viel Puderzucker verarbeiten ließ. Die Auswahl an Formen war nicht besonders vielfältig, dachte sie, während sie ovale, viereckige und halbrunde Stücke wegsortierte.

Zurzeit wurden bis zu fünftausend kleine und siebentausend große Fondantschachteln produziert. Wenn nur erst wieder genügend Kakao geliefert werden würde, könnte auch die Produktion gesteigert werden, dachte Irene. Und vor allem müssten ansprechendere Süßigkeiten entwickelt werden. Volksbetrieb hin oder her, der Kunde aß auch mit dem Auge, selbst wenn er Parteimitglied war.

»Was gibt es denn da zu grinsen, junge Frau?«

Irene fuhr zusammen und hätte beinahe einen Korb fallen gelassen. Päp! Was wollte denn der verdammte Kerl schon wieder hier?

»Sind Sie unterfordert, Fräulein Mendel?« Stechende Augen musterten sie mit kaum verhohlener Häme.

»Ich komme zurecht, danke«, erwiderte sie kühl.

Päp war in Begleitung eines Genossen gekommen, wahrscheinlich sollten die Arbeiter wieder einmal von der Erhöhung der Arbeitsnorm unterrichtet werden.

»Strengen Sie sich mehr an, Fräulein Mendel. Ihre Kolleginnen in der Bonbonabteilung gehen mit gutem Beispiel voran. Dort wird die Norm um dreißig Prozent übererfüllt. Das erwarte ich auch hier!«

»Wenn ich schneller packe, als das Fließband liefert, habe ich Leerlauf«, entfuhr es ihr.

»Sie halten sich doch für so schlau, dann fällt Ihnen sicher eine Lösung für das Problem ein«, schlug Päp vor.

»Ich hätte eine Menge Vorschläge für einiges hier«, meinte Irene und packte nebenbei weiter.

Der andere Genosse flüsterte Päp etwas zu, und dieser nickte und sah dabei zu Irene. »Wollen Sie sich beschweren?«

»Das habe ich nicht gesagt. Aber ich kenne den Betrieb besser als sonst jemand hier. Die erfahrenen Leute haben Sie in Ihrer großen Weisheit ja alle gefeuert.« Wieder einmal hatte sie ihr Temperament nicht zügeln können und ärgerte sich über ihre Unbedachtheit.

»Wir können Sie auch feuern.«

»Natürlich. Da steht Ihnen frei, aber wenn ich dem Volkswohl hier am besten dienen kann, wäre das doch nicht sehr klug.« Sie hasste diesen Kerl, der ihren Vater öffentlich gedemütigt und damit indirekt in den Tod getrieben hatte.

Gero Päps Kiefermuskeln bewegten sich, während seine Lippen schmal wurden. »Sie überschätzen sich, Fräulein Mendel.«

So wie Päp es sagte, klang es nicht wie eine Feststellung, sondern wie eine Drohung. Als ihr am nächsten Tag der Urlaub für das gesamte Jahr wegen aufrührerischen Verhaltens gestrichen wurde, bestätigte sich ihre Vermutung.

55

In der Saline hatte sich nichts verändert seit seinem Unfall. Es fehlte an Material, neuen Maschinen, und der Lokalabsatz war weiter reduziert worden. Die Treppenrostfeuerungen waren die Sorgenkinder des Betriebes. Die Bedienungshebel für die Roste und die Zugregulierung funktionierten nicht richtig, und die Zusatzfeuerung war zwanzig Jahre alt und vollständig ausgebrannt und verbraucht.

Paul war zwar froh, dass er wieder arbeiten konnte, aber der marode Zustand der Anlage war nicht ermutigend. »Sag mal, Werner, hast du das hier gesehen?«

Sie standen an einer der Treppenrostfeuerungen, wo sie Asche ziehen sollten.

Werner wischte sich die schweißnasse Stirn. »Verdammter Mist ist das! Die Steine halten das nicht mehr lange, dann bricht die Ummauerung auseinander. Hier müsste dringend was gemacht werden.«

»Aber das ist nicht die einzige Schwachstelle«, meinte Paul betrübt. »Horst musste vorhin wieder aus dem Heizungskeller rennen, weil Heizgase austreten. Das liegt an eingedrückten Wänden und Salzrückständen in den Sammelkanälen. Der Zug ist einfach nicht mehr gegeben. Schlimm ist das!«

Werner grunzte: »Hat denen wohl nicht gereicht, dass du einen Unfall hattest, das nächste Unglück ist doch vorprogrammiert!«

»Wenn ihr euch beschweren wollt, geht zum Werksleiter, aber steht hier nicht rum und palavert!«, schimpfte Detlev Schlegel, der sich gut mit der neuen Leitung gestellt hatte.

»Mensch, Detlev, du weißt doch selbst, was hier los ist! Das wird langsam gefährlich! Der Horst ist in der Frühschicht beinahe von den heißen Gasen erwischt worden«, sagte Werner.

Detlev trat dichter zu ihnen und sagte etwas leiser: »Das ist eine verfluchte Schande, aber ich rate euch, haltet den Mund, sonst machen sie uns gleich morgen zu.«

»Wieso? Haben die da oben schon Pläne für die Schließung der Saline?« Paul stützte sich auf seinen Spaten, um sein Bein zu entlasten.

»Kann sein oder auch nicht. Paul, du bist noch jung, und du auch, Werner, ihr könntet euch woanders was suchen. Wenn ich an eurer Stelle wäre, ich würde mir überlegen, wie viel Lebenszeit ich in einen Betrieb investiere, der keine Zukunft hat.« Detlev klopfte sich etwas Asche von seinem Hemd.

»Wie kannst du denn so was sagen, Detlev? Der Hallmarkt ist das Zentrum von Halle! Unsere Solebrunnen haben über Jahrhunderte hinweg hochprozentige Sole geliefert, und unsere Brüderschaft besteht seit 1491!« Dass Detlev so flapsig über ein mögliches Ende der Saline sprach, ging Paul nahe. »Wir sind die Halloren! Unsere Brüderschaft ist einzigartig, genau wie unser Silberschatz. Uns haben Fürsten und Könige mit Silber gedankt, und auch die neuen Herren werden uns wertschätzen.«

Detlev klopfte dem jüngeren Mann auf die Schulter. »Ist ja gut, Paul. Es wird schon weitergehen. Aber die Welt hat sich verändert. Dieser verdammte Krieg hat uns das eingebrockt, das lässt sich nicht leugnen. Ich bin Realist, Paul.«

Der Ältere sah Paul beinahe mitleidig an. »Du willst doch heiraten. Wann soll denn gehochzeitet werden? Sie ist ja keine von uns. Willst du sie denn immer noch? Ich meine, jetzt wo die nichts mehr haben und nichts mehr sind. Da wäre die Rita doch die bessere Partie gewesen. Tja …«

Paul wich einen Schritt zur Seite. »Hör dich an! Du denkst genau wie ihre Mutter. Ihr seid doch alle gleich.«

Er warf seinen Spaten zur Seite und ging über den Hof. Nur weg von den Kleingeistern. Der Krieg hatte vielleicht die Grenzen verschoben und die Machtverhältnisse geändert, aber die Menschen blieben doch dieselben.

Es gab viel zu tun bis zur Hochzeit im Mai. Ein Termin auf dem Standesamt war schnell gefunden, doch der Pfarrer hatte viel zu tun, und es dauerte, bis man sich auf einen Trauungstermin in der Kirche geeinigt hatte. Paul bestand darauf, die Räume in der Villa zu tapezieren, und nahm einen Sessel aus der elterlichen Wohnung mit in die Villa. Er hatte nicht viel an materiellen Dingen mit in die Ehe zu bringen, doch er war genesen, kräftig und jung und konnte arbeiten.

Einige Samstage fielen weg, weil sie für den Freiwilligendienst, den sogenannten Subbotnik, aufs Land gefahren wurden. Es wurde erwartet, dass man sich meldete, um Hilfe beim Wiederaufbau zu leisten. Meist mussten Steine sortiert und Straßen neu angelegt werden. Paul hatte nichts gegen körperliche Arbeit, die ihm lieber war als die Brigadeversammlungen, wie die Betriebszusammenkünfte seit einiger Zeit genannt wurden.

Auch aus Pauls Freundeskreis flüchteten ganze Familien in den Westen. Man sprach nicht offen darüber, doch die spürbar wachsende Repression drängte viele zur Ausreise, auch wenn sie es eigentlich nicht wollten. Die Sektorengrenzen wurden kontrolliert, doch sie waren noch durchlässig. Aber nicht alle konnten einfach so gehen, dachte Paul. Und endlich war der große Tag da.

Die standesamtliche Trauung war recht schnell vollzogen. Petra und Edgar waren die Trauzeugen. Vor allem Irene war überglücklich, dass ihr Bruder dabei sein konnte, wo sie schon ihren Vater so schmerzlich vermisste. Nun hatten sie sich vor dem Standesamt versammelt, Irenes Mutter, Edgar, Gunda Wilms, Pauls Eltern, Petra und Max und Werner und Agnes. Nur Joachim fehlte. Weder Paul noch seine Familie oder Werner trugen das Festkleid der Halloren. Sie hatten beschlossen, im Sommer ein traditionelles Fest nachzuholen. Heute trugen die Herren ihre besten Anzüge und Irene ein cremefarbenes Kostüm, an dessen Revers sie einen winzigen Seidenblumenstrauß gesteckt hatte.

Paul führte Irenes Hand an seine Lippen. »Frau Thulke, wie fühlen Sie sich?«

Irene lächelte und strahlte heute von innen heraus, was

sie noch schöner machte. »Unbeschreiblich glücklich, Herr Thulke.«

Sie schwieg kurz, drückte seine Hand und flüsterte: »Ich hätte mir nur gewünscht, dass Vater hätte dabei sein können.«

Paul küsste sie auf die Wange. »Er ist doch dabei, Irene. In deinem Herzen ist er immer bei dir, und ich bin froh, dass er uns noch seinen Segen gegeben hat.«

Irene blinzelte eine Träne fort. »Ja, und Edgar führt mich zum Altar. Das ist schön.«

Ihr Bruder war kaum wiederzuerkennen. Seine Wangen waren voller, die ausgemergelten Züge verschwunden. Er war noch immer sehr schlank, wirkte aber jetzt sportlicher und kraftvoller. Paul hatte sich mit ihm unterhalten und erfahren, dass Edgar regelmäßig Langstrecken lief. Bereits zweimal hatten sie Edgar in der Presse auf Bildern hinter den Regierenden stehen sehen. Edgar spielte seine sich stetig entwickelnde Karriere im Ministerium zwar herunter, doch er hatte inzwischen sogar einen eigenen Wagen.

»Reni, wie machen wir es jetzt? Soll ich mit Mutter und Pauls Eltern schon zum Restaurant fahren? Wir passen nicht alle hinein, aber ich könnte zurückkommen und euch abholen«, schlug Irenes Bruder vor.

»Das ist eine gute Idee. Wir sind ja alle gut zu Fuß und können uns langsam auf den Weg machen«, antwortete Irene.

Max nickte. »Sicher, das ist eine gute Idee, Edgar.«

Petra hatte sich mit Agnes unterhalten und trat nun zu ihnen. »Was ist eine gute Idee?«

»Wir laufen schon los. Edgar bringt die Eltern ins Lokal und holt uns dann«, erklärte Paul.

»Pah, eigentlich sollte das Brautpaar doch gefahren werden!« Petra lachte und sah zu ihren Eltern. »Nein, das ist ein Scherz. Schaut, die Sonne ist da! Extra für euch zwei. Ach, ist das nicht wundervoll?«

Die jungen Leute hakten einander unter und gingen beschwingt die Straße entlang. »Ein Glück, dass man sich so verlieben kann …«, begann Petra zu singen.

Max fiel ein, und auch Werner und Agnes kannten den Schlager von Johannes Heesters. Paul und Irene hielten sich an den Händen und tanzten beschwingt hinter ihren Freunden her. Die Leute begegneten ihnen mit einem Lächeln, wenn sie hörten, dass Petra rief: »Es lebe das Brautpaar!«

Paul blieb kurz stehen und zog Irene an sich. »Es muss doch jeder verstehen, dass ich meine Frau küssen möchte. Meine Frau.«

»Mein Mann.« Irene schlang die Arme um ihn und erwiderte den Kuss.

Plötzlich quietschten Reifen, ein Wagen hielt neben ihnen, und zwei Männer in dunklen Anzügen sprangen heraus.

»Wer von Ihnen ist Paul Thulke?«, riefen sie barsch und sahen von einem zum anderen.

Max und Werner kamen sofort herbeigelaufen. »Was gibt es denn? Die beiden haben gerade geheiratet. Was wollen Sie denn, um Himmels willen?«, fragte Max.

»Dann sind Sie Paul Thulke.« Einer der Männer packte Paul am Arm und riss ihn zum Wagen.

»Was wollen Sie denn von mir?«, verlangte Paul zu wissen

und stemmte sich gegen den Kerl, der versuchte, ihn in den Wagen zu schieben. Irene schrie: »Nein! Das dürfen Sie nicht! Das ist ja die reine Willkür! Lassen Sie gefälligst meinen Mann in Ruh!«

Doch Max nahm Irene am Arm und zog sie zurück. »Nicht, Irene, lass. Wohin bringen Sie ihn?«, verlangte Max zu wissen.

»Paul, mach dir keine Sorgen, wir klären das!«, rief Irene.

Paul konnte nicht fassen, dass sie ihm das antaten. Warum? Er hatte nichts verbrochen!

»Irene, Liebling!«, rief er, doch die Männer stießen ihn einfach in den Wagen, schlugen die Türen zu und brausten davon.

56

»Nicht weinen, Irene. Das kann sich nur um ein Versehen handeln. Das klärt sich bestimmt bald auf«, versuchte Petra, die unglückliche Braut zu beruhigen.

Irene löste sich aus der gut gemeinten Umarmung. »Nein, das war geplant. Da wollte mir jemand wehtun, und ich weiß auch, wer das ist.«

Entsetzt sah Petra sie an. Max trat mit Werner und Agnes ebenfalls näher, sodass nur sie hören konnten, was Irene zu sagen hatte.

»Das war der Päp. Der Kerl, der mir den Urlaub gestrichen hat, der uns enteignet hat. Er hasst unsere Familie«, flüsterte Irene.

Max nahm ihre Hand. »Sei vorsichtig mit Beschuldigungen. Das kann sich gegen dich wenden, schneller als du glaubst. Was denkst du, wohin sie ihn bringen?«

Petra schnaufte. »Wahrscheinlich in den Roten Ochsen.«

»Die waren von der Staatssicherheit. Mensch, Irene, was ist denn der Päp für einer?« Max überlegte angestrengt. »Habe diesen Namen noch nie gehört.«

Irene war so wütend und verzweifelt, dass ihr Magen rebellierte und sie sich auf einen Grünstreifen neben einer Hausecke übergab. Petra reichte ihr ein Taschentuch und rieb ihr den Rücken.

»Max, jetzt sag doch, was sollen wir machen?«

Werner stand etwas ratlos mit seiner Frau bei ihnen. »Gegen die haben wir nichts auszurichten. Paul war doch schon mal im Roten Ochsen. Vielleicht geht es nicht um dich, Irene, sondern es ist wegen Joachim.«

Max und Petra sahen sich an. »Tja, kann auch sein«, meinte Max.

Petra griff nach seinem Arm. »Aber die können doch nicht wissen, dass du …?«

Max schüttelte energisch den Kopf. »Nein, und jetzt kein Wort mehr davon.«

Agnes jammerte: »Lass uns gehen, Werner. Ich will nicht riskieren, dass wir da hineingezogen werden. Denk doch an die Kinder.«

Werner hob die Schultern. »Irgendwo hat Agnes ja recht, ich kann euch jetzt nicht helfen und bringe meine Frau nach Hause. Solltet ihr mich doch noch brauchen, findet ihr mich zu Hause.«

»Komm schon, Werner, ich habe Angst«, drängte Agnes und zerrte an der Anzugjacke ihres Mannes.

Diesem war das sichtlich unangenehm, doch er gab nach. »Hoffentlich ist es nur ein Irrtum! Irene, der Paul kommt zurück!«

War sie enttäuscht von Werner und Agnes? Im Grunde nicht, was sollten die beiden schon machen. Sie wäre zwar nicht so ängstlich wie Agnes, aber sie hatte auch noch keine Kinder, weshalb Irene sich kein Urteil anmaßen wollte.

Entschlossen atmete Irene mehrfach tief ein und aus und sagte: »Ich warte hier auf Edgar. Er ist der Einzige, der uns helfen kann. Wenn es jemand mit Päp aufnehmen kann, dann Edgar.«

Dabei sah sie Max an, der zustimmend nickte. »Dein Bruder ist ein kluger Mann, Irene.«

Sie standen auf dem Gehsteig, dicht an die grauen Hauswände gedrängt. Auf dem Kopfsteinpflaster holperte ein Kohlenfuhrwerk vorbei, und aus dem ersten Stock im Haus gegenüber beobachtete man sie. Die Gardinen hinter einem der Fenster bewegten sich. Oben an der großen Kreuzung standen Volkspolizisten, die sich jedoch nicht um sie kümmerten, sondern einen Passanten angehalten hatten, um sich die Papiere zeigen zu lassen.

»Du kennst ihn, nicht wahr, Max? Ich habe euch doch zusammen in Berlin gesehen«, sagte Petra.

Unwirsch antwortete Max: »Das hat überhaupt keine Bedeutung, war reiner Zufall. So, lasst uns weitergehen, sonst erregen wir nur noch mehr Aufmerksamkeit. Wo ist dieses Restaurant, in dem wir essen wollten?«

»Am Hallmarkt vorbei. Lasst uns aber weiter auf der Hauptstraße bleiben, damit Edgar uns nicht verfehlt«, meinte Petra.

Irene sah die Straße entlang, wobei ihr Blick unfreiwillig auf eine Parole fiel, die über einem Büroeingang hing. »Die Deutsche Demokratische Republik – Retter des Friedens«, und auf der anderen Seite stand »Plane mit, Arbeite mit, Regiere mit!«.

Irene biss die Zähne zusammen und lief angestrengt weiter. Nicht einmal an ihrem Hochzeitstag ließ man sie in Frieden. Hatte sie nicht schon genug opfern müssen? Was wollten die denn noch? Dabei wusste sie die Antwort nur zu gut. Endlich kam das Automobil ihres Bruders um die Kurve gefahren. Edgar winkte fröhlich und hielt neben ihnen an.

Irene stürzte zur Fahrertür und sagte unter Tränen: »Sie haben Paul abgeholt! Edgar, Paul ist fort!«

»Und das ausgerechnet heute?«, meinte Edgar grimmig. »Steigt ein!«, forderte er sie auf und verlangte im Wagen eine genaue Schilderung der Ereignisse.

Er hörte aufmerksam zu, während er den Wagen am Hallmarkt vorbeisteuerte und schließlich vor einem unscheinbar wirkenden, weiß verputzten Gebäude hielt. Früher hätten sie groß in einem feinen Hotel oder dem Ratskeller gefeiert. Heute war es »Das Goldene Herz«. Für Irene hatte das keine Rolle gespielt, aber für ihre Mutter, die sich nur schwer einschränken konnte. Ada hatte ein goldenes Armband und einen Ring versetzt, um Irenes Brautkleid und ein paar neue Möbel kaufen zu können. Leider hatte Irene das erst erfahren, als es zu spät gewesen war.

»Kein Wort zu den Eltern. Ihr geht da rein, esst und sagt, dass Paul von einem Kollegen aufgehalten wurde, oder sonst etwas. Die werden euch sicher beobachten, also verhaltet euch unauffällig. Auch wenn es dir schwerfällt, Irene.« Edgar hatte sich nach hinten umgedreht, wo Irene neben Petra saß.

Sie nickte, wobei ihr die Tränen über die Wangen liefen.

»Nicht weinen, bitte! Renilein! Sei stark. Ich regle das! Vertrau mir, Schwester.« Er sah ihr fest in die Augen und strahlte eine Selbstsicherheit aus, die ihr Mut machte.

Stumm nickte sie.

»Wo sind überhaupt Pauls Freunde?«, fragte Edgar.

»Agnes war nervös und wollte zu den Kindern. Sie hat Angst, und Werner hat sie begleitet«, sagte Petra.

Verächtlich verzog Edgar den Mund. »Schöne Freunde. Na, egal. Also, essen, ruhig bleiben und auf mich vertrauen.« Mit einem grimmigen Lächeln scheuchte er sie aus dem Wagen.

Sogar den Eingang des Restaurants hatte man mit Blumen geschmückt. Irene schluckte. »Schau doch, wie nett sie das hergerichtet haben. Und jetzt so etwas …«

Max hielt ihnen die Tür auf und sagte laut:

»So, da wären wir endlich. Der Unfall verlief ja gerade noch glimpflich. Uns einfach die Vorfahrt zu nehmen.«

Eine Serviererin kam zu ihnen und fragte besorgt: »Es ist aber niemand zu Schaden gekommen, oder? Sie gehören doch zur Hochzeitsgesellschaft?«

Petra schob Irene vor. »Hier kommt die Braut, und der Bräutigam wird wohl auch bald eintreffen. Tja, was soll ich sagen? Das Kopfsteinpflaster, ein Pferd rutscht aus, und schon ist es geschehen.«

Der geräumige Speiseraum war nicht voll besetzt. Am hinteren Ende hatte man mehrere Tische zu einer Tafel zusammengestellt. Kerzen brannten, Blumen und Efeuranken waren ansprechend dekoriert, und Ada und die Thulkes sahen ihnen voller Erwartung entgegen.

»Ja, wo bleibt ihr denn?«, rief Irenes Mutter.

Petra sagte zu der freundlichen Serviererin: »Bitte eine Runde Schnaps, den können wir brauchen. Und mit dem Servieren können Sie dann ruhig beginnen.«

»Wirklich? Aber es fehlen doch noch einige Herrschaften.« Skeptisch zählte die Serviererin die Gedecke durch.

»Wir wissen nicht, wie lange es dauert. Ist schon in Ordnung«, versicherte Petra.

Irene setzte sich und strich über den leeren Stuhl neben ihr, auf dem eigentlich Paul hätte sitzen sollen. Er wird kommen, sagte sie sich und war froh, als man ihr ein Glas Sekt in die Hand drückte.

»Auf die Jugend!«, sagte Willi Thulke.

Sie stießen an, und Petra und Max erzählten abwechselnd eine immer buntere Geschichte von einem Unfall. Irene schwieg und warf einen Blick in das Lokal. An einem Tisch saß ein junges Paar, an einem anderen eine Familie mit zwei Kindern, weiter hinten vier ältere Damen, und in einer Ecke am Fenster stocherten zwei Herren lustlos in ihrem Essen herum. Sie vermieden es zwar, in ihre Richtung zu sehen, doch genau das machte Irene stutzig. Und immer, wenn sie den Blick abwandte, spürte sie, dass die Männer sie beobachteten.

Man servierte die Hochzeitssuppe, dann folgte Fleisch in Aspik, danach ein Fischsalat und schließlich die Hauptspeise. Als die Teller mit dem dampfenden Schweinsbraten vor sie hingestellt wurden, hätte Irene am liebsten geweint, so elend war ihr zumute, doch sie hob tapfer ihr Glas und sagte: »Guten Appetit, ihr Lieben! Auf die, die jetzt bei uns sein sollten!«

Ihre Mutter saß neben ihr und sagte sanft, während sie nach Messer und Gabel griff: »Reni, du musst mir schon sagen, wenn etwas passiert ist. Ich bin deine Mutter.«

Erstaunt sah Irene ihre Mutter an. Es war lange her, dass Ada ihren Kosenamen benutzt hatte. Nur ihr Vater und Edgar nannten sie Reni.

»Mach dir keine Sorgen, Mutter, Edgar kümmert sich. Es wird alles gut werden, ganz sicher.«

Adas Augen wurden größer, und sie flüsterte: »Ist Paul verletzt? Oder seine Freunde?«

Irene sah, dass die Herren am Fenster die Hälse reckten, um besser zuhören zu können.

»Nur Kratzer, aber man muss auch kleine Wunden versorgen.« Irene berührte die Hand ihrer Mutter. »Lass uns das gute Essen nicht verschwenden. Schließlich hast du deinen Schmuck dafür versetzt.«

Ada hob eine Augenbraue. »Ja glaubst du denn, dass mir mein dummer Schmuck mehr bedeutet als dein Glück? Ich habe doch nur noch dich und Edgar.«

Mutter und Tochter sahen einander an, und ein schwaches Gefühl von Hoffnung keimte in Irene auf. Sie lächelte, doch essen konnte sie nichts.

Die Servicekräfte räumten bereits ab und deckten die leeren Tische neu ein, als auch die beiden Herren aufstanden und das Lokal verließen. Irene hätte ihnen am liebsten hinterhergerufen, dass sie sich zum Teufel scheren sollten, doch Max hatte sie mehrfach ermahnt, ruhig zu bleiben.

»Die wollen nur provozieren. Gib ihnen nicht die Genugtuung, Irene«, hatte er zu ihr gesagt.

Pauls Eltern hatten sich so gelassen wie nur möglich gezeigt und versucht, mit Geschichten aus dem bewegten Familienleben zur Unterhaltung beizutragen. Petra hatte Anekdoten aus ihren Erfahrungen bei Theater und Film zur Unterhaltung beigetragen, doch langsam waren sie alle ratlos, und ein bleiernes Schweigen senkte sich über die kleine Gesellschaft.

Die Restaurantleiterin kam zu ihnen an den Tisch. »Es tut mir sehr leid. Aber die Küche ist jetzt geschlossen. Wir lassen gern die Getränke stehen. Was wollen Sie denn nun tun?«

Irene seufzte, und ihre Augen schimmerten feucht. »Ich, ich weiß nicht«, flüsterte sie.

Und genau in diesem Moment flog die Tür auf, und Edgar stürmte, gefolgt von Paul, herein.

»Ja, wird hier denn gar nicht gefeiert?«, rief Irenes Bruder.

Alle sprangen auf und umarmten Paul und Edgar. Irene wartete, bis Pauls Eltern ihn losließen, und nahm ihren Mann in die Arme.

Paul drückte sie an sich und sagte: »Sie hatten den Falschen. Aber ohne Edgar hätten sie mich in der Zelle verrotten lassen.«

Sie sah über Pauls Schulter zu ihrem Bruder, der ihr zuzwinkerte.

»Jetzt hat mir dein Bruder schon zweimal das Leben gerettet. Wie soll ich das jemals wiedergutmachen?«

Edgar hatte bereits ein Glas in der Hand und sagte: »Mach meine Schwester glücklich, Paul. Dann sind wir quitt.«

»Auf Paul und Irene! Sie leben hoch!«, rief Petra.

57

Als die Männer ihn in den Wagen zerrten, hatte Paul nicht mehr daran geglaubt, dass es noch eine Hochzeitsnacht geben würde. Doch nun hielt er seine Frau in den Armen, spürte ihre Wärme, ihre weiche Haut an seiner, und schloss dankbar die Augen. Es war sehr ruhig in der nächtlichen Villa. Nur die Bäume raschelten vor dem offenen Fenster, und manchmal rief ein Kauz. Der Garten der Villa erstreckte sich mit altem Baumbestand ein gutes Stück nach hinten hinaus. Ein idealer Platz für Kinder.

Irene seufzte im Schlaf, und manchmal sprach sie unverständliche Worte. Sie hatten beide viel erlebt in den vergangenen Jahren, und sie hatten sich verändert. Aus der unbeschwerten, selbstbewussten Fabrikantentochter, der alles zuzufliegen schien, war eine mitfühlende, anpackende junge Frau geworden. Paul korrigierte sich, nein, so war sie schon immer gewesen, nur hatte er das unter der Oberfläche aus Schönheit, Eleganz und Vornehmheit nicht sehen wollen. Er hatte immer gedacht, sie hätte nur mit ihm gespielt, und ihre Gefühle wären nicht echt. Paul drückte seine Lippen sacht auf ihr Haar und sog den süßlichen Duft ein, der ihn berauschte. Er würde noch oft Abbitte leisten für seine Voreingenommenheit und würde es mit Freuden tun.

Und er selbst? Der Krieg hatte ihn erwachsen werden lassen, er hatte Dinge getan und gesehen, die ihn sein Leben lang begleiten und in seinen Träumen verfolgen würden. Aber er war nicht in russische Gefangenschaft geraten, wie Edgar. Vor Irenes Bruder hatte er großen Respekt. Edgar war hochintelligent und hatte sich einen Platz in den neuen Machtverhältnissen erkämpft, der ihm selbst Einfluss und eine gewisse Unantastbarkeit verschafft hatte. Das hatte Paul festgestellt, als Edgar in Begleitung eines russischen Offiziers im Roten Ochsen vorgesprochen und ihn herausgeholt hatte.

Paul hatte in einer Zelle ausharren müssen, die so klein war, dass er mit ausgestreckten Armen die Seitenwände berühren konnte. Er neigte nicht zu Klaustrophobie, doch ein paar Tage in dieser Zelle, und er hätte Beklemmungen bekommen. Genau das war wohl das Ziel derjenigen, die ihn hatten einsperren lassen, man wollte ihn zermürben. Nur warum? Dahinter war er nicht gekommen. Er war sich keines Vergehens gegen die Partei oder den Staat bewusst. Sein Parteibuch bestätigte, dass er linientreu war. Der Beitritt war ihm schwergefallen, und er hatte gehofft, dass man ihn danach nicht mehr behelligen würde.

Der Morgen dämmerte und schickte erste warme Strahlen in ihr Schlafzimmer. Ein gemeinsames Schlafzimmer, dachte Paul und verscheuchte die Gedanken an das Gefängnis. Es hatte keinen Zweck, darüber nachzugrübeln, denn er würde keine Antworten erhalten. So in etwa hatte sich auch Edgar ausgedrückt. Irenes Bruder sprach fließend Russisch und hatte gegenüber den Gefängniswärtern ein überraschend hartes Auftreten an den Tag gelegt. Darin war er dem russischen Offizier sehr ähnlich gewesen, der sich vor der Kommandantur mit einem Händedruck von Edgar verabschiedet hatte.

In letzter Zeit gab es viele Dinge, die er hinnehmen musste, die es nicht zu hinterfragen galt, wenn man sich nicht in Gefahr bringen wollte. Paul war nie ein Freund von Heimlichkeiten und Halbwahrheiten gewesen. Direkt und unverblümt und manchmal mit dem Kopf durch die Wand war eher seine Art. Doch Edgar hatte ihm zu verstehen gegeben, dass er nur sicher war, solange er sich nicht mit den falschen Leuten anlegte.

Am nächsten Morgen frühstückten sie alle gemeinsam im Salon der Villa. Gunda Wilms hatte Eier gebraten und Brot gebacken. Irene stellte mit Petra das Geschirr, Butter und selbst gekochte Marmelade auf den Tisch. Paul stand mit einer Tasse Kaffee neben Edgar und Max auf der Terrasse. Ada, seine Schwiegermutter, kam zu ihnen.

»Es ist wunderbar, so viele Männer im Haus zu haben. Wie lange kannst du bleiben, Edgar?«

Ihr Sohn zog noch einmal an seiner Zigarette und sagte: »Tut mir leid, Mutter. Aber wir fahren gleich nach dem Frühstück. Es geht nicht anders. Ich habe Termine in Berlin.«

»Wie schade, ich hatte gehofft, dass du länger bleiben kannst. Aber du besuchst uns bald wieder?«, bat sie.

Paul nahm die Ähnlichkeit zwischen Ada und ihrem Sohn wahr. Irene kam mehr nach ihrem verstorbenen Vater. Edgar hatte es ihm leicht gemacht, doch Ada wahrte ihre Distanz, auch wenn sie ihm gegenüber höflich war. Die Witwe trug ihre Trauer wie einen Schild vor sich her, ihr Ton hatte stets etwas Herrschaftliches an sich, und wenn sie ihn ansah, fühlte sich Paul wie ein Bittsteller. Das musste sich ändern, er musste lernen, sich zu behaupten, und er würde sich den Respekt seiner Schwiegermutter verdienen.

»Warum kommst du nicht mal für ein paar Tage nach Berlin?«, schlug Edgar vor. »Ich besorge dir ein Zimmer, und wir gehen ins Theater und in die Museen. Es wird dir guttun, einmal rauszukommen. Du und Vater, ihr seid doch früher viel gereist.«

Ada zupfte an ihrem gestärkten Blusenkragen und schaute in den Garten, der dringend eines Gärtners bedurfte. »Das ist lange her. Ich weiß gar nicht mehr, wie sich das anfühlt, irgendwo nur zum Vergnügen hinzufahren.«

Irene rief von der Terrassentür aus: »Zu Tisch, bitte!«

Ada ging vor ihnen durch die Tür. Paul wartete und wollte die anderen vorgehen lassen, doch Edgar blieb bei ihm und sagte leise: »Gib ihr ein paar Monate, damit sie sich an die neue Situation gewöhnt. Sie braucht Ablenkung.«

Paul grinste. »Von mir?«

»Sie kann sich glücklich schätzen, dass du ihr Schwiegersohn bist. Nein, sie muss mit sich selbst klarkommen. Jetzt kann sie niemanden mehr herumkommandieren. Sei bloß froh, dass Tante Hedda nicht mehr hier ist. Du wirst sie wohl bei eurer kirchlichen Trauung kennenlernen. Da werdet ihr sie und Onkel Kurt einladen müssen, schätze ich.« Edgar warf seine Zigarette zu Boden und trat sie aus. »Hedda ist ein alter Knochen, genau wie Kurt. Arm hoch und Hacken zusammenknallen, das machen sie wohl noch immer, wenn sie in ihren Kreisen verkehren.«

»Oh, ich verstehe«, meinte Paul.

»Tja, Altlasten haben wohl die meisten Familien. Wie ist das bei euch?«

»Hält sich in Grenzen. Keiner bei der SS, wenn du das meinst. Wir haben uns durchgeschlagen.« Paul hob die Schultern. »Joachim hat mehr abbekommen und kann ohne Medikamente nicht mehr.«

Edgar nickte. »Max hat von ihm erzählt. Aber es geht ihm gut, oder? Wo ist er jetzt?«

»In Hamburg. Leider erhalten wir nur selten Nachricht von ihm.«

»Hm, ja, da kann man vorerst nichts machen. Oh, bevor ich es vergesse, ich habe eine Überraschung für euch. Also eigentlich mehr für meine Mutter. Aber ich denke, dass ihr davon profitiert, wenn Ada guter Laune ist.« Edgar legte einen Finger an die Lippen und machte mit den Händen Bewegungen, als würde er Klavier spielen.

»Du hast ihr ein Klavier organisiert?«, fragte Paul entgeistert.

»Nicht ein Klavier, sondern ihren Flügel. Der stand immer hier im Salon, aber Päp, diese Kanalratte, verzeih die Entgleisung, hat das Instrument beschlagnahmen lassen.«

Ein Flügel! Paul kam aus einer Familie, in der zu Weihnachten gesungen wurde, er selbst spielte ein wenig Gitarre, aber Klavier war etwas für das Bürgertum, die anderen, zu denen er sich nie gezählt hatte.

»Päp? Irene hat den Kerl erwähnt. Der hat etwas gegen

eure Familie«, sagte Paul und lächelte Irene zu, die von drinnen winkte. »Wir kommen gleich!«

»Ein übler Kerl, dieser Päp. Bis auf Weiteres wird er nicht in Halle auftauchen und euch schikanieren«, meinte Edgar selbstzufrieden. »Sein neuer Wirkungskreis ist eine LPG im Brandenburgischen.«

Erstaunt sah Paul seinen Schwager an. »Wie? Ich meine …«

Edgar klopfte ihm auf die Schulter. »Ich kämpfe auf meine Art, Paul. So, jetzt wollen wir essen.«

Der Flügel wurde drei Tage später von einem Möbeltransport geliefert. Ada war sprachlos vor Glück, und als sie sich an das schöne Instrument setzte und Chopin zu spielen begann, verstand Paul, was Musik bedeuten konnte. Er stand eines Abends an der Treppe und lauschte den perlenden Klängen von Adas Spiel, als Irene zu ihm kam und sich an ihn lehnte.

»Sie spielt sehr gut, aber Edgar spielt noch besser. Er hätte das Zeug zum Pianisten gehabt.«

Die Musik erfüllte die Halle und jagte Paul eine Gänsehaut über die Arme.

»Ihr seid alle so talentiert«, murmelte er.

Irene drückte ihn an sich. »Und was für ein Talent habe ich?«

Er zog sie an sich und küsste sie. Das half über vieles hinweg. Sie schaffte es, ihm seine Selbstzweifel zu nehmen, die manchmal an ihm nagten, seit er in der Villa lebte. Aber auf Dauer war das keine Lösung.

58

Atelier Berlin-Johannisthal, März 1952

Noch nicht ganz ein Jahr war verstrichen, seit ihr Bruder geheiratet hatte. Im Sommer hatte die kirchliche Trauung stattgefunden, und anschließend hatten sie ein großes Fest auf der Pfännerschaftlichen Saline gefeiert. Irene hatte sich erstaunlich gut in die Gemeinschaft der Salzwirker eingegliedert. Ihre liebenswürdige Art und ihre Fröhlichkeit öffneten ihr die Herzen auch derer, die ihr reserviert gegenübergetreten waren. Nur Rita konnte Paul nicht verzeihen, dass er die Fabrikantentochter einer echten Salzwirkerin vorgezogen hatte.

Petra saß im Atelier am Flugplatz Johannisthal. Das Filmatelier war 1920 gegründet worden und bestand aus zwei Hallen. Die Hallen waren so groß, dass eine Eisenbahn einfahren konnte. Allerdings hatten während des Krieges Flaksplitter das Dach durchlöchert. Bei den Reparaturarbeiten hatte man eine Schalldämmschicht eingebaut und ein zweites Dach aufgesetzt, damit man endlich auch bei Regen Tonaufnahmen machen konnte.

Sie zog an ihrer Zigarette und ließ die Beine über den Sofarand baumeln. Inzwischen fühlte sie sich wohl am Filmset. Das Theater war ihr zwar immer noch das Liebste, aber sie fand die Technik faszinierend, die hinter den bewegten Bildern steckte. Max war an diesem Filmset Kameraassistent, und sie schaute ihm heute bei der Arbeit zu.

Sie drehten Szenen für die DEFA-Produktion »Sein großer Sieg«, in der Claus Holm einen Radrennfahrer spielte. Die Außenaufnahmen hatten sie in Dresden und Chemnitz gedreht. Heute stand noch eine Szene von Claus und seiner Filmehefrau an. Die wurde von Eva Probst gespielt. Claus hatte sich dafür eingesetzt, dass Petra die Rolle bekam, doch der Regisseur hatte sich für Eva entschieden.

»Und danke schön! Das war's für heute!«, rief Franz Barrenstein, der Regisseur, und alle klatschten.

Max schaltete die Kamera aus, wechselte einige Worte mit dem Kameramann und kam zu ihr. Seit Wochen bemerkte sie eine steigende rastlose Nervosität an Max, die sie auf seine geheime Tätigkeit, von der er ihr immer noch nichts erzählen wollte, zurückführte. Auch jetzt sah er blass und angestrengt aus und griff nach ihrer Zigarette. Er ließ sich neben sie aufs Sofa fallen.

Petra fuhr ihm durch die Haare. »Bist du für heute fertig? Wollen wir heute Abend ausgehen? Oder einfach nur die Beine hochlegen wie ein altes Ehepaar?«

Max lehnte seinen Kopf an ihre Schulter. »Ich kann nicht, Petra. Wir könnten etwas essen gehen. Danach muss ich noch mal weg, rüber in den Westen. Tut mir leid.«

»Ach, Max, ich mache mir Sorgen. Irgendwann geht das

schief, und dann? Was wird aus deiner Mutter?« Sie gab ihm einen Kuss auf die Wange.

»Ich weiß. Aber heute muss ich rüber. Wird schon schiefgehen. Ah, da kommt Claus. Feiner Kerl, aber zufrieden ist er mit diesem Film auch nicht, wie auch?«

Der Schauspieler kam langsam durch das Filmset geschlendert. Eine Fahrradwerkstatt und diverse Innenräume waren hier aufgebaut. Im Film spielte Holm einen Ostberliner Radrennfahrer, der auch als Konstrukteur in der Fahrradfabrik »Komet« arbeitete. Im Sinne der sozialistischen Propaganda wurde die Radrennszene in Westberlin als korrupt und kriminell dargestellt, während die Figur des Radrennfahrers in Ostberlin ein Amateur-Steherrennen in der DDR gewinnt und in der sozialistischen Heimat bleibt.

»Habt ihr eine Zigarette für mich?«, bat Holm und setzte sich in einen Sessel. Auf dem Tisch standen Thermoskannen mit Kaffee, Sekt und eine Platte mit Schnittchen.

Mittlerweile duzten sie sich, und sie waren einige Male bei Holm und seiner Frau zum Essen eingeladen gewesen. Sie verstanden sich gut, weil sie den dauernden Eingriffen der Funktionäre in das Kulturgeschehen gleichermaßen kritisch gegenüberstanden. Holm weigerte sich weiterhin kategorisch, seine Kinder auf eine Ostberliner Schule zu schicken, und stand damit in der Kritik der Funktionäre. Da er jedoch zu den großen Stars gehörte, ließ man ihm sein Verhalten durchgehen. Noch, dachte Petra und gab dem Kollegen ihre Zigarettenschachtel.

»Danke.« Er zündete sich eine Zigarette an und blies den Rauch in die Halle, in der es von Beleuchtern, Requisiteuren,

Kostüm- und Maskenbildern und zahlreichen Helfern wimmelte. Es wurde geräumt, umgebaut und diskutiert, wie es nach einem Drehtag üblich war.

»Habt ihr das mit dem Rad mitbekommen?«, fragte Holm und goss sich einen Kaffee ein.

»Nein, was meinst du?«, antwortete Petra.

»Heute früh war hier ein Kulturfunktionär und hat herumkrakeelt«, meinte Max.

Holm räusperte sich. »Langsam reicht es mir. Ich habe ja ein gewisses Verständnis für die Ambitionen der DEFA, aber das ist doch lächerlich! Ihr erinnert euch doch an die Szene, in der ich ein Rennen verliere, weil mein Rad einen Achsenbruch hat?«

Petra und Max nickten zustimmend.

»Das Rad stammt aus der volkseigenen Fahrradfabrik ›Komet‹, und das stieß dem Funktionär übel auf. Er meinte, man könne doch ein Produkt aus heimischer Fabrikation nicht als defekt darstellen. Ein Komet-Rad geht nicht kaputt!«, ahmte Holm den Ton des Funktionärs nach. »Also müssen wir jetzt eine Szene drehen, in der ein westlicher Agent das Rad in der Nacht sabotiert und daran herumfeilt. Propaganda hin oder her, das ist doch total bescheuert!«

Petra legte einen Finger an die Lippen, denn einer der Beleuchter drehte sich bei Holms etwas lauter gesprochenen Worten zu ihnen um. Man wusste nie, wer gleich loslief und brühwarm dem MfS alles erzählte, nur um sich beliebt zu machen.

»Ach, ist mir doch wurscht! Kann jeder wissen, was ich

davon halte. Mit Kunst hat das jedenfalls nichts zu tun«, murrte Holm.

Der Regisseur rief von hinten: »Claus, komm doch bitte noch mal her!«

Mürrisch erhob sich Claus Holm und ging davon.

Eine Woche später kam Petra nachts aus dem Theater am Schiffbauerdamm. Das Publikum war begeistert, und Petra lief beschwingt mit ein paar jungen Kollegen die Straße entlang. Plötzlich trat Max aus dem Schatten eines Baumes und nahm sie am Arm.

»Petra, komm mit, rasch.«

Erschrocken folgte sie ihm um eine Hausecke, wo er sie durch einen Torbogen in einen dunklen Innenhof zog.

»Ich bin heute von Edgar gewarnt worden, Petra. Er hat Wind davon bekommen, dass sie unsere Organisation enttarnt haben. Ich bin hier nicht mehr sicher. Wenn sie mich erwischen, bringen die mich um. Die fackeln nicht lange. Verdammt, es tut mir so leid. Ich hatte gedacht, dass wir sicher sind, aber irgendeine Schwachstelle gibt es wohl immer.« Max nahm sie in die Arme und drückte sie fest an sich.

»Oh, Max!«, flüsterte Petra und spürte den rauen Stoff seines Wollmantels an ihrer Wange.

»Es tut mir so leid. Das habe ich nicht gewollt. Petra, du musst Mutter dazu bringen, dass sie mit dir nach München geht. Du kommst doch nach, nicht wahr? Ich will dich nicht verlieren.« Er nahm den Kopf zurück und blickte sie aus seinen sanften braunen Augen an. »Und dann ist Schluss mit der Heimlichtuerei. Wir heiraten, und ich beschränke mich auf die Kamera. Wie ist das?«

»Wundervoll!« Sie küsste ihn und spürte, wie ihre Hoffnung die Angst überwand. Eine Welle von Wärme und Zuversicht durchfuhr sie. »Und wenn sie dich nicht gehen lassen? Kannst du denn einfach so aufhören?«

Max legte eine Hand an ihre Wange. »Sie werden auf mich verzichten müssen. Aber jetzt muss ich erst mal hier weg. Ihr könnt nicht alles mitnehmen, das werden sie nicht zulassen. Vor allem nicht, nachdem ich fort bin. Aber du kannst einen Ausflug mit Mutter machen. Hier ist die Adresse eines Freundes in Westberlin. Dorthin geht ihr. Er wird euch nach München bringen. Ich weiß, das ist viel verlangt. Deine Familie. Aber es muss ja nicht für immer sein. Irgendwann wird es besser, und dann siehst du deine Familie wieder.«

Petra schluckte. »Dann darf ich ihnen nicht sagen, was wir vorhaben?«

Eine dumme Frage, aber mit einem Mal wurde ihr die Tragweite dieser Entscheidung bewusst. Zuerst Joachim und nun auch noch sie. Das war ein schwerer Schlag für ihre Eltern.

»Und es gibt keinen anderen Weg?«, flüsterte sie und kämpfte mit den Tränen.

»Nein, nicht für mich. Wenn du nicht gehen willst … oh Gott, ich hoffe, du entscheidest dich für mich und die Freiheit. Petra, denk doch nur an den letzten Film. Was hat das denn noch mit Kunst, mit dem zu tun, wofür wir brennen? Wir sind doch nur noch Marionetten, müssen nach deren Pfeife tanzen und deren Lied singen. Ich liebe dich, Petra. Ich möchte dich nicht verlieren!«

Im Hof raschelte es, und eine Ratte kam quiekend zwischen den Mülltonnen hervorgelaufen. Über ihnen ging Licht an, und ein Fenster wurde geöffnet. Petra und Max traten in den Schatten des Torbogens.

»Nein, nein, ich will dich auch nicht verlieren, Max, aber ich muss darüber nachdenken. Ich weiß nicht, ob ich meine Familie einfach so aufgeben kann.«

In ihrem Inneren tobte ein Tumult an Gefühlen. Verzweifelt drückte sie sich an ihn und schluchzte bittere Tränen.

Max hielt sie fest und sagte: »Nimm dir die Zeit, die du brauchst, aber sprich mit niemandem darüber. Und wenn du bleiben willst, würdest du dich dann um meine Mutter kümmern? Ich glaube nicht, dass sie allein rübergeht.«

»Max, nein! Das kannst du ihr nicht antun. Sie wird todunglücklich sein, ohne dich.«

Auf der Straße klapperten Hufe, männliche Stimmen und Schritte kamen näher und verstummten vor dem Durchgang. Eine Weile war es still, und dann entfernten sich die Schritte.

»Sie suchen schon nach mir. Petra, ich muss jetzt gehen. Du hast die Adresse. Vergiss nie, dass ich dich liebe.« Er gab ihr einen letzten Kuss, riss sich von ihr los und verschwand in der Dunkelheit.

Petra blieb weinend und ratlos zurück.

59

»Frau Thulke!«

Elli stieß sie an. »Du bist gemeint, Irene.«

Irene stellte den Karton mit den Geleestücken ab und wischte sich die Hände an ihrem Kittel sauber.

Einer der Herren aus der Betriebsleitung stand oben auf der Treppe und sah zu ihnen hinunter.

Elli kicherte. »Ging mir auch lange so. Kasulke. Konnte mich gar nicht dran gewöhnen, dabei ist Thulke doch ganz hübsch.«

»Erzähl das bloß nicht Paul«, meinte Irene mit einem Augenzwinkern. Dabei meinte sie es ernst, denn Paul reagierte empfindlich auf alles, was mit ihrer Familie zusammenhing. Ada betonte gern ihre adelige Herkunft und sprach oft von den guten alten Zeiten, in denen die Mendels Mitinhaber der Schokoladenfabrik gewesen waren. Dabei vergaß sie auch nicht, die Bedeutung des elterlichen Gutshofes im Samland zu erwähnen. Und wenn das nicht genügte, um Paul in seinem Stolz zu kränken, fragte Ada nach den Enkelkindern, die sich noch immer nicht angekündigt hatten.

Irene winkte nach oben, zum Zeichen, dass sie sich auf

den Weg machte. Sie vermisste ihren Vater genauso wie ihre Mutter und entschuldigte Adas selbstsüchtiges Verhalten mit deren Trauer. Doch irgendwann war Schluss, und wenn ihre Ehe darunter leiden musste, würde Irene die Konsequenzen ziehen. Für heute Abend hatte Irene sich vorgenommen, mit ihrer Mutter zu sprechen.

Da die Betriebsleitung dauernd wechselte, war Irene nicht überrascht, wieder ein neues Gesicht zu sehen. Der Mann war etwas älter als sie, trug eine Brille und streckte ihr die Hand entgegen. Immerhin, er war höflich.

»Frau Thulke, darf ich mich vorstellen, Dr. Jodscheit. Lebensmittelchemiker. Ich habe mich über Sie informiert. Sie haben die Mignon-Werke viele Jahre mit Ihrem Vater geleitet.«

Er brachte sie in den Flur, der früher zu ihrem Büro geführt hatte. Seit einigen Monaten arbeitete Irene nicht mehr am Fließband, sondern in der Einkaufsabteilung. So, wie sie es aus ihrer Zeit in der Mignon-Schokoladenfabrik kannte, pflegte sie den direkten Kontakt mit den Arbeiterinnen und prüfte nach, welche Zutaten sich in der Produktion bewährten.

»Das ist richtig, Herr Dr. Jodscheit«, antwortete Irene.

»Mir ist aufgefallen, dass Sie sich genau informieren, bevor sie den Bestand aufstocken lassen oder überhaupt neu ordern. Sie wissen genau, was gebraucht wird, was gut bei den Konsumenten ankommt und was wir hier überhaupt produzieren können.«

Der Lebensmittelchemiker ging mit hinter dem Rücken verschränkten Armen neben ihr her. Er machte nicht den

Eindruck eines der üblichen Genossen, die nur auf die Steigerung der Produktion bedacht waren.

»Das war meine Aufgabe, und ich sehe mich noch immer in der Pflicht, dieses Unternehmen wirtschaftlich zu gestalten. Der Weg, den die Betriebsleitung eingeschlagen hat, ist meines Erachtens nicht zielführend.«

»Sehen Sie, und deshalb müssen wir miteinander sprechen!«, sagte Dr. Jodscheit erfreut. »Das ist genau meine Meinung. Und Sie sind die Einzige hier, die sich nicht scheut, die Probleme beim Namen zu nennen.«

»Nun ja, ich möchte nicht zu forsch erscheinen. Aber ich habe eben jahrelange Erfahrung in der Schokoladenherstellung.«

Zwei Herren in offenen Kitteln, unter denen graue Anzüge zu sehen waren, kamen den Flur entlang und grüßten Dr. Jodscheit. Dieser fuhr mit gesenkter Stimme fort: »Meine Passion ist die Herstellung von Süßigkeiten, von Schokolade, wenn ich ehrlich bin. Aber die Lage ist ja nun leider so, dass wir nicht allzu viel Kakao zur Verfügung haben. Wir müssen also einen Kompromiss finden und ein Produkt entwickeln, das die Menschen anspricht, sie glücklich macht. Denn das ist schließlich der Sinn von Schokolade, oder nicht?«

Irene nickte erstaunt. »Aber ja! Wissen Sie, mein Großonkel Julius Mendel hat die köstlichsten Pralinen hergestellt, und ich habe noch einige seiner Rezepte.«

»Tja, das wird wohl noch warten müssen. Uns fehlen hochwertige Kakaobohnen, Nüsse, Mandeln, guter Zucker und Spirituosen, um luxuriöse Pralinen herzustellen. Uns muss etwas anderes einfallen. Und das hängt mit dem Anlass zusammen, aus dem ich Sie heraufgebeten habe.«

Sie standen vor einer Tür, hinter der sie einen großen Raum wusste, in dem früher Vorstandsgespräche stattgefunden hatten. Dr. Jodscheit öffnete die Tür.

»Bitte, nach Ihnen.«

Anstelle von Urkunden, Werbetafeln der Mignon-Werke und Fotografien von David, dem Firmengründer, hing ein Bild von Stalin an der Stirnwand. Am Kopf der langen Tafel saßen der Betriebsleiter, weitere Mitglieder der Betriebsleitung, ein Vertreter des Ministeriums des Innern aus Halle sowie die Werksleitung und Vertreter der Produktion. Alle Augen richteten sich auf Irene, die es gewohnt war, vor Menschen zu sprechen, und zwar überrascht, aber nicht eingeschüchtert war.

»Guten Tag zusammen!«, sagte sie.

»Guten Tag«, kam es aus vielen Kehlen, einige musterten sie auch nur abwartend.

»Bitte, nehmen Sie hier Platz, Frau Thulke«, bat Dr. Jodscheit und zog einen Stuhl für Irene in der Mitte der Tafel ab. Er selbst setzte sich neben sie.

Der Genosse aus dem Ministerium, ein Mittfünfziger mit fliehendem Kinn und vorquellenden Augen, erhob sich und begann mit nasaler Stimme zu sprechen: »Dann können wir fortfahren. Es ist aufgefallen, dass die jährlichen Umsätze der VEB-Schokoladenfabrik Halle nicht so gut sind, wie sie sein könnten. Das liegt an verschiedenen bekannten Faktoren. Nun ist es kein Geheimnis, dass der Sozialismus sich erst noch in den Köpfen und Herzen der Menschen verwurzeln muss. Neues ist immer fremd, und der Mensch braucht eben auch Vertrautes und Traditionen. Wohlgemerkt, wir erschaffen auch neue Traditionen, die mit der Zeit Überkommenes ersetzen und die Menschen mehr beflügeln werden, als es faschistisches Gedankengut und kapitalistische Oberflächlichkeiten jemals konnten. Ich weise auf das Ferienlager ›Völkerfreundschaft‹ in Quedlinburg hin, in dem schon einige Kinder der Betriebsbelegschaft im Geiste unseres verehrten Vaters Stalin Erholung und Ertüchtigung gefunden haben.«

Irene verdrehte die Augen. War sie herzitiert worden, um sich propagandistisches Geschwätz anhören zu müssen?

»Fleiß und der Wille zum Lernen werden uns weiterbringen, werden zeigen, dass das arbeitende Volk den Junkern und Fabrikherrn an Schaffenskraft und Klugheit weit überlegen ist!«

Sie konnte nichts dafür, dass sie ausgerechnet in diesem Moment husten musste. Der Genosse sah sie grimmig an. Seine Idee war es sicher nicht gewesen, sie dazuzubitten.

»Ich bitte nun also um Ihre Vorschläge, meine Herrschaften. Unser Volkseigenes Unternehmen braucht einen neuen Namen! Die Hallenser sollen sich mit ihrer Schokoladenfabrik identifizieren können. Wir wollen mit Stolz sagen können, dass unsere Süßwaren aus Halle kommen. Unsere Stadt hat eine ruhmreiche Geschichte und viele Traditionen. Bitte!«

Der Mann setzte sich und warf einen auffordernden Blick in die Runde. Das war es also, dachte Irene. Selbst den Genossen war aufgefallen, dass Einheitsprodukte in Einheitsverpackungen der Kauflust nicht dienlich waren. Mignon war ein klingender Name gewesen, weit über die Grenzen Halles hinaus bekannt.

»Wir haben die Frankeschen Stiftungen. Vielleicht ein Name, der Bildung miteinbezieht?«, meinte jemand.

»Nein, die Leute wollen genießen. Bildung ist anstrengend«, meinte ein anderer.

»Schokolade aus Halle?«, warf jemand ein.

»Sehr originell …«, meinte sein Nachbar.

»Was ist mit Händel? Demnächst finden doch die ersten Händel-Festspiele in Halle statt«, sagte eine Frau.

Es ging eine Weile hin und her. Die Moritzburg, berühmte Künstler und Wissenschaftler aus Halle wurden vorgeschlagen.

»Die Salzwirker gehören zu Halle, wie die Saale«, meinte die einzige weitere Frau der Runde und sah Irene dabei an. »Die Hallenser lieben das Salz der Halloren und die Feste. Die Halloren stehen für Tradition, für Beständigkeit und Ehre. Und Salz und Schokolade sind eine unwiderstehliche Mischung.«

Für einen Augenblick war es still. Und dann wurde lebhaft diskutiert, bis schließlich jemand sagte: »Sie sind doch mit einem Halloren verheiratet, Frau Thulke, nicht wahr?«

»So ist es, und ich weiß, wie stolz mein Mann auf die Brüderschaft und seine Arbeit in der Saline ist. Wir haben uns auf einem Pfingstbier kennengelernt.«

»Das ist in der Tat romantisch. Halloren und Schokolade«, sinnierte jemand.

Dann sagte der Genosse: »Die Halloren sind eine Institution. Aber wie ließe sich das umsetzen? Bildlich? Und ein

Produkt zur Einführung brauchen wir natürlich auch. Und überhaupt müssen die Halloren gefragt werden, ob sie uns ihren Namen leihen.«

Der Genosse und die Betriebsleitung sahen Irene an. »Da könnten Sie ja vorsichtig vorfühlen, ohne mit der Tür ins Haus zu fallen, nicht wahr, Frau Thulke?«

»Genau, sondieren Sie die Lage, und wenn die Herren Salzwirker unserer Idee nicht abgeneigt sind, können wir verhandeln. Umsonst werden sie uns ihren Namen kaum überlassen«, sagte der Betriebsleiter.

Warum sollten sie auch, dachte Irene. »Das kann ich versuchen.«

Und als Irene kurz darauf das Sitzungszimmer verließ, fragte sie sich, wie Paul auf diese Idee reagieren würde.

60

Der Eintopf dampfte, als Gunda den Deckel der Terrine hob. Das Abendessen nahmen sie alle gemeinsam im Salon der Villa Mendel ein. Paul saß jetzt dort, wo früher Friedrich Mendel gesessen hatte. Irene hatte darauf bestanden und sich deswegen eine heftige Auseinandersetzung mit ihrer Mutter geliefert. Doch es hatte sich ausgezahlt. Paul hatte nicht nur symbolisch den Platz des Familienoberhauptes eingenommen. Für Irene änderte das nichts an ihrer Liebe für ihren Vater, an den sie oft dachte, vor allem, wenn sie in der Fabrik war. Nur Ada hatte sich beschwert, dass es respektlos Friedrich gegenüber wäre. Sie hätte seinen Stuhl am liebsten unbesetzt gelassen.

Die kleine Ele saß ebenfalls mit am Tisch. Seit dem Auszug der Tomaszeks war es bedeutend ruhiger im Haus geworden. Gunda und Ele lebten wieder unten, und Irene und Paul hatten oben genügend Platz für sich und möglichen Nachwuchs. Irene machte sich deswegen keine Gedanken. Irgendwann würde es so weit sein. Vorerst ging es ihr darum, sich in der Fabrik zu behaupten, und die Versammlung heute war eine willkommene Möglichkeit gewesen.

»Danke, Gunda. Das sieht wie immer sehr gut aus«, sagte sie und griff nach ihrem Löffel. »Wir hatten heute eine Versammlung in der Fabrik. Man sucht nach einem neuen Namen.« Irene gab allen einen kurzen Überblick über die Diskussion.

»Halloren?«, meinte Paul mit gerunzelter Stirn und kostete die Suppe.

»Warum denn die Halloren?«, meinte Ada. »Da gibt es ja nun wirklich andere Aspekte unserer Stadt. Der Händel ist doch bei Weitem das bessere Aushängeschild.«

Wieder ein Seitenhieb auf Paul, dachte Irene. Klirrend ließ sie den Löffel auf den Tellerrand fallen. »Mutter, wir wissen, dass dir viel an klassischer Musik liegt. Wir wissen auch, dass du Vater vermisst. Ich vermisse ihn genauso. Aber wir leben jetzt, heute. Das Leben geht weiter. Es ändert sich vieles. Aber eines nicht, und das ist meine Liebe für meine Familie, zu der nun auch Paul gehört. Ich verbiete dir ein für alle Mal, dass du dich abfällig über meinen Mann oder seine Brüderschaft äußerst. Wir können auch ausziehen. Möchtest du das?«

Ihre Mutter sah sie konsterniert an. Irene kannte sie lange genug, um zu wissen, dass sie mit sich kämpfte. Schließlich ging ein Ruck durch Ada Mendel, sie hob ihr Kinn und erwiderte: »Du weißt ganz genau, dass ich das nicht möchte. Was soll ich denn allein in diesem alten Kasten? Und überhaupt, wann sehe ich endlich meinen ersten Enkel? Edgar hat ja noch nicht einmal eine Frau.«

Ein erleichterter Seufzer entfuhr Irene. Sie stand auf, ging zu ihrer Mutter und umarmte sie. »Danke, Mutter«, flüsterte sie.

Paul sagte zu Gunda: »Bringen Sie doch zur Feier des Tages den Wein und schenken Sie uns ein Glas ein.«

»Sehr gern, Herr Thulke.« Gunda lief hinaus in die Küche.

»Was hätten wir denn zu feiern?«, fragte Ada scheinheilig und stocherte mit dem Löffel in ihrem Teller herum.

»Das Leben, liebe Schwiegermama. Das Leben, das viel zu kurz ist, um es mit kleingeistigen Streitereien zu vergeuden«, sagte Paul, und Irene legte ihre Hand auf seine.

Ada wollte etwas erwidern, wurde jedoch von ihrer Tochter mit einem scharfen Blick daran gehindert.

Gunda Wilms kam mit einer Weinflasche und dem Korkenzieher zurück. »Da ist nur noch der gute Riesling.«

»Wunderbar.« Paul nahm die Flasche und entkorkte sie, während Gunda Gläser aus der Anrichte holte.

»Ich will auch Wein trinken!«, meldete sich Ele zu Wort.

»Du bekommst Apfelsaft, mein Engel. Für Wein bist du noch zu jung«, sagte Gunda.

Nachdem sie angestoßen und die Suppe gegessen hatten, sagte Paul: »Sie wollen die Fabrik also Halloren-Schokoladenfabrik nennen?«

»Na ja, es wird noch überlegt, aber die schienen sehr angetan von den Halloren als Identifikationsmerkmal. Da ist ja auch was dran«, meinte Irene.

Gunda nickte: »Ich finde auch. Obwohl ich ja nicht hier geboren bin, aber wenn ich jemandem von Halle erzählen sollte, würde ich die Festzüge der Halloren und das Pfingstbier erwähnen. Und sie haben so hübsche Uniformen!«

Paul grinste. »Zweifelsohne. Was mich daran erinnert, dass ich morgen zur Probe für den Sommerzug muss. Mir ist ein Knopf vom Latz gerissen. Darf ich Ihnen die Weste noch rauslegen, Gunda? Nichts gegen deine Nähkünste, Irene.«

Irene lachte. »Ich weiß, dass ich nicht nähen kann. Gunda ist da viel besser. Sie haben überhaupt viel Geschick darin.«

»Danke, ich mache das gern. Vor allem für Ele kann ich viel umnähen. Ja, legen Sie mir die Weste und den Knopf nachher auf den Stuhl in der Halle.«

Am nächsten Morgen lag Irene noch im Bett und blinzelte in das Sonnenlicht, das durch die aufgezogenen Gardinen fiel. Sie tastete nach Paul, doch seine Seite war leer.

»Paul?«

Sie bewohnten zwei aneinandergrenzende Zimmer, die durch eine Zwischentür miteinander verbunden waren. Paul und zwei Freunde hatten den Durchbruch gemacht, verputzt und die Tür samt Rahmen eingesetzt. So hatten sie ein Schlaf- und ein Ankleidezimmer. Es raschelte nebenan, und Paul kam durch die Tür.

»Guten Morgen, Schatz«, er war dabei, sich anzukleiden, trug seine schwarzen Kniebundhosen und hielt Hemd und Weste in den Händen.

Sie streckte die Arme nach ihm aus. »Heute ist Sonntag. Warum musst du denn schon weg?«

Er beugte sich vor, setzte ein Knie auf die Bettkante, legte die Kleidungsstücke ab und ließ sich umarmen und küssen. »Wir haben eine brüderschaftliche Sitzung, die Probe und müssen einiges besprechen. Dein Anliegen gehört auch dazu.«

Er setzte sich aufs Bett und seufzte leise, als sie seinen

nackten Rücken streichelte. »Hm, vielleicht müssen sie noch etwas auf mich warten …«

Kurz darauf flog die Kniebundhose auf den Boden, und Brüderschaft und Fabrik waren vergessen. Irene überließ sich den Zärtlichkeiten ihres Mannes und war ihrerseits nicht zurückhaltend. Wann immer sie einander berührten, entzündete sich eine Leidenschaft, die durch die wachsende Vertrautheit nur noch verstärkt wurde.

Leicht außer Atem lag Irene wenig später neben Paul und strich über seinen Oberschenkel. »Die Narbe ist gut verheilt. Du hattest wirklich Glück, Paul.«

»Vielleicht, aber dass ich mein Bein noch habe, verdanke ich einzig deinem Bruder. Wie geht es ihm? Wollte er nicht zum Pfingstfest kommen?«

Irene fischte einen Umschlag von ihrem Nachtschrank und zog eine Postkarte hervor. »Schau, die wollte ich dir noch zeigen. Da ist er gerade.«

Paul nahm die Karte und stutzte. »Er ist in Moskau?«

Auf der Karte war ein prächtiger Palast mit Säulen und einem Brunnen zu sehen. Irene bewahrte das Geheimnis ihres Bruders, das ihn seine Karriere kosten konnte, und sagte: »Er gehört zu irgendeiner Delegation. Sein Russisch ist exzellent. Aber zum Pfingstfest wollte er hier sein. Ich habe da eine Idee.«

Irene stützte sich auf ihren Ellenbogen und sah Paul an. »Edgar könnte Mutter doch für ein paar Tage mit nach Berlin nehmen. Dann kommt sie auf andere Ideen.«

»Das kann nicht schaden. Obwohl wir an ihrem Enkelwunsch ja fleißig arbeiten«, meinte Paul grinsend.

Irene lachte. »Und was ist mit deiner Schwester? Vielleicht beschert sie uns überhaupt den ersten Nachwuchs.«

Petra hatte ihnen erzählt, dass Max ihr einen Heiratsantrag gemacht hatte, sie die Verlobung aber wahrscheinlich in München feiern wollten, wo Max seit Wochen arbeitete.

»Lassen wir uns überraschen. Mir ist es gleich. Ich genieße die Zeit mit dir, Irene. Noch habe ich dich ganz für mich.« Paul küsste sie, stand auf und ging nach nebenan.

Irene setzte sich auf und griff nach der Weste, die am Fußende gelegen hatte. Die barocken silbernen Kugelknöpfe waren nicht nur auffällig und schön gearbeitet, jeder einzelne hatte auch eine Bedeutung. Als Frau eines Halloren gehörte es sich, diese zu wissen, und sie berührte den ersten Knopf und versuchte, sich an den alten Reim zu erinnern.

»Der Erste is? Der Salzgräfel, an unser Keenigs Statt steht där. Der Zweete is der Hauptmann, vorm Zug«, murmelte sie. »Der Dritte is der Fähndrich, der schwingt die Fahne, und der Vierte is …«

»Der Schwerterich«, half ihr Paul und schlüpfte in sein Hemd.

»Oje, das lerne ich nie!«, seufzte Irene und stand auf, um Paul die Weste zu geben.

Ihr Mann strich ihr über die Haare und sah sie verliebt an. »Irene, du bist so schön, du kannst den Reim auch neu erfinden. Aber jetzt muss ich wirklich gehen.«

61

In den folgenden Wochen wurde Irene des Öfteren von Dr. Jodscheit in die Entwicklungsabteilung gerufen. Man war dabei, neue Formen und Zutaten für ein Produkt zu suchen, das als Aushängeschild für die Hallenser Schokoladenfabrik fungieren könnte.

Irene stand mit Jodscheit vor einem langen Tisch, auf dem verschiedene Geleestücke in Fruchtform, Schokoladenbohnen, Katzenzungen und Bonbons lagen. Die Farben des Gelees waren bunt, genau wie die Bonbons, von denen einige mit Schokolade überzogen waren.

»Eine Marzipanfüllung ist immer etwas Besonderes«, sagte Irene. »Für Mignon haben wir Marzipanpralinen mit Rum und Walnüssen hergestellt. Die waren sehr beliebt.«

Jodscheit schaute auf einen Block neben sich. »Das wird an den Mandeln scheitern. Und selbst Persipan können wir noch nicht in ausreichenden Mengen herstellen.«

Persipan wurde aus Aprikosen- oder Pfirsichkernen anstelle von Mandeln hergestellt und war geschmacklich durchaus interessant, aber Jodscheit hatte recht, auch dafür waren die Basiszutaten begrenzt.

»Zumindest die Halloren haben wir schon mit im Boot, dank Ihnen, nehme ich an«, sagte Jodscheit und zerteilte eine Geleeorange.

»Die Salzwirker sind der Idee nicht abgeneigt, die endgültige Entscheidung muss allerdings erst noch fallen. Aber ich denke schon, dass sie zustimmen werden.« Irene nahm eine Hälfte der zerteilten Orange auf und betrachtete die Struktur des Schnittes. »Es gab mal eine Praline, die beim Anschnitt ein dreischichtiges Muster hatte. Nougat, eine weiße Creme und Marzipan. Haben wir nicht, aber wäre es nicht schön, wenn wir etwas entwickeln, das neugierig macht, hübsch anzusehen ist und mit einer Überraschung aufwartet. Also so, dass jeder hineinbeißen möchte, um zu sehen, wie es drinnen aussieht?«

Der Lebensmittelchemiker zerbrach eine Katzenzunge. »Ja, warum nicht? Aber es muss günstig in der Herstellung sein, eine Volkspraline sozusagen.«

»Und Pralinen sind rund«, sinnierte Irene und spielte mit einem runden Erdbeergelee. »Rund wie die Kugelknöpfe der Halloren.«

»Die Knöpfe?«, fragte Jodscheit. Der Chemiker stammte nicht aus Halle und war mit den Traditionen der Salzwirker nicht vertraut.

»Das Festkleid eines Halloren besteht aus Kniebundhose, Überrock, Dreispitz und Latz, der Weste, und die ist mit achtzehn Knöpfen bestückt, von denen jeder eine Bedeutung hat.«

Jodscheit runzelte die Stirn. »Aber wer kennt die schon?«

»Oh, jeder Hallenser! Es gibt sogar einen alten Kinderreim, der jeden einzelnen Knopf besingt«, meinte Irene und hoffte, dass sie nicht aufgefordert würde, diesen zu rezitieren.

»Wirklich? Tja, das ist eine hübsche Idee. Eine Praline, wie ein Knopf. Ich würde mir das gern ansehen.«

»Nichts leichter als das. Kommen Sie heute Abend zu uns zum Essen. Mein Mann wird Ihnen sein Festkleid zeigen.« Irene dachte wieder an die Füllung. »Wie wäre es denn, wenn wir einfaches Fondant nehmen? Hell und dunkel. Beim Anschnitt hätte man einen guten Effekt.«

»Eine Kugel aus Fondant mit Schokoladenüberzug. Der müsste dann aber sehr dünn sein«, überlegte Jodscheit.

»Wir nehmen eben gerade so viel Kakao, dass es schmeckt und nach Schokolade aussieht. Das müssen wir im Labor testen. Und für die Fondantmasse lassen sich die Maschinen justieren. Das habe ich …« Irene hielt inne. Sie war nicht mehr die Tochter des Mitinhabers. »Verzeihung. Alte Gewohnheiten.«

Jodscheit schenkte ihr durch seine Brille einen gutmütigen Blick. »Deshalb habe ich Sie hinzugezogen, Frau Thulke. Ich schätze Erfahrung. Also gut, lassen Sie uns notieren, wie wir am besten vorgehen. Natürlich kann das nicht als Ihre Idee durchgehen, das werden Sie verstehen.«

Irene lächelte schief. »Natürlich.«

»In der nächsten Sitzung wird es wieder eine Diskussion geben, und da bringen wir Ihren Vorschlag ein. Ich gehe stark davon aus, dass er Zustimmung finden wird. Und dann sehen wir weiter.«

Dr. Jodscheits Vorhersage bestätigte sich. Man einigte

sich in großer Runde auf die Kugeln nach dem Vorbild der Hallorenknöpfe. Die Salzwirker gaben ihre Zustimmung, bestanden aber auf einem detailliert ausgearbeiteten Vertrag, was vor allem Irene verstehen konnte. Die traditionelle Brüderschaft gab ihren Namen für etwas, von dem sie nicht wussten, ob es ein Erfolg werden würde. Allgemein war man im Betrieb von dem Namen angetan. Die Halloren, die halleschen Salzsieder, standen für eine lange Tradition. Auch edler Kakao war kostbar, und die Schokoladenfabrik war ein Traditionsunternehmen der Stadt. Sie sprach oft mit Paul über die Umbenennung der Fabrik und war froh, dass er dem so positiv gegenüberstand. Ein Grafiker aus Halle namens Georg Bayer entwarf das neue Markenzeichen der VEB-Halloren-Süßwarenfabriken, wie das Unternehmen demnächst heißen sollte.

Irene fand das Zeichen, das der Grafiker entworfen hatte, sehr einprägsam: ein schematisierter Hallore in der typischen Festkleidung war zu sehen und darunter der Schriftzug Halloren, auf der Verpackung immer in Kombination mit dem VEB-Zeichen. Die kursive Schrift erinnerte ein wenig an den Schriftzug von Mignon, und als Irene den ersten Entwurf sah, kamen ihr die Tränen. Es war albern, denn sie hatte kein Mitspracherecht mehr, ihr gehörten keine Anteile an der Fabrik, aber ihr Herz, dachte sie, ihr Herz hing noch immer an dem Unternehmen.

An diesem Morgen ging sie hinunter in die Halle, in der das Fondant hergestellt wurde. Sie hatten viel experimentiert. Herausgekommen war, dass eine weiße Plätte Fondant, eine Mischung aus Zucker, Wasser, Sirup und Sahnecreme, auf eine dunkle Plätte, der Kakao zugesetzt war, gelegt wurde. Die ausgerollten Plätten wurden mit der Hand in Rechtecke geschnitten, die auf Rollmaschinen zu Kugeln geformt wurden. Die Kugeln mussten einen Tag lagern, um dann mit Zartbitterschokolade überzogen zu werden. Nach einem weiteren Tag der Lagerung konnten die Schokoladenkugeln wiederum per Hand sorgsam verpackt werden.

»Hallo, Elli«, sagte Irene zu der jungen Kollegin, die wenige Wochen nach der Geburt wieder zur Arbeit gekommen war. Der Betriebskindergarten ermöglichte berufstätigen Müttern die rasche Wiedereingliederung in den Beruf.

»Irene, schau, sieht das nicht gut aus?« Elli Kasulke schnitt die Fondantplätten durch und deutete auf die exakt gleich dicken Schichten.

»Hervorragend. Und die Kugeln sind ebenfalls schön geworden«, sagte Irene. »Wenn man sie durchbeißt, möchte man immer nachsehen, ob man auch die Mitte erwischt hat.«

»Und schmecken tun sie, das ist doch die Hauptsache!«, rief eine der Arbeiterinnen. Alle trugen weiße Kittel mit kurzen Armen und Kopftücher.

Die anderen Frauen lachten, während sie fleißig mit geübten Griffen die Plätten zerteilten und weiterbeförderten.

Noch hatten sie das Produkt nicht auf dem Markt eingeführt. Das würde gemeinsam mit der offiziellen Umbenennung der Fabrik erfolgen, doch die Verpackungen waren bedruckt und in die Fertigung gegangen.

»Da habt ihr recht, die Kugeln sind das Beste, was wir derzeit produzieren!«, sagte Irene.

Verpackt wurden die Kugeln einzeln und ebenfalls von

Hand. Irene ging in die Verpackungsabteilung, um den Frauen über die Schulter zu sehen. Papier raschelte, denn jede Kugel erhielt ein plissiertes Papierförmchen. Dicht an dicht lagen die Kugeln schließlich in der beige, rot und goldfarben bedruckten Schachtel. Halloren-Kugeln stand in geschwungenen Lettern darauf, und eine angeschnittene Kugel und zwei appetitlich anzusehende Schokoladenkugeln waren abgebildet. In Gold auf rotem Grund prangte das Halloren-Emblem. Einzigartig, dachte Irene und strich über die Schachtel.

»Endlich mal was anderes als das olle Gelee, was?«, meinte eine der Arbeiterinnen.

»Und das ist erst der Anfang, glauben Sie mir«, sagte Irene lächelnd.

An diesem Abend nahm Irene die erste Schachtel Halloren-Kugeln mit nach Hause. Ihre Mutter spielte im Salon Klavier, Gunda kochte, und Paul war gerade von der Arbeit gekommen und duschte. Irene stellte ihre Handtasche auf das Ehebett und streifte sich die Schuhe von den Füßen. Die Fenster waren weit in den Garten geöffnet, und der Duft von Rosen vermischte sich mit dem Zwitschern der Singvögel, die den warmen Juliabend genauso genossen wie sie.

Irene nahm die Schachtel aus ihrer Tasche und legte sie auf die Bettdecke. Neben der Kommode stand ein kleiner Sekretär. Irene sprang auf, öffnete das obere Fach und nahm das rote Lederbüchlein von Julius Mendel heraus. Damit hockte sie sich wieder aufs Bett und legte das Buch neben die Pralinenschachtel.

»Ach, Vater, ich wünschte, du hättest das noch erleben können. Es geht immer weiter. Auch wenn es manchmal unmöglich erscheint«, flüsterte Irene, und Tränen füllten ihre Augen.

Sie hörte, wie Paul hereinkam, und wischte sich die Augen. »Hallo, Paul!«

»Was ist passiert?« Besorgt setzte er sich zu ihr und küsste sie auf die Wange. Seine feuchten Haare kitzelten sie.

»Schau, das ist die erste Schachtel mit den Halloren-Kugeln.« Sie spürte die vertraute Wärme seines Körpers und schob ihm die Schachtel hin.

»Schön. Wirklich, Irene, die Verpackung macht was her. Und ich bin wohl der Einzige, der weiß, woher du die Idee hattest …«

Irene schmunzelte. »Du hast mich inspiriert. Das tust du immer.«

Sie küssten sich, doch als Paul sie losließ und ansah, fragte er: »Aber irgendetwas bedrückt dich. Du solltest dich freuen, schließlich ist dieses Produkt mit dein Kind.«

Irene seufzte und nahm Julius' Buch in die Hand. »Ich weiß, ich freue mich ja auch, aber es hängt so viel mehr an diesen Schokoladenkugeln, Paul.«

Seine Augen verdunkelten sich. »Wir können die Zeit nicht zurückdrehen. Alles, was wir haben, ist die Gegenwart, sind wir beide, jetzt.«

Sie blätterte in den Rezepten, die von vergangenem Glanz erzählten. »Es ist nur manchmal so schwer, Paul, nur manchmal. Dann denke ich an Vater und Onkel Julius, den ich nicht kennenlernen durfte. Immer ist es ein verdammter Krieg, der alles zerstört.«

Paul drückte sie sanft an sich. »Wir haben uns und die Hoffnung, Irene.«

Sie wollte das Buch weglegen, doch dabei klappte es auf, und Irenes Blick fiel auf die Zeilen, die Julius Mendel 1907 notiert hatte:

»Schokolade ist Liebe, aber ohne Liebe ist Schokolade nichts.«

Wenn sogar Onkel Julius erkannt hatte, was wirklich von Bedeutung war, konnte sie es auch. Irene schloss das Buch und strich noch einmal über das alte Leder. Dann gab sie Paul einen Kuss und sagte:

»Wir haben uns, und alles andere wird sich ergeben. Irgendwie.«

Nachwort

Wenn man heute von Halloren hört und nicht aus Halle kommt, denkt man vielleicht zuerst an die Halloren-Kugeln. Diese süße Nascherei ist einmalig und untrennbar mit Halle an der Saale verbunden. Dass die Halloren Salzwirker sind und auf eine jahrhundertelange Tradition zurückblicken können, habe auch ich erst während meiner Recherche zu diesem Roman erfahren.

Gern habe ich einige Tage in dieser geschichtsträchtigen Stadt verbracht und mich von den Schauplätzen inspirieren lassen. Ein Gefühl für die Stadt und ihre Menschen zu bekommen, war mir wichtig, und das geht nur vor Ort. Nun spielt der Roman kurz nach dem Krieg, einer Zeit voller dramatischer Umbrüche. Was bewegte die Menschen damals? Die Sehenswürdigkeiten, die wir uns heute anschauen, waren nicht das, was damals wichtig war. Es ging ums Überleben, ums Weiterleben, ums Vergessen, um Neuanfänge, um Loslassen, um Schuld und Vergebung.

Irgendwie musste es weitergehen, mit dem, was noch da war. Noch lange kehrten deutsche Gefangene aus sowjetischen Lagern zurück, es wurde entnazifiziert und oft ein

Auge zugedrückt, wenn es dem neuen Staat dienlich war. Man arrangierte sich, mogelte sich durch, weil es anders gar nicht ging. Lebensmittelkarten bestimmten den Alltag, es fehlte an allem. Die Sowjets demontierten, und der sozialistische Staat ordnete neu, musste mit dem arbeiten, was man übrig ließ.

Historische Figuren sind unter anderem Graf Luckner, der Halle vor der Bombardierung gerettet hat, und historisch belegt ist auch die Film- und Theaterwelt, in die Petra eintaucht. Alle erwähnten Filme wurden damals gedreht, und auf dem Spielplan des Theaters am Schiffbauerdamm stand »Donna Diana«. Claus Holm gehörte zum Ensemble, und sein Konflikt mit den Behörden führte tatsächlich dazu, dass Holm 1953 mit seiner Familie in den Westen flüchtete. Das Lokal »Zu den Eichhörnern« war eine Institution in Halle, genauso, wie es im Roman geschildert wird.

Die Mignon-Schokoladen-Werke hatten Glück, wie wir gelesen haben. Man konnte die Produktion mit den alten Maschinen wieder aufnehmen, nur fehlte es nun an Rohstoffen. Die Familie David taucht bis auf Ernst David, der das Café in der Geiststraße betrieb, nicht mehr in den Unterlagen der Fabrik auf. Deshalb habe ich die Mendels eingeführt, Geschäftspartner, fiktive Personen, die uns durch die schwierigste Phase des Unternehmens bis zur Enteignung führen. Tatsächlich starben kurz nach der Enteignung des Unternehmens der Bankdirektor, Steckner, und einer der letzten Haupteigentümer, der Nietlebener Fabrikbesitzer Johannes Graeb. Ich fand es auch vor diesem Hintergrund nachvollziehbar, dass Friedrich Mendel den Verlust seines Lebenswerkes nicht verwindet.

Irene und Paul stehen für die junge Generation, die bereit ist, sich auf das Abenteuer Leben mit all seinen Widrigkeiten, seinen Höhen und Tiefen einzulassen. Der Salzwirker und die Fabrikantentochter – beide müssen dazulernen und vergessen dennoch nie, woher sie kommen.

Die Ursprünge der Schokoladenfabrik liegen im 19. Jahrhundert, und Julius Mendel ist ein Vertreter dieser Generation. Dieser Onkel, der sein Rezeptbuch hinterlassen hat, wird eine der zentralen Figuren im nächsten Band sein. Seien Sie herzlich eingeladen, liebe LeserInnen, mit mir ins Halle um die Jahrhundertwende zu reisen, um die Davids, die Mendels und die Geheimnisse von Julius' verführerischen Pralinen kennenzulernen.

»Schokolade ist Liebe, aber ohne Liebe ist Schokolade nichts.«

Danksagung

Ich danke allen, die mir bei der Entstehung dieses Romans geholfen haben. Mein besonderer Dank gilt meiner Lektorin, Margit Schulze, die den Ball für eine Geschichte über die Salzwirker und die Halloren-Schokoladenfabrik ins Spiel geworfen hat. Mein großer Dank gilt dem Leiter des Stadtarchivs in Halle, Herrn Ralf Jacob, der sich viel Zeit genommen hat, um mir fachkundig die hallesche Stadtgeschichte der Nachkriegszeit nahezubringen. Ich durfte in alten Zeitungsartikeln, originalen Dokumenten und dem Fotoarchiv stöbern. Ebenfalls danken möchte ich Herrn Rüdiger Just, dem Vorsteher der Salzwirkerschaft im Thale zu Halle, der mir Einblick in die Traditionen der Salzwirker gab. Und bei Kati Schumacher von der Halloren-Schokoladenfabrik möchte ich mich für die großartige Unterstützung, Einblicke in das Archiv der Fabrik, wunderbare, humorvolle Gespräche und die Versorgung mit reichlich Halloren-Kugeln bedanken.

Meiner Familie danke ich für die Geduld, mit der sie alle Phasen des Schreibens erträgt, mit mir diskutiert und einfach da ist, wenn es notwendig ist. Ausdrücklich erwähnen möchte ich meine vierbeinigen Freunde, die unter oder auf dem Schreibtisch für Inspiration sorgen.